DANIEL FRIEDMAN

DER ALTE DER DIE RACHE LIEBTE

atb aufbau taschenbuch

DANIEL FRIEDMAN, geboren 1981 in Memphis, hat in New York Jura studiert, ist Journalist und Blogger und lebt heute in Manhattan.
Sein Debütroman »Der Alte, dem Kugeln nichts anhaben konnten« (lieferbar als Aufbau Taschenbuch) war für die wichtigsten amerikanischen Literaturpreise nominiert, darunter der Edgar Award, und auch in Deutschland sehr erfolgreich.

Buck Schatz erholt sich im Altersheim Walhalla von einer Schussverletzung. Er raucht noch immer eine Lucky Strike nach der anderen und guckt am liebsten Fox News und den Animal Channel, doch er würde mittlerweile alles tun für ein bisschen Abwechslung vom senilen Dahinrotten. Jeden Tag wird er von seiner Physiotherapeutin malträtiert. Da taucht Elijah in Walhalla auf, und Buck sieht sich plötzlich mit seiner Vergangenheit konfrontiert: Elijah, der Jude, der Auschwitz überlebt hat, der arrogante Meisterdieb, einer von Bucks ungelösten Fällen. Und nun bittet ihn Elijah um Schutz und Hilfe, dafür würde er sich stellen, nach fast fünfzig Jahren. Buck ahnt nichts Gutes, und bevor er sichs versieht, steckt er wieder mittendrin in einem ausgeklügelten Plan von Elijah und ist in höchster Lebensgefahr.

DANIEL FRIEDMAN

DER ALTE DER DIE RACHE LIEBTE

Roman

Aus dem Amerikanischen
von Teja Schwaner

atb aufbau taschenbuch

Die Originalausgabe mit dem Titel
Don't Ever Look Back
erschien 2014 bei Minotaur Books,
an imprint of St. Martin's Publishing Group, New York.

MIX
Papier aus verantwortungsvollen Quellen
FSC
www.fsc.org
FSC® C083411

ISBN 978-3-7466-3298-8

Aufbau Taschenbuch ist eine Marke
der Aufbau Verlag GmbH & Co. KG

1. Auflage 2017

Die deutsche Erstausgabe erschien 2015 bei Rütten & Loening,
einer Marke der Aufbau Verlag GmbH & Co. KG

Umschlaggestaltung und Motiv www.buerosued.de, München
Gesetzt aus der Garamond Premier Pro durch Greiner & Reichel, Köln
Druck und Binden CPI books GmbH, Leck, Germany
Printed in Germany

www.aufbau-verlag.de

Für Buddy und Margaret Friedman,
Sam und Goldie Burson und Tante Rose Burson

1

2009

In jungen Jahren irregeleitet, habe ich als Detective bei der Polizei von Memphis so manchen Fuhrparkschlitten zu Schrott gefahren. Was Sachbeschädigung betraf, habe ich mein Konto mächtig überzogen. Die Grundrechte vieler Leute habe ich nicht mit Füßen getreten, sondern mit zusammengerollten Telefonbüchern außer Kraft gesetzt. Von höherer Stelle zur Standpauke vorgeladen zu werden gehörte zu meinem Alltag.

Ich pflegte dann still dazusitzen und an Football zu denken, während meine Vorgesetzten wetterten und ihrem Ärger Luft machten. Anschließend tat ich meine Zerknirschung mit einer unverbindlichen Geste kund und ging daran, so weiterzumachen wie zuvor. Nie blieben sie lange erzürnt. Bald hatte ich nämlich wieder einem bösen Buben das schmutzige Handwerk gelegt, und die exzessiven Eskapaden wurden mir vergeben.

Wie ich allerdings Vivienne Wyatt hätte besänftigen sollen, die Direktorin der Walhalla Estates, des Lifestyle-Etablissements für ältere Erwachsene, wusste ich nicht. Sie war anscheinend stinksauer.

Ich ließ einen Arm über die Rücklehne des Stuhls baumeln, auf dem ich saß, und schickte ein verschlagenes und angedeutet verführerisches Grinsen in ihre Richtung. »Was soll ich dazu sagen? Ich bin Individualist und richte mich nach meinen eigenen Regeln.«

Für meine Verhältnisse kam das einer Entschuldigung ziemlich nahe.

Unbeeindruckt musterte Viv mich. Die Dame war offenbar unempfänglich für meinen Charme. »Mister Connor sagt, Sie seien mit einer Axt auf ihn losgegangen.«

»Ich bin überhaupt nicht auf ihn losgegangen.«

»Aber Sie hatten eine Axt, Mister Schatz.«

»Nennen Sie mich Buck, Schätzchen.«

»Er hatte den Eindruck, dass Sie ihn umbringen wollten, Buck. Und bitte nennen Sie mich Miz Wyatt.«

Ich fauchte: »Wenn ich mich entscheide, Connor umzubringen, Miz Wyatt, werde ich das unmissverständlich deutlich machen. Versprochen. Die Axt habe ich nur gebraucht, um seinen verdammten Schaukelstuhl zu zerstückeln.«

»An dem Stuhl hat Mister Connor sehr gehangen. Er zählte zu den wenigen Erinnerungsstücken an das Leben, das er geführt hatte, bevor er sich unserer Gemeinschaft anschloss. Bedenken Sie nur, wie schwer Ihnen die Umgewöhnung gefallen ist, und versuchen Sie zu verstehen, warum Ihre Handlungsweise so ungebührlich ist.«

Ich hob die Schultern und sagte nichts. Ich war hier im Rollstuhl eingelaufen, um mich von Schussverletzungen und Knochenbrüchen zu erholen und wieder auf die Beine zu kommen. Ich hatte Hilfe gebraucht, um von einem Ort zum anderen zu gelangen, Hilfe, morgens aus dem Bett zu klettern, Hilfe, abends reinzusteigen. Hilfe beim Toilettengang.

Ich war übel gelaunt, weil ich meine Bewegungsfreiheit eingebüßt und das Haus verloren hatte, das ein halbes Jahrhundert lang mein Heim gewesen war. Fast jeden Morgen wünschte ich mir beim Aufwachen fast inständig, ich hätte den Mann, von dem ich so zugerichtet worden war, seine Arbeit zu Ende führen lassen.

Ich wusste, wenn ich es mir leichtgemacht hätte, wäre es mir nicht vergönnt gewesen, Randall Jennings zu töten, und ich hatte es zweifellos genossen, das Hirn des Hundesohns über die Wände meines Krankenzimmers spritzen zu lassen. Zu genesen war jedoch harte Arbeit. Es dauerte neun lange Wochen Physiotherapie, bis ich so bei Kräften war, dass ich wieder im Stehen pissen konnte. Trotzdem musste ich mich an den hilfreichen Griffen festhalten, die neben dem Toilettenbecken in die Wände eingelassen waren, und daher fiel es mir schwer, mit dem Strahl sauber zu zielen. Beim ersten Mal kniete ich mich auf den Boden, um die Tropfen wegzuwischen. Anschließend kam ich aber nicht wieder in die Senkrechte und musste den Alarmknopf drücken, um jemanden vom Personal zu Hilfe zu rufen.

Mir ging es bereits besser, aber ich war doch immer noch schwach. So richtig hatte ich die Axt nicht schwingen können. Mein Schultergelenk mochte nicht rotieren, mein Körper verweigerte die richtigen Drehungen. Meine Beine gaben nach. Ich schaffte es gerade mal, eine der Kufen und eine Armlehne abzuhacken und der Sitzfläche ein paar Schrammen zu verpassen. Aber dann war ich auch bereits schweißüberströmt und japste nach Luft. Das verfluchte Ding sah leider nach vor aus wie ein Stuhl.

Vor sechs Monaten hätte ich nichts als Kleinholz hinterlassen.

Ich zog in Betracht, dass Vivienne Wyatt von alledem wusste, löste meinen Arm von der Stuhllehne und schob die Hände in die Taschen meiner Windjacke.

Ganz abgesehen von den mannigfaltigen Demütigungen, die ich erduldete, konnte ich sowieso keinen gemeinsamen Nenner mit Dwayne Connor finden. Ich hasste einfach alles an diesem einbeinigen Redneck-Nachbarn. Der Kerl steckte in einer Haut, deren Oberflächenstruktur der von Boxershorts glich, die man in der Sonne hatte trocknen und verkrusten lassen, nachdem sie drei Tage in der Arschfurche eines Cowboys geklemmt hatten. Und so wie er aussah, führte er sich auch auf.

»Und wieso fühlten Sie sich veranlasst, Mister Connors Schaukelstuhl mit einer Axt in Stücke zu schlagen, Buck?«

»Mein Freund Crazy Mack kam zu Besuch. Mack ist ...« Ich hielt inne. »Mack ist so wie Sie.«

Ms. Wyatt zog eine Augenbraue in die Höhe. »Sie meinen, er ist schwarz?«

»Ja. Und Connor hat damit seine Probleme.«

Connor hatte Mack mit diversen Namen belegt, laut Wörter hinausposaunt, die meinen Enkel hätten zusammenzucken lassen, selbst wenn kein farbiger Mensch in Hörweite gewesen wäre. Aber als ich das Ms. Wyatt zu erklären versuchte, sagte sie nur: »Sie dürfen nicht einfach durchs Haus stromern und fremder Leute Stühle mit der Axt kaputtschlagen. Wieso sind Sie überhaupt im Besitz einer Axt?«

»Um für Situationen wie diese gewappnet zu sein«, sagte ich. »Falls irgendwas zerdroschen werden muss. Sollten Sie und Ihre Leute sich nicht eher darüber aufregen, dass Typen wie Connor solches Zeugs von sich geben?«

»Ich und meine Leute sollten gar nichts«, sagte sie. »Wenn ich anfinge, mir darüber Gedanken zu machen, was jeder der bornierten weißen Greise in diesem Haus denkt oder sagt, würde ich kaum mehr Zeit finden, mich um etwas anderes zu kümmern. Sie allein würden mich schon den ganzen Morgen kosten, Buck.«

Dieser Seitenhieb gefiel mir nicht besonders. »Ich war eben sehr erzürnt. Er hat meinen Gast beleidigt. Dafür gibt es keine Entschuldigung.«

Sie nahm eine Aktenmappe vom Schreibtisch zur Hand. »Hören Sie«, forderte sie mich auf, »es ist mir eigentlich nicht gestattet, über die Lebensumstände unserer Bewohner zu sprechen, aber ich möchte Ihnen einen Eindruck davon vermitteln, was Mister Connor in den vergangenen paar Monaten hat durchmachen müssen. Er lebt bei uns, weil er nicht mehr allein zurechtkommt. Als er sich am Telefon nicht mehr meldete, hat sein Sohn ihn aufgesucht. Der alte Mann lag in seinem Haus auf dem Fußboden. Schon einige Tage lang, in einer Lache seiner

Exkremente. Der Geruch war furchtbar. Als Mister Connor in die Notaufnahme des Baptist Hospital eingeliefert wurde, stellte ein Arzt fest, dass ein großes Gerinnsel die Blutzufuhr zur Oberschenkelschlagader blockierte. Sein Bein war abgestorben, und verwestes Fleisch löste sich bereits von den Knochen. Es blieb keine andere Wahl als zu amputieren.«

»Der miese alte Mistkerl hat's sich selbst zuzuschreiben«, sagte ich. »So wie er mit meinem Freund geredet hat, redet man mit niemandem. Crazy Mack ist emotional leicht aus dem Gleichgewicht zu bringen. Das liegt an der Schizophrenie.«

Viv lehnte sich vor. Mir entgegen. »Buck?«

»Ja, Miz Wyatt?«

»Haben Sie etwa einen schizophrenen Schwarzen auf Ihre Etage geholt, um Ihren rassistischen Nachbarn zu provozieren?«

»Natürlich nicht«, sagte ich und packte die Griffe meiner Gehhilfe, um mich ein wenig in die Höhe zu stemmen. Ich wollte mit ihr auf Augenhöhe sein. »Mack war zu Besuch gekommen, um mir Fotos von seinen Enkelkindern zu zeigen. Ich bin seit mehr als fünfzig Jahren mit ihm befreundet.«

Der Anflug eines Lächelns auf ihren Lippen. »Wo haben Sie denn einen schizophrenen schwarzen Freund aufgetan, Buck? Das müssen Sie mir erklären.«

»Damals, in vorsintflutlichen Tagen, als ich noch junger Streifenpolizist war, wurde ich wegen einer Lärmbelästigung gerufen und stieß auf Mack. Er saß auf dem Dach eines niedrigen Wohnblocks, hatte nichts am Körper als Alufolie, schwenkte ein großes Messer und schrie. Eine derartige Situation kann sehr schnell eskalieren und tragisch enden, aber ich behielt einen kühlen Kopf und schaffte es, die Lage zu beruhigen.«

»Und wie ist Ihnen das gelungen?«

»Ich hab ihm in den Hals geschossen.«

Ihre beiden Augenbrauen schnellten in die Höhe. »Sie haben den Schwarzen angeschossen?«

»Der Arzt, der die Schusswunde behandelte, hat ihm auch Chlorpromazin verabreicht«, sagte ich. »Das wirkte sich sehr günstig auf seine Krankheitsschübe aus.«

Ihre Mundwinkel senkten sich. »Und jetzt ist er Ihr Freund?«

»Selbstredend. Er sagt, ich sei der Mann, der ihm zu einem Medikament verhalf, und ich finde, das ist nicht so abwegig. Er ist sehr höflich, mein Freund Mack. Schickt mir jedes Jahr eine Weihnachtskarte. Sie müssen wissen, ich habe einunddreißig Männer niedergeschossen, und er ist der Einzige, der die angemessene Höflichkeit besaß, sich bei mir zu bedanken. Alle die anderen hatten meine Kugeln aber ebenfalls bitter nötig.«

Es folgte eine lange Pause, während der Vivienne Wyatt eine Menge durch den Kopf ging. Sie beschloss jedoch, nichts davon zu erwähnen, sondern fragte nur: »Sie haben einunddreißig Menschen niedergeschossen?«

»Achtzehn von ihnen starben und sind deswegen aus dem Schneider, denke ich. Aber der Rest verhielt sich einfach nur unmanierlich.«

Viv reagierte mit einem angedeuteten Kopfschütteln. »Was wird geschehen, wenn ich Sie wieder hinauf in Ihre Wohneinheit schicke, Buck?«

Ich zuckte die Achseln. »Es ist schon fast Zeit für *Fox and Friends*, und das werde ich mir wohl ansehen.«

Ich merkte, dass sie langsam die Geduld mit mir verlor. »Was wird sich zwischen Ihnen und Mister Connor abspielen?«

»Ich denke, Sie sollten ihn nach Mississippi heimschicken, wo er den langsamen Verwesungsprozess neuerlich in Gang setzen kann.«

»Das werde ich nicht tun. Und ich hoffe, ich muss nicht die Polizei rufen, um Ihren Streit zu schlichten.«

»Ich kann nur hoffen, dass Sie es tun«, sagte ich. »Rose freut sich nämlich über jeden Besucher.«

Viv massierte sich die Schläfen mit den Zeigefingern. »Sie bewegen sich auf dünnem Eis, Buck Schatz«, sagte sie. »Ich werde Sie im Auge behalten.«

Ich salutierte kurz, als ich mich mühsam auf die Füße hievte und die Gehhilfe auseinanderfaltete. »Sehr freundlich, dass Sie es mich wissen lassen, danke, Miz Wyatt.«

Ich humpelte aus ihrem Büro, stützte mich dabei auf meine Gehhilfe und schonte mein linkes Bein. Ich durchquerte die Lobby, wo sich einige der Bewohner auf bequemen Sofas und Sesseln niedergelassen hatten. Der eine oder andere stierte ins Nirgendwo, und der Rest schlief. Ich befragte meine Uhr: Es war halb acht in der Frühe und daher fast schon Frühstückszeit. Ich nahm an, dass diese Leute eben darauf warteten. Darauf oder auf den Tod.

Meine Gehhilfe aus eloxiertem Aluminiumrohr wog nur wenig. Mein Arzt hatte ein neueres Modell als »Mobilitätshilfe« empfohlen, das statt Beinen vier Räder besaß, aber das Ding schien mir nicht sicher genug zu sein. Es hatte zwar eine kleine Fahrradhandbremse zu bieten, deren Gebrauch verhindern sollte, dass die Gehhilfe unter mir wegrollte, aber die Tatsache, dass sie überhaupt gebremst werden musste, verwies auf das Risiko, sie könne sich selbständig machen. Deshalb hielt ich eine gewisse Vorsicht für angebracht.

Ich entschied mich also für die althergebrachte Ausführung mit Rädern an den beiden Vorderbeinen und Hartgummifüßen an den rückwärtigen Beinen. Ich konnte die Gehhilfe vor mir herschieben, statt sie bei jedem Schritt hochheben und dann wieder absetzen zu müssen. Zudem fühlte sie sich stabil an. Ich war mir ziemlich sicher, dass sie sich nicht von allein fortbewegen konnte, aber von Zeit zu Zeit beobachtete ich sie aus zusammengekniffenen Augen, wenn sie sich für unbeaufsichtigt hielt. Einfach nur um mich zu überzeugen, dass sie nicht auf den dummen Gedanken kam, auszureißen.

Mein Ziel war im Moment der wie eine Cafeteria eingerichtete Speisesaal. Rose war Langschläferin und würde keineswegs vor halb neun aufstehen. Deshalb frühstückte ich gewöhnlich allein. An diesem Morgen tischten sie einem Eier mit Vollkorntoast und unreife Zuckermelone auf, die an der Schale noch grünlich war.

Wer behauptet, das Leben in betreuten Wohnstätten entbehre der Abwechslung, dürfte wohl nie sein Frühstück in Walhalla eingenommen haben. Schon auf einem einzigen Teller Rührei konnten sich verbrannte Bissen tummeln, kalte Stellen und dünnflüssige Bereiche.

Ich nahm an dem Tisch Platz, der die größtmögliche Distanz zu den anderen Bewohnern bot, damit sie mich nur zufriedenließen. Aber es kam doch jemand und setzte sich zu mir.

Er war nicht so alt wie ich, aber jemand kann durchaus viel jünger sein als ich und doch alt. Dieser Mann trug einen bleistiftdünnen Schnurrbart und hatte sein kurzes weißes Haar sorgfältig gekämmt. Ein Tablett mit Frühstück hatte er nicht an den Tisch mitgebracht.

»Hallo, Baruch«, sagte er.

Ich hielt inne, trommelte mit den Fingern auf das Plastik der Tischplatte. Ich saß in der Falle. Entkommen war ausgeschlossen. Physisch war ich nicht in der Lage, blitzschnell Reißaus zu nehmen. Ich hatte die Gehhilfe gefaltet, bevor ich mich hinsetzte, und selbst wenn ich es nicht getan hätte, wäre sie gewiss nicht das geeignete Hilfsmittel für eine rasche Flucht gewesen.

Ich hatte kein Interesse an ihn verschwendet, als er sich näherte; ich war zu sehr damit beschäftigt gewesen, in meinem Rührei zu stochern. Da er inzwischen Platz genommen hatte, konnte ich am Sitz seines Jacketts nicht erkennen, ob er darunter eine Knarre verbarg.

Er hatte mich in eine unvorteilhafte Situation gebracht. Ich entschied mich für einen freundlichen Ton.

»Hallo, Elijah«, sagte ich. »Ist schon eine Weile her.«

»Ich war mir nicht sicher, ob Sie mich überhaupt wiedererkennen würden.«

»Ich weiß, wer Sie sind.«

»Sind Sie nicht erstaunt, mich zu sehen?«

Das war ich, zumindest ein wenig. Aber die Genugtuung gönnte ich ihm nicht. »Mich überrascht gar nichts mehr«, sagte ich.

»Als wir uns das letzte Mal unterhielten, haben Sie mir etwas versprochen. Erinnern Sie sich, was es war?«

Ich erdolchte einen Rühreiklumpen mit der Gabel und schob ihn mir in den Mund. »Ich sagte, ich bring dich um, wenn ich dich je wieder zu Gesicht bekomme.«

»Genau. Dies hier ist ein Höflichkeitsbesuch. Wenn Sie die Drohung wahrmachen möchten, sollten Sie am besten unverzüglich handeln.«

»Wieso das?«

»Ob Sie mich nämlich umbringen oder nicht«, sagte er, »ich werde in achtundvierzig Stunden eh tot sein.«

Offenbar kann niemand, dem ich je begegnet bin, einfach sterben, ohne mich damit zu behelligen.

2

1965

Ich warf dem kleinen Europäer einen bösen Blick zu und stieß an meiner Zigarette vorbei zwischen den Zähnen hervor: »Wie ich höre, waren Sie auf der Suche nach mir.«

»Das ist in der Tat richtig, Detective.« Mit einem Handzeichen bedeutete er mir, ihm gegenüber Platz zu nehmen. Seine Finger waren feingliedrig und geschmeidig wie die eines Pianisten oder Bühnenzauberers. »Ich möchte mit Ihnen sprechen.«

Ich musterte ihn. Dunkle Augen und dunkle Haut; ein gewachster bleistiftdünner Schnurrbart unter der markanten Nase. Er trug einen grauen Anzug mit weißen Nadelstreifen im Stil der Savile Row. Das Jackett war schmal geschnitten und saß so eng, dass ich darunter keine versteckte Waffe erkennen konnte. Von der Statur her war er einer jener Männer, die ich mit bloßen Händen auf sechs verschiedene Arten hätte zerbrechen können.

Er sah wahrhaftig nicht aus wie ein harter Hund, aber das machten die Typen wett, die mit ihm aufgekreuzt waren. Zu fünft füllten sie zusammen mit uns die schmuddelige Kellerbar, und jeder von ihnen war fleischig wie ein Mastochse. Bis auf die Begleitmannschaft des Europäers und einen nervös wirkenden Barkeeper war der Laden leer. Einer der Muskelmänner hatte seinen ausladenden Leib an der Tür postiert, um sicherzustellen, dass wir unter uns blieben. Ich sah mich nach einem anderen Ausgang um, aber es gab keinen. Wenn ich entkommen wollte, würde ich mich buchstäblich durch den Koloss hindurchkämpfen müssen.

»Also, reden Sie«, sagte ich.

Seine dichten Augenbrauen stießen zusammen. »Wie ich hören musste, haben Sie sich geweigert, der Aufforderung meiner Mitarbeiter nachzukommen und Ihre Waffe auszuhändigen.«

Ich knöpfte mein schlabberiges amerikanisches Anzugjackett auf, das ich von der Stange gekauft hatte, und öffnete es, damit er die .357er Magnum sah, die unter meiner Achsel baumelte.

»Ich bin es nicht gewohnt, Ansinnen nachzukommen, wie sie von Leuten wie Ihren Mitarbeitern gestellt werden. Und ich bin nur deswegen noch am Leben, weil ich es immer vermieden habe, unbewaffnet mit Personen wie Ihnen einen Kellerraum zu betreten. Vor einiger Zeit hat mir ein sehr kluger Mann geraten, mich nie von meiner Waffe zu trennen.«

»Und doch dürften Sie einsehen, dass dieser Fetisch, an dem Sie so hängen, nur die Illusion von Sicherheit bieten kann. Die Waffe wird sich auf klägliche Weise als unzureichend erweisen, uns alle aus dem Weg zu räumen, sollte unser beider Unterhaltung in einen Schusswechsel ausarten.«

Seine Blasiertheit gefiel mir nicht und sein herablassender Ton ebenso wenig. Doch was mir am allerwenigsten gefiel, war die Tatsache, dass seine Worte eine unterschwellige Drohung enthielten. Wir befanden uns unten am Fluss in einem so gut wie verlassenen Straßenzug. Wenn es heikel wurde, würde mir niemand zu Hilfe kommen. Glücklicherweise zählte ich zu den Menschen, die auf Eigenverantwortung setzen.

»Wenn ich richtig gezählt habe, steckt in meiner Waffe für jeden von euch eine Pille, und die erste ist für Sie reserviert, Mister Schlau. Ob illusorisch oder nicht – Ihre Freunde müssten übernatürlich flink sein, um mich auszuschalten, bevor ich einen Schuss abgegeben habe. Ich schätze, mein Fetisch wird mir die willkommene Gelegenheit bieten, Ihnen die Abendstunden gehörig zu versalzen, sollte unsere Unterhaltung ausarten, wie Sie es formuliert haben«, sagte ich.

»Daran hege ich keinen Zweifel, Baruch, und ich spüre keineswegs das Verlangen, Ihre Gefährlichkeit auf die Probe stellen zu wollen. Man sagt, Sie seien ein Mann, der durch die Hölle gegangen und dadurch zu einem wahren Teufel geworden ist. Wenn ich Sie mir so ansehe, wird mir klar, dass es stimmt, was ich gehört habe. Ihre Augen sind die eines wilden Hundes. Doch ich möchte Sie auch warnen: Ich bin, auf meine Art, ebenso unerbittlich wie Sie.«

Ich überlegte, ob ich darin eine Beleidigung sehen sollte: »Sie lassen einen Wortschwall nach dem anderen ab, Sie geben nur Nichtssagendes von sich, und ich habe nicht die Zeit, Ihnen zuzuhören, wenn Sie sich an Ihrem eigenen Gebrabbel ergötzen. Scheiße, wer sind Sie eigentlich, und was wollen Sie?«

»Ich möchte aufrichtig um Verzeihung bitten, wenn meine Zurückhaltung zum Ärgernis geworden ist. Mein Name ist Elijah, und ich bin Abenteurer. Ich möchte Ihnen einen Vorschlag machen.«

»Sollten Sie gehört haben, ich ließe mich bestechen, haben Sie was Falsches gehört«, informierte ich ihn.

»Ich habe mich nicht diesen Unannehmlichkeiten ausgesetzt, um es mit Bestechung zu versuchen«, sagte er und unterstrich die Bemerkung mit einem nasalen Keckern. »Ich hege den Wunsch, Sie zur Beteiligung an einer wohldurchdachten und höchst lukrativen kriminellen Verschwörung zu bewegen.«

»Sie wollen mich an einem Coup beteiligen, den Sie planen?«

»Ja.«

»Und was für ein Coup soll das sein?«

Er lächelte mich an und enthüllte dabei den einzigen Makel seiner gepflegten Erscheinung: Sein entzündetes dunkelrotes Zahnfleisch war so sehr zurückgebildet, dass es den Blick auf die braunen Hälse der Zahnstummel freigab. Ich hatte durchaus schon einen Mund wie seinen gesehen, aber nicht in Amerika. Nicht einmal bei Junkies. Scheiße, nicht mal in Alabama. Dieses Zahnfleisch erzählte die Geschichte eines Mannes, der eine längere Zeit massiver Unterernährung überlebt hatte. Elijah war durch seine ureigene Hölle gegangen.

»Ich werde keine Einzelheiten preisgeben, bevor Sie sich nicht rückhaltlos zu der Unternehmung verpflichtet haben«, sagte er. »Sonst würde mich Detective Schatz vielleicht noch festnehmen.« Er keckerte schon wieder.

Ich blieb eine Weile stumm und sah ihn nur an: einen wildgewordenen Hund, der die Witterung einer Wassermokassinotter aufnimmt.

»Ich habe kein Interesse an Ihrem Angebot«, sagte ich. »Was jedoch eine Festnahme betrifft, halte ich mir die Option offen.« Ich stand auf und schrammte beim Zurückschieben mit meinem Stuhl über den Fußboden. »Nichts für ungut, Elijah, aber dieser wilde Hund zieht es vor, sich die Nase sauber zu halten.« Ich wandte mich zum Ausgang. Der Mann an der Tür sah nicht so aus, als sei er geneigt, mich passieren zu lassen, und deshalb schob ich eine Hand unters Jackett.

»Baruch«, sagte Elijah. »Sie sind ein Krieger. Sie haben getötet und Feinde Ihrer Staatsmacht hinter Gitter gebracht. Für Ihre Mühen haben Sie zu Recht eine fürstliche Belohnung verdient, und doch werden Ihrer Frau Rose und Ihrem Sohn Brian selbst die allerbescheidensten Annehmlichkeiten vorenthalten.«

Das war schon keine Offerte mehr, sondern eine Drohung. Das war die hinterfotzige europäische Art, mir zu bedeuten, dass er meiner Familie etwas antun würde. Ich hatte Männer aus geringfügigerem Anlass umgebracht, auf seinem Kontinent und auf meinem, und ich war nicht abgeneigt, es wieder zu tun. Meine Finger schlossen sich um den Griff der .357er Magnum.

Er fuhr fort: »Und währenddessen werden die Männer, die an gesellschaftlichen Einschränkungen werkeln, um Reichtümer leichter in die eigenen Taschen fließen zu lassen, von Tag zu Tag fetter und reicher. Sie schützen deren Herrschaftsanspruch, betteln aber selbst um Brosamen. Wie können Sie sagen, das sei sauber? Wie können Sie glauben, es sei gerecht?«

»Ich komme damit zurecht«, sagte ich, ohne den Blick von dem Klotz abzuwenden, der die Tür versperrte. Das Gesicht des Riesenbabys glich einem Batzen Kochschinken.

»Erlauben Sie mir, Ihnen etwas zu zeigen.« Elijah legte mir die Hand auf die Schulter. Ich ließ meine Zigarette zu Boden fallen und wirbelte herum, um ihm ins Gesicht zu sehen. Dabei zog ich die Waffe aus dem Halfter. Mir war entgangen, dass er völlig geräuschlos seinen Platz in der Ecknische hinten im Raum verlassen hatte.

Die fünf schweren Jungs legten auf mich an, und wir erfreuten uns einer hübschen kleinen Pattsituation.

»Meine Herren, weg mit Ihren Waffen«, sagte Elijah leise und bestimmt. Die Männer gehorchten. Er wandte sich mir zu. Meine .357er zielte auf seine Nase. »Ich würde es begrüßen, wenn Sie dasselbe täten, Baruch. Schon der Höflichkeit halber.«

Ich erwog, alle Hemmung fahrenzulassen und ihm den glattzüngigen kleinen Kopf vom Hals zu pusten. Die fünf Revolvermänner würden wahrscheinlich ein Sieb aus mir machen, aber das war möglicherweise weniger unangenehm, als mir noch weitere seiner Monologe anhören zu müssen. Doch Rose hatte es nun wirklich nicht verdient, dass ich sie zur Witwe machte. Besonders deswegen nicht, weil der Junge jetzt aufs College wollte. Ich fand, dass ich es ihnen schuldig war, mich so besonnen zu verhalten, dass ich am Leben blieb. Ich steckte die Magnum weg.

»Danke Ihnen, Baruch«, sagte Elijah mit einem zufriedenen Kopfnicken, während er geschmeidig aus seinem Anzugjackett schlüpfte. Er faltete es in der Mitte und hängte es über den nächstgelegenen Stuhl. Dann rollte er den rechten Ärmel seines weißen Anzughemdes auf und zeigte mir den Unterarm:

Dicht an der Armbeuge war die Nummer *A-62 102* zu lesen, mit blauer Tinte tätowiert.

»Ein Andenken an den Ort, wo meine Kindheit endete«, sagte er zu mir. »Und eine ständige Erinnerung an die Lektion, die ich dort lernte. Der Anstrich aus Sittsamkeit und Ordnung, den sich die Gesellschaft gibt, ist heuchlerisch und fadenscheinig. Ein Jude lebt stets gefährlich. Meine Eltern glaubten, anerkannte Fachleute werden und Wurzeln schlagen zu können. Ihren Platz in der Gemeinschaft zu finden. Ihr Irrtum wurde bestraft, und zwar sehr hart.«

»Ich weiß, wer Sie sind. Ich habe von Ihnen gehört.« Menschen, die Tresore voller Bargeld besaßen, und Leute, die sie versicherten, hatten ein paar schlimme Jahre hinter sich, und einige meiner besonders gut informierten Spitzel hatten Gerüchte vernommen, dass jemand mit Namen Elijah der Grund dafür war. Es hieß, er habe mehr Banken leer geräumt als die Panik der Wirtschaftskrise 1929. Man sagte, er kenne keine Furcht und könne wie ein Gespenst an jedem Ort ein und aus gehen. Keine Strafverfolgungsbehörde hatte auch nur ansatzweise beweisen können, dass er überhaupt existierte. Und hier stand er vor mir, sein Hals zum Umdrehen in Reichweite.

Er griente sein Trümmerlächeln. »Ein starker und fähiger Jude sollte niemals dem Establishment der *Gojim* verpflichtet sein. Welches Interesse haben wir denn als die ewigen Außenseiter der Gesellschaft an deren Stabilität? Wir werden interniert und hingerichtet, selbst wenn wir die Regeln befolgen. Warum also sollten wie sie nicht übertreten?«

Mit dem Versuch, mich für seine Pläne einzuspannen, ging er ein großes Risiko ein. Oder vielleicht auch nicht. Vielleicht war genau das seine Methode. Vielleicht existierte ein verzweigtes Netzwerk frustrierter Cops, die alle für ihn arbeiteten. Vielleicht war er deswegen dem Gesetz stets so viele Schritte voraus.

»Es tut mir leid, wie sich die Dinge für eure Leute entwickelt haben«, sagte ich. »Aber ich bin Amerikaner. Ich habe für dieses Land mein Blut vergossen.«

»Sie hören sich an wie die deutschen Juden, die im Großen Krieg für das Vaterland gekämpft haben. Sie marschierten schließlich stolz und im Gleichschritt in die Verbrennungsöfen.« Er spie auf den Boden.

»Meine Antwort lautet nein.«

Elijahs dunkle Augen verengten sich, und seine Mundwinkel sackten nach unten. »Wenn ich Sie ansehe, habe ich den Eindruck, dass wir seelenverwandt sind. Es schmerzt mich, dass wir nicht Seite an Seite stehen werden.«

»Nun, man kann nicht alles haben. Und hören Sie eine wohlmeinende Warnung, da ich annehme, dass Sie an Leid schon viel zu erdulden hatten. Ziehen Sie in meiner Stadt keinen Coup ab. Denn wenn Sie mich herausfordern, werde ich Sie plattmachen, seelenverwandt oder nicht.«

»Dann werden wir also Feinde sein.« Er zuckte nonchalant die Achseln, als er sich das Jackett über die Schultern warf. »Der wilde Hund wird mich jagen. Dieses Ergebnis enttäuscht mich, aber ich finde es akzeptabel. Ihre Anstrengungen bei meiner Verfolgung werden meine Arbeit hier umso interessanter machen, und jede Demütigung, die ich Ihnen zufüge, Baruch Schatz, wird meinem Ruf umso mehr Glanz verleihen.«

Etwas an der Art, wie er das sagte, führte dazu, dass sich mir die Haare auf den Handrücken sträubten. Ich fragte mich, ein wie gräuliches Scheusal er mit dem fadenscheinigen Anstrich von Anstand zu kaschieren versuchte. Aber die Umstände waren ungeeignet, das herauszufinden: Ich war in der Minderzahl, und die Waffen waren in der Überzahl. Also wandte ich Elijah den Rücken zu, um dem Muskelberg entgegenzutreten, der immer noch den Ausgang blockierte.

»Geh mir verflucht noch mal aus dem Weg«, sagte ich.

Das Monstermannsbild blickte über meine Schulter zu seinem Boss, der wohl seine Erlaubnis signalisiert hatte. Er trat zur

Seite, und ich drängte mich an ihm vorbei, hinaus in die Kälte und die Dunkelheit. Die Tür schlug hinter mir zu. Verschreckt durch einen Schatten, den ich aus dem Augenwinkel zu bemerken glaubte, drehte ich mich blitzschnell auf dem Absatz um, zog die Waffe und zielte für den Fall, dass mich jemand verfolgte, auf den schmalen Eingang hinter mir.

Da war niemand.

3

2009

Morgens war es in den Walhalla Estates gar nicht mal so übel. Der Speisesaal hatte große Panoramafenster, die den Blick auf den üppigen und sonnigen hinteren Rasen unserer Einrichtung freigaben. Er war so groß, dass Heiminsassen, denen der Sinn danach stand und die zudem das körperliche Vermögen dazu besaßen, darauf Touch Football hätten spielen können.

Ich war nicht gerade erfreut, dass dieses Gespenst aus meiner Vergangenheit erschienen war, um mir das Frühstück zu vergällen. Das Frühstück gehörte zu den angenehmeren Ereignissen meines Tagesablaufs. Und ich wollte es genießen, denn anschließend hieß es: Physiotherapie. Und die war immer unangenehm.

»Sie haben die Reise hierher doch wohl nicht nur deswegen unternommen, um mir zu erzählen, dass Sie sterben werden«, sagte ich. »Da hätten Sie einfachheitshalber eine dieser Trauerkarten mit dem Begräbnistermin schicken können.«

Er wand sich. Hängebacken und bauchige Tränensäcke ließen sein Gesicht verwelkt aussehen. Elijah mochte ja eine Legende gewesen sein, aber auch er war nur aus Fleisch und Blut und dem Verfall ausgeliefert wie alles andere.

»Ich dachte, Sie würden vielleicht irgendwie dabei mitmischen wollen«, sagte er.

»Ich will Sie gar nicht mehr um die Ecke bringen«, sagte ich zu Elijah. »Ist mir sowieso ziemlich egal, was Ihnen geschieht.«

»Es gibt eine Menge Wörter, mit denen ich Buck Schatz beschreiben würde, aber ›gleichgültig‹ zählt ganz bestimmt nicht dazu.«

Ich verteilte das Rührei mit der Gabel auf dem Teller. Ich war hungrig und gewohnt, um diese Zeit zu essen, aber ich konnte den Fraß bestimmt nicht runterschlingen, wenn er mir dabei zusah.

»Ich war ein Cop. Das bin ich nicht mehr. Ich bin schon seit langem kein Cop mehr. Ich bin bereits mehr Jahre im Ruhestand, als ich im Dienst war. Ich wurde damals dafür bezahlt, mich darum zu kümmern, was Männer wie Sie so trieben und was ihnen zustieß. Jetzt erledigt ein anderer diesen Job. Wenn Sie mit der Polizei sprechen möchten, dürfte es doch nicht allzu schwierig sein, deren Telefonnummer herauszubekommen.«

»Wenn Sie nicht mehr zur Polizei gehören, was sind Sie jetzt?«

»Die meisten Tage überstehe ich, weil ich mir diese Frage nicht stelle«, sagte ich.

Er fletschte die Zähne, und ich sah, dass sie gerade ausgerichtet waren und weiß wie frisch gescheuerte Küchenfliesen. Auf natürliche Weise waren sie ganz gewiss nicht aus dem hervorgegangen, was ich beim letzten Mal in seinem Mund gesehen hatte. Der legendäre Dieb führte seine dritten Zähne spazieren.

Als er eine Weile nichts sagte, fragte ich: »Was wollen Sie eigentlich?«

»Hilfe.« Er ballte seine langen Pianistenfinger zu einer Faust, die er gleich darauf wieder öffnete. Sie waren knochiger als früher, aber bewegten sich geschmeidig und geschickt. »Ich brauche Hilfe.«

Ich schaufelte mir etwas Ei in den Mund. Ich kaute länger darauf herum, als Rührei normalerweise gekaut werden muss – pure Notwendigkeit, keine Effekthascherei –, und langte dann über den Tisch nach dem Salzstreuer aus Plastik. Ich schüttelte ihn heftig über meinem Teller, bis die gelbweiße Gallertmasse von weißen Kristallen bedeckt war. Ich nahm noch einen Bissen zu mir, und der war diesmal beinahe knusprig. Mein Arzt hatte mich vor allzu großem Salzkonsum gewarnt, aber Salz war inzwischen eine der wenigen Substanzen, die meine Zunge noch schmeckte.

»Und da kommen Sie zu mir? Damit ich Ihnen helfe?«, fragte ich.

Er nickte europäisch knapp. »Ich habe Sie schon einmal um Hilfe gebeten und wurde abgewiesen. Ich dachte, diesmal könnte es vielleicht anders sein.«

»Ich sehe drei Probleme, auf die Sie mit dieser Annahme stoßen werden: Erstens bin ich achtundachtzig Jahre alt. Zweitens bin ich schon fast ein verdammter Krüppel. Und drittens kann ich Sie nicht leiden.«

»Baruch«, flüsterte er. »Sehen Sie sich doch nur mal um, wo Sie gelandet sind. Haben Sie es sich so vorgestellt? Haben Sie das für Rose, Ihre Frau, gewollt? Als ich Sie das letzte Mal sah, waren Sie ungestüm und irrational und äußerst fehlgeleitet, aber Sie waren auch wild entschlossen und stolz und würdevoll. An diesem Ort jedoch ist von Würde keine Spur.«

Ich legte die Gabel ab. »Was soll das jetzt wieder heißen?«

»Ich weiß, dass Sie hier sind, weil Sie wegen ihrer mangelnden Gesundheit einer gewissen Pflege bedürfen. Wenn Sie mir helfen, bezahle ich Ihnen so viel, dass Sie sich eine Vollzeitpflegekraft leisten und ein schönes Haus kaufen können, das mit allen Finessen ausgestattet ist, die Ihnen den Übergang in die altersbedingte Hinfälligkeit erleichtern dürften. Ich weiß von dem Vermögen, das Sie verloren haben, Baruch. Wenn Sie mich zu Ihrem Freund machen, kann ich Ihnen das alles ersetzen.«

»Vielleicht möchte ich aber nicht Ihr Freund sein. Warum tun sich die Leute so schwer, zu begreifen, dass ich kein freundlicher Mensch bin?«

»Wenn Sie mir nicht helfen wollen, dann bringen Sie mich um, verdammt noch mal«, sagte Elijah. »Schenken Sie zumindest meinen Verfolgern nicht die Genugtuung, es getan zu haben.«

Ich zögerte lange genug, um darüber nachzudenken, was ich mit meiner Gabel ausrichten könnte. Ich zog die blassblaue Wölbung seiner Halsvene in Erwägung, die unter dem Schwabbelfleisch seiner Kinnlade pochte. Doch ich bezweifelte, noch so fit zu sein, über den Tisch hinweg zustoßen zu können, und ebenso wenig wollte ich, dass er sein Blut über mein Rührei vergoss. »Welche Art Hilfe versprechen Sie sich von mir?«, fragte ich.

Er sah mir direkt in die Augen, und zwar ohne den Anflug eines Lächelns. Anderenfalls hätte ich auch geargwöhnt, dass er sich über mich lustig machte. »Ich möchte, dass Sie für meine Sicherheit sorgen, solange Sie können. Und wenn man mich umgebracht hat, will ich, dass Sie über meinen Feinden einen Rachehagel niedergehen lassen.«

»Heutzutage lasse ich kaum noch einen Rachehagel über irgendwelche Leute niedergehen. Manchmal tröpfelt mir der Urin vorne über die Hose, aber mehr bekomme ich auch nicht zustande.«

»Vor ein paar Monaten habe ich Sie doch in den Nachrichten gesehen, als Sie einem Mann aus nächster Nähe mit einer Pistole den Kopf weggeblasen haben. Sie sind der niederträchtigste Mistkerl, dem ich je begegnet bin, Baruch. Sie sind so niederträchtig, wie ich trotz aller Verbitterung nie geworden bin. Sie sind niederträchtiger als der Soldat, der meiner Mutter in den Kopf schoss. Der sah blass aus und verängstigt. Sie haben noch nie verängstigt ausgesehen. Sie haben noch nie unsicher gewirkt. Die Niedertracht wird nie altersschwach, sondern staut sich auf und wird giftiger. Und heute brauche ich diese Niedertracht an meiner Seite.«

Ich hatte es schon immer genossen, wenn man meinen attraktiveren Charakterzügen huldigte, aber: »Wenn Sie in Gefahr sind, rufen Sie die Polizei.«

»Ich gebe mich nicht leichtfertig in die Hände der Staatsgewalt. Ich kenne diese Leute nicht. Sie sind keine Juden.«

»Bullshit«, sagte ich. »Sie wollen die Polizei nicht rufen, weil Sie kriminell sind, und Sie brauchen Hilfe bei irgendeinem neuen Verbrechen.«

Er beugte sich vor und fletschte wieder die Zähne, als sei er schockiert über die Unterstellung. »Ich bin geläutert«, sagte er mir. »Ich bin zum Philanthropen geworden. Ich verwalte eine Wohltätigkeitsorganisation, die Hunderte jüdischer Flüchtlinge dabei unterstützt hat, in Israel einzuwandern.«

Ich wäre geneigt gewesen, das für eine Lüge zu halten, aber eine wohltätige Stiftung war bestimmt bestens geeignet, gestohlenes Geld zu waschen.

»Warum bitten Sie nicht Israel um Hilfe?«, fragte ich. Mir gefiel die Idee, dass Elijah um die halbe Welt an einen Ort reiste, an dem ich mich nicht mit ihm abgeben musste.

»Diesmal werde ich nicht davonlaufen. Dazu bin ich zu alt.«

»Philanthropen geraten gewöhnlich nicht in Schwierigkeiten der Art, in denen Sie sich angeblich befinden.«

»Nicht jeder will erleben, dass Juden gerettet werden.«

Das hörte sich ziemlich bescheuert an. Ich aß noch etwas von meinem salzigen Rührei. Es schmeckte nach Meer, wenn das Meer sich denn aus dem Inneren von Hühnern ergoss. »Ich bin zu alt, um Ihnen zu helfen. Ich kann Sie nirgends verstecken, mir fehlt es an Mitteln, Sie zu beschützen. Wenn Sie Sicherheit suchen, gehen Sie zur Polizei.«

Er verfiel in eine stilvoll europäische Grübelpose, um seine Optionen abzuwägen. Ich beachtete ihn nicht, sondern konzentrierte mich auf mein Rührei. Ich erwog, mich nochmals in die Essensschlange einzureihen, um mir einen Bagel zu holen. Das Küchenpersonal von Walhalla verfügte über eine erstaunliche Methode, sie zu servieren: die Unterseite stets verbrannt, das Innere noch gefroren.

»Sollte ich mich an die Polizei wenden, werden Sie Ihren

Einfluss geltend machen, damit mein Schutz sichergestellt wäre? Werden Sie persönlich meine Sicherheit gewährleisten? Werden Sie dafür sorgen, dass die Gefahr, in der ich schwebe, ernst genommen wird und ich selbst nicht verfolgt werde?«

»Sie werden zugeben müssen, in was Sie verwickelt sind. Sie werden alles gestehen müssen, was Sie auf dem Kerbholz haben, und Sie werden den Polizisten von den Leuten erzählen müssen, die hinter Ihnen her sind.«

Er saß da und erwog seine Möglichkeiten. Ich kaute. »Das ist annehmbar«, sagte er schließlich. »Aber ich verlasse mich nicht auf die Polizei. Ich baue allein auf Sie. Ich will, dass Sie meine Sicherheit gewährleisten und Sie es als Ehrensache ansehen, mich zu rächen.«

»Was auch immer Sie sagen«, beruhigte ich ihn. »Wenn Sie sich stellen wollen, werde ich Ihre Kapitulation vermitteln. Zuerst suchen Sie sich aber einen Anwalt.«

»Darum kümmere ich mich.«

»Und Sie sollten sich lieber beeilen, denn Sie werden ja bald tot sein«, sagte ich. »Oder vielleicht auch nicht. Wenn Sie lange genug warten, wird sich das Problem wahrscheinlich von selbst lösen.«

ETWAS, DAS ICH NICHT VERGESSEN WILL

Zu Beginn meiner Laufbahn als Polizist kam ich bei einem Fall »häuslicher Gewalt« zum Einsatz. Anteil daran hatte ein Mann in einer Lederjacke, der sich Liminal Doug nannte. Er stand im Eingang seiner Scheißmaisonette und setzte mir auseinander, dass der Lude, der eine Nutte wirklich liebt, ihr ab und zu mal einen Nasenstüber versetzen musste.

Ich beugte mich etwas zur Seite, damit ich über seine Schulter in die Wohnung blicken konnte. Ich sah eine Frau, die auf dem Boden lag und sich weinend das Gesicht hielt.

»Ich schätze, ich muss dich wohl mächtig lieben«, sagte ich zu Liminal Doug. Dann zog ich ihm meinen Polizeiknüppel über den Scheißschädel.

Der Knüppel, den ich damals benutzte, war einer von diesen Totschlägern: eine Bleikugel, so groß wie eine Kinderfaust, mit Leder bezogen und auf eine Feder montiert. Viele Polizisten stellten sich gerade auf Schlagstöcke mit Seitengriff um, weil sie sich von dem Argument hatten überzeugen lassen, die neue Form sei besser zur Verteidigung geeignet. Da man den Stock seitwärts schwingen musste, blieb der Arm in einer abblockenden Position erhoben, und da der Stock sich am Griff vorbei am Unterarm fortsetzte, bot er einen gewissen Schutz vor Messerattacken. Der Stock war angeblich auch während eines Kampfes von dem Angreifer nicht so leicht zu entwenden.

Mich beeindruckten diese praktischen Vorteile nicht sonderlich, weil ich es mir nicht zur Gewohnheit gemacht hatte, gezückte Messer mit den Armen abzublocken. Wenn mich jemand mit dem Messer bedrohte, tat ich das einzig Vernünftige: Ich schoss. Und der seitliche Hieb mit einem Knüppel widersprach einfach meinen intuitiven Neigungen. Der Totschlägerknüppel war wie eine Vergrößerung meiner Faust, und ich spürte eine innige Zuneigung zu dem Leder, das sich um das Bleigesicht schmiegte, und zur Dehnbarkeit der Feder. Mir gefiel es, wie der Knüppel vom Kopf eines Angreifers zurückprallte. Und mir gefiel das Geräusch, das dabei entstand.

Ich nannte den Knüppel »Feingefühl« und brachte mein Feingefühl großzügig zur Anwendung.

Der Bezirksstaatsanwalt weigerte sich, Liminal Doug wegen tätlichen Angriffs anzuklagen, weil er die Ansicht vertrat, ich habe exzessive Gewalt walten lassen, aber dann sprach jemand vom Büro der Bundesanwaltschaft mit dem Mädchen im Krankenhaus und erhob Anklage gegen Doug wegen Verletzung des Mann Act: Gesetzliches Verbot, mit unmoralischen Absichten eine minderjährige Person von einem Bundesstaat in einen anderen zu bringen. Das brachte ihm drei Jahre oben im Bundesknast ein.

Und niemand nannte ihn je wieder Liminal Doug, nachdem ich ihm den Schädel poliert hatte. Die Leute nannten ihn Doug Sabber, wegen einer der besonders peinlichen Nebenwirkungen seiner Hirnverletzung.

Er litt überdies unter Augenzucken und gelegentlichen Krampfanfällen.

4

1965

Menschen, die einen Großteil dessen, was sie über die Polizeiarbeit wissen, aus dem Fernsehen erfahren oder durch die Lektüre von Kriminalromanen, sind immer wieder überrascht, wie sehr Cops auf ihr Glück angewiesen sind. Wir klären Verbrechen nicht durch brillante Schlussfolgerungen auf oder mittels penibler Überwachungen. Wir sind in den meisten Fällen nicht smarter als die bösen Jungs. Wären wir wirklich smart, würden wir keinem Beruf nachgehen, bei dessen Ausübung wir regelmäßig Gefahr laufen, verletzt oder niedergeschossen zu werden.

Es ist aber doch schwer, ein Verbrechen zu verüben und damit davonzukommen. Augenzeugen gibt es immer. Ich habe eine Fernsehsendung gesehen, in der die Cops eine Leiche auf der Straße fanden und daher die Weißkittelwissenschaftler vom Kriminallabor zu Hilfe riefen. Die Techniker entdeckten synthetische Fasern in der Nähe der Leiche. Daraufhin identifizierten sie den Mörder, indem sie diese Fasern mittels einer Datenbank vergleichen ließen, die wusste, wer welchen Teppich auf seinem Fußboden liegen hatte.

Ich hielt das für Schwindel. Soweit ich weiß, sind die meisten Teppiche ziemlich gleich, und die wenigsten Menschen schleppen Teppichreste an der Kleidung mit sich herum, wenn sie das Haus verlassen, um jemanden umzubringen. Aber wenn sich eine Leiche auf der Straße findet und man Leute losschickt, an alle Türen in der Gegend zu klopfen, wird man nicht selten auf jemanden treffen, der den Täter nennen kann.

Die wenigsten Menschen ahnen, dass Cops, die in der Gegend umherfahren oder Streife gehen, häufig die Bösen schnappen, weil sie zwecks Beobachtung verdächtiger Aktivitäten zur rechten Zeit am rechten Ort waren.

Zum Beispiel war ich nicht gezielt auf der Suche nach Paul Schulman, als ich zur Synagoge ging. Ich war nicht einmal in meiner Funktion als Polizist in der Synagoge. Mein Sohn besuchte zweimal die Woche zur Vorbereitung der *Bar-Mizwa* den Unterricht bei Abramsky, dem neuen Rabbi-Assistenten, und ich war nur dort, um ihn abzuholen. Brian und Schulman und der Rabbi kamen zur Vordertür heraus, als ich in die Straße einbog.

Abramsky galt als »modern orthodoxer« Rabbi, was meinem Verständnis nach hieß, dass er seinen Bart rasierte, aber seine Schläfenlocken behielt. Mit dem lächerlichen Haarschnitt und dem dicklichen Gesicht sah er aus wie ein viel zu groß geratenes Kleinkind, und mit den meisten seiner Ansichten war ich nicht einverstanden. Dennoch mochte ich ihn ein wenig mehr als den Seniorrabbi, dessen Ansicht nach Kleidung aus Baumwolle unkoscher war und der daher das ganze Jahr über schwarze Anzüge aus Wolle trug. Schon bevor die angebliche Erderwärmung Thema wurde, war Memphis, Tennessee, nicht gerade der geeignete Ort, im Sommer Wollkleidung zu tragen, und zwischen Ende April und Mitte November roch der alte Rabbi dann auch wie ein Haufen schmutziger Sportsocken.

Paul Schulman hätte vom Alter her in den Koreakrieg ziehen müssen, wurde aber nicht eingezogen. Man konnte für untauglich erklärt werden, wenn man nach der Bestimmung 4-F aus physischen, geistigen oder moralischen Gründen als untragbar für den Militärdienst eingeschätzt wurde, und Schulman fiel in alle drei Kategorien.

Er war fast zwei Meter groß und wog über hundert Kilo, doch

trotz dieser Masse gelang es ihm, wie ein Männchen zu wirken. Das lag an seinem Gesicht: Er hatte einen starken Überbiss und Eselsohren, und das fliehende Kinn ging verschämt in den Hals über. Außerdem hatte er die Angewohnheit, dic Ellbogen an den Köper zu klemmen und seine schlaffen Hände vor der Brust zu verschränken, wodurch er kleinmütig und unterwürfig wirkte. Und sein Gang war ungelenk und plattfüßig.

Auch ein friedfertiger Mann würde sich schwergetan haben, Paul Schulman keine reinzuhauen, und ich bin noch nie friedfertig gewesen. Daher war es ein Segen, dass es sich bei ihm um ein schlimmes Arschloch handelte und es mir frei stand, ihn nach Gutdünken durchzuprügeln, wann immer mir danach war.

Er war nur ein kleiner Fisch: Er versuchte es mit Trickbetrügereien, prellte Witwen um ihre Rentenschecks oder schwatzte gutgläubigen Negroes wertlose Anlagen auf. Aber gelegentlich wuchs er über seine zahlreichen Schwächen hinaus und schaffte es, sich in eine Gang zu mogeln, die einen ausgeklügelten Schwindel durchziehen wollte oder einen Raubüberfall plante.

Er hatte nicht viel im Kopf und war auch als Muskelprotz nicht zu gebrauchen, besaß aber geschickte Finger und gewisse Fertigkeiten, wenn es darum ging, Türen oder primitive Geldschränke zu öffnen, ohne über die entsprechenden Schlüssel zu verfügen. Wollte man irgendwo einbrechen, war Schulman der Mann der Wahl, falls man es nicht geschafft hatte, einen erstklassigen Panzerknacker aufzutreiben. Sein Glück, dass eine Menge Wertsachen nur von drittklassigen Schlössern abgesichert wurden.

Paradoxerweise hatte ihn das Talent, sich die Beteiligung an diesen größeren Straftaten zu sichern, davor bewahrt, wegen seiner kleinkriminellen Taten längere Zeit hinter Gittern abzusitzen. Die Arbeit eines Detective lässt sich mit dem Angeln vergleichen: Es erwies sich manchmal als klug, die kleinen Fische ins Wasser zurückzuwerfen, um später ein paar große an die Angel zu kriegen und an Land zu ziehen. Schulman jedenfalls bot sich als hervorragender Kandidat für das Spiel »Fassen und Entlassen« an, denn ich war mir sicher, dass er auspacken würde, was er wusste, wenn ich ihn etwas härter anfasste. Nur wenige Dinge sind für einen Detective kostbarer als ein verlässlicher Spitzel.

Aber an jenem Abend vor der Synagoge sah Schulman meinen Wagen und nahm die Beine in die Hand.

Wie ich schon erwähnte, ist die Polizeiarbeit auf eine Menge glücklicher Zufälle angewiesen, und das Wissen darum, wie man das Glück nutzt, löst mehr Fälle als die Fähigkeit, obskure Schlussfolgerungen zu ziehen oder ein gutes Auge auch für winzigste Indizien zu besitzen.

Vor ein paar Jahren hielt ein Krimiautor im Jewish Community Center einen Vortrag, in dem er darauf hinwies, dass der Zufall in einem Kriminalroman absolut nichts verloren habe. Er führte aus, dass sämtliche Krimigeschichten unser Universum als einen grundsätzlich geordneten Raum betrachten und schildern, wie Unordnung in Form von Verbrechen und Korruption systematisch beseitigt wird. Daher muss die Geschichte selbst auch ihre Ordnung haben, und alles muss logisch aufeinanderfolgen. Alles muss einwandfrei zueinander passen.

Ich weiß nicht viel von Erzählstruktur oder übergreifenden Themen wie Ordnung und Unordnung, aber ich kenne mich ein wenig mit Verbrechen aus und damit, wie sie bestraft werden. Ich habe viele Fälle bearbeitet, bei denen es chaotisch wurde, und ich habe nicht wenige erlebt, die deswegen gelöst wurden, weil der Zufall zu Hilfe kam.

Wenn mein Sohn nicht in der Synagoge beim Rabbi Unterricht gehabt hätte, wäre ich nicht dort gewesen, um ihn abzuholen. Wenn Schulmans Vater nicht in jenem Jahr gestorben wäre, hätte der Sohn nicht die abendliche Gebetsstunde genutzt, um das *Kaddisch* zu sagen. Wenn er entspannt geblieben wäre, hätte ich ihm wahrscheinlich keine Beachtung geschenkt. An jenem Tag hatte ich kein spezielles Interesse an ihm. Und wenn ich ihn nicht verfolgt hätte, wäre ich vielleicht niemals auf eine Spur Elijahs gestoßen.

Aber ich war dort, und er war dort, und er rannte davon, als er mich sah. Und wenn jemand meint, einen guten Grund zu haben, vor mir davonzulaufen, kann ich nur annehmen, dass ich einen guten Grund habe, ihn zu verfolgen. Ich also hinterher.

Als Schulman loswetzte, stand ich schon halbwegs auf einem Parkplatz parallel zu Straße. Ich riss das Lenkrad herum und schaltete. Der Dodge schlingerte rückwärts zurück auf die Straße. Mein Sohn rief mir etwas zu, aber wegen des Motorenlärms verstand ich ihn nicht. Ich ließ die Kupplung los, und der Wagen schoss vorwärts. Ich holte Schulman an der nächsten Straßenecke ein und fuhr über den Bordstein auf den Gehsteig, um ihm den Weg abzuschneiden. Er rannte, so schnell er konnte, beugte sich vor und verlor das Gleichgewicht. Ich glaube, er hatte versuchen wollen, die Kreuzung trotz des entgegenkommenden Verkehrs zu überqueren, um mich abzuhängen. Aber er war nicht schnell genug.

Er stützte sich mit einer Hand auf meinen Wagen und drehte sich um, weil er in die andere Richtung laufen wollte. Aber ich hatte mehr Erfahrung darin, Übeltäter einzufangen, als er, vor Cops zu fliehen. Bevor er herumwirbeln und davonstürmen konnte, trat ich die Wagentür auf, so dass sie ihm hinten in die Beine schlug. Er stürzte nach vorn und torkelte ein paar Schritte. Das verschaffte mir genügend Zeit, um aus dem Wagen zu springen und ihm mein »Feingefühl« zwischen die Schulterblätter zu schmettern.

Das Gewicht des Bleikopfs stauchte Fleisch und Knochen, und die Feder bog sich, so dass der Schlagknüppel mit einem willkommenen hohlen Ton vom Rücken des Mannes zurückprallte. Wenn man jemanden mit einem Totschläger bearbeitete, kam es einem vor, als würde man mit dem Gummihammer auf eine Bongotrommel einschlagen. Die Wucht des Schlags schickte Schulman augenblicklich zu Boden. Er hatte nicht einmal mehr die Chance, einen Arm schützend vors Gesicht zu heben, bevor er aufs Pflaster schlug.

»Scheint so, als hättest du mir was zu erzählen, Paul«, sagte ich.

Er rotzte einen qualligen Schleimklumpen auf den Gehsteig, und ich sah, dass Blut darin war. »Hab ich nicht. Ich schwör.«

»Wenn du mich anlügst, werde ich womöglich wütend auf dich. Und wenn ich wütend bin, tu ich dir weh.«

»O Gott, nein. Bitte nicht.«

»Wenn du nichts zu verbergen hast, warum rennst du dann vor mir weg?«

Er wartete lange genug, um sich die Konsequenzen auszumalen, bevor er sagte: »Meine gegenwärtigen Lebensumstände rechtfertigen diese Entscheidung uneingeschränkt.« Für den Fall, dass diese Bemerkung mich veranlasste, ihn wieder zu schlagen, zog er den Kopf ein.

»Du hältst dich für besonders schlau, was?«, sagte ich.

»Hätte nichts dagegen, ein bisschen dämlicher zu sein, wenn ich dafür schneller rennen könnte«, sagte er.

»Es ist bestimmt nicht das Gewicht deines Hirns, das dich beim Laufen behindert, Paul.« Ich stocherte mit der Stiefelspitze an seiner weichen Wampe, und er krümmte sich wie ein Embryo.

»Ich habe Schmerzen in der Brust, und da ist so ein Knirschen.«

»Das sind deine Rippen. Ich hab sie dir nämlich gebrochen, deine Scheißrippen. Und wenn du jetzt nicht redest, breche ich dir noch ganz was anderes.«

Schulman sagte nichts, blickte aber wie gebannt an mir vorbei. Ich drehte mich um und sah, dass mein Sohn uns inzwischen erreicht hatte.

»Was machst du da, Dad?«

»Steig ins Auto und schließ die Tür«, sagte ich.

»Ist schon okay, dein Pop und ich müssen uns nur kurz mal unterhalten«, sagte Schulman.

»Red nicht mit meinem Jungen«, wies ich ihn an.

Brian schlug die Arme übereinander. »Hier stimmt was nicht.«

»Spuck was aus, Paul«, sagte ich. »Ich bin nicht erpicht darauf, dich vor den Augen meines Sohnes zu verprügeln, aber ich bin ziemlich in Rage und könnte mich leicht vergessen.« Ich hob den Totschläger, und er fuhr zusammen. Gewöhnlich bedurfte es nur bescheidener Überredungskunst, einen miesen Schleimscheißer seines Schlags zum Singen zu bringen. Die Liste von Leuten, vor denen Paul Schulman so dicht machte wie jetzt, war kurz.

Ich kniete mich neben ihn, rückte ihm ganz nahe und sah ihm in die Augen. Ich konnte erkennen, dass er mit sich haderte, ob seine Angst vor mir größer war als die vor der Person, die er schützen wollte. Ich ging kurz mit mir zu Rate. »Erzähl mir, was du über Elijah weißt. Bist du bei dem Coup dabei, den er vorbereitet?«

Ich schloss die Faust fester um den Knüppel. Er sah mich zehn Sekunden lang an. Ich ragte wie ein Riese dräuend über ihm auf und nahm ihm das gesamte Sichtfeld. Ihm wurde klar, dass ich allwissend war und dass mir nichts entging. Dass ich mitleidlos war in meinem Zorn.

»Ich bin nur eine Randfigur«, sagte er. »Ich weiß ein wenig, aber nicht viel. Bitte, Buck, schlag mich nicht noch mal.«

»Sag mir, was du weißt, und wir werden sehen, wie viel Nachsicht du dir damit einhandelst.«

Er zitterte und krümmte sich, weil das Zittern die gebrochenen Rippen verschob. Und dann schrie er leise auf, weil sich der Schmerz durch die Bewegung verschlimmerte. »Ari Plotkin hängt da mit drin, aber er sagt, Elijah traut mir nicht. Ich hab nur gehört, dass der Job mit den Farbigen zu tun hat, die unten am Fluss streiken. Mehr weiß ich nicht.«

Ich stand lange genug stumm über ihm, um festzustellen, ob da noch etwas war, was er zu sagen hatte. Aber es hatte nicht den Anschein, als wäre mehr aus ihm herauszuholen als Tränen und Sabber.

»Ich sollte dich festnehmen, Paul. Ich weiß genau, dass du seit kurzem etwas im Schilde führst, womit du dir leicht ein halbes Jahr hinter Gittern einhandeln könntest. Aber ich bin nicht im Dienst, und mir ist menschenfreundlich zumute«, sagte ich. »Wenn du daran zurückdenkst, was heute Abend hier geschehen ist, vergiss nie, wie nett ich zu dir gewesen bin. Wenn ich noch mal hinter dir herjagen muss, bin ich weniger nachsichtig.«

Ich erhob mich und stand Auge in Auge mit Abramsky, der einen Arm schützend um Brians Schulter gelegt hatte.

»Wir befinden uns hier an einem Ort des Gebetes, Detective«, sagte er.

Ich warf einen Blick auf Schulman, der wimmernd auf dem Gehsteig lag. »Ich denke, Mister Schulman hätte etwas inständiger beten sollen.«

Das Gesicht des Rabbis war so verkniffen, dass die Lippen weiß schimmerten. »Das hier sind doch Ihre eigenen Leute. Wie können Sie Ihren eigenen Leuten das antun?«

»Ohne Probleme, wie Sie sehen«, sagte ich. Ich richtete den Totschläger auf Brian. »In den Wagen mit dir.«

Aber mein Sohn blieb einfach stehen und ballte die Fäuste. »Ich will eine richtige Antwort auf die Frage hören.« In mancher Hinsicht war er genau wie seine Mutter.

Ich sah den Rabbi an. »Heißt es nicht in irgendeinem der Gebote, dass er zu tun hat, was ich sage?«

Abramsky kreuzte die Arme. »Er ist schon fast ein Mann, und ein Mann darf sich nicht einfach abwenden, wenn er so etwas sieht. Ich denke, Sie sollten lieber versuchen, Ihr Verhalten zu rechtfertigen.«

Mich erstaunte, dass dieser sanfte und kindlich wirkende Mann so viel Rückgrat bewies. Ich sagte zu Brian: »Paul Schulman ist ein Dreckskerl. Er gehört nicht zu unseren Leuten. Wir sind nicht wie dieser Mann. So sind wir nicht.«

»Sie mögen einen großen Knüppel zur Hand haben, aber Sie bleiben dennoch ein Jude, und eines Tages werden Sie das auch begreifen«, sagte Abramsky. »Ich hoffe um des Jungen willen, dass Sie diese Erkenntnis nicht zu teuer bezahlen müssen.«

»Wenn Ihnen nach einer *Mitzwa* ist, rufen Sie einen Krankenwagen für diesen *Schmock*«, sagte ich zu dem Rabbi. Dann wandte ich mich an Brian. »Schieb deinen Hintern ins Auto. Wir sind hier fertig.«

5

2009

Ich lag in einem fensterlosen Innenraum flach auf dem Rücken auf einer weichen Matte und blickte hinauf in Neonlicht. Nur unter denkbar großen Schwierigkeiten und nicht ohne fremde Hilfe hatte ich es geschafft, mich auf dem Boden niederzulassen. Es würde schmerzhaft werden, wieder aufzustehen.

»Wollen wir doch mal sehen, ob Sie noch zwei Sets Beineheben hinkriegen«, sagte Claudia, die Physiotherapeutin war oder Rehaspezialistin oder so was Ähnliches.

»Ich glaube, für heute habe ich genug«, sagte ich.

»Da Sie die Axt schwingen können, Buck, können Sie mir auch noch ein paarmal Beineheben zeigen.« Sie sprach ihren Namen wie »Klaudie-äh« aus. Ihre Leute stammten von irgendwo aus Mittelamerika, und sollte sie jemals dorthin zurückkehren, wäre sie durchaus qualifiziert, dem despotischen Regime als Folterbeauftragte zu dienen. Mir sind von einigen der Besten ihres Fachs Schmerzen zugefügt worden, und dieses Mädel könnte sich durchaus unter ihnen tummeln.

»Die Axt hat mich völlig fertiggemacht. Aber besseres Fitnesstraining als Äxteschwingen gibt es eben nicht. Ich finde, dass ich mir einen freien Tag verdient habe.«

»Es gibt keine freien Tage. Es gibt nur Tage, an denen sich Ihr Gesundheitszustand bessert, und andere, an denen er sich verschlechtert.«

Dies war mein zweiundneunzigster Reha-Tag. Es war der

zweiundneunzigste Tag, an dem ich dafür büßte, dass ich einem alten Feind zu Leibe gerückt war und mich mit den bösen Buben eingelassen hatte.

Ich hatte bereits eine halbe Stunde langsames Treten auf dem Hometrainer sowie drei Sets einer Übung hinter mir, bei der man an einem Seil ziehen musste, was angeblich meinen Kernmuskeln zugutekommen sollte. Meine Kernmuskeln waren total im Eimer. Lag wohl daran, dass ein Schuss in den Rücken den Kernmuskeln absolut nicht bekommt.

Rose veranlasste den Umzug in die Walhalla Estates, während ich noch im Krankenhaus lag. Ich hätte dieser Entscheidung nicht zugestimmt, aber ich wurde auch nicht gefragt. In unserem Haus würde ich nicht mehr zurechtkommen. Wir verfügten weder über Haltestangen im Bad noch über einen Sitz in der Wanne. Wir hatten kein Toilettenbecken, auf das ich aus dem Rollstuhl rutschen konnte. Der Flur, der zum Schlafzimmer führte, war zu schmal, um mit dem Rollstuhl darin zu manövrieren, und trotz aller Therapiestunden musste mir jemand morgens aus dem Bett helfen, der über größere Kräfte verfügte als meine Frau.

Rose entschied sich für diese Institution, obwohl billigere zur Auswahl standen, denn sie verfügte über Reha-Einrichtungen im Haus, und eine Physiotherapeutin gehörte zum Personal. So gesehen, hätte sie uns ebenso gut im Guantanamo-Gefängnis unterbringen können. Wie ich höre, sind dort Zimmer frei geworden, seit unser kenianischer Präsident all die Terroristen hat laufenlassen.

»Wissen Sie«, sagte Klaudie-äh, »ich habe die Biomechanik des Gehens studiert. Der Gang des Menschen ist nur möglich durch die ständige Auseinandersetzung mit der Erdanziehungskraft. Der Planet versucht immerzu, uns in Richtung seines Mittelpunkts hinabzuziehen, und der Körper hat sich darauf eingerichtet, dieselbe Kraftmenge einzusetzen, um uns auf der Erdoberfläche vorwärtszutreiben.«

»Bis er es eines Tages nicht mehr schafft und man uns zu Grabe trägt«, sagte ich.

»Eben deswegen müssen wir daran arbeiten, dass diese Muskeln in gutem Zustand bleiben. Wenn auch nur eins dieser komplexen Systeme aus dem Gleichgewicht gerät, geht der gesamte Apparat in die Brüche.«

Mein Apparat war der reine Schrotthaufen. Ich bestand aus abgewetzten Zahnrädern und zerschlissenen Riemen, aus einem morschen Gerüst, das notdürftig mit Spucke und Pattex zusammengehalten wurde. Aber so war es bereits gewesen, bevor ich hingegangen war und mich hatte niederschießen lassen.

Bei älteren Menschen gestaltet sich der Heilungsprozess kompliziert. Die Hauptsorge der Ärzte galt dem, was sie Dekompensationsstörung nannten: Ich war im Grunde bereits so gebrechlich, dass die Belastung durch ein Trauma zu einer Kaskade von Organversagen führen könnte, die mich höchstwahrscheinlich das Leben kosten würde.

Mein Arzt hatte das so erläutert: Kommt es bei Patienten in fortgeschrittenem Alter zu einem Sturz oder einem Trauma, ist darin das Signal zu sehen, dass ein weiterer Sturz oder ein weiteres Trauma innerhalb der folgenden sechs Monate mit hoher Wahrscheinlichkeit zu erwarten ist, selbst wenn die Verletzung, die beim ersten Sturz davongetragen wurde, als nur geringfügig oder oberflächlich erscheint. Kommt es innerhalb von einem halben Jahr zu zwei Verletzungen, konstatieren wir ein verhältnismäßig dramatisches Ansteigen der Sterbewahrscheinlichkeit innerhalb der folgenden zwölf Monate.«

»Verhältnismäßig zu was?«, fragte ich ihn.

»Nun, die Sterblichkeitsrate ist bei Ihrem Jahrgang ohnehin schon recht hoch«, sagte er.

Er wusste stets, wie er mich aufmuntern konnte.

Nach zwei Wochen bewegungsloser Bettruhe konnte jemand meiner Altersklasse bestenfalls auf eine irreversible Muskelatrophie hoffen, aber wahrscheinlicher war, dass sich meine Beine mit Blutgerinnseln füllten, die zu Embolien führten und mich umbringen würden. Dieses spezielle Risiko wurde dadurch erhöht, dass die Blutverdünner für eine Weile abgesetzt wurden, damit meine Verletzungen heilen konnten.

Als es aus der Wunde an meiner Seite noch sickerte, schickten sie bereits jemanden, der die Reha mit mir starten sollte. Erst wenige Tage zuvor hatten sie mein gebrochenes Bein eingegipst. Jetzt ließen sie mich die Arme heben und senken, und ich musste mein heiles Bein anheben und beugen.

Mehrmals am Tag hievten sie mich aus dem Bett, nur um mich zu zwingen, auf einem Stuhl zu sitzen, obwohl es höllisch weh tat, mich aufzurichten. Nach zwei Wochen wurde ich aus dem Krankenhaus entlassen, aber ich saß noch einen ganzen Monat im Rollstuhl und wartete darauf, dass die Knochenteile zusammenwuchsen. Der Gipsverband war zu schwer, um sich damit herumzuschleppen, und der Gebrauch von Krücken oder einer Gehhilfe würde allzu leicht die genähte Wunde an meiner Seite aufreißen lassen.

Trotz aller Bemühungen wollten meine Beine, nachdem der Gips abgenommen worden war, mein Gewicht immer noch nicht tragen. Ich versuchte es mit der Gehhilfe, aber Rose fand, dass ich trotzdem zu wacklig war. Also nahm ich für weitere drei Wochen im Rollstuhl Platz, und Klaudie-äh ließ mich die Beine heben und beugen, bis sie sich gekräftigt hatten.

»Ich würde jetzt liebend gern Schluss machen«, sagte ich.

»Nur noch achtmal.«

Ich sah zu ihr auf. Sie war massig, wenn auch nicht dick, sah frisch und munter aus, ohne besonders hübsch zu sein. Sie hatte ein breites, beinahe flaches Gesicht, und ihre Schultern und Gliedmaßen wirkten zu groß, um zu einem weiblichen Körper zu passen. Manchmal, wenn ich stolperte, fing sie mich mit einem Arm auf und stellte mich wieder auf die Beine. Müsste ich sie mit einem Wort beschreiben, würde ich sie »stabil« nennen. Ja, das war sie: stabil. Wie ein Möbelstück.

Beim Gedanken an Möbelstücke fiel mir auch Connors Schaukelstuhl wieder ein, und ich musste lachen. Das verfluchte Ding in Stücke zu hacken hatte höllisch weh getan und mich ausgepowert, aber gelohnt hatte es sich.

»Was ist so komisch, Buck?«

»Unwichtig.«

»Ist es wirklich unwichtig, oder wissen Sie schon jetzt nicht mehr, worüber Sie gelacht haben?«

Die Überprüfung meines Geisteszustands gehörte zum Reha-Programm. Es hatten sich bei mir bereits einige Symptome leichter geistiger Beeinträchtigung gezeigt, bevor ich verletzt wurde, und mein Verstand war eines jener Systeme, die möglicherweise aufgrund der Verletzungen dekompensieren könnten.

»Ich habe nichts vergessen. Ich mag nur nicht reden.«

Ich hob das Bein. Es schmerzte. Meine Kernmuskeln schmerzten.

Selbst nach drei Wochen harter Arbeit war ich an manchen Tagen so müde, dass ich mich nach der Physiotherapie wieder in den Rollstuhl setzte. Ich wurde immer grantiger, sogar für mein Alter, in dem man eh schon eine starke Zunahme an Grantigkeit erleben muss.

Das war tatsächlich ein gewisses Problem. Wenn ich ärgerlich wurde, wurde ich auch verdrießlich, und wenn ich verdrießlich wurde, reagierte ich verschlossen, und die Verschlossenheit beschleunigte angeblich das Fortschreiten meiner Demenz.

Mein Arzt hielt mir einen längeren Vortrag zu diesem speziellen Thema, und am Schluss schrieb er mir etwas auf seinen Block. Seine Handschrift war scheinbar nicht zu entziffern, und deswegen trug ich den Zettel zu meinem Apotheker, der mir eröffnete, das Arschloch von Arzt habe mir »eine positive Einstellung« verschrieben.

Ich fluchte ein paarmal, weil ich vergebens bei Walgreens gewesen war, aber ich kaufte bei der Gelegenheit zwei Stangen Zigaretten, und deswegen war die Zeit nicht ganz und gar vertan.

Der Arzt, bei dem ich vorher gewesen war, hatte sich als hilfreicher erwiesen. Nach dem Tod meines Sohns hatte er mich zu einem Psychiater geschickt, der mir ein Antidepressivum verschrieben hatte. Es befanden sich immer noch ein paar von den Pillen in meinem Schränkchen, aber ich mochte sie nicht nehmen. Ich war nicht ich selbst, wenn ich Antidepressiva intus hatte.

»Was geht Ihnen jetzt durch den Kopf, Buck?«, fragte Klaudie-äh.

»Ist unwichtig.«

»Ist es wirklich unwichtig, oder haben Sie schon vergessen, was Ihnen durch den Kopf ging?«

»Habe ich Ihnen schon mal gesagt, dass ich Sie nicht leiden kann?«

»Seit gestern noch nicht.«

Daran erinnerte ich mich. Echt.

»Während Sie die Beine heben und senken, wiederholen Sie bitte diese Wortfolge«, sagte Klaudie-äh. »Stuhl, Vogel, LKW, Busch, Hut.«

»Das ist keine Wortfolge«, sagte ich, »sondern nur eine Aufzählung von Dingen, die nichts miteinander zu tun haben.«

»Darum geht es ja. Es geht nur um die Überprüfung Ihres Kurzzeitgedächtnisses. Das haben wir schon mal gemacht. Erinnern Sie sich daran?«

»Selbstverständlich.«

»Dann wissen Sie ja Bescheid. Wiederholen Sie also bitte die Wortfolge.«

»Will ich aber nicht. Ich muss nämlich an etwas ganz anderes denken.« Ich dachte an Elijah. Vielleicht hätte ich ihn daran hindern sollen, einfach so zu gehen, obwohl ich nicht recht wusste, wie ich das hätte anstellen sollen. Mit einer Gehhilfe einem Mann hinterherzujagen bot sich nicht gerade an.

War er wirklich auf der Suche nach einem Anwalt? Hatte er wirklich vor, sich der Polizei zu stellen? Es war durchaus möglich, dass er nach Walhalla gekommen war, um Hilfe zu suchen, die ich ihm nicht hatte bieten können. Wenn das zutraf, würde ich wohl nie wieder von ihm hören. Wenn er festgestellt hatte, was aus mir geworden war, hatte er vielleicht eingesehen, dass ich ihm aufgrund meiner Verfassung nicht das geben konnte, was er von mir wollte. Was auch immer es sein mochte.

Ich war mir durchaus der Möglichkeit bewusst, dass die ganze Chose eine Falle war. Elijah und ich waren nicht als Freunde auseinandergegangen. Es kommt keine ungetrübte Freude auf, wenn Erzfeinde nach über vierzig Jahren in der Tür stehen. Erst vor wenigen Monaten hatte ich eine ähnliche Einrichtung wie Walhalla aufgesucht, weil ich dort einen Feind aus sehr frühen Tagen zu finden hoffte, und meine Absichten waren nicht wohlwollend gewesen. Es war nicht von der Hand zu weisen, dass Elijah sich auf einem ähnlichen Streifzug befand.

Nur dass ich weit mehr Veranlassung hatte, ihn zu hassen, als er Grund hatte, mich zu hassen. Er war so gut wie unversehrt aus Memphis davongekommen und hatte mir in seinem Kielwasser ein höllisches Chaos hinterlassen, das ich bereinigen musste. Man taucht nicht auf, um mit jemandem abzurechnen, wenn man schon in den schwarzen Zahlen ist.

Jedenfalls würde er wohl nie anrufen. Und wenn er das nicht tat, wüsste ich, dass ich besser dran wäre. Ich konnte keinen Ärger brauchen. Aber ich hatte gern Ärger und war mir nicht sicher, wie viele Gelegenheiten sich mir noch bieten würden, Ärger zu bekommen.

»Die Liste, Buck.«

»Stuhl, Vogel, LKW, Bu… – verdammt.«

»Kommen Sie schon. Ich weiß, dass Sie es können.«

»Stuhl, Vogel, LKW …«

Schweigen. Fünf Dinge, die nichts miteinander zu tun hatten. Wer sollte sich so was merken können? Niemand. Rose kam manchmal mit zu meinen Reha-Stunden bei Klaudie-äh, und sie sagte, dass sie sich so was genauso wenig merken konnte.

»Okay, Zeit, eine zu rauchen«, sagte Klaudie-äh, damit ich der Schmach entging zuzugeben, was uns beiden klar war. »Ich hab meine vergessen. Darf ich eine von Ihren borgen?«

Ich hatte Klaudie-äh noch nie zusammen mit irgendeinem anderen ihrer Patienten rauchen gesehen. Mir gefiel es sehr, dass sie darauf verzichtete, mich wegen meiner schlechten Angewohnheiten zu rügen. Meine schlechten Angewohnheiten waren nämlich so gut wie alles, was mir noch blieb.

»Ich rauche ohne Filter«, sagte ich.

Sie lachte. Mädchenhaft klang es nicht. »Ich denke, damit komme ich zurecht«, sagte sie, als sie einen kräftigen Arm unter meinen Rücken schob und mir auf die Beine half.

»Das nehme ich auch an.«

Ich packte die Gummigriffe meiner Gehhilfe, und Klaudie-äh verlangsamte ihre Schritte, als wir den Physiotherapieraum verließen und den neonbeleuchteten, nach Krankenhaus riechenden Korridor entlanggingen, an dem die Krankenschwestern ihre Büroräume hatten. Sie hielt mir die Seitentür auf, während ich mich hindurchschob, und sie hatte meinen Arm fest umschlossen, als ich die beiden niedrigen Betonstufen bewältigen musste, die auf der anderen Seite warteten.

Ich fischte eine Packung Lucky Strikes aus der Tasche des Kapuzenshirts, das mein Enkel mir von der NYU geschickt hatte, und sie gab mir Feuer. Ich inhalierte und hielt den Rauch so lange zurück, wie ich konnte. Ich stützte mich auf die Gehhilfe und gab mir alle Mühe, die Aussicht auf den Angestelltenparkplatz zu genießen. Wenn das hier vorbei war, würde ich in mein Zimmer gehen und vor den Fox News sitzen, bis ich einschlief, und sie würde in ihr Büro gehen und Formulare ausfüllen. Und in drei oder vier Wochen würde ich einen Termin bei einem Neurologen haben.

Es sei denn, Elijah rief an. Dann würde vielleicht etwas Unvorhersehbares geschehen. Ich hoffte auf Gott, dass Elijah anrief.

»Sehen Sie sich dieses Diagramm an«, sagte der Mann im Anzug auf meinem Fernsehschirm. »Es zeigt, wie sich der Aktienindex S&P 500 im Verlauf der vergangenen fünfzehn Jahre entwickelt hat.«

»Richtig«, sagte der Gastgeber und wies mit dem Finger auf die Kurve. Er war in Hemdsärmeln und trug eine Krawatte, wirkte aber doch irgendwie zerknautscht. Seit ich einen von diesen Fernsehern mit Flachbildschirm bekommen hatte, sahen sämtliche Personen im Kabelfernsehen schlimm aus. Nichts als Poren und Schweißtropfen und Schminke schichtenweise.

Ich sollte mich aber mit kritischen Worten zurückhalten, denn die letzten paar Jahre waren auch meinem Aussehen nicht besonders gut bekommen. George Orwell hat gesagt, dass jeder Mensch mit fünfzig das Gesicht hat, das er verdient. Er versäumte es aber, anzumerken, dass jeder Mensch mit achtzig ein Gesicht hat, das niemand verdient. Ich sah aus wie eine Wachsfigur nach meinem Vorbild, an der sich jemand mit der Lötlampe versucht hatte.

»Man kann genau hier den Einbruch der Technologiepapiere sehen«, sagte der Mann im Fernsehen. »Und man bemerkt die Rezession von 2001.«

Ich konnte Aknenarben erkennen. Ich konnte an seiner Kieferpartie eine Stelle mit Bartstoppeln sehen, die zu rasieren er vergessen hatte. Ich rieb mir übers Gesicht und stellte ähnliche Stellen auf meinen Wangen fest. In letzter Zeit war mir das Rasieren schwergefallen, weil ich nicht mehr genau erkennen konnte, was ich tat, nicht einmal im vergrößernden Rasierspiegel.

Noch vor wenigen Jahren rasierte ich mich jeden Morgen mit einem Nassrasierer, wie es sich für einen richtigen Mann nicht anders gehört. Sauber und glatt, und zwar jedes Mal. Aber meine Hände waren bei weitem nicht mehr so ruhig. Einmal hatte ich mich nicht im Gesicht geritzt, sondern mir beim Klingewechseln an zwei Fingern höllisch tiefe Schnitte zugefügt, aus denen es nur so sprudelte, weil ich doch Blutverdünner nahm. Prompt landeten wir deswegen in der Notaufnahme. Und das reichte Rose, darauf zu bestehen, dass ich auf einen Elektrorasierer umstieg.

»Und hier am Ende zeichnet sich der Schlamassel ab, in dem wir im Moment stecken«, sagte der Gast.

»Warum schauen wir uns das an?«

»Sie erkennen, dass diese Kurve Zacken hat, sie geht immer auf und ab. Daraus kann man keine Voraussage ableiten, stimmt's?«

»Richtig.«

»Falsch! So sieht nur ein Strohkopf den Aktienmarkt.« Er nahm einen fetten blauen Marker und zog mitten durch das Diagramm eine diagonale Linie. »Im Mathematikunterricht am College würden wir diese Linie Regression zum Mittelwert nennen. Doch die extrem nach oben und unten abweichenden Werte dieser Daten sind nichts als Rauschen. Und dieses Rauschen verschleiert die entscheidende Aussage der Daten, dass nämlich Amerikas Unterbau stark ist, und obwohl es durchaus sein kann, dass die Kurse kurzzeitig schwanken, wird ein breitgefächertes Portfolio amerikanischer Aktien sowohl mittelfristig wie auf lange Sicht stets im Wert steigen.«

»Okay, aber hier am Ende steigt Ihre Regressionslinie ab 2008 weiter an, während die Kurve für die Leistungsfähigkeit des Marktes steil abfällt.«

»Nur Rauschen. Die Auswirkungen einer Marktkorrektur stellen sich immer übertrieben dar, weil es zu Panikverkäufen durch unbedarfte Investoren kommt. Auf lange Sicht wird sich der Markt wieder auf die Regressionslinie einpendeln, und die steigt. Über fachspezifische Dinge wie das Kurs-Gewinn-Verhältnis möchte ich hier nicht sprechen, aber die Grundlagen sind solide, und im Augenblick wird da draußen auch jede

Menge gekauft. Nur keine Panik! Seien Sie nicht dumm! Im Tagesgeschäft können Sie den Markt niemals timen und das Steigen und Fallen der Kurse zu Ihren Gunsten ausnutzen, es sei denn, Sie sind Experte für alle Branchen und Unternehmen, in die Sie investieren. Überlassen Sie das den Profis. Kaufen Sie einfach langfristige Bluechip-Aktien, und halten Sie durch.«

»Und natürlich ist es immer klug, das eigene Portfolio zu diversifizieren und Edelmetalle zu kaufen.«

»Nun, das versteht sich von selbst.«

Ich haute auf die Fernbedienung. Mir dämmerte, dass ich nicht anders war als der Aktienmarkt. Meine täglichen Fortschritte bei der Reha und alles, was seit meinen Verletzungen geheilt war, all das war nur Rauschen. Nichts als zeitweilige Siege, die meine Regressionslinie verschleiern: eine stetig ansteigende Kurve permanenter Kompromisse. Ich hatte aufs Autofahren im Dunkeln verzichtet und dann das Fahren fast ganz aufgegeben. Rauchverbot beim Fernsehen, dann Rauchverbot in der ganzen Wohnung. Kein Essen mehr, das mir schmeckte. Kein Treppensteigen.

Alles, was ich hatte, konnte ich verlieren. Meinen Sohn. Mein Haus. Meine Beweglichkeit. Meinen Verstand.

Die Tür unserer Wohneinheit wurde geöffnet, und Rose kam herein. Sie hatte sich einem Mah-Jongg-Club angeschlossen, dessen Mitglieder sich jeden Nachmittag im großen Aufenthaltsraum trafen, und zwar zu der Zeit, wenn ich gewöhnlich nach der Reha mein Schläfchen hielt. Soweit ich mich erinnerte, hatte sie nie Mah-Jongg gespielt, bevor wir nach Walhalla gezogen waren, und sie hatte auch nie das geringste Interesse an derartigen Spielen gezeigt. Daher vermutete ich, dass sie es als Vorwand nutzte, um für eine Weile Ruhe vor mir zu haben.

Sie blickte auf den Fernseher. »Gibt es irgendwelche guten Nachrichten?«, fragte sie.

»Hat es die etwa je gegeben?«

6

2009

Um zwei Uhr nachmittags läutete das Telefon und weckte mich. Niemand ruft mich um zwei Uhr nachmittags an. Höfliche Menschen respektieren verdammt noch mal mein Mittagsnickerchen, und außerdem rufen mich sowieso nicht mehr viele Menschen an. Meistens nur meine Schwiegertochter, die sich ein- oder zweimal die Woche meldet, und mein Enkel, der jeden Sonntag direkt vor dem Abendessen durchklingelt.

Ich rief nach Rose, sie möge den Anruf entgegennehmen, aber sie war gar nicht in der Wohnung. Also griff ich mir den schnurlosen Hörer vom Nachttisch und drückte die Sprechtaste.

»Was gibt's?«

Statt einer Antwort hörte ich nur den Wählton, und irgendwo im Zimmer läutete immer noch ein Telefon. Ich war verwirrt, aber dann merkte ich, dass man mich auf meinem Handy anrief.

Ich wurde nie auf dem Handy angerufen. Schließlich diente es ja nur für Notfälle. Aber ausnahmsweise hatte ich Elijah die Nummer gegeben. Ich wollte nämlich nicht, dass er unsere Festnetznummer anrief, weil es hätte passieren können, dass Rose abnahm. Ich hatte das Handy irgendwo hinlegen wollen, wo ich es schnell wiederfand, aber ich war müde und ärgerlich nach der unergiebigen Reha, und ich hatte es vergessen. Ich hatte das verdammte Ding in meiner Hosentasche gelassen, und die Hose hing jetzt über der Rückenlehne meines Fernsehsessels. Auf der anderen Seite des Zimmers.

Ich würde es nie schaffen, den Anruf rechtzeitig anzunehmen, und ich wusste nicht, wie ich hätte zurückrufen sollen. Das Handy registrierte zwar die Nummern der letzten nicht angenommenen Anrufe, aber Elijah würde bestimmt aus einer Telefonzelle oder von einem anderen nicht identifizierbaren Apparat telefonieren. Zwar hatte ich kaum eine Ahnung, wie diese Geräte funktionierten, aber ich wusste, dass er bestimmt nicht der Mann war, der sich einfach durch Drücken der Rückruftaste erreichen ließ.

Seit zweiundneunzig Tagen machte ich jetzt Reha. Fügte mir Schmerzen zu und trieb meinen Körper an den Rand totaler Erschöpfung. Aber wenn ich nicht einmal aus dem Bett kam, um das Telefon abzunehmen, wozu das alles?

Erst vor ein paar Wochen war es mir zum ersten Mal seit meiner Verwundung gelungen, ohne fremde Hilfe aus dem Bett zu steigen – ein Riesentriumph, nachdem ich drei Monate lang jeden Tag jemanden vom Personal hatte rufen müssen, der mir half, mich aufzurichten. Aber die Prozedur dauerte auch jetzt noch mehrere Minuten, zählte man die kurzen Ruhepausen mit, in denen ich nach Luft schnappte. Länger als zwanzig Sekunden würde das Telefon aber wohl nicht läuten.

Es war nicht ratsam, überstürzt zu handeln. Wenn ich beide Beine gleichzeitig zu sehr belastete, würden sie eventuell unter mir wegknicken. Ich würde hinschlagen, mit dem Kopf auf den Boden prallen und sterben wie ein alter Arsch. Ein sinnloses Risiko wegen eines Anrufs, den ich eh nicht annehmen sollte.

Aber früher oder später würde ich wahrscheinlich ohnehin sterben wie ein alter Arsch.

Ich ließ mein linkes Bein auf den Boden rutschen und griff nach der Haltestange an der Wand. Mit der anderen Hand fasste ich nach der Gehhilfe, die ich direkt am Bett geparkt hatte.

So abgesichert, ließ ich mein rechtes Bein auf den Fußboden gleiten, biss die Zähne zusammen und versuchte, mich aufzusetzen. Die Bewegung strapazierte meine schwache Tiefenmuskulatur und dehnte die straffe Wundnarbe am unteren Rücken, wo man mich zusammengeflickt hatte. Was hatte ich mich abgequält, um diese einfache Prozedur zu bewältigen, und noch immer schaffte ich sie kaum ohne Hilfe.

Mir wurde schwarz vor Augen, und meine rechte Körperseite stand in Flammen. Ich schrie vor Schmerzen auf und ließ die Haltestange los. Jetzt lastete das Gewicht auf den Beinen, auf denen mein Gewicht eben nicht lasten sollte. Die Oberschenkel zitterten, und ich spürte, wie die Knie nachgaben. Mein Körper neigte sich langsam nach vorn, aber es gelang mir, die Arme über die Gehhilfe zu spreizen und dadurch mein Gleichgewicht zu finden. Bevor ich mich ganz aufrichtete, holte ich noch ein paarmal röchelnd Luft.

Da hörte das Telefon zu läuten auf.

»Scheiße auch«, sagte ich in den leeren Raum, weil ich hinfällig und senil und kreuzunglücklich und kaputt war.

Und dann läutete es wieder. Er hatte wohl aufgelegt und dann noch mal angerufen. Ich schob die Gehhilfe durchs Zimmer und bekam das Gerät rechtzeitig aus der Hosentasche gefummelt, um zu antworten.

»Hallo, Baruch.«

»Elijah.«

»Ich dachte, vielleicht hätten Sie beschlossen, mir nicht zu helfen.«

»Ich werde Ihnen nicht helfen. Sie sagten, Sie würden sich stellen, und ich sagte, ich wäre dabei.«

»Sehr schön. Ich habe mir die Dienste eines Strafverteidigers gesichert und bin bereit, mich zu ergeben, wenn die Behörden mich schützen können.«

»Gehen Sie zum Criminal Justice Center, 202 Poplar Boulevard. Ich treffe Sie dort.«

Er lachte. Es klang immer noch wie ein Keckern, war aber inzwischen etwas rauer geworden. »Habe ich Ihnen nicht gesagt, dass ich in Gefahr schwebe? Ich bin nicht auf die Suche nach

Baruch Schatz gegangen, um anschließend ein Gebäude voller Polizisten und Verbrecher durch den Vordereingang zu betreten. Sie wissen so gut wie ich, dass Männer mit Dienstmarken manchmal auch andere Interessen vertreten als die der Gerechtigkeit.«

Ich hasste viel an Elijah, aber am meisten hasste ich die Art, wie er redete. »Was soll ich also für Sie tun?«

»Nun, da Sie für Ihre Unbestechlichkeit berühmt sind, würde ich es begrüßen, eine Übereinkunft mit einem Polizeikontakt zu treffen, dem Sie vertrauen. Ich werde mich diesem Officer an einem Ort meiner Wahl stellen, und Sie beide werden dafür sorgen, dass man mich in Sicherheit verbringt.«

»Sie möchten so eine Art Zeugenschutzprogramm?«

»Ich möchte nicht gleich heute ermordet werden.«

»Sie müssen mir sagen, in was Sie hineingeraten sind.«

»Ich werde es der Polizei sagen. Sie gehören nicht zur Polizei. Nicht mehr. Ihre Aufgabe ist simpel: Sie bringen mich in Kontakt mit Männern, denen ich meine Sicherheit anvertrauen kann. Sind Sie dazu in der Lage?«

»Ich kenne da jemanden«, sagte ich.

»Schön. Setzen Sie sich mit ihm in Verbindung. Ich nehme an, Sie können ihn innerhalb der nächsten Stunde erreichen. Ich werde dann wieder anrufen und Ihnen sagen, wo wir uns treffen.«

»Das gefällt mir gar nicht«, sagte ich. Aber die Verbindung war bereits tot.

7

2009

Ich war 1976 aus dem Polizeidienst in den Ruhestand gegangen, und entsprechend waren auch alle meine Freunde aus der Polizeitruppe pensioniert – nur sehr wenige lebten überhaupt noch. Nur ein einziger echter Polizeikontakt war mir geblieben: ein sechsundzwanzigjähriger farbiger Bursche namens Andre Price. Wir waren aber keine Freunde, denn ich hatte seinem Mentor Randall Jennings, dem Detective aus dem Morddezernat, mit einer .357er Magnum direkt ins Gesicht geschossen.

Jennings hatte nichts anderes verdient. Er war ein Hundsfott, der vier Menschen getötet und mir mit einem Jagdgewehr in den Rücken geballert hatte. Nur dass ich ihn getötet hatte, stieß Price immer noch sauer auf. Er war als einziger Polizist bei Jennings Beerdigung zugegen gewesen und hatte die Trauerrede gehalten.

Es ist nichts damit zu gewinnen, zur Beerdigung eines in Ungnade gefallenen Mannes zu erscheinen. Es war niemand dort, bei dem er sich hätte beliebt machen können. Es gab keinen Vorteil zu ergattern. Im Gegenteil: Bei der Beerdigung zu erscheinen forderte das prüfende Interesse im Dezernat für interne Ermittlung heraus und sorgte dafür, dass jeder Eintrag in der Personalakte zum Nachhaken verlockte. Wenn er keinen Stress hätte aushalten können, wäre er nicht erschienen, und selbst wenn er blitzsauber war, handelte er sich doch Ärger ein, ohne den die meisten anderen Cops glücklich und zufrieden leben konnten.

Ich respektierte Price dafür, dass er zum Andenken an seinen Mistkerl von Freund geredet hatte. Damit bewies er wahre Integrität. Und Rückgrat.

Als ich ihn anrief, legte er sofort auf. Eine ehrliche Geste.

Ich rief ihn noch einmal an ...

»Alter Mann, ich weiß, dass Sie den ganzen Tag lang nichts zu tun haben, aber ich arbeite«, sagte er. »Und habe keine Zeit für Sie.«

»Hast du vielleicht Zeit, derjenige zu sein, der endlich eine Bankraub-Serie aufklärt, die seit fünfzig Jahren Rätsel aufgibt?«

»Mann, wenn es was auf der Welt gibt, das ich scheiße finde und das mir am Arsch vorbeigeht, dann ein Banküberfall von vor fünfzig Jahren.«

»Achte bitte auf deine Wortwahl.«

»Ich bin mit Verbrechen beschäftigt, die gestern begangen wurden. Wir hatten in den letzten beiden Wochen ein halbes Dutzend Morde in der Drogenszene und konnten bisher noch niemanden dingfest machen. Ein Banküberfall vor fünfzig Jahren ist nicht mein Problem.«

Das war natürlich eine höchst vernünftige Reaktion. Aber er legte nicht auf, und daher erzählte ich ihm von Elijah, von meinem merkwürdigen Frühstückstreffen in Walhalla und dem Hilfeersuchen des Diebs.

»Der treibt nur sein Spiel mit Ihnen«, sagte Andre. »Führt irgendwas im Schilde.«

»Könnte doch sein, dass er mit dem Rücken zur Wand steht und keinen anderen Ausweg sieht.«

»Das ist Wunschdenken. Sie wollen es so sehen und ignorieren deswegen alles, was Ihnen nicht passt. Es ist doch so gut wie sicher, dass er Ihnen eine Falle stellen will oder ein Doppelspiel treibt.«

Wunschdenken. Das traf es. Das Ganze stank zum Himmel. Elijahs Verschlossenheit und die Heimlichtuerei waren Grund genug, ihm zu misstrauen, und wenn er sich tatsächlich stellen wollte, brauchte er mich nicht als Mittelsmann.

Wenn er sich nicht traute, in ein Polizeirevier zu spazieren, hätte er arrangieren können, dass Polizisten ihn aus dem Büro seines Anwalts abholten. Und wenn er sich sorgte, dass seine Feinde Mitglieder der Polizeitruppe bestechen könnten, hätte der Anwalt ihn wahrscheinlich ebenso leicht wie ich mit einem ehrlichen Cop in Verbindung bringen können. Sogar leichter. Strafverteidiger hatten es tagtäglich mit Cops zu tun. Ich war ein hinfälliger Pensionär, den man in einem Pflegeheim untergebracht hatte.

Elijah trieb sein Spiel mit mir, und das wusste ich. Andre wusste es. Und ich zog ihn trotzdem in diesen Schlamassel mit hinein. Aus einem bestimmten Grund:

»Wenn ein legendärer Dieb anbietet, sich freiwillig zu stellen, sagt man ihm nicht, er soll verschwinden. Das hier ist wie die Entlarvung des *Zodiac Killer* oder des *Unabomber*. Darüber werden ganze Bücher geschrieben.«

Ich hatte mich nie für jemanden gehalten, der sich einen Kopf über sein Vermächtnis machte, aber ich wurde den Gedanken nicht los, dass ich langsam den Verstand verlor, ja, mich selbst verlor. Auf der Jagd nach dem flüchtigen Nazi Heinrich Ziegler und dem gestohlenen Gold hatte ich mich einige Tage lang gefühlt wie der Mann, der ich in meiner Erinnerung einmal gewesen war, damals, als ich noch meine Knarre dabeihatte und täglich hinter den bösen Jungs her war. Und dann war ich verletzt worden und stand zum Schluss klappriger da als je zuvor. Ich wollte wieder ich selbst sein, auch wenn es bedeutete, dass ich in eine Falle lief auch wenn es bedeutete, dass ich Andre Price mit hineinzog. Wie schlimm konnte es denn werden? Mal ehrlich?

»Ich hab's nicht nötig, dass Bücher über mich geschrieben werden«, sagte Andre. »Und ich muss auch nicht unbedingt mit dem Rücken zur Wand gedrängt werden.«

»Manche Dinge sind ein kleines Risiko wert«, sagte ich.

»Ich weiß Bescheid über Sie, Buck. Ich weiß, dass Sie sich in so manche Situation gebracht haben, aus der Sie nur mit Waffeneinsatz wieder herauskamen. Sie und ich sind höchst verschieden. Ich habe nichts dafür übrig, auf Menschen zu schießen, und am allerwenigsten mag ich es, wenn man auf mich schießt.«

»Dieser Typ ist es wert, dass man sich mit ihm beschäftigt. Was Elijah auch immer im Sinn haben mag, eine Schießerei ist es bestimmt nicht. Wenn es übel aussieht, können wir einfach verschwinden, aber eine Stunde oder so könnte man doch wohl für die Chance aufwenden, ein berühmtes Verbrechen aufzuklären.«

»Ich fass es einfach nicht, aber ich bin geneigt, mitzumachen«, sagte Andre.

»Holen Sie mich in Walhalla ab, und ich verabrede das Treffen.«

»Sie erwarten von mir, dass ich Sie kutschiere? Sehe ich für Sie wie Morgan Freeman aus, Jessica Tandy?«

»Möchten Sie, dass ich versuche, selbst zu fahren?«

»Scheiße.« Er hielt inne. »Warten Sie auf mich, denn ich werde hundertprozentig nicht auf Sie warten.«

Kaum hatte ich das Gespräch beendet, läutete das Handy schon wieder.

»Es gibt einen jüdischen Friedhof beim South Parkway«, sagte Elijah. »Dort treffe ich mich mit Ihnen und der Kontaktperson von der Polizei. Kennen Sie die Stelle?«

»Ja. Warum sollen wir uns ausgerechnet dort treffen?«

»Das Büro meines Anwalts ist ganz in der Nähe. Er empfahl den Ort, als ich ihm sagte, dass ich nicht in einem Gebäude in die Enge getrieben werden wollte, wenn Sie mich holen kämen. Es herrscht dort wenig Verkehr, und überwacht werden können wir dort auch nicht. Der Friedhof grenzt an ein Eisenbahndepot, und deswegen stehen in der Nähe keine hohen Gebäude.

Man hat gute Sicht in alle Richtungen. Man sieht mögliche Verfolger. Wenn ein Hinterhalt gelegt ist, merke ich es. Wenn mir nicht gefällt, wie die Leute aussehen, die bei Ihnen sind, habe ich meine Fluchtwege.«

»Ich schätze, das leuchtet ein«, sagte ich.

»Haben Sie Probleme mit der Örtlichkeit?«

»Nein.« Ich sah keine Notwendigkeit, ihm zu erzählen, dass mein Sohn dort begraben lag. Ich war fast sicher, dass er es bereits wusste.

8

2009

Walhalla war erst 2003 erbaut worden, doch den Vordereingang umsäumte eine altmodische Veranda. Dort konnten die Bewohner an warmen Tagen auf Schaukelstühlen sitzen und den Blick auf die Autos genießen, die auf dem Grundstück parkten. Jenseits davon waren die sechs malerischen Fahrstreifen des Kirby Parkway zu bestaunen.

Als Andre eintraf, saß ich auf einem der Schaukelstühle und rauchte eine Zigarette. Er parkte in der Feuerwehrauffahrt, schaltete die Warnblinkanlage ein und stieg aus dem Auto.

»Ist das da Ihre Gehhilfe?«, fragte er.

»Sehen Sie sonst noch jemanden hier draußen?«

Er lachte. »Die passt zu Ihnen. Mir gefällt das viele Chrom.«

Unter Schmerzen erhob ich mich aus meinem Stuhl. Von der Veranda führten drei Stufen zum Gehweg, und Andre beobachtete mit unverhohlenem Vergnügen, wie ich sie bewältigte. An der Seite des Gebäudes befand sich eine Rampe, die ich hätte benutzen können, aber ich hatte das Gefühl, ein allzu schwaches Bild abzugeben, wenn ich die Stufen mied.

Ich öffnete die Beifahrertür und wollte meine Gehhilfe zusammenklappen.

Andre fuhr ein nicht gekennzeichnetes Polizeifahrzeug. Ein nicht gekennzeichnetes Polizeifahrzeug ist ganz genau das, was die Bezeichnung aussagt: ein Streifenwagen ohne die entsprechende Kennzeichnung. Er ist nicht schwarz-weiß lackiert und hat auch keinen dieser blinkenden Lichtbalken auf dem Dach, aber er ist trotzdem ein Polizeiwagen. Eine viertürige amerikanische Limousine wie zum Beispiel ein Caprice oder ein Crown Victoria. Oft ist es so, dass auch ein nicht gekennzeichneter Wagen einen vergitterten Rücksitz für den Transport eines festgenommenen Täters und eine Funkantenne aufweist. So wie der von Andre.

»Was haben Sie da eigentlich an?«, fragte Andre.

»Weiß nicht«, sagte ich. »Kleidungsstücke.«

»Das ist doch altmodisches Zeug.« Er kam um den Wagen herum, um mich genauer zu betrachten. Ich kämpfte immer noch mit der Gehhilfe. Er schien mir nicht helfen zu wollen. »Ist das eine Jacke von Members Only?«

Ich sagte nichts.

»Das ist doch ganz klar eine Jacke von Members Only. Mit den Schulterklappen und allem.«

»Die habe ich von meinem Sohn geschenkt bekommen.«

»Wann? 1985?«

Ich ließ von der Gehhilfe ab. »1986«, sagte ich. »Ich bekam sie zu meinem fünfundsechzigsten Geburtstag. Mein Sohn und seine Frau haben Rose und mich ins Folk's Folly Steakhouse ausgeführt. Ich hab ein Rib Eye bestellt. Und zwar *medium-rare*, aber die haben es *medium-well* gebraten. Ich hab's aber trotzdem gegessen.«

Daran konnte ich mich erinnern, aber Klaudie-Ähs Wortfolge konnte ich nicht behalten. Komische Sache, das Gedächtnis.

»Wir haben doch schon fast Juli, Buck. Ist es nicht ein bisschen zu warm für eine solche Jacke?«

»Ich habe Schwierigkeiten mit dem Kreislauf.«

»Warum geben Sie mir nicht die Jacke?«

»Wieso das?«

Er lächelte nicht mehr. »Weil ich möchte, dass Sie die Jacke ausziehen.«

»Finger weg davon«, sagte ich.

»Wir fahren nirgendwo hin, bevor Sie nicht die Jacke abgelegt haben.«

Ich musterte ihn und überlegte kurz, welche Möglichkeiten mir blieben. Dann schnippte ich meine Zigarette auf den Asphalt und öffnete den Reißverschluss der Jacke. Darunter trug ich meine .357er im Schulterhalfter unter dem Arm.

»Hab ich mir's doch gedacht«, sagte Andre. »Mein Fahrzeug besteigen Sie mit dieser Waffe nicht.«

»Wenn es brenzlig wird, werde ich sie vielleicht brauchen.«

»Wir sind auf dem Weg, einen Mann festzunehmen, der vor fünfzig Jahren eine Bank beraubt hat. Wie alt ist er jetzt? Fünfundsiebzig?«

Ich zählte im Kopf. »Er war mit dreizehn im Lager, 1944. Also ist er jetzt achtundsiebzig«, sagte ich.

»Ich kann es mit einem achtundsiebzigjährigen Mann aufnehmen. Da brauch ich Sie nicht zur Rückendeckung«, sagte Andre.

»Jeder, der eine Waffe in der Hand halten kann, ist auch fähig, gefährlich zu werden«, sagte ich zu ihm.

»Ich weiß. Deswegen will ich nicht, dass Sie mit einer Feuerwaffe hinter mir stehen«, sagte er. »Gehen Sie wieder rein, und legen Sie die Waffe ab.«

Ich regte mich nicht.

»Ich bringe Sie nirgends hin, solange Sie die da haben«, sagte er.

»Ich mag Sie nicht«, sagte ich.

»Und warum haben Sie mich angerufen?«

Ich klappte die Gehhilfe auf und kämpfte mich die drei Stufen hinauf. In unserer Wohneinheit fand ich Rose vorm Fernseher.

»Warum trägst du deine Jacke?«, fragte sie. »Wir haben fast vierzig Grad.«

Ich knüllte die Jacke zusammen und warf sie auf den Boden.

»Ist das deine Waffe?« Jetzt wirkte sie besorgt.

»Ich lege sie gerade weg.« Ich tastete auf dem Regal im

Wandschrank nach dem alten Schuhkarton, zog ihn hervor und wickelte die Waffe wieder in ihr Baumwolltuch.

»Wieso hast du sie überhaupt erst mitgenommen?«

»Ist unwichtig.«

»Wenn du bewaffnet durch die Gegend ziehst, ist das wichtig. Ich möchte nicht, dass du noch mal verletzt wirst.«

»Ich hab das im Griff.«

»Was hast du im Griff? Geht es um Mister Connor? Vivienne Wyatt hat mich beim Mah-Jongg beiseitegenommen und mir so allerhand erzählt.«

»Die Sache mit Connor ist erledigt. Alles in Butter.« Ich schob den Karton zurück aufs Regal und warf das Halfter hinten in den Schrank. Ich wollte die Jacke aufheben, aber ich brauchte sie ja eigentlich nicht. Also sollte Rose sich darum kümmern. Es fiel mir schwer, mich zu bücken – deswegen trug ich keine Schuhe mit Schnürsenkeln mehr.

»Ich musste ihr versprechen, dir deine Axt wegzunehmen. Sie würde wahrscheinlich durchdrehen, wenn sie wüsste, dass du hier eine Waffe hast. Mit dir herumtragen solltest du sie jedenfalls nicht.«

»Ich weiß. Deswegen pack ich sie ja weg.«

»Letzte Woche war der einundzwanzigste Juni«, sagte Rose. »Sieben Jahre ist es her. Ich hielt es für besser, nicht davon zu sprechen, weil du so intensiv mit deiner Reha beschäftigt bist. Aber vielleicht hätten wir doch etwas tun sollen. Vielleicht hätten wir darüber sprechen sollen. Vielleicht hätten wir auf den Friedhof gehen sollen.«

»Lustig, dass du davon sprichst.«

»Wieso ist es lustig?«

»Ist es ja nicht. Egal.«

»Zu trauern ist keine Schwäche, Buck. Ich weiß, dass du nicht gefühllos bist.«

»Das hab ich auch nie gesagt. Aber ich sehe keinen Sinn darin, über Gefühle zu reden.«

»Vierundsechzig Jahre bin ich mit dir verheiratet, und er war unser Sohn. Auch mir ist es schwergefallen, unser Haus aufzugeben. Ich sollte nicht das Gefühl haben, mit alledem allein dazustehen.«

»Du bist doch nicht allein«, sagte ich. »Zum Abendessen bin ich wieder da. Alles ist gut.«

Dann packte ich die Gehhilfe und schob sie zur Tür hinaus.

9

2009

»Sie sollten wissen, dass ich Ihnen wegen Jennings nichts nachtrage«, sagte Andre. »Er war immer gut zu mir, aber als die Situation eintrat, in der es entweder ihn treffen musste oder Sie, da ging es nur noch ums nackte Überleben, und das kann ich durchaus nachvollziehen. Wie Sie sich denken können, habe ich jedoch Einwände, was Ihre grundlegende Einstellung zur Polizeiarbeit betrifft.«

Ich rutschte auf meinem Sitz hin und her und hantierte an meinem Sicherheitsgurt. Mir hatte es noch nie behagt, Beifahrer in einem fremden Wagen zu sein. »Was wollen Sie damit sagen?«, fragte ich.

»Ihr Gerechtigkeitssinn stützt sich aufs Alte Testament und zielt darauf, die Frevler zu zermalmen und so weiter. Aber so darf man das Verbrechen nicht sehen. Es ist, sagen wir mal, ein soziales Phänomen. Man muss über den Gedanken der Bestrafung hinausdenken und sich überlegen, wie man an die Wurzeln des Übels gelangt. Sonst macht man die Hoffnungslosen dafür verantwortlich, dass sie in widrige Umstände hineingeboren wurden.«

»Mir sind viele Diebe begegnet, aber ich habe noch nie einen Menschen getroffen, der gestohlen hat, weil er hungrig war«, sagte ich. »Die Leute stehlen, weil sie Drogen brauchen, oder weil Stehlen leichter ist als zu arbeiten, oder auch, weil ihnen das moralische und intellektuelle Vermögen fehlt, zu verstehen, dass es falsch ist, Menschen mit vorgehaltener Waffe auszurauben.«

»Trotzdem sprechen wir immer noch von einem sozialen Problem. Ich habe von dieser Studie gelesen, die belegt, dass zwischen dem Verbrechen und der toxischen Belastung durch Blei eine starke Korrelation besteht. Wenn kleine Kinder Blei ausgesetzt werden, wird die Entwicklung ihres Gehirns behindert. Blei verursacht niedrigere Intelligenzquotienten und beeinträchtigt die Fähigkeit zur Empathie und Selbstdisziplin.«

»Hört sich für mich an wie 'ne Riesenladung Bockmist.«

»Sehen Sie sich nur die Statistiken an. Die Verbreitung von Automobilen, die mit bleihaltigem Kraftstoff fahren, sah die urbane Verbrechenswelle der 70er Jahre voraus, und die weitverbreitete Akzeptanz bleifreier Kraftstoffe prognostizierte den Rückgang der Verbrechen im Laufe der 1990er Jahre.«

Ich rülpste verächtlich, und Andre regelte die Klimaanlage so, dass sie auf den Rücksitz blies.

»Da unterscheiden wir uns eben voneinander«, sagte ich. »Sie sehen das Verbrechen als eine Art Computerprogramm. Als eine Sammlung von Statistiken. Es ist nicht schwer, Kriminellen mit Verständnis zu begegnen, wenn man sie als Gruppe Entrechteter und Unterdrückter sieht. Insgesamt muss man ihnen Sympathie entgegenbringen, aber als Individuen sind diese Dreckskerle verflucht unerträglich. Und die Statistiken machen aus dem Leiden der Opfer ein abstraktes Zahlenspiel. Für mich ist das Verbrechen schon immer etwas Persönliches gewesen; etwas, das die Menschen einander antun.«

Er wandte den Blick von der Straße ab und sah mich an, als taxiere er ein Stück Rindfleisch. »Wie ist Ihr Sohn eigentlich ums Leben gekommen?«, fragte er.

Das Teilstück des I-240, das wir entlangfuhren, hieß Avron B. Fogelman Expressway. Es gab inzwischen sogar jüdische Highways.

»Was für eine Frage soll das sein?«, sagte ich.

»Ich weiß auch nicht. Reine Neugier, denke ich. Ist es vielleicht ein Geheimnis?«

»Nein, aber ich spreche nur ungern darüber.«

»Warum denn eigentlich? War es, ich meine, war es Krebs? War es ein Autounfall? War es – etwas anderes?«

»Im *Commercial Appeal* stand etwas darüber. Recherchieren Sie wie ein Polizist und schauen Sie sich ein paar Mikrofiches an, wenn Sie wissen wollen, was passiert ist. Aber lassen Sie mich in Ruhe.«

»Okay, kommen Sie mir nicht so schnippisch, alter Mann. Und außerdem glaube ich nicht, dass es so was wie Mikrofiches noch immer gibt.«

»Wieso interessiert es Sie überhaupt, wie er gestorben ist?«, fragte ich. »Gibt es etwas, das Sie im Zusammenhang mit mir wissen wollen, weil Sie meinen, dass Sie die große Erleuchtung haben, wenn Sie dahinterkommen?«

»Kann sein. Ich weiß nicht. Ich wollte mich nur mit Ihnen unterhalten.«

»Er war mein Sohn, und er ist tot. Ich habe ihn begraben. Über ihn zu reden zerrt ihn aus der Erde hervor, und anschließend muss ich ihn noch mal begraben. Wozu soll das gut sein?«

»Ich weiß nicht. Wenn man darüber redet und sich damit auseinandersetzt, kommt man vielleicht darüber hinweg.«

»Man kommt nicht darüber hinweg. Man lässt es besser auf sich beruhen.«

»Ganz wie Sie meinen, Buck. Ist ja nicht mein Problem.«

»Wie recht Sie haben. Nein, das ist es nicht.«

Stumm fuhren wir den Rest des Weges zum kleinen jüdischen Friedhof, der draußen am South Parkway in einem heruntergekommenen Teil von Midtown Memphis lag. Vor hundertzwanzig Jahren hatten alle Juden in dieser Gegend gewohnt, aber im Laufe der Zeit zogen immer mehr Schwarze hierher. Dann zogen die meisten Schwarzen wieder weg, und die Industrie hielt Einzug, und seit die Industrie ebenfalls das Gebiet verließ, war es öde und verwahrlost. Nachbar des Friedhofs war jetzt eine verlassene Fabrik. Auf der anderen Straßenseite befand sich ein Eisenbahndepot mit vielen abgestellten Containern.

Die Eisenbahnschienen führten in knapp fünfzig Meter Entfernung am Grab meines Sohnes vorbei, und das Rattern der Züge unterbrach häufig die Beerdigungsfeiern. Wie eine tiefe Wunde im Gelände erstreckte sich in östlicher Richtung eine Kiesgrube, in der das schale Wasser wie in einem Tümpel stand. Der Friedhof war klein. Ein paar grüne Morgen inmitten des Staubs und der Ruinen, erhalten nur durch die Mitgliedsbeiträge einer alternden und schwindenden Synagogengemeinde.

Die Menschen, die hier gelebt hatten, waren fort. Die Frachtcontainer waren auf dem Weg zu einem Ort hinter dem Horizont, und die Güterzüge waren es ebenfalls.

Für mich jedoch war dieser Ort, an dem sich alles andere nur auf der Durchreise befand, ein Ziel. Eine Endstation. Alles in dieser Umgebung befand sich im Übergang. Außer mir. Ich kam her, um hier zu sein; auf diesem winzigen Stück Erdboden, das meine Toten barg. Für mich verkörperte dieser Ort Dauerhaftigkeit. Es würde nicht mehr viel Zeit verstreichen, bevor ich zum letzten Mal hier ankam. Und ich würde dann nicht wieder gehen.

Wir stellten den Wagen auf dem Parkplatz ab, betraten den Friedhof durch eine Öffnung in der Hecke und spazierten umher. Über einem frischen Grab erhob sich eine Art Zeltdach, was bedeutete, dass hier erst kürzlich eine Beerdigung stattgefunden hatte. Aber bis auf einen streunenden Hund, der zwischen den Grabsteinen ein Eichhörnchen jagte, und Elijah, der im ältesten Friedhofsbereich zusammen mit seinem Anwalt die Gräber betrachtete, bot sich uns dieser Ort stumm und still dar.

Ich hatte eigentlich überhaupt nicht herkommen wollen und daher in der Woche zuvor auch den Todestag meines Sohns verstreichen lassen. Ich hatte es sogar vermieden, Rose auf den Todestag anzusprechen, weil ich fürchtete, dass unser Gespräch zu einem Ausflug an diesen Ort führen würde.

Und jetzt war ich, ohne zu zögern, auf den Friedhof gegangen, um einen Mann festzunehmen, an den ich vor heute Morgen seit Jahrzehnten nicht mehr gedacht hatte. Ich steckte mir eine Zigarette an und beschloss, die Gelegenheit wahrzunehmen, mich einem Augenblick der Selbstbesinnung zu verweigern.

»Zumindest sieht das hier nicht nach einem Hinterhalt aus«, sagte ich.

»Haben Sie einen Hinterhalt erwartet?«, fragte Andre.

»Ich wusste wirklich nicht, was zu erwarten war.«

»Ich bin froh, dass Sie mich hinzugezogen haben.«

Am Friedhofseingang standen eine Plastiktonne mit Kieseln und ein kleiner Springbrunnen. Ich nahm ein paar Steinchen heraus. »Das ist also der legendäre Elijah?«, fragte Andre und zeigte auf den gepflegten grauhaarigen Mann auf der anderen Seite des Friedhofs.

»Ja«, sagte ich.

»Sieht gar nicht aus wie ein Dieb.«

»Das tun gute Diebe nie.« Ich blieb stehen. »Warten Sie einen Moment.«

Ich schob die Gehhilfe vor mir her und bog nach links auf den Rasen ab. Andre folgte. Brians Grabmal bestand aus schwarzem Kalkstein und war groß und neu. Daneben waren noch Plätze frei: auf der einen Seite für seine Frau, auf der anderen für Rose und mich. Ich klopfte mit der Faust auf den Stein und legte einen Kiesel darauf.

»Was haben die kleinen Steine zu bedeuten?«, fragte Andre.

»Die lassen wir Juden zurück, wenn wir einen Friedhof besuchen. Wir sind nämlich zu geizig, um Blumen zu kaufen«, sagte ich. Ich wusste nicht mehr, welchen Sinn die Steine hatten. Bestimmt hatte es mir mal jemand gesagt, aber ich erinnerte mich nicht mehr.

Meine Mutter lag neben den Grabstellen, die für Rose und mich vorgesehen waren. Auf ihrem Grabstein hinterließ ich ebenfalls einen Stein.

»Esther ›Bird‹ Schatz«, sagte Andre. »Sie und Ihre Leute mögen ihre Spitznamen.«

»Ich rede auch nicht über die Art von Namen, die Ihren Leuten gefällt«, sagte ich.

»Jedenfalls nicht, wenn wir es hören können«, sagte Andre. Er ging in die Knie, um die Inschrift auf dem Grabstein zu lesen. »Sie starb 1998? Sie muss uralt geworden sein.«

»Hundert und vier.«

»Ihren Vater sehe ich hier nicht. Der lebt doch wohl nicht mehr?«

»Er liegt auf einem der älteren Teile des Friedhofs. Er starb 1927. Ich war sechs.«

»Also leben wohl nicht alle Mitglieder der Schatz-Familie so lange wie Sie und Ihre Mutter.«

»Mein Vater wurde ermordet«, sagte ich.

Andre wartete darauf, dass ich mich ausführlich dazu äußerte. Als ich es nicht tat, sagte er: »Mein Beileid.«

Das Begräbnis meines Vaters zählte zu meinen frühesten Erinnerungen. Damals war der Friedhof noch so gut wie leer. Nur in zwei kleinen Bereichen gab es Gräber; diverse weitere waren noch unbenutzte Flächen, auf denen das Gras wogte. Das Gelände jenseits davon, auf dem mein Sohn eines Tages begraben werden sollte, war noch gar nicht erschlossen. Dort wuchsen Bäume, und Unterholz wucherte.

Es kamen nicht viele Menschen zum Begräbnis meines Vaters, und die meisten kannte ich nicht. Ich kann mich nicht an ihre Gesichter erinnern, aber ich weiß noch genau, wie erschüttert Großmutter Schatz aussah.

»Dein Vater hat an etwas geglaubt, das einigen rücksichtslosen und mächtigen Männern nicht gepasst hat«, sagte meine Mutter zu mir. »Eines Tages wirst auch du vielleicht an etwas glauben. Ich hoffe, du wirst dich entsinnen, dass die Dinge, an die man glaubt, keinesfalls Schutz bieten.«

Trauergäste wollten mit ihr sprechen, aber sie wandte sich ab und führte mich davon. Wir ließen den frisch über meinem Vater aufgehäuften Erdhügel hinter uns zurück und gingen an einer Grabreihe entlang.

»Heute hast du etwas über die Welt gelernt, Baruch«, sagte sie.

»Ja?«

»Die Welt ist kein angenehmer Ort. Die Welt ist kein freundlicher Ort. Die Welt ist kein gerechter Ort. Dein Vater ist tot, weil er an eine Welt glaubte, in der Fairness und Gerechtigkeit herrschen. Er glaubte an eine Welt, die es nicht gibt.« Sie führte mich an eine Ecke des Friedhofs, wo die Gräber kleiner waren, wo nur ungefähr ein halber Meter Platz zwischen Grabstein und unterer Begrenzung der Ruhestätte blieb.

»Schau mal da hin«, sagte sie und zeigte auf einen Stein, der nicht höher war als fünfzig Zentimeter. Er bestand aus gegossenem Beton in Form eines Lamms. Weiter unten in der Gräberreihe waren noch einige weitere Steine dieser Art zu sehen.

»Kannst du dir erklären, was du dort siehst?«

»Gräber für kleine Kinder?«, sagte ich.

Meine Mutter nickte. »Die Welt wird nicht dadurch freundlich, dass man sie für freundlich hält. Der Glaube, dass die Welt freundlich ist, bietet keinen Schutz. Die Menschen tun dir aus vielerlei dummen Gründen Leid an. Die Menschen tun dir auch ohne den geringsten Grund Leid an.«

»Das werden sie nicht«, sagte ich. »Ich komme ihnen zuvor.«

Achtzig Jahre später sagte ich an beinahe demselben Ort zu Andre Price: »Daran lässt sich nichts ändern.« Ich schob die Hände in die Taschen. Elijah und sein Anwalt betrachteten inzwischen die kleinen Grabsteine im alten Teil des Friedhofs. Die Jahre und das Wetter hatten sie zu Klumpen verformt, die nicht mehr als kleine Lämmer zu identifizieren waren.

»Gehen wir, einen Bankräuber festnehmen.«

ETWAS, DAS ICH NICHT VERGESSEN WILL

Meine Mutter war zeit ihres Lebens dünn. Dünne Arme, schmale Taille, blasse, spitze Lippen, Augen, so schmal wie die eines Revolverhelden. Sie trug ihr Haar in einem so festen Knoten, dass er ihr die Gesichtshaut straffte und dadurch die natürliche Strenge ihrer Züge betonte. Sie hätte durchaus eine hübsche Frau sein können, wenn sie sich gestattet hätte, etwas sanfter zu sein. Aber sie sah keinen Nutzen in Sanftheit oder Liebreiz, und nachdem sich mein Vater hatte umbringen lassen, hatte sie auch mit Männern oder den Dingen, an die Männer glaubten, nicht mehr viel im Sinn.

Als ich acht war, packte jemand sie von hinten und zerrte sie in eine Seitengasse. Ich war in der zweiten Klasse, und als die Schule zu Ende war, stand meine Mutter nicht da, um mich nach Hause zu bringen. Ich erinnere mich, fast zwei Stunden im Geschäftszimmer der jüdischen Tagesschule gewartet zu haben, bis ein Polizist kam, um mich abzuholen.

Er sagte mir, es sei etwas Schlimmes geschehen, und ich kletterte in seinen Streifenwagen – eine alte Thin Lizzy mit Polizeikennzeichnung – und wurde zum Revier gefahren. Die Erinnerung an den Tod meines Vaters war noch frisch: die Trauerfeier in der heißen und überfüllten Friedhofskapelle und der Geruch der aufgegrabenen Erde. Ich hatte furchtbare Angst. Der Polizist setzte mich auf eine harte Holzbank und trug mir auf, mich nicht zu rühren. Ich wartete lange und sah zu, wie die Polizisten immer wieder Übeltäter hereinschleppten, um sie einzusperren.

Die meisten von ihnen ließen sich widerspruchslos und fügsam in eine Zelle führen. Ein Mann setzte sich zur Wehr, und mehrere Polizisten eilten herbei, um ihn mit Knüppeln und Fäusten zur Räson zu bringen. Als sie ihn unter Kontrolle hatten, war sein Kopf blutig, und zwei Polizisten schleiften seinen schlaffen Körper davon.

Schließlich kam der Cop, der mich in der Schule abgeholt hatte, zurück und sagte, ich dürfe jetzt meine Mutter sehen, aber keine Angst zeigen und auch nicht weinen.

Dann führte er mich in einen kleinen Büroraum, wo sie saß und auf mich wartete. Ihr Gesicht war geschwollen und um das linke Auge dunkellila verfärbt. Ihre Kleidung war blutig: große rotbraune Flecken.

Ich sagte nichts. Ich wusste nicht, ob ich in ihre Arme laufen oder davonrennen sollte.

Sie lächelte mir zu. Ein paar ihrer Zähne waren abgebrochen, und ihr Mund war blutig.

»Du solltest erst mal den anderen sehen«, sagte sie.

Sie nahm mich mit nach Hause, richtete sich her, machte mir das Abendessen und brachte mich zu Bett. Sie hatte mir nicht gesagt, was passiert war, und ich wusste, dass ich besser nicht fragte. Aber ich war neugierig und schnüffelte gern herum. Als ich achtzehn Jahre später zur Polizei kam, habe ich auf dem Aktenfriedhof nach dem Bericht über den Angriff auf meine Mutter gewühlt.

Hier ist meine früheste Erinnerung an Bird Schatz: Ich muss wohl vier oder fünf Jahre alt gewesen sein. Sie nahm mich in ein großes Warenhaus im Zentrum mit, um Kleidung für das jüdische Neujahrsfest *Rosch ha-Schana* zu kaufen. Wir fuhren zusammen mit dem Bus, und sie ermahnte mich, unentwegt ihre Hand zu halten, sonst würde jemand kommen, mich verschleppen und in kleine Stücke hacken. Sie kaufte mir in der Knabenabteilung ein Oxford-Hemd und ein paar Hosen. Dann setzte sie mich in der Damenabteilung auf einen Stuhl und ließ die Verkäuferin auf mich aufpassen, während sie diverse Sachen anprobierte. Sie wählte schließlich eine einfache weiße Baumwollbluse und einen knöchellangen Rock aus festem blauen Stoff.

Der neue Rock, der ja von der Stange kam, passte ihr gut, aber sobald wir zu Hause ankamen, holte sie ihr Nähzeug heraus.

»Was machst du denn?«, fragte ich sie.

»Ich nähe Rasierklingen in meine Kleidung ein«, sagte sie. Und dann zeigte sie mir, wie sie die scharfe Klinge in den verstärkten Stoff des Rockbundes einnähte und dazu genügend Faden verwendete, um sie an Ort und Stelle zu halten, aber nicht so viel, dass sie nicht ohne weiteres zu lösen war, wenn es nötig wurde.

»Warum machst du das?«

»Für den Fall, dass jemand mich zu vergewaltigen versucht«, sagte sie.

Wenn Sie sich fragen, wie meine Mutter ihre Wäsche wusch, kann die Antwort nur lauten: mit der Hand und äußerst vorsichtig.

Wie sich herausstellte, nähte sie einige Jahre später immer noch Rasierklingen in ihre Kleidung ein, als sich tatsächlich eine Gelegenheit ergab, sie zu benutzen.

Ich habe eine Menge Wunden gesehen, die Frauen männlichen Angreifern beibrachten: Gewöhnlich Kratzer auf den Unterarmen und Striemen im Gesicht durch Schläge mit der offenen Hand. Da ich Detective im Morddezernat war, deutet die Tatsache, dass ich Grund hatte, solchen Verwundungen Aufmerksamkeit zu schenken, daraufhin, dass diese Frauen kein gutes Ende gefunden hatten. Und ich weiß auch, dass wir in den von der Polizei unterstützten Selbstverteidigungskursen für Frauen raten, einem Angreifer in die Genitalien zu schlagen oder zu treten. Meine Mutter zerkratzte dem Angreifer nicht das Gesicht, und sie trat ihm auch nicht in die Eier. Sie fiel über den Mistkerl her wie eine Wildkatze: Sie hatte es auf sein Leben abgesehen und verkrallte sich in ihn.

Mit den Rasierklingen und ihren Fingernägeln schlitzte sie seine Fettwampe und die Bauchmuskelwand fast fünf Zentimeter tief auf, und seine Gedärme ergossen sich übers Pflaster.

»Du solltest erst mal den andern sehen«, hatte sie zu mir gesagt. Kein Scherz. Man musste den Bastard mit dem Wischmopp von der Straße kehren.

Nachdem ich die Akte gelesen hatte, ging ich ein kalkuliertes Risiko für meine persönliche Sicherheit ein und erkundigte mich nach dem Überfall.

»Ich kann mich an seinen Atem an meinem Hals erinnern, als er mich packte. Er sagte: ›Ich will dir mal was zeigen.‹« Noch Jahre später schauderte es sie bei der Erinnerung. »Letztlich war ich es, die ihm etwas zu zeigen hatte, bevor er starb. Und zwar seine Bauchspeicheldrüse.«

Bis zu ihrem vierundsechzigsten Geburtstag 1958, als Rose ihr eine elektrische Waschmaschine und ich ihr eine Waffe für die Handtasche schenkte, nähte meine Mutter immer noch Rasierklingen in ihre Kleidung ein.

10

1965

Im Fernsehen redeten die Leute vom Streik in der Innenstadt.

»Undankbar, das sind sie«, sagte ein Mann, der vom Sender als Mr. Alvin Kluge von Kluge Shipping and Freight vorgestellt worden war. Mit zusammengekniffenen Augen versuchte ich abzuschätzen, wie breit sein Stiernacken war. Der Fernsehschirm war eine kleine konvexe Blase, die aus einem schweren Holzgehäuse hervorlugte. Das Schwarzweißbild war unscharf und schemenhaft, aber ich schätzte, dass der Mann mindestens eine Kragenweite von fünfundvierzig Zentimetern hatte. Zu groß jedenfalls, um den Hals mit beiden Händen zu umfassen.

Wenn man es mit einem Kerl dieses Kalibers zu tun hat und will, dass er mal die Luft anhält, muss man hinter ihn treten und ihm einen Polizeiknüppel unters Kinn klemmen. Anschließend presst man ihm ein Knie in den Rücken und zieht mit beiden Händen an dem Knüppel, um die Luftröhre zuzudrücken. Ein Mann von der Größe eines Jungbullen ließ sich auf diese Weise in zwanzig Sekunden niederringen, und gewöhnlich fügte man ihm dabei auch keinen großen bleibenden Schaden zu.

War es einem jedoch egal, ob man ihn verletzte oder nicht, gab es eine Menge anderer Möglichkeiten, einen Mann gleich welcher Körpergröße zu Boden zu zwingen.

»Undankbar? Ihre Ignoranz schreit zum Himmel!« Alles, was Brian dieser Tage von sich gab, klang, als stamme es aus einer der Predigten des neuen Rabbi. »Sie nehmen und sie nehmen und sie nehmen, und dann erwarten sie Dankbarkeit von den Menschen, die sie ausbeuten.«

»Früher hast du nicht so geredet«, sagte ich.

»Mir war die Ungerechtigkeit, die auf der ganzen Welt herrscht, noch nicht bewusst, denn ich war das Kind selbstgefälliger Eltern.«

»Hörst du das, Rose?«, rief ich laut, um den Fernseher zu übertönen. »Wir sind selbstgefällig.«

»Nein, sind wir nicht!«, rief sie zurück. »Wir sind *Aschkenasim.*«

»Wir geben ihnen Arbeit. Wir sorgen für ihren Lebensunterhalt. Und so danken sie es uns«, sagte Kluge im Fernsehen. Entweder zitterten seine Kinnbacken vor Entrüstung, oder Brian musste mal wieder aufstehen und an der Zimmerantenne fummeln.

»Ihr bezahlt ihnen ein Drittel weniger als einem Weißen, und das für die gleiche Arbeit«, sagte Brian.

»Was hast du damit zu schaffen, wie viel so ein Negro verdient?«, fragte ich.

»Vor zwanzig Jahren, als die Deutschen die Juden in die Öfen trieben, stellten die Menschen in Europa einander dieselbe Frage. Was hast du damit zu schaffen, dass man Juden in Todeslager schickt?«

»Ach, sei bloß nicht so scheinheilig.«

»Hallo, Mom!«, schrie Brian. »Dad sagt, ich bin scheinheilig.«

»Nein, bist du nicht!«, rief sie zurück. »Du bist ein Schatz.«

Der Mann auf dem Bildschirm redete immer noch: »… einfallslos, faul, unzuverlässig, illoyal. Wie ein Luchs muss man aufpassen, damit sie einen nicht bestehlen.«

»Jetzt gibt er auch noch das Opfer.« Brian knüllte ein paar Zeitungsseiten zusammen und warf sie gegen den Fernseher. »Dieser fette, reiche Vampir hält sich für das Opfer.«

»Ich verstehe nicht, warum es unser Problem sein soll. Ich habe genug Sorgen, da brauche ich nicht noch in Mitleid für die Farbigen zu zerfließen. Und du, bereite dich mal lieber auf deine *Bar-Mizwa* vor.«

»Es ist durchaus unser Problem, denn zwanzig Jahre nach Auschwitz geschieht es schon wieder«, sagte er. »Oder es ist schon die ganze Zeit geschehen und geschieht noch immer.«

»Und was wollen du und der Rabbi dagegen tun?«

»Wir können uns dagegen erheben, verdammt noch mal«, sagte Brian.

»Hüte deine Zunge«, sagte ich.

»Hüte deine Zunge!«, rief Rose.

Im Fernsehen sprach ein Schwarzer, der als Streikorganisator Longfellow Molloy vorgestellt wurde: »Schickt uns eure Gebete, denn wir brauchen Gottes Hilfe. Wenn Sie etwas erübrigen können, wir wollen nicht um Geld bitten – außer um gerechten Lohn für unser Tagewerk –, aber es gibt da mehrere Kirchen, die Lebensmittel sammeln, um den Streikenden zu helfen, und Konserven aller Art sind höchst willkommen. Diese Männer sind seit Wochen nicht bezahlt worden, und ihre Kinder leiden Hunger. Und jeder, der herkommen mag, um mit uns vor Kluge Freight zu marschieren, ist willkommen. Denn so dürfen Menschen nicht behandelt werden. Das ist Unrecht.«

Brian fuhr fort: »Wir können uns mit den Männern solidarisch erklären, die bei Kluge Freight für ihre Menschenrechte demonstrieren, und ebenso mit denjenigen, die sich nicht mehr von den Restauranttheken vertreiben lassen, und mit denen, die es leid sind, auf die hinteren Plätze im Bus verbannt zu werden.«

»Ist doch völlig gleichgültig, wo man im Bus sitzt«, sagte ich. »Du fährst doch sowieso nie mit dem Bus. Deine Mutter kutschiert dich überallhin. In einem Bus voller Negroes würdest du vor Angst eingehen.«

»Ich habe keine Angst vor diesen Negroes. Aber ich habe Angst vor einer Gesellschaft, die eine Menschengruppe aufgrund willkürlich zugeordneter Eigenschaften schlecht behandelt. Der Rabbi sagt, es gibt siebenmal mehr Schwarze in Amerika als Juden. Alles, was man ihnen antun kann, können sie uns noch viel leichter antun.«

»Da hat er recht«, sagte ich. »Wir sind gefährdet. Und deswegen sollten wir uns auch aus dem raushalten, was uns nichts angeht. Wenn wir unsere großen semitischen Nasen in deren Kleinkrieg stecken, kommen die *Gojim* wie die *Shvartzes* noch darauf, dass sie allesamt Jesus lieben und wir es waren, die ihn umgebracht haben.«

»Um das Böse gedeihen zu lassen, müssen die guten Menschen nur untätig bleiben.«

Mag sein, dass er recht hatte. Und er schien so richtigzuliegen, dass es mir schäbig vorkam, ihn zu frustrieren. Aber das Nichtstun hatte ich schon immer genossen, wenn sich mir Gelegenheit bot, und ich hielt das gemeinhin für eine vernünftige Handlungsoption. Das Böse würde wahrscheinlich sowieso gedeihen.

Was meine Begegnung mit Elijah betraf, tat ich erst mal gar nichts. Vielleicht hätte ich meine Vorgesetzten informieren sollen, aber Brian hatte recht: Das Dezernat hatte den Farbigen Unrecht getan, und ich war mir nicht sicher, ob nicht auch wir Juden in Misskredit geraten würden, wenn ich die Leute wissen ließ, dass eine Bande jüdischer Bankräuber den Versuch unternahm, jüdische Polizisten zu bestechen und so eine jüdische Verschwörung anzuzetteln. Weder bei der Polizeibehörde von Memphis noch bei ihren individuellen Mitgliedern konnte man sich darauf verlassen, dass sie eine solche Information auf umsichtige Weise behandelten.

Ich hatte massenweise üble Kommentare anderer Cops aufschnappen können: Da wurde von geizigen Juden geredet, von Juden, die unsere Regierung kontrollierten, und von jüdischen Bankiers. Keiner von den Typen hatte sich sonderlich geschämt, so was in meiner Hörweite von sich zu geben.

Was die Rassenfrage betraf, konnten die Gesetzeshüter in Memphis sozusagen auf eine wechselvolle Vergangenheit zurückblicken. 1919 wurde Bürgermeister Frank Monteverde mit Unterstützung der schwarzen Gemeinde gewählt, nachdem er versprochen hatte, bei der Polizei für Integration zu sorgen. Also stellte er drei schwarze Detectives ein.

Diesen Männern oblag es, ausschließlich schwarze Verbrecher festzunehmen, weil man es für unstatthaft hielt, Weißen die Festnahme durch schwarze Polizisten zuzumuten. Als jedoch in einer Spielhölle, die von Schwarzen besucht wurde, eine Razzia durchgeführt wurde, nahm der weiße Gangsterboss, der das Etablissement betrieb, Anstoß daran, dass sein Laden von Negern durchsucht worden war, und schickte einen Mob, die Detectives zu lynchen.

Die Schwarzen konnten sich retten, aber einer von ihnen gab während der Auseinandersetzung einen Schuss ab und verletzte einen Weißen. Ergebnis war, dass alle Schwarzen aus dem Polizeidienst gefeuert wurden und die Polizei von Memphis bis 1948 blütenweiß blieb.

Vom Zeitpunkt meiner Geburt an bis kurz vor dem Krieg war ein Mann namens Clifford Davis in Memphis der Beauftragte für die Öffentliche Sicherheit und gleichzeitig eine große Nummer beim Ku-Klux-Klan, ein »Hexenmeister« oder ein »Drache« oder eine »Märchenfee« oder sonst was. Während seiner Dienstzeit bestand die Polizeitruppe zu zwei Dritteln aus Klanleuten. Mitte der sechziger Jahre war man bereits fortschrittlicher, doch nur unerheblich. Davis bewarb sich schließlich nicht mehr um das Polizeiamt, weil er ins Abgeordnetenhaus gewählt wurde. Dort wurde er anschließend zwölfmal wiedergewählt.

Weiterhin gehörten nur sehr wenige schwarze Officers der Polizeitruppe an und auch nur vier Juden, aber furchtbar viele von den Jungs, die Davis an Bord geholt hatte, waren immer noch da. Manche von ihnen trugen beeindruckende Epauletten und hörten auf einschüchternde Titel. Bei diesen Leuten galt ein Jude etwas weniger als ein Weißer, aber es reichte, um einigermaßen durchzukommen, solange sie ihren bornierten Eifer auf andere Voreingenommenheiten konzentrierten. Ich war also nicht erpicht darauf, Aufmerksamkeit auf mein religiöses Erbe zu lenken.

Sollten sie erfahren, was Elijah vorhatte, konnte es fraglos geschehen, dass sie die Handvoll jüdischer Cops aus der Polizeitruppe von Memphis in unbefristeten und unbezahlten Urlaub schickten. Dann hatte das Department freie Bahn, eine Einschüchterungskampagne gegen die jüdische Gemeinde in Gang zu setzen.

Ich habe mir die Kugel in Frankreich nicht eingefangen, um wie meine Großeltern in der alten Heimat behandelt zu werden oder, schlimmer noch, wie ein Negro. Daher musste ich das Problem auf meine eigene Weise angehen. Und zwar still und leise. Ich würde Elijah aus der Stadt jagen, und wenn er nicht verschwinden wollte, würde ich ihn an irgendeiner abgelegenen Stelle begraben. Kein Grund, den Rassisten in den oberen Etagen einen Vorwand zu verschaffen, im Department auf Judenjagd zu gehen.

11

1965

»Lassen Sie mich Ihnen etwas über Memphis erzählen, Detective«, sagte Streikführer Longfellow Molloy. »In Memphis wird nichts hergestellt. In Memphis wächst nichts. Memphis hat nur eine Existenzberechtigung: Es setzt Fracht in Bewegung. Die Eisenbahnlinien und der Highway und der Fluss treffen sich an diesem Ort. Memphis ist einer der fünf größten Inlandshäfen in der Geschichte der westlichen Zivilisation. Fünfzehn Millionen Tonnen Frachtgut kommen hier durch, vom Schiff an Land gesetzt, vom Land aufs Schiff geladen. Beladen und entladen, aus den Bäuchen der Kähne in die Hänger der Sattelschlepper. In Güterwaggons. Und wissen Sie, wie fünfzehn Millionen Tonnen Frachtgut Jahr für Jahr in dieser Stadt entladen und beladen werden?«

Ich wusste, dass er die Frage nur gestellt hatte, um sie selbst zu beantworten. Daher blieb ich still sitzen und gab ihm Gelegenheit, Dampf abzulassen.

»Schwarze Hände«, sagte er. »Schwarze Hände bewegen das alles. Memphis lebt davon, dass es Dinge bewegt, und es sind die Schwarzen, die sie bewegen. Fünfzehn Millionen Tonnen, vom Schiff an Land, vom Land aufs Schiff. Wir schleppen sie. Diese Männer, die vor den Büros von Kluge Freight demonstrieren, tragen diese Stadt auf dem Buckel, und zwar sieben Tage die Woche, und das für einen Dollar fünfundsiebzig die Stunde. Wir wollen uns nur organisieren und den fairen Deal verlangen, den jeder hartarbeitende Amerikaner verdient. Ihr aber kommt daher und behandelt uns wie Verbrecher. Ihr betretet mein Büro, wo ich Gottes Werk verrichte, und behandelt mich wie Abschaum. Das dulde ich nicht mehr, Sir.«

Paul Schulman hatte mir zwei Hinweise zu Elijah gegeben: Sie hätten es auf etwas abgesehen, das mit den streikenden Frachtarbeitern in Zusammenhang stand, und Ari Plotkin hinge irgendwie mit drin. Den bekam ich leicht an den Kanthaken. Ich konnte ihn mir greifen und weich prügeln, bis er ausspuckte, was er wusste. Wenn ich das jedoch tat, würde Elijah umgehend davon erfahren, und meine beste Spur liefe ins Leere. Also entschied ich mich, erst einmal im Umfeld des Streiks zu schnüffeln. Und da ich nicht wusste, mit wem sonst ich mich unterhalten sollte, beschloss ich, dem zornigen Mann, den ich im Fernsehen erlebt hatte, einen Besuch abzustatten. Meinerseits keine sonderlich brillante kombinatorische Arbeit, wie ich einräumen muss, aber ich habe auch nie behauptet, Sherlock Holmes zu sein.

Molloy nannte sich »Aktivist« oder »Organisator«, aber eigentlich war er ein Aufrührer. Er war ein paar Monate zuvor in Memphis eingetroffen und hatte ein kleines Büro auf der gegenüberliegenden Straßenseite des Wolkenkratzers in der Innenstadt bezogen, in dem sich die Zentrale von Kluge Shipping and Freight befand. Kluge war eine von Dutzenden Firmen, die Frachtgut der Flussschifffahrt umschlugen, und bestenfalls von mittlerer Größe, aber verrufen, weil sie schlecht bezahlte. Ihre Frachtarbeiter waren fast ausschließlich schwarz und die perfekten Zielpersonen für Bürgerrechtsaktivisten. Gabelstaplerfahrer und Schauerleute hatten ein Ohr für seine Tiraden über ungerechte Bezahlung und Menschenwürde, und langsam entwickelte er sich zur Geißel vieler reicher weißer Sauhunde.

Im Verlauf der letzten beiden Monate war es Molloy gelungen, die Hälfte aller farbigen Arbeiter der Firma zu organisieren. Vor sechs Wochen hatten hundertzwanzig Arbeiter die Firmenniederlassung auf Governor's Island unter Protest verlassen. Seither marschierten sie vor Kluges Innenstadtbüro auf und ab, schwenkten Transparente, belästigten Geschäftsleute und versetzten Sekretärinnen in Angst und Schrecken.

»Eine Gruppe schwarzer Arbeiter hat versucht, sich mit einer weißen Gewerkschaft zusammenzuschließen, wurde aber abgewiesen, obwohl doch alle, die mit den Händen arbeiten, Brüder sein sollten«, sagte Molloy. »Aber wenn diese Arbeiter versuchen, sich zu organisieren und friedlich für einen anständigen Lohn zu demonstrieren, werden sie von fünfzig Cops umstellt, die mit Schlagstöcken und Schusswaffen und Feuerwehrschläuchen bewaffnet sind und gemeingefährliche Hunde bei sich haben.«

»Da drüben sind keine Hunde.«

»Vielleicht sind jetzt noch keine da, aber früher oder später holen sie immer die Hunde.«

Wir saßen da und sahen einander an. Dabei musste ich an ein paar betrunkene SS-Wächter denken, die einen jüdischen Jungen aus Detroit namens Marc Grossman in ein Toilettenhäuschen stießen und anschließend noch zwei Schäferhunde hineinschickten, die sie seit Tagen nicht gefüttert hatten. Die Krauts pressten die Nasen an ein schmutziges Fenster, um zu beobachten, was sich drinnen abspielte, und am nächsten Tag zwangen sie uns, sauberzumachen.

»Fünfzig Cops, Detective«, sagte Molloy. »Es demonstriert an keinem Tag mehr als die Hälfte der Streikenden, und wir müssen zudem ein paar Leute auf Governor's Island postieren, damit alle Streikbrecher eine Postenkette zu durchbrechen haben, um an ihren Arbeitsplatz zu gelangen. Die restlichen Männer schuften ein paarmal die Woche als Tagelöhner, um sich über Wasser zu halten, oder kümmern sich um ihre Kinder, weil sie ihre Frauen zum Putzen in die Häuser der Weißen schicken. Fünfzig Cops, um sechzig Frachtarbeiter und ein paar Dutzend engagierte Bürger im Zaum zu halten, die sich dazugesellen, um unsere Sache zu unterstützen. Und Sie schickt man hier herauf, um mich zu drangsalieren. Aber Sie machen mir keine Angst, Detective. Ich denke eher, dass Ihre Leute Angst bekommen haben. Sie und Ihre Schergen sehen, was da draußen abläuft, und Sie wissen zu genau, dass es sich nicht nur um einige unzufriedene Schauerleute handelt, die gegen eine Spedition protestieren. Sie wissen, dass sich hier etwas zusammenbraut. Die Zustände müssen sich ändern.«

Es gab da eine kleine philosophische Frage, über die ich gern nachdachte, wenn mich irgendwelche *Schmocks* volljammerten: Hatte der Charakter dieser Männer ihre Weltsicht geprägt, oder prägte ihre Weltsicht ihren Charakter?

Ich war nicht schlau genug, dahinterzukommen, ob das Huhn vor dem Ei da gewesen war, aber so oder so verriet die Haltung eines Mannes zur Gesellschaft etwas über seine eigenen Neigungen. Ich zum Beispiel hielt die Welt für hart und gefährlich, und daher war ich selbst auch hart und gefährlich. Entsprechend waren Verschwörungstheoretiker und Paranoiker, die Leute also, die den Verdacht hegten, dass alle Welt etwas gegen sie im Schilde führte, oft selbst heimtückisch.

»Ich brauche mir das nicht anzuhören«, sagte ich zu ihm.

»Und ich brauche keine Polizisten, die in mein Büro kommen. Aber da scheint mir ja keine Wahl zu bleiben. Wenn Sie mich festnehmen wollen, ersparen wir uns doch das Vorspiel.« Er streckte mir seine Handgelenke entgegen.

»Ich möchte Ihnen nur ein paar Fragen stellen. Wenn Sie wollen, dass ich verschwinde, müssen Sie sich beruhigen und mir darauf antworten.«

Er hielt einen Moment inne und sah mich genauer an. »Vielleicht sollte ich mir einen Anwalt nehmen.«

Schuldige Menschen – die Profischweinehunde – waren sehr schnell mit Anwälten bei der Hand, aber selbstgerechte Typen nicht minder. Scheinheilige Dreckskerle pochten besonders auf ihre Rechte. Ich war mir noch nicht völlig sicher, mit welcher

Sorte Arschloch ich es zu tun hatte. Ich beschloss, auf Mutmaßungen zu verzichten, und eigentlich war es mir auch völlig egal, was Longfellow Molloy im Sinn hatte. Sollte er seine Leute über den Tisch ziehen, war es noch lange nicht mein Job, ihm das Handwerk zu legen. Ich war hinter einem aalglatten jüdischen Bankräuber her.

Das Problem war nur, dass ich so gut wie *Bubkes* über Elijahs Pläne wusste. Ich besaß nur den Hinweis, dass sie etwas mit dem Streik zu tun hatten. Also musste Molloy auspacken.

»Ich habe einen Tipp bekommen, dass ein Raubzug geplant ist, der mit dem Streik im Zusammenhang steht«, sagte ich. »Sie beschuldige ich absolut nicht. Ihre Leute könnten die Opfer sein. Vielleicht hat man Ihr Büro im Visier. Wenn ich die Sache verhindern soll, müssen Sie mit mir zusammenarbeiten.«

Molloy hatte saubere Fingernägel, und das wohlfrisierte Haar schmiegte sich eng an seinen Schädel. Er hatte die Angewohnheit, den Blick über den Boden schweifen zu lassen, wenn er sprach, und sobald er das merkte, plötzlich aufzuschauen und mich bewusst mit Blicken zu durchbohren.

Bei einem Weißen hätte ich das als Zeichen der Verschlagenheit angesehen oder doch zumindest als Ausdruck einer seltsamen Wesensart. Aber so ein Negro blickte womöglich zu Boden, weil er in eine Welt hineingeboren worden war, die den gesenkten Blick von ihm erwartete, und wenn Molloy aufsah, tat er es vielleicht, weil er in einer Welt leben wollte, die anders war.

Er trug einen dreiteiligen Anzug. Viele Cops, die ich kannte, sahen einen farbigen Jungen nicht gern im Geschäftsanzug, und nach einem Blick auf den hier hätten sie gewettet, dass er nichts Gutes im Sinn hatte. Aber wenn ich Molloy an eine Wand stellte und ihn die Taschen nach außen kehren ließ, würde ich vermutlich kein Label in seinem Jackett finden und auch nur billiges Futter.

Es gab farbige Ladys, die zu Hause arbeiteten, in Mietskasernen und Reihenhäusern Kleidung nähten, um über die Runden zu kommen, und manche von ihnen leisteten vorzügliche Arbeit. Ein Weißer mit vergleichbarem Geschick konnte fünf- oder sechsmal so viel nach Hause bringen, wie diese Ladys verdienten. Molloy hatte wahrscheinlich nur einen Bruchteil dessen bezahlt, was ein vergleichbarer Anzug bei Oak Hall oder Goldsmith's kostete. Ich war drauf und dran gewesen, mir auch einen solchen Anzug zu kaufen, aber aus irgendeinem Grund schienen die Schwarzen nicht geneigt zu sein, mir die entsprechenden Empfehlungen zu geben.

»Und trotzdem verhören Sie mich, wo sich doch die vermutlichen Verbrecher da draußen tummeln. Ist das nicht typisch?«

»Jedenfalls ist es nichts Persönliches. Sie könnten jedoch imstande sein, mir einiges zu erzählen, was ich wissen muss.«

Er setzte sich hinter seinen Schreibtisch und streckte mir die Handflächen entgegen. »Schön, dann fragen Sie.«

»Haben Sie von den Streikenden Gewerkschaftsbeiträge eingesammelt?«

»Haben Sie keine Zeitung gelesen? Die Gewerkschaft nimmt uns nicht. Ich komme mit den örtlichen Führern absolut nicht voran. Bigott, alle, wie sie da sind. Ich war sogar in Washington und hab die nationale Organisation besucht. Es gebe Widerstand, sagten sie mir, und das ist wohl eine diplomatische Formulierung dafür, dass sie Menschen wie uns nicht wollen.«

»Sie haben also bei den Männern kein Geld eingesammelt?«

»Diese Männer haben kein Geld. Sie sind arm, weitaus ärmer, als sie sein dürften, so hart wie sie arbeiten. Deswegen demonstrieren sie ja da draußen.«

»Haben Sie eine große Summe Bargeld im Büro? Gibt es hier einen Safe?«

»Wofür halten Sie mich? Glauben Sie, dass ich diese Leute schröpfe? Wollen Sie mich bezichtigen, hier einen Schwindel abzuziehen?«

»Ich bezichtige Sie absolut nicht. Ich weiß nur, dass es da draußen eine Gangsterbande gibt, die einen Raubüberfall plant, der irgendwie mit den streikenden Arbeitern zu tun hat.«

»Das hat mit mir nichts zu tun. Ich habe hier nichts, was sich zu stehlen lohnt. Ich habe dieses eine Bürozimmer, und ich werde schon bald mit der Miete im Rückstand sein. Die meisten Nächte schlafe ich auf dem Fußboden, es sei denn, einer der Streikenden oder ein Kirchenmitglied bietet mir eine warme Mahlzeit und irgendwo auch ein Bett an.«

Auf dem Aktenschrank hinter Molloys Schreibtisch stand ein schmutziges Glas mit einer Zahnbürste. Einem besseren Detective wäre das womöglich früher aufgefallen, und er hätte die angemessenen Schlüsse daraus gezogen.

»Wenn das die Wahrheit ist, bin ich hier vielleicht am falschen Ort, und es tut mir leid, Ihnen Unannehmlichkeiten bereitet zu haben«, sagte ich. Ich fragte mich, was mein Sohn und sein Rabbi wohl von diesem Gespräch gehalten hätten, und ich fühlte mich in diesem Augenblick so, wie ich mich gefühlt hatte, nachdem Brian hatte mit ansehen müssen, wie Paul Schulman von mir verprügelt worden war.

»Wenn Sie einen Ort suchen, an dem es viel Geld gibt, sollten Sie vielleicht zu einer Bank gehen.«

Keine schlechte Idee, wie ich zugeben musste.

ETWAS, DAS ICH NICHT VERGESSEN WILL

Im Fernsehen versuchte sich der Mann, den mein Enkel zum Präsidenten wählen wollte, aus einer üblen Klemme herauszureden.

»Die Bemerkungen, die zum aktuellen Eklat geführt haben, waren nicht einfach nur kontrovers. Sie waren nicht einfach nur der Versuch eines religiösen Führers, sich gegen spürbare Ungerechtigkeiten auszusprechen. Stattdessen verrieten sie die äußerst verzerrte Wahrnehmung unseres Landes – eine Wahrnehmung, die den weißen Rassismus als endemisch akzeptiert und das, was an Amerika tadelnswert ist, über all das stellt, was an Amerika zweifellos lobenswert ist; eine Sichtweise, welche die Konflikte im Mittleren Osten in den Handlungen verlässlicher Verbündeter wie Israel verwurzelt sieht, statt sie aus den perversen und hasserfüllten Ideologien des radikalen Islam abzuleiten.«

»Der muss sich aber gehörig anstrengen, wenn er Juden davon überzeugen will, dass er Israel unterstützt«, sagte ich. »Wie lange hat er Jeremiah Wrights Kirche besucht? Hätte er doch gleich Farrakhan folgen können.«

Ich war schlechter Laune, aber ich wusste nicht, wie sehr sich mein Zustand noch verschlimmern sollte. Es war März 2008, und es lag noch immer ein Jahr vor mir, bis man mir in den Rücken schoss und ich mein Haus verlor, meine Unabhängigkeit und meine Würde. Ich steckte mir die Zigarette zwischen die Lippen, damit ich einen Teil dessen, was Obama gesagt hatte, in mein Notizbuch eintragen konnte. Und anschließend schrieb ich darunter »Jeremiah Wright = *Anti-Semite*«, um den Kontext nicht zu vergessen.

»Notierst du dir, was er sagt?«, fragte Rose.

»Ich möchte mich erinnern, damit ich mich mit Brian darüber unterhalten kann, wenn er später anruft.«

»William«, sagte Rose.

»Was?«

»Unser Enkel heißt William.«

»Hab ich das nicht gesagt?«

»Er meint, wir sollen diesen Mann wählen«, sagte Rose.

»Wer meint das?«

»William. Unser Enkel William.«

»So? Was weiß der schon?«

»Eine ganze Menge. Er liest die *New York Times*. Ich hoffe immer noch, dass Hillary nominiert wird.«

»Niemals«, sagte ich. »Entweder dieser Typ oder sonst John McCain.«

»Wer hat dir das gesagt?«

»Weiß ich nicht mehr.«

»Wahrscheinlich William.«

»Wahrscheinlich.«

»Ich hatte mir noch zu meinen Lebzeiten eine Frau als Präsidentin gewünscht. Das wird wohl jetzt nichts mehr.«

»Da arbeiten die Frauen in Tausenden von Jahren menschlicher Geschichte mühsam darauf hin, dass Hillary Clinton gekrönt wird, und dann kommt dieser Kerl und stiehlt ihr die Show«, sagte ich.

»Du kannst manchmal echt fies sein.«

Im Fernsehen sagte Obama: »Wenn ich in der Kirche saß, habe ich da je Bemerkungen gehört, die man als kontrovers hätte bezeichnen können? Ja. Habe ich viele seiner politischen Ansichten weit von mir gewiesen? Zweifellos – aber ich bin überzeugt, dass viele unter Ihnen ebenfalls Bemerkungen von ihren Pastoren, Priestern oder Rabbis gehört haben, mit denen Sie absolut nicht einverstanden waren.«

»Da hat er gar nicht so unrecht«, sagte Rose.

»Wright hat Obamas Kinder getauft.«

»Abramsky hat mit Brian bei dessen *Bar-Mizwa* gebetet, und du hast Abramsky gehasst.«

»Nicht dasselbe.«

»Aber fast genau dasselbe.«

»Ich kann ihn genauso wenig verleugnen, wie ich die schwarze Gemeinde verleugnen kann«, sagte Obama. »Ich kann ihn genauso wenig verleugnen wie meine weiße Großmutter – die Frau, die half, mich aufzuziehen, eine Frau, die wieder und wieder Opfer für mich brachte, eine Frau, die mich mehr liebte als alles auf der Welt, aber auch eine Frau, die einmal Furcht vor schwarzen Männern gestand, die ihr auf der Straße begegneten, und die mehr als einmal rassistische und ethnische Gemeinplätze von sich gab, bei denen sich mir der Magen umdrehte.«

»Seine weiße Großmutter würde dir bestimmt gefallen«, sagte Rose.

»John McCain ist ein Kriegsheld.«

»William sagt, McCain hat es nicht drauf, die Wirtschaft in den Griff zu kriegen.«

»Unser Land wäre gar nicht erst ins Schleudern geraten, wenn jemand William um Rat gefragt hätte.«

»William sagt, McCain würde Phil Gramm zum Finanzminister machen.«

»Wäre das schlimm?«

»William sagt es jedenfalls.«

»Mir waren die Zeiten lieber, als Brian noch bei uns war und William immer vergaß, uns anzurufen.«

»Die Zeiten, als Brian noch bei uns war, gefielen mir auch besser …«

»Ja.«

Im Fernsehen wurde der Präsident meines Enkels energischer und akzentuierte seine Sätze mit aggressiven Gesten: »Legalisierte Diskriminierung – Schwarze, die daran gehindert werden, oft auf gewalttätige Weise, Grundbesitz zu erwerben, oder Darlehen, die afroamerikanischen Geschäftsinhabern nicht gewährt werden, oder schwarze Hausbesitzer, die keine FHA-Hypotheken bekommen, Schwarze, die von Gewerkschaften, vom Polizeidienst oder von der Feuerwehr ausgeschlossen werden – diese Diskriminierungen haben bewirkt, dass schwarze Familien kein ausreichendes Vermögen erwerben konnten, um es zukünftigen Generationen zu hinterlassen.«

Rose schluchzte inzwischen leise in ihren Ärmel.

»Ist dir das zu viel? Wir müssen es uns nicht ansehen. Wir können mal schauen, was der Tierdoku-Kanal zu bieten hat.«

»Nein, darum geht's nicht. Es ist einfach …«

»Neben all denen, die mit Zähnen und Klauen darum gekämpft haben, ein Stück vom amerikanischen Traum abzubekommen, gab es viele, denen es nicht gelang«, sagte Obama. »Diejenigen, die letztlich auf die eine oder andere Weise Opfer der Diskriminierung wurden und diese Opferrolle künftigen Generationen hinterließen – jenen jungen Männern und zunehmend auch jungen Frauen, die wir an Straßenecken herumlungern oder in unseren Gefängnissen schmachten sehen, ohne Hoffnung und Zukunftsaussichten. Selbst bei jenen Schwarzen, die es geschafft haben, bestimmen Fragen der Rassenzugehörigkeit und Rassismus weiterhin auf maßgebliche Weise die Sicht auf die Welt.«

»Ich verstehe«, sagte ich. Ich drückte die Zigarettenkippe im Aschenbecher aus und legte mein Notizbuch beiseite, um mir die nächste Zigarette anzuzünden. »Darüber brauchen wir nicht zu reden.«

»Es ist aber gut, darüber zu sprechen«, sagte Rose. »Es schmerzt vielleicht, aber ich finde, es ist gut.«

»Wunden heilen nicht, wenn man immer wieder an ihnen herumfingert.«

Obama wurde ungestümer. »Vergleichbarer Zorn herrscht aber auch bei Teilen der weißen Gemeinde. Die meisten Amerikaner der Arbeiter- und Mittelklasse haben nicht das Gefühl, aufgrund ihrer Rasse sonderlich privilegiert zu sein. Ihre Lebenserfahrung ist die der Einwanderer – und soweit es die betrifft, ist ihnen nie etwas geschenkt worden, sondern sie haben sich von Grund auf alles allein aufgebaut. Sie sehen besorgt der Zukunft entgegen und haben das Gefühl, dass ihre Träume ihnen entgleiten; in einer Zeit stagnierender Löhne und globaler Konkurrenz halten sie ihre Chancen für ein Nullsummenspiel.«

»Ich glaube, der gefällt mir«, sagte Rose.

»Ich trau ihm nicht. Für mich sieht er nicht aus wie ein Präsident.«

»Ich wette, das tut Hillary auch nicht.«

»Was soll das überhaupt für ein Name sein? Barack?«

»Baruch.«

»Was?«

»Du sagst ›Barack‹, und ich sag ›Baruch‹.«

»Ja, ich hab dich gehört. Was willst du?«

»Nicht so wichtig.«

Ich klopfte meine Zigarette am Aschenbecherrand ab. »Ah, jetzt versteh ich.«

»Barack. Baruch. Barack. Baruch.« Sie lachte.

»Dass du recht hast, heißt noch lange nicht, dass du im Recht bist«, sagte ich. »Mal sehen, welche Tierdoku heute läuft. Ich wette, eine von denen, die dir gefallen. Mit Pinguinen.«

»Letztendlich kommt es doch nicht auf mehr und auch nicht auf weniger an als auf das, was alle Weltreligionen verlangen – dass wir anderen tun, was wir uns wünschen, dass sie es uns tun. Seien wir unseres Bruders Hüter, wie die Schrift sagt. Seien wir unserer Schwester Hüter. Lasst uns das gemeinsame Interesse finden, das wir aneinander haben.«

Ich griff nach der Fernbedienung.

12

1965

Es gab viele Banken in Memphis, aber diejenige, die den Büros von Kluge am nächsten lag, schien auch die zu sein, die wahrscheinlich etwas mit dem Streik zu tun hatte. Also suchte ich sie auf.

Sherlock Holmes hat gesagt, wenn man das Unmögliche ausgeschlossen hat, muss das, was bleibt, die Wahrheit sein, wie unwahrscheinlich es auch erscheinen mag. Meiner Erfahrung nach ist es besser, mit dem Nächstliegenden anzufangen und zu hoffen, dass man nicht mehr weit darüber hinausgehen muss.

Die Innenstadtfiliale der Cotton Planters Union Bank war nur anderthalb Blocks von Longfellow Molloys Bürofenstern entfernt und gerade mal zweihundert Meter von den streikenden Demonstranten vor den Büros von Kluge. Es handelte sich zudem um eine der größten und reichsten Banken in der Stadt. Die Abteilung für Privatkunden belegte das gesamte Erdgeschoss des Wolkenkratzers, und das Verwaltungspersonal sowie die Geschäftsführung hatten die fünf Stockwerke darüber in Beschlag genommen.

Der Filialleiter, ein leutseliger Bursche namens Charles Greenfield, war Mitglied meiner Synagoge. Er gratulierte mir zur bevorstehenden *Bar-Mizwa* meines Sohnes, weigerte sich jedoch in aller Höflichkeit, mir zu den Geschäften seiner Bank etwas zu sagen.

»Darf ich Ihnen einen Drink anbieten, Detective?«

»Sicher doch«, sagte ich. »Scotch on the rocks. Den ältesten, den Sie haben.«

Er verfügte über eines dieser Büros, die man bezieht, wenn man bei seinen Besuchern gleich mal klarstellen will, was für ein großer *Macher* man ist. Der Raum nahm eine Ecke des Gebäudes ein und verfügte über zwei Glaswände, die Ausblick auf den Fluss boten.

Er hatte sein Büro im Stil eines teuren Clubs für Zigarrenraucher ausgestattet. Ledersessel, Ledersofa, schwerer Schreibtisch aus Holz. Dicker Teppich. Und natürlich die bestens bestückte Bar, aus der ich mich mit Freuden bedienen ließ.

Er schürzte die Lippen. »Das Angebot war nur höflich gemeint. Ich nahm an, Sie würden ablehnen.«

»Warum sollte ich einen kostenlosen Scotch ablehnen?«

»Ich dachte, Cops dürften im Dienst nicht trinken.«

»Stimmt. Aber wir dürfen auch kein Blaulicht aufs Autodach setzen, um schneller vorwärtszukommen, oder Leute verprügeln, weil sie die Klappe zu weit aufreißen, und da ich beides fast alltäglich tue, sehe ich keinen Grund, wegen eines Glases Whisky pingelig zu werden.«

Seine Miene hangelte sich durch diverse Nuancen gekünstelten Desinteresses, während er sich darüber klarzuwerden versuchte, ob ich ihn bedrohte. Er entschied sich für ein nichtssagendes Stirnrunzeln, das doch nicht so ganz nichtssagend war. Statt gelangweilt zu wirken, wirkte er wie jemand, der gelangweilt zu wirken versuchte, und das ließ darauf schließen, dass ich ihn leicht beunruhigt hatte.

Sein Assistent, der neben ihm stand, sah nicht aus, als müsse er beunruhigt werden. Er schien explodieren zu wollen wie eine Seltersflasche.

Greenfield durchquerte den Raum und füllte zwei Gläser mit Eiswürfeln aus einem Silberkübel. Jemand hatte wohl die Aufgabe, den ganzen Tag für frisches Eis zu sorgen. Den Whisky schenkte er jedoch selbst ein, um nicht zu aufgeblasen zu wirken.

Greenfield hatte große Hände und breite Schultern unter der feinen Wolle und den Nadelstreifen seines Anzugs. Dank der Beziehungen seiner Familie war er im Krieg zur Marine eingezogen worden, was als etwas weniger harte Nummer galt, als sich in den Argonnen unter Mörsergranaten wegzuducken. Aber die Marinesoldaten hatten im Pazifik Abscheuliches erlebt, und Greenfield sah aus, als habe er sich voll im Griff.

»Sie müssen schnell trinken, denn das hier wird wahrscheinlich eine kurze Unterhaltung«, sagte er und drückte mir den Scotch in die Hand. »Wenn Sie mich zu meinen Bankkunden befragen wollen, dann unterhalten wir uns erst, wenn Sie mir die offizielle Vorladung präsentieren.«

»Ich ermittle nicht bei Ihren Kunden«, sagte ich. »Ich versuche, einen Raubüberfall zu verhindern. Sie dürften wissen, dass Sie weniger als zwei Häuserecken von einem Mob aufgebrachter schwarzer Demonstranten entfernt sind.«

Er lachte mir ins Gesicht. »Diese Demonstranten sind bereits jetzt von Dutzenden Polizisten umringt. Ich fühle mich hier recht sicher.«

Ich musterte den Assistenten. »Ihm scheint es nicht so zu gehen.«

»Niemanden schert, was er denkt«, sagte Greenfield. »Deshalb hat er ja seinen Job, und ich hab meinen.«

Der Assistent schien ungefähr zehn Jahre älter zu sein als Greenfield; ein kleinerer Mann mit aschblondem Haar, das an den Schläfen ergraute, und schmalen Handgelenken. Er hatte eine markante Nase, engstehende Knopfaugen, eine schmale Oberlippe und ein fliehendes Kinn. Er war einer jener Männer, die hatten lernen müssen, bei der Beförderung Kollegen aus den unteren Etagen an sich vorbeiziehen zu sehen. Er zog es vor, nicht auf Greenfields Beleidigung einzugehen. Vielleicht hatte er sich mit der Tatsache abgefunden, dass niemand je für ihn Partei ergriff.

»Ich weiß Ihre Besorgnis zu schätzen, Buck, aber ich glaube

wirklich nicht, dass da etwas dran ist. Und jetzt habe ich mich geschäftlichen Angelegenheiten zu widmen. Wenn Sie also austrinken könnten und den Weg nach draußen fänden, wäre ich Ihnen sehr verbunden.«

»Ich kann mich gern zurückziehen, wenn ich Ihnen auf die Nerven gehe, aber ich habe einen sehr verlässlichen Tipp bekommen, dass hier in der Nähe ein Raubüberfall geplant ist. Wenn Sie also irgendeinen Grund zu der Vermutung haben, dass man es auf Sie abgesehen hat, sollten Sie mir am besten sagen, was Sie wissen, damit ich Ihnen helfen kann.«

Greenfield ließ sich hinter seinem hochherrschaftlichen Schreibtisch nieder. »Ich nehme es als einen guten Rat an.«

Der Assistent hüstelte.

»Sie wollten etwas sagen?«, fragte ich ihn.

»Charles, wenn Sie es ihm nicht sagen, werde ich es tun«, sagte der kleine Mann.

Greenfield zuckte die Achseln. »Dann müssen Sie es verantworten. Ich erhebe Einspruch und registriere Ihre Kenntnisnahme, denn ich werde diesen Bruch der Verschwiegenheitspflicht nach Nashville melden und dort berichten, dass Sie gegen meinen Einspruch der Polizei freiwillig Informationen geben wollen.«

»Ich verstehe Ihre Einwände. Schließlich arbeite ich seit zwanzig Jahren für diese Bank«, sagte der Assistent. »Ich werde aussprechen, was mir mein Gewissen gebietet. Ich glaube zudem nicht, dass es sich dabei um eine Verletzung der Verschwiegenheitspflicht handelt. Es ist das Geld der Bank, das mir am Herzen liegt, nicht das irgendeines Kunden.«

Ich nahm einen Schluck Whisky, steckte mir eine Zigarette mit einem Zündhölzchen an und schlang meinen Arm um die Rücklehne von Greenfields Sofa. »Wie ist Ihr Name, mein Freund?«

»Ich heiße Riley Cartwright und bin langjähriger Darlehensberater und Assistent des Direktors dieser Filiale.«

»Nun, Mister Cartwright, ich bin gekommen, um zu helfen«, sagte ich. »Informieren Sie mich über Ihr Problem.«

»Wir haben im Moment über einhundertfünfzigtausend Dollar in unserem Tresor, und ich habe schreckliche Angst vor Bankräubern«, sagte er.

»Und zwar deswegen, weil Sie alt und dämlich sind und Ihr Weltbild überholt ist«, sagte Greenfield. »Es gibt keinen Ort, an dem Geld sicherer ist als in einem modernen Tresor.«

»Warum haben Sie denn so viel Geld im Haus?«, fragte ich.

»Jede Woche rollt ein gepanzerter Geldtransporter mit Bargeld aus Nashville hierher«, sagte Cartwright. »Gewöhnlich gibt Kluge freitags die Lohnschecks aus, und die Jungs kommen her, um sie einzulösen. Neger neigen nicht dazu, ihr Geld auf einem Konto zu lassen.«

»Kluge bezahlt ihnen wohl sowieso nicht genug, um sparen zu können«, sagte ich.

Greenfield drückte seinen Unwillen aus, indem er den Nasenrücken zwischen Daumen und Zeigefinger presste. »Sie sind doch nicht einer von denen, oder?«

»Ich bin keiner von irgendwas«, sagte ich. Auf dem wuchtigen hölzernen Couchtisch direkt vor mir stand ein schwerer Kristallaschenbecher. Ohne mich darum zu kümmern, schnippte ich die Asche auf den Teppich.

»Das kann ich nur hoffen«, sagte Greenfield. »Diese Neger sind nichts als arbeitsscheues Gesindel, das den lieben langen Tag auf dem Trottoir marschiert und darauf besteht, dass der weiße Mann ihm etwas schuldet. Wenn sie mehr Geld wollen, sollten sie erst etwas lernen, statt so zu tun, als hätten sie irgendwelche Ansprüche zu erheben.«

Ich widmete mich erst mal einer Rechenaufgabe. Das Bargeld unter uns im Tresor überstieg die Summe, die ein Detective der Polizei von Memphis im Lauf seiner zwanzigjährigen Berufsausübung mit nach Hause nehmen konnte. Die Arbeiter bei

Kluge hätten sich beim Lastenschleppen zu Krüppeln geschuftet, bevor sie auch nur halb so viel verdient hatten.

Bankraub ist ein dämliches Verbrechen. Fast niemand kommt damit davon. Zu viele Sicherheitsleute sind im Einsatz, und es gibt auch immer zu viele Zeugen. Aber irgendwie verstand ich doch, warum jemand es versuchte.

Hundertfünfzigtausend Dollar. Die einfach so dalagen. Schwer vorstellbar.

»Da draußen sind nur hundertzwanzig Streikende. Fünf Wochen Lohn für alle machen weniger als fünfzigtausend aus«, sagte ich. »Warum haben Sie dann überhaupt das Dreifache im Tresor?«

Cartwright zählte an den Fingern ab. »Kluge hat Arbeiter, die nicht gestreikt haben, und man hat auch Streikbrecher eingesetzt, um die Ladungen auf den Weg zu bringen. Aber keiner dieser Leute will seine Lohnschecks unter den Augen der Streikenden einlösen. Stattdessen muten sie sich große Umwege zu und wickeln ihre Geschäfte bei anderen Filialen ab, weit entfernt von den Demonstranten.«

Greenfield stand auf und schenkte sich noch einen Drink ein. »Wahrscheinlich weil sie Angst haben, hier mit der Tasche voller Bargeld rumzulaufen und von den Demonstranten ausgeraubt zu werden. Kann ich ihnen nicht verdenken.«

Cartwright fuhr fort: »Andere Geschäfte unserer Bank sind ebenfalls zurückgegangen. Die Menschen meiden die gesamte Gegend hier, entweder um den Streik zu unterstützen oder aus Angst vor den Schwarzen. Wir haben jede Woche eine Wagenladung Geld erhalten, ohne dass jemand kommt, um etwas abzuheben. Es stapelt sich im Tresor.«

»Der, wie ich bereits erwähnte, der perfekte Aufbewahrungsort ist«, sagte Greenfield. »Wir leben nicht mehr in den dreißiger Jahren. Räuber können nicht einfach mit einer Waffe in eine moderne Bank marschieren und sich nehmen, was sie im Tresor finden.«

»Wenn Sie das Bargeld nicht brauchen, warum bringt der Transporter jede Woche mehr?«, fragte ich.

»Es gibt keine verbindlichen Bestimmungen, wie die Lieferungen durch den Geldtransporter abzubestellen wären«, sagte Greenfield. »Cartwright ist sich nicht darüber im Klaren, dass vertragliche Vereinbarungen mit der Geldtransportfirma getroffen sind, sie für ihre Fahrten zu bezahlen, und die Firma wiederum hat Abmachungen mit den Gewerkschaften der Fahrer und des Wachpersonals getroffen, die Arbeit garantieren. Zum Ende des Quartals werden wir unsere Bücher bilanzieren und das überschüssige Bargeld nach Nashville zurückschicken, wie wir es viermal im Jahr tun. Bis dahin liegt es absolut sicher in unserem Tresor. Die gegenwärtigen Umstände rechtfertigen keinesfalls eine Abweichung von unserer Routine. Wir dürfen absolut nicht gestatten, dass unser Geschäft jedes Mal zum Erliegen kommt, wenn sich ein paar Schwarze aufregen oder einige Kriminelle etwas ausbaldowern wollen.«

»Ich habe mich dafür ausgesprochen, dass wir das überschüssige Bargeld sofort zurückschicken, statt aufs Quartalsende zu warten«, sagte Cartwright.

Greenfield lehnte sich gravitätisch in seinem Ledersessel zurück. »So ist nicht das übliche Procedere.«

Cartwright schlug die Hand auf die Stirn. »Beraubt zu werden dürfte auch nicht das übliche Procedere sein. Das Theater draußen auf der Straße mag vielleicht wie eine unbedeutende Auseinandersetzung zwischen einer Firma und ihren Arbeitern aussehen, aber die ganze Stadt ist ein Pulverfass, und das könnte genau der Funke sein, der es zur Explosion bringt. Die Polizei weiß das, und deswegen sind auch so viele Cops im Einsatz. Die Schwarzen suchen nur einen Vorwand, um Krawall zu machen. Wenn es dazu kommt, wird Memphis brennen. Und wir sitzen mittendrin auf einem Riesenhaufen Geld.«

»Wenn die ganze Stadt brennt, wird unser Tresor unversehrt und schimmernd in der Asche liegen. Und wenn jemand auftaucht, um die Bank auszurauben, kriegt er nicht mehr in die Finger, als an den Kassenschaltern liegt. Und das sind zwölfhundert Dollar, höchstens«, sagte Greenfield. »Unser Tresor ist nagelneu und bombensicher, und keine ähnliche Konstruktion ist je erfolgreich ausgeraubt worden. Jeder Kassierer hat einen Alarmknopf unter seinem Schalter. Unsere Kreditberater haben ebenfalls Knöpfe an ihren Schreibtischen, und auch ich habe einen in meinem Büro. Es ist unmöglich, die ganze Bank so schnell unter Kontrolle zu bringen, dass es niemandem gelingt, einen der Knöpfe zu drücken. Und sobald ein Knopf gedrückt wurde, ist dieser Tresor unbezwingbar.«

»Kein Tresor ist unbezwingbar. Das ist Hybris, Charles.«

»Haben Sie von einem Dieb namens Elijah gehört?«, fragte ich. »Ich glaube nämlich, dass er in der Stadt ist.«

»Ich wüsste gern, was Sie wissen und woher Sie es wissen, da Mister Cartwright ja auch so freundlich war, Ihnen vertrauliche Informationen über unsere Bank zugänglich zu machen«, sagte Greenfield.

Ich schnippte nochmals Asche auf den Teppich. »Während die Ermittlungen laufen, muss ich die Identität meiner aktiven Informanten schützen.«

»Freut mich sehr, dass ich entsprechende Großzügigkeit von der Polizei erwarten kann, wenn ich hilfreiche Informationen geliefert habe.« Der Blick, den Greenfield seinem Assistenten zuwarf, hätte auch der eines Lastzugfahrers auf ein platt gefahrenes Eichhörnchen sein können, das auf dem Highway lag. »Ich habe von Elijah gehört. Er versteht sich bestens darauf, Banken ausfindig zu machen, die ihre Sicherheitsmaßnahmen vernachlässigt haben. Experten unter den Bankräubern werden moderne Tresore wie unseren meiden. Sie suchen sich weniger schwierige Objekte aus.«

»In einem weniger schwierigen Objekt befinden sich aber nicht hundertfünfzigtausend Dollar in bar«, sagte ich.

»Fort Knox ist bis unter die Decke vollgepackt mit Goldbarren, die Millionen wert sind, aber Elijah ist da noch nicht eingebrochen, oder? Sobald jemand in der Bank den Alarmknopf drückt, wird die Polizei telefonisch alarmiert, und der Tresor wird automatisch geschlossen und zugesperrt. Wenn der Tresor verschlossen ist, schaltet sich eine Zeitschaltuhr ein, die verhindert, dass die Tür innerhalb der nächsten drei Stunden geöffnet werden kann. Mein Schlüssel funktioniert nicht. Es gibt keine Kombination. Die Tür bleibt drei Stunden lang geschlossen. Sie besteht aus gehärtetem Stahl und ist fast einen halben Meter dick. Wenn man Erfahrung mit einem industriellen Schweißbrenner hat, ist man vielleicht eine Stunde, bevor sie sich automatisch öffnet, am Ziel, aber bis dahin hat die Polizei auch die Bank umstellt.«

»Und wenn jemand Ihr Telefonkabel durchschneidet?«, fragte ich.

»Wird automatisch der Alarm ausgelöst«, sagte Greenfield. »Wir leben in einem Zeitalter technischer Wunder.«

»Wieso schicken Sie das Geld nicht einfach zurück, wie Mister Cartwright vorschlägt?«

»Weil das bewährte Verfahren darin besteht, unsere Bargeldreserven auszugleichen, wenn wir unsere vierteljährliche Bilanz erstellen.«

»Wie ein Roboter folgen Sie den Regeln«, sagte Cartwright.

Greenfield nippte an seinem Drink. »Ja, das tue ich.«

Ich schnippte meine Kippe in den Kristallaschenbecher und zündete mir die nächste Zigarette an. »Und wieso?«

»Wenn ein Banküberfall stattgefunden hat, wird mein Verhalten sowohl von meinen Vorgesetzten als auch von den Versicherungsfachleuten überprüft. Wenn ich vom festgelegten Verfahren abgewichen bin, indem ich einen zusätzlichen Geldtransporter angefordert habe, und dieser Transporter überfallen wird, verliere ich meinen Job, und die Versicherung könnte jegliche Schadensabdeckung ablehnen. Es ist weitaus leichter, einen gepanzerten Geldtransporter auszurauben als einen Banktresor. Geldtransportüberfälle sind zwanzigmal so häufig wie Raubüberfälle auf Banktresore.«

»Erzählen Sie mir, wo und wie die gepanzerten Geldtransporter bei einer Bank be- und entladen werden«, sagte ich.

»Das ist etwas, worüber wir keine Auskünfte geben«, sagte Greenfield.

»Sie fahren an die Laderampe in der Seitengasse hinter der Bank«, sagte Cartwright.

»Also führt die Tür an der Seitengasse direkt in den Tresor?«

»Die Ladetür besteht aus verstärktem Stahl und ist eingelassen in einem verstärkten Rahmen, der wiederum in einer verstärkten Wand verankert ist. Im Korridor, der von der Ladetür ausgeht, befindet sich ein Sicherheitskäfig. Jeder Manipulationsversuch am Käfig löst den Alarm aus und verschließt alles«, sagte Greenfield. Er schien zu überlegen, ob die Möglichkeit bestünde, Cartwright im Tresor wegzusperren. »Während der Geschäftsstunden sind zwei bewaffnete Wachleute vorm Tresor postiert. Sie würden hören, wenn sich jemand an der Ladetür zu schaffen machte, und sie hätten genug Zeit, den Alarm auszulösen, bevor jemand den Sicherheitskäfig durchbrochen hätte. Niemandem ist es erlaubt, allein am Tresor zu sein, wenn er offen steht, nicht einmal mir. Wenn einer der Wachleute pissen muss, kommt jemand anderes und postiert sich an seiner Stelle, solange er auf dem Klo ist. Ich weiß, dass im Kino jede Sicherheitsanlage ihre Achillesferse hat, aber in der Realität hat kaum ein Tresor eine Schwachstelle. Wir haben sämtliche Eventualitäten berücksichtigt und eingeplant.«

»Aber der Geldtransporter ist gefährdet?«

Greenfield schüttelte den Kopf. »Nicht besonders. Es handelt sich um einen gepanzerten Wagen. Die Dinger sind wie Panzer. Sie sind dafür konstruiert, Raubüberfällen zu trotzen, und besetzt mit erfahrenen und schwerbewaffneten Wachleuten. Der Tresor einer Bank wird immer ein sichererer Aufbewahrungsort für Bargeld sein als jeder Ort, der kein Tresor ist.«

Dass Elijah in der Stadt war und etwas im Schilde führte, wusste ich ja nur, weil er dafür gesorgt hatte. Und darüber dachte ich nach. Wenn er einen korrupten Cop hätte auftun wollen, mit dem er zusammenarbeiten konnte, wäre er doch bestimmt auf die Suche nach jemandem gegangen, der bekannt dafür war, sich an schmutzigen Geschäften zu beteiligen. Er hätte wissen müssen, dass ich seine Einladung wahrscheinlich ablehnen würde.

Es mochte sein, dass Greenfield recht hatte und der Tresor sicher war. Vielleicht hoffte Elijah, dass ich das Bargeld aus dem Tresor ins Freie expedieren ließ und er es auf dem Transportweg stehlen konnte. Aber möglicherweise hatte er eine Schwachstelle in Greenfields Sicherheitsprotokoll gefunden. Wenn ich nichts täte, stünde es ihm frei, jedem beliebigen seiner Pläne nachzugehen, den Tresor zu knacken, aber wenn ich versuchte, das Geld fortschaffen zu lassen, war ich ihm womöglich behilflich, weil es in einen gepanzerten Transporter geladen wurde, den er viel leichter ausrauben konnte.

»Kann ich Ihnen sonst noch behilflich sein?«, fragte Greenfield.

»Ich denke nicht«, sagte ich.

»Also nochmals, meine Gratulation zu Ihrer *Simcha*. Richten Sie Ihrem Sohn meine besten Wünsche aus, und scheren Sie sich zum Teufel.«

13

2009

»Ich möchte Sie alle wissen lassen, dass mein Klient sich kooperativ zeigt«, sagte der Anwalt.

Sein Name lautete Meyer Lefkowitz, und auf den ersten Blick war mir klar, dass er ein Scheißkerl war. Eigentlich wusste ich bereits, bevor er mir persönlich begegnete, dass er ein Scheißkerl war. Ich hatte nämlich seine Fernsehwerbung gesehen. In einem der Spots stürzte ein Zeichentrickraumschiff über Memphis ab, und Lefkowitz half dem außerirdischen Piloten dabei, eine Schadenersatzzahlung von der städtischen Versicherung zu erstreiten.

Mein Enkel hatte mir erläutert, erfolgreich sei derjenige Strafverteidiger, dem die Gerichte unterstellten, im Sinne von Menschen zu verhandeln, denen selbst nicht zu trauen war.

Das klang einleuchtend, denn Strafverteidiger pauken ihre Klienten gewöhnlich nicht heraus. Die sind nämlich so gut wie immer schuldig. Strafverteidiger verbringen nicht viel Zeit mit dem Besuch von Gerichtsverhandlungen. Das tun die Anwälte nur im Fernsehen. Nein, sie treffen Absprachen. Machen Deals. Selbst zu meiner Zeit war die Strafe, die ein Krimineller durch den Schuldspruch der Geschworenen aufgebrummt bekam, viel härter als das Ergebnis eines vernünftigen Deals. Heutzutage ist der Ansturm auf die Anklagebänke groß, die Deals sind kulanter geworden, und die Bestrafung dafür, dass man es auf einen Prozess ankommen lässt, ist zusehends brutaler geworden.

Ein guter Strafverteidiger ist daher jemand, der enge Beziehungen zum Büro des Staatsanwalts unterhält und diese bewährten Kontakte sowie den Ruf der Vertrauenswürdigkeit und Vernunft dazu nutzt, die besten Absprachen für seine Klienten zu erreichen. Mit anderen Worten, man sollte sich einen Anwalt suchen, der wie ein Buchhalter oder ein Bibliothekar aussieht.

Lefkowitz war um die vierzig, hatte schütteres Haar, das er mit Hilfe großzügigen Einsatzes eines glitschigen industriellen Polymers zu einer Art Pompadourfrisur aufgetürmt hatte. Er trug einen Nadelstreifenanzug mit breitem Revers; der Stoff sah teuer aus, aber der Anzug war schlecht geschnitten und nicht pfleglich behandelt worden. Er hatte eine schwere goldene Armbanduhr angelegt, deren Einfassung mit Diamanten besetzt war, und an sechs Fingern blitzten Ringe. Er sah aus wie ein Gangster aus einem James-Cagney-Film.

All das deutete darauf hin, dass er in seinem Job schlecht war. Wenn ein fast neunzigjähriger Mann mit einer Jacke von Members Only meint, dein Stil sei von gestern, wird es Zeit, dass du aufwachst. Lefkowitz war ein derartiger Hanswurst und prunkte so auffällig mit den Insignien der Käuflichkeit, dass man sich ihn nicht in einem ernsthaften Vergleichsgespräch mit einem gegnerischen Anwalt vorstellen konnte.

»Die Kooperationsbereitschaft des Mannes wird offiziell zur Kenntnis genommen«, sagte Andre Price. Er hatte Elijah Handschellen angelegt und ihn gegen den Streifenwagen geschoben. Jetzt untersuchte er den Tascheninhalt des Diebes.

»Sie werden meinem Klienten seine Sachen zurückgeben, bis sie auf der Wache erfasst werden und er eine Quittung bekommt«, sagte Lefkowitz.

»Ich versuche doch gar nicht, dem alten Mann etwas zu stehlen«, sagte Andre. »Ich möchte mich nur davon überzeugen, dass er nichts bei sich trägt, mit dem er die Handschellen lösen oder das er als Waffe benutzen kann. Detective Schatz sagt, Ihr Klient sei ein windiger Bursche.«

»Mein Klient ist bereit, eine Aussage zu machen, wenn Sie ihm Immunität und Personenschutz zusichern«, sagte Lefkowitz.

Andre grinste und schüttelte den Kopf. Elijah hatte eine Brieftasche bei sich, ein Streichholzbriefchen, den Schlüssel zu einem Motelzimmer und eines dieser Internettelefone. Andre öffnete die Brieftasche.

»Keinerlei Ausweispapiere?«

»Habe ich nie dabei«, sagte Elijah.

»Wer sind Sie?«, fragte Andre.

»Ich bin ein Gespenst. Ich bin ein toter Mann.«

»Ich dachte, Ihr Klient wollte kooperieren«, sagte Andre zu Lefkowitz.

Die Schuhe des Anwalts waren braun, und sein Gürtel war schwarz. Ich traue keinem Mann, dessen Gürtel nicht zu seinen Schuhen passt. »Mein Klient wird eine Aussage machen, wenn Sie ihm Immunität und Personenschutz zusichern«, sagte er abermals.

»Sie sind auch nicht sonderlich kooperativ«, sagte Andre. Er nahm das Telefon zur Hand und tippte mit dem Finger auf das Display. Nichts geschah.

»Es ist nicht eingeschaltet«, sagte Elijah.

Andre fand das Knöpfchen an der Seite des Geräts und drückte darauf. Das Display leuchtete auf, zeigte eine Zifferntastatur an und verlangte PASSWORT EINGEBEN.

»Mit welchem Code kann ich das Ding hier aktivieren?«, fragte Andre.

»Wenn ich durch die Gegend renne und den Leuten meinen Sicherheitscode verrate, bietet er keine Sicherheit mehr, oder?«, sagte Elijah.

»Dieser Scheiß ist doch nicht zu fassen«, sagte Andre. »Ich muss mich den ganzen verdammten Nachmittag mit Statler und Waldorf abplagen.« Er stopfte die Brieftasche und das Telefon zurück in Elijahs Hosentaschen, legte dem Dieb die Hand auf den Hinterkopf und stieß ihn hinunter auf den Rücksitz des zivilen Crown Vic.

»Sie werden meinen Klienten zu einem der kleineren Reviere bringen. Ich will nicht, dass er etwa im Polizeipräsidium an all den Leuten vorbeilaufen muss«, sagte Lefkowitz.

»Schön«, stimmte Andre zu.

»Es handelt sich um ein wichtiges Anliegen. Mein Klient ist überzeugt, sich in großer Gefahr zu befinden.«

»Ich sagte doch schon, dass ich es tun werde«, bellte Andre und schloss die Tür hinter Elijah.

Ich drückte die Zigarette aus, die ich geraucht hatte, und faltete meine Gehhilfe zusammen. Auf dem Weg hierher hatte ich sie auf dem Rücksitz gelassen, damit ich gut an sie herankam. Aber da saß jetzt Elijah, so dass die Gehhilfe in den Kofferraum verbannt werden musste. Was wiederum hieß, dass ich ohne sie seitlich am Crown Vic bis zur Beifahrertür entlanglaufen und versuchen musste, mich nicht anzulehnen, um meine schwachen Beine auszuruhen.

Ich brachte es hinter mich, ohne dass Andre Anstalten machte, mir zu helfen.

14

2009

Für einen Mann, der mit hinter dem Rücken gefesselten Händen im vergitterten Fond saß und sich auf der Fahrt zum East Precinct befand, um dort wegen eines schweren Verbrechens in Gewahrsam genommen zu werden, machte Elijah einen erschreckend selbstzufriedenen Eindruck. Das gefiel mir gar nicht. Und auch Andre schien es nicht zu behagen.

»Mann, es gibt einen Grund, warum es Zeugenschutzprogramm heißt. Wer kein Zeuge ist, wird auch nicht geschützt. Wenn Sie also möchten, dass ich Ihnen einen Gefallen tue, sollten Sie tunlichst bereit sein, die eine oder andere Übeltat zuzugeben. Und gefälligst auch alle Ihre Freunde verpfeifen.«

»Ich werde das Nötige tun, damit ich bekomme, was ich brauche. Ein Mann wie ich hat keinen großen Bedarf an Freunden«, sagte Elijah. »Meiner Erfahrung nach gibt es auf der Welt nur zwei Sorten Menschen: die Sorte, die ich benutzen kann, und die Sorte, die nutzlos ist.«

»Ich sehe zwei Sorten Menschen in diesem Wagen«, sagte Andre. »Auf dem Vordersitz haben wir den Motherfucker mit der Dienstmarke, und der Motherfucker auf dem Rücksitz trägt Handschellen.«

Ich fragte mich, zu welcher Sorte Motherfucker ich gehören mochte.

»Lustig, dass Sie die Handschellen erwähnen«, sagte Elijah. Er krümmte den Rücken, bis er das Körpergewicht auf die Handgelenke verlagern konnte, und schlüpfte dann aus den Handschellen. Triumphierend schüttelte er sie Andre entgegen.

»Haben Sie ihm etwa einen Nachschlüssel gelassen?«, fragte ich.

»Scheiße, nein«, sagte Andre. »Ich habe ihn durchsucht. Ich habe keine Ahnung, wie er das geschafft hat. Scheiße!«

»Es gibt zwei Sorten Menschen«, sagte Elijah. »Diejenigen, die sich damit abfinden, in Ketten zu liegen, und diejenigen, die sich die Daumen aus den Gelenken reißen würden, um sich aus der Gefangenschaft zu befreien.«

»Hübscher kleiner Trick. Sieht aber so aus, als hätte es weh getan«, sagte Andre. »Und jetzt können Sie sich die Handschellen gleich wieder anlegen, denn ich lasse Sie da hinten erst raus, wenn Sie in Ihrer Bewegungsfreiheit angemessen eingeschränkt sind. Es sei denn, Sie möchten, dass ich Sie mit einem Taser behandle?«

»Darf ich ihn tasern?«, fragte ich.

»Vielleicht. Wenn Sie sich anständig benehmen«, sagte Andre. Dann hupte er ausdauernd. »Beeil dich! Verfluchter Sonntagsfahrer!«

Ein Kastenwagen vor uns fuhr extrem langsam. Andre wechselte die Spur, um an dem Trödler vorbeizukommen, aber der Wagen gab Gas, ordnete sich vor uns ein und wurde sofort wieder langsam.

»Was ist denn mit dem Kerl los?«

Ich wurde langsam nervös, aber ich war ja immer nervös. Paranoia ist bei älteren Menschen das erste Symptom der Demenz. Für mich war sie fast so selbstverständlich wie weißes Rauschen.

»Vielleicht sollten Sie ihn anhalten und ihm einen Strafzettel verpassen«, sagte ich.

»Ich bin Detective. Kein Verkehrspolizist.«

»Ich hatte immer einen Block Strafzettel im Handschuhfach, um jederzeit jemanden schikanieren zu können«, sagte ich.

»Das geht gar nicht«, sagte Andre. »Ich wette, Sie haben schwarze Autofahrer angehalten, weil sie in der falschen Gegend unterwegs waren. Außerdem stellen wir heutzutage Strafzettel mit Hilfe von Computern aus.«

»Klar doch«, sagte ich.

Auf dem Rücksitz faltete Elijah die Finger zusammen und verdrehte anschließend so heftig die Hände, dass die Daumen mit einem lauten Knacken wieder in die Gelenke einrasteten.

Ich spähte im Seitenspiegel nach dem Anwalt, der uns zum Polizeirevier folgte. Lefkowitz' Schlitten war genauso stillos wie sein Anzug. Er fuhr den großen Cadillac Escalade Pickup, den mein Enkel einmal treffend als das bevorzugte Fahrzeug der Leute charakterisiert hatte, die sich allzu bemüht ins Zeug legen.

Wenn früher ein Mann Geld in ein Auto investieren wollte, kaufte er sich eins mit zwölf Zylindern, einem leistungsfähigen Getriebe, einer hochbelastbaren Aufhängung und Rennreifen. Heutzutage ist ein teures Auto rundum verchromt, mit Leder gepolstert, mit Wurzelholz furniert: ein kostbares Schmuckstück, das auf einer Einkaufsfahrt an die nächste Ecke beim Preis von einem Dollar pro Liter eine halbe Tankfüllung frisst.

Andre mit seinem billigen Crown-Vic-Dienstwagen war Lefkowitz in seinem 60 000-Dollar-Escalade haushoch überlegen. Der Pick-up war nämlich die rollende Inkarnation von Charakterschwäche, Unwirtschaftlichkeit und Geltungsdrang: perfektes Symbol für das Zeitalter epidemischer Adipositas.

Bill O'Reilly hatte vor kurzem darüber geredet: Früher wollten die Leute am liebsten Steve McQueen sein, aber jetzt eiferten die Kids allesamt einem Rapper namens Pee Diddler nach. Was einmal eine Nation von Männern war, ist jetzt nur noch ein Land voller Einkaufszentren, hässlicher Autos und tastenloser Handys. Manchmal dachte ich, für Männer wie mich sei auf dieser Welt kein Platz mehr zu finden. Doch das stimmt nicht. Walhalla ist ein Ort für mich, und dann ist da auch noch ein Platz draußen am South Parkway, an der Seite meines Sohnes.

Ich fragte mich, wie sich Lefkowitz das Zeug leisten konnte, das er besaß. Verbrechen machten sich bezahlt, klar, aber Halunken aus Memphis zu verteidigen und die Schuldfrage bei Verkehrsunfällen zu klären konnte doch nicht genügend Bares in seine Taschen spülen, um ihn mit Cadillacs und Diamanten zu schmücken. Ich nahm an, dass er käuflich war, wohlfeil bis in die Haarspitzen. Ich könnte wetten, dass im Armband seiner goldenen Uhr ein fremder Name eingraviert war und dass er den Escalade mit einem Mörderrabatt gekauft hatte, als die zweijährige Leasingperiode von jemand anders ausgelaufen war.

Hinter uns schnitt ein klappriger Ford F-150 Pickup den Caddy von Lefkowitz und klemmte sich hinter unsere Stoßstange. Der Verkehr war zu schwach, als dass die Leute so aggressiv fahren mussten, aber Memphis war schon immer bekannt für seine unhöflichen Autofahrer. Andre schien den Truck gar nicht bemerkt zu haben – er wetterte immer noch über den Kerl im Kastenwagen.

Vor uns überquerte der Sonntagsfahrer jetzt eine Kreuzung und hielt abrupt und völlig grundlos. Andre musste in die Eisen steigen, um nicht aufzufahren.

»Was macht denn dieser Arsch?«, sagte Andre. »Ich wünschte, ich hätte den Strafzettelblock.« Er legte den Rückwärtsgang ein, konnte aber nicht zurücksetzen, weil der Truck bis an unsere hintere Stoßstange aufgefahren war. Wir steckten mitten auf der Kreuzung fest. Die Typen hatten uns in der Zange.

»Scheiße«, sagte ich und zerrte hastig an meinem Sicherheitsgurt.

Andre schien gar nicht richtig mitzubekommen, was ablief, bis er das Aufheulen eines Motors hörte. Er hatte kaum Zeit, sich abzustützen, bevor ein Monster von Chevy Suburban die Fahrerseite des Polizeiwagens rammte und der Airbag mir ins Gesicht explodierte.

15

2009

Der Zusammenstoß und der ausgelöste Airbag ließen meinen Kopf gute zwanzig Sekunden lang dröhnen, und als ich mich wieder gefasst hatte, waren aus dem Kastenwagen vor uns bereits drei Männer gesprungen und hatten Elijah vom Rücksitz des Polizeiwagens gezerrt.

Sie alle hatten sich Strumpfhosen über den Kopf gezogen, um sich unkenntlich zu machen, aber ich konnte sehen, dass es schwarze Kerle waren – einige davon ganz schöne Brocken.

Ich blickte in den Seitenspiegel. Hinter uns stiegen zwei weitere strumpfhosenköpfige Männer aus dem Ford Pickup, der uns eingekeilt hatte. Dahinter prügelte Lefkowitz seinen Escalade in den Rückwärtsgang, wendete direkt in den Verkehr und raste mit Kavalierstart in die entgegengesetzte Richtung. Wenige Sekunden später hörte ich seine Reifen quietschen, als er die Kontrolle über seinen Caddy verlor. Gleich darauf krachte es, Glas zerbarst und Metall knirschte. Was für ein Arschloch.

»Du bist am Arsch«, sagte einer der Ganoven zu Elijah. Er war der Kleinste unter den fünfen, hatte aber etwas Befehlshaberisches an sich sowie Gold an den Fingern und um den Hals. »Du hast ja keinen Schimmer, wie tief du in der Scheiße steckst.«

»Sollten ihn gleich hier erledigen«, sagte ein Zweiter. »Damit alle wissen, dass man uns nicht ungestraft bestehlen kann.«

»So blöd seid ihr nicht, oder?«, sagte Elijah. »Ihr braucht doch, was ich mir genommen habe. Und zwar dringend.«

»Wir können dich zwingen, uns zu sagen, wo es ist. Wenn wir erst mal anfangen, dir weh zu tun, sagst du uns alles.«

»Mir haben schon ganz andere weh getan.«

»Wir werden ja sehen.« Einer seiner Kidnapper fesselte Elijahs Handgelenke und Knöchel mit Kabelbindern, ein anderer stülpte ihm eine Kapuze über den Kopf.

Ich stieß Andre an. Er drehte sich um und betrachtete mich. Seine Pupillen waren verschieden groß. Der Crown-Victoria-Streifenwagen ist ein robustes Fahrzeug, aber nur sehr wenige Wagen bieten vollen Schutz, wenn man auf einer Kreuzung von einem großen Truck auf die Hörner genommen wird. Andre hatte wahrscheinlich eine Kopfverletzung davongetragen, seine Kleidung war voller Blut.

Dasselbe galt für meine Klamotten. Meine Wangen brannten, wo der Airbag mich getroffen hatte, und meine Nase schmerzte. Ich hob eine Hand ans Gesicht, und als ich sie zurückzog, war sie feucht und glitschig. Das verhieß nichts Gutes. Ich gab mir Mühe, nicht weiter daran zu denken.

»Reiß dich zusammen, Junge«, sagte ich zu Andre. »Du bist aufgerufen, den Helden zu spielen.«

»Sie halten sich wohl für besonders schlau mit Ihrer Jacke von Members Only«, sagte er, und sein Kopf sackte zur Seite.

Draußen hatten die Strumpfhosenmänner Elijah zum Paket verschnürt. Sie warfen ihn hinten in den Kastenwagen, wo er mit einem dumpfen Schlag landete. Stürzen betagtere Patienten, ist oft damit zu rechnen, dass sie innerhalb von zwölf Monaten sterben, selbst wenn die Verletzungen nur oberflächlich zu sein scheinen. Besonders groß ist ihre Lebensgefahr jedoch, wenn eine Truppe miesgelaunter schwarzer Kerle mit Strumpfhosen über den Gesichtern sie in ihre Gewalt gebracht hat.

»Was ist mit den beiden anderen?«, fragte einer der Typen aus dem Ford den Anführer.

»Ich kann sie nicht brauchen. Macht mit ihnen, was ihr wollt.«

Der Suburban setzte zurück, um zu wenden. Ich sah, dass sich die vordere Stoßstange gelöst hatte. Außerdem waren seine Scheinwerfer und der Kühlergrill nur noch Schrott. Doch der Motor hörte sich gut an, und ich hoffte, daraus schließen zu können, dass er uns nicht allzu stark gerammt hatte und Andre nicht schlimm verletzt war. Die drei Kidnapper kletterten in den Kastenwagen, in dem Elijah bereits lag, und als die Tür zugeschlagen war, raste der Wagen los. Nur die beiden aus dem Ford waren noch da und stritten sich darüber, wer von ihnen uns abmurksen sollte.

»Er hat dir gesagt, du sollst es machen, also mach es auch«, sagte der Größere von beiden. Er war fast zwei Meter groß und wog mindestens hundertzwanzig Kilo. Ich sah durch die Strumpfhosenmaske, dass sein Haar zu Cornrows geflochten war.

»Ich hab noch nicht mal 'ne Waffe«, sagte der zweite. »Für solche Scheiße hab ich mich nicht gemeldet.« Er war kleiner, vielleicht eins achtzig, und mager.

»Ich hab eine Waffe. Die kannst du nehmen.«

»Ist doch deine. Wenn du möchtest, dass sie benutzt wird, benutz sie.«

»Aber er hat dir gesagt, du sollst das regeln.«

Andre war immer noch nicht ganz bei Bewusstsein und gurgelte vor sich hin. Ich langte über seine Taille hinweg und löste den Sicherheitsgurt. Dann versuchte ich vorsichtig, ihn auf eine Seite zu drehen. Typisch, dass er mich veranlasst hatte, meinen .357er wegzulegen, bevor wir Walhalla verließen. Typisch, dass er auch noch Linkshänder war und ich versuchen musste, über ihn hinwegzureichen, um an sein Halfter zu kommen.

Zumindest kümmerten sich die Ganoven nicht um mich. Sie nahmen wahrscheinlich an, wir seien ziemlich mitgenommen vom Zusammenstoß. Wir müssen auch verdammt malträtiert ausgesehen haben. Der Kleine sagte: »Sieh dir den Wagen an. Ist doch ein Bullenwagen.«

»Niemals. Bei denen steht in großen Buchstaben ›Polizei‹ drauf. Dieser hat noch nicht mal Blaulicht. Und auch keine Sirenen.«

»Ist auf jeden Fall einer. Hast du nicht den vergitterten Rücksitz gesehen? Und die Funkantenne hinten drauf? Das ist ein Bullenwagen. Also sind die beiden Typen garantiert Bullen. Willst du etwa Bullen umlegen?«

»Ich will tun, was man mir aufgetragen hat.« Der Große zog eine nach Plastik aussehende Handfeuerwaffe aus dem hängenden Bund seiner Schlabberjeans und versuchte, sie dem Kleineren in die Hand zu drücken.

Der Kleine wollte sie nicht nehmen. »Lass uns einfach abhauen. Den Typen, wegen dem wir hergekommen sind, haben wir. Hab niemals zugestimmt, Cops umzulegen.«

»Er hat aber gesagt, du musst.«

»Und wenn ich's mache – sagen wir, du wirst hopsgenommen wegen Drogenbesitz und Absicht zu dealen –, dann verpfeifst du mich, damit du eine Absprache mit dem Staatsanwalt hinkriegst, und mir verpassen sie die Giftspritze wegen Polizistenmord. Ich hab noch nie jemanden umgelegt. Wenn du willst, dass es gemacht wird, mach's doch selber. Wenn Carlo will, dass es gemacht wird, soll er's doch selber machen. Zweihundert Dollar haben sie mir versprochen, wenn ich euch heute Rückendeckung gebe. Für zweihundert Dollar lege ich keine Cops um.«

»Arschloch«, sagte der Große. »Ich würde niemals jemanden verpfeifen.«

»Ich sag ja auch gar nicht, dass du jemanden verpfeifst. Ich möchte nur nicht erleben, dass du es in meinem Fall doch tust.«

Ich fand den Druckknopf an Andres Gürtelhalfter und konnte die .38er-Dienstwaffe lösen. Metall, mattschwarz lackiert. Leicht, mit bedienungsfreundlich abgerundeten Kanten. Eine Waffe mit äußerst wenig Charakter, aber durchaus geeignet für den Job. Ich prüfte, ob eine Patrone in der Kammer war. Ich hob den Türriegel, aber die Tür klemmte ein wenig, weil sich der Rahmen beim Zusammenprall verzogen hatte. Ich presste die Schulter gegen die Tür.

»Ich fass es einfach nicht, dass es an mir hängenbleiben soll«, sagte der große Strumpfhosenkerl. »Er hat dir gesagt, dass du es machen sollst. Du bist die reinste Memme, Motherfucker, weißt du das?« Er versuchte abermals, seinen Freund zu zwingen, ihm die Waffe abzunehmen.

Mit ganzem Körpereinsatz schaffte ich es, die Tür aufzudrücken, verlor aber das Gleichgewicht und kippte zur Seite. Obwohl ich nicht besonders gut zielen konnte, schaffte ich es, den Kleinen zu treffen. Wenn man mit dem .357er schoss, kam man sich vor wie der Blitzschläge schleudernde Zeus. Im Vergleich dazu war das Schießen mit der kleinen .38er, als schalte man am Fernseher die Sender um. Aber die Knarre machte großen Lärm, und ihre Kugel zerschmetterte die Kniescheibe des Kleinen. Die billige Plastikwaffe landete klappernd auf dem Boden, und während der Große sie aufzuklauben versuchte, schaffte ich es, aus dem Auto zu rutschen und auf die Beine zu kommen. Dabei hielt ich mich an der offenen Tür fest.

Als der Große mit der Waffe mich fast erreicht hatte, stand ich bereits aufrecht und sicher auf den Beinen. Die .38er hatte ich auf ihn gerichtet.

»Warum lässt du das Ding nicht fallen?«, sagte ich.

Er fügte sich nicht sofort. Er zielte zwar nicht auf mich, hatte aber den Finger am Abzug.

»Ganz cool, alter Mann«, sagte er. Seine Hände zitterten leicht.

»Ich bin cool«, sagte ich und schoss dreimal auf ihn.

Die erste Kugel traf ihn direkt über der linken Augenbraue und zermatschte den Teil von ihm, der ihn zum Träumen und Sprechen befähigte. Die zweite Kugel traf ihn unter der Unterlippe, ließ sämtliche Zähne in seinem Mund zersplittern, zerfetzte seine Zunge und blieb schließlich in seinem Stammhirn stecken. Die dritte traf ihn in die Schulter, während er zu Boden fiel. Ich nehme an, dass er da schon tot war.

»Du hast Clarence umgebracht«, schrie der Kleine. »O Gott!«

»Ich hab ihn gewarnt«, sagte ich. »Ich warne niemanden zweimal.«

Die Plastikwaffe lag auf dem Boden, kaum einen halben Meter von der Stelle entfernt, wo der kleine Kerl sein Bein umklammert hielt und sich in Schmerzen auf dem Pflaster wand. Ich musste sie in meinen Besitz bringen, bevor er sich gefasst hatte und sie zu ergreifen versuchte, doch meine Gehhilfe befand sich immer noch im Kofferraum, und da kam ich nicht heran. Ich machte ein paar wacklige Schritte vorwärts, aber weiter schaffte ich es nicht. Ich gestattete meinen Beinen, so kontrolliert wie möglich unter mir nachzugeben. Es war eher ein Niederknien als ein Fallen, aber es hatte Ähnlichkeit mit einem Sturz. Zumindest verletzte ich mich kaum mehr, als ich bereits verletzt war. Wie ein Baby krabbelte ich auf allen vieren das letzte Stück zur Waffe. Als ich sie in der Hand hatte, fühlte ich mich sicherer und konnte mich sogar auf dem Pflaster aufsetzen, bevor die Sanitäter eintrafen.

16

2009

Die Frau in der Sanitäteruniform machte einen zaghaften Schritt in meine Richtung. Sie wirkte verängstigt.

»Ich möchte, dass Sie die da weglegen, damit ich Ihnen helfen kann«, sagte sie. Sie war ein junges karamellfarbenes Mädchen mit straff aus dem Gesicht nach hinten gekämmtem Haar. Sie hatte kaum Make-up aufgelegt, schien es aber auch nicht nötig zu haben.

Ich sah zu ihr auf. »Was? Mir geht es gut. Aber jemand muss Andre helfen.« Ich wollte in die Richtung zeigen, musste aber zu meiner Verblüffung feststellen, dass meine Hände voller Waffen waren. Ich versuchte mich zu erinnern, wie ich mit Händen voller Waffen meine Zigarette hatte anzünden können, aber wusste es nicht mehr. Ich gab dem Mädel die Waffen.

»Die gehören mir nicht«, sagte ich.

»Okay.« Sie wusste nicht so genau, wie sie darauf reagieren sollte, aber die Polizei war eingetroffen, und einer der Cops kam zu uns herüber. Er nahm ihr die Waffen ab.

»Ich muss Sie untersuchen«, sagte sie. »Sie sind blutüberströmt.«

»Tatsächlich?« Ich betrachtete mein Hemd. Die gesamte Vorderpartie war dunkelrot gefärbt. »Scheiße! Ist das alles von mir?«

»Sieht so aus.«

»Na ja, Sie sollten erst mal den anderen sehen.«

Zwei Sanitäter waren damit beschäftigt, den Burschen ruhigzustellen, dem ich ins Bein geschossen hatte, aber er schlug wild um sich und schrie. Der Gerichtsmediziner verschloss den Leichensack, in dem der Tote lag. Ein Team von Notfallmedizinern, die allesamt finstere Gesichter machten, schnallte Andre auf eine Trage.

»Sind Sie angeschossen worden?«, fragte mich das Mädel.

»Glaub ich nicht«, sagte ich. Ich hatte ein paar nässende Schürfwunden davongetragen, und ich schätze, aus meiner Nase war Blut geschossen. Aber ich war zu benommen gewesen, um etwas zu merken.

Ich nahm die Zigarette aus dem Mund. Sie war blutverschmiert. Ich musste lachen. »Ey, das Ding sieht ja aus wie ein benutzter Tampon.«

Das Mädel bewegte einen Finger vor meinem Gesicht hin und her.

»Können Sie meinem Finger mit den Augen folgen?«, fragte sie. Ich gab mir Mühe. »Können Sie sich erinnern, was mit Ihnen passiert ist?«

Der Ablauf der Ereignisse, die mich zu diesem Moment gebracht hatten, war zugegebenermaßen nicht so recht zu rekonstruieren. »Der verfluchte Airbag ist mir ins Gesicht geknallt. Mein Arzt verschreibt mir ein blutverdünnendes Medikament namens Plavix. Verhindert zwar, dass ich einen Schlaganfall erleide, sorgt aber auch dafür, dass ich mehr blaue Flecken bekomme als ein faulender Pfirsich. Manchmal handele ich mir eine offene Wunde ein, indem ich gegen den Nachttisch stoße, oder ich schneide mich beim Rasieren, und wir müssen sofort in die Notaufnahme.«

»Ich glaube, Sie stehen unter Schock«, sagte sie.

Ich hatte mehrere Male so starkes Nasenbluten bekommen, dass ich in die Notaufnahme musste. Und das nur wegen trockener Witterung. Der Airbag hatte mich verdammt hart getroffen.

»Richten Sie nur Rose aus, dass mit mir alles in Ordnung ist. Sie muss sich keine Sorgen machen. Wenn Sie etwas brauchen, wenden Sie sich an meinen Sohn.«

Jetzt lag ich auf dem Rücken und wurde zu einem Krankenwagen getragen. Mir war nicht klar, wie es dazu gekommen war. Sie stellten das Kopfteil auf, entweder weil ich mich noch im Schock befand oder damit das Blut aus der Nase mir nicht in die Kehle rann.

»Sie haben Elijah«, sagte ich. »Er hat mir gesagt, dass sie hinter ihm her waren, und ich hab ihm nicht geglaubt. Jetzt ist Andre verletzt, und die haben ihn.«

»Diese Maske erleichtert Ihnen das Atmen.« Sie legte das Ding auf mein Gesicht, und ich spürte den kühlen Luftstrom an meiner lädierten Nase.

»Es war dieser Saukerl Lefkowitz. Er muss ihnen gesagt haben, wo wir waren. Ich weiß, dass uns bis zum Friedhof niemand verfolgt hat. Wir müssen Lefkowitz erwischen. Er wird wissen, wohin man Elijah gebracht hat. Ich glaube, es bleibt noch immer Zeit, ihn da lebend rauszuholen. Wenn wir Glück haben.«

Sie stieß mir eine Nadel in den Arm, und gleich darauf wurde ich schläfrig. Ich war bestenfalls noch halb bei Bewusstsein, als sie mich aus dem Krankenwagen und ins Krankenhaus schoben. Und als ein Arzt im Chirurgenkittel nach Blutkonserven 0 rh-negativ rief, ödete mich alles nur noch an, und ich döste weg.

ETWAS, DAS ICH NICHT VERGESSEN WILL

Ein Journalist mit massenhaft Mitessern auf der Nase wusste eine Menge über Cops zu sagen: »Wenn ich einen Gemeinplatz aus unseren Polizei-Thrillern und Action-Abenteuern herausfiltern sollte, der mich verärgert, dann wäre es die Darstellung, dass die Helden niemals zuerst schießen«, sagte er. »Man lässt immer die Bösen das Feuer eröffnen, bevor man zurückschlägt.«

Der Interviewer nickte energisch. »Und wenn sie dann zurückschlagen, legen sie alle um.«

»Also, als Reaktion auf 9/11 haben wir das sechs Jahre lang gehört. Wir haben zwar nicht angefangen, aber wir werden es zu Ende bringen. Solange der erste Schlag nicht von uns ausgeht, haben wir Anspruch auf uneingeschränkte und unverhältnismäßige Vergeltung.«

Ich knurrte den Fernseher an. Als ich aufwuchs, wurde uns eingebläut, dass man schlafenden Bären nicht auf die Tatze tritt.

»Wenn es um Wirklichkeitsnähe geht, gibt es natürlich viele Situationen, in denen es sinnvoll ist, dass ein Polizist oder ein Soldat das Feuer eröffnet, bevor es der Angreifer tut«, fügte der Journalist hinzu.

»Fraglos«, sagte der Gastgeber. »Wenn man jedes Mal die Bösen zuerst schießen lässt, kann es passieren, dass einer von ihnen nicht vorbeischießt.«

»Ich habe den Eindruck, dass die Bösen in der realen Welt besser zielen als die Bösen in den meisten Filmen und Fernsehserien, die wir uns ansehen.«

»Nun haben Sie eine ganze Zeit mit echten Cops verbracht, um Ihren Tatsachen-Thriller *Last Watch* zu schreiben, der schon sehr bald verfilmt werden wird. Wie unterscheiden sich die echten Cops von denen, die wir im Kino oder im Fernsehen zu Gesicht bekommen?«

»Den meisten Menschen ist nicht klar, dass jede Interaktion, die ein Polizist mit öffentlichen Personen eingeht, von vornherein belastet ist. Wenn diese Jungs sich morgens auf den Weg zur Arbeit machen, wissen sie nicht, ob sie heil wieder nach Hause kommen. Bei jeder Interaktion mit einem Polizisten haben Sie es mit einem bewaffneten Mann zu tun, der weiß, dass er nicht sicher ist. Drei Millionen Feuerwaffen befinden sich in den Händen von Zivilisten. Wenn ein Polizist einen Verkehrsteilnehmer anhält, hat er keine Ahnung, ob der Fahrer eine Waffe im Handschuhfach hat. Wenn ein Cop zu einem Einsatz wegen häuslicher Gewalt fährt, weiß er nicht, ob ihm die Tür vielleicht von einem Mann mit einer Schrotflinte geöffnet wird. Jedes Jahr werden in diesem Land einhundert Gesetzeshüter von verdächtigen Personen getötet.«

»Das scheint mir recht wenig zu sein.«

»Es sind mehr als genug, um den Sinn für die Gefahr in jedem einzelnen Polizisten wachzuhalten. Und die Zahl der Todesfälle wäre weitaus höher, wenn die Polizisten nicht dazu ausgebildet würden, zuerst zu schießen, wenn sie einem Verdächtigen gegenüberstehen, den sie für bewaffnet halten. Diese Männer haben Familien. Man darf von ihnen nicht erwarten, dass sie Dealern und Psychopathen eine reelle Chance geben, sie zu töten, bevor sie mit Gewalt zurückschlagen. In den Vereinigten Staaten erschießen Polizisten ungefähr fünfhundert Verdächtige im Jahr. Anschließende Ermittlungen kommen zu dem Ergebnis, dass der Gebrauch der Schusswaffe in den allermeisten Fällen berechtigt war.«

»Ermittlungen der Polizeibehörden, bei denen die Schützen angestellt sind.«

»Nun ja.«

17

1965

Ich hatte meinen Dodge auf der Straße vor dem Bankgebäude geparkt, saß zusammengekauert da und hörte Football-Nachrichten im Radio. Auf dem Beifahrersitz lag eine Tüte mit Hamburger-Sandwiches, und ich schlürfte eine warme, schale Coke.

Die Bank zu observieren war nicht gerade ein toller Plan, und das wusste ich. Ich hatte keine Chance, sowohl die Vordertür als auch die Seitentür gleichzeitig im Auge zu behalten. An letzterer lieferten die gepanzerten Geldtransporter ihre Ladung ab, und ich konnte wirklich nicht lange genug vor dem Gebäude sitzen bleiben, um dem Einhalt zu gebieten, was auch immer Elijah im Sinn hatte. Aber etwas Besseres fiel mir einfach nicht ein.

Die Zeit, an dieser Sache zu arbeiten, hatte ich bei meinem Captain herausgeschlagen, indem ich davon sprach, mich näher mit Longfellow Molloy zu beschäftigen; es gab jede Menge Leute bei der Polizei, die den neunmalklugen Negro mit Freuden in einer Zelle sehen würden. Aber ich hatte nicht vor, ihnen etwas über Molloy zuzuspielen, und daher konnte mein Vorwand kaum die Tage oder Wochen rechtfertigen, die ich auf der Jagd nach Elijah verbrachte. Ich würde etwas unternehmen müssen. Und zwar bald.

Sonderlich verlockende Möglichkeiten blieben mir nicht. Erstens konnte ich das Risiko eingehen, Greenfield darin zu bestärken, das Geld so schnell wie möglich zu bewegen. Ich könnte persönlich dabei sein, wenn das Bargeld in einen gepanzerten Transporter geladen wurde, und ich könnte sogar den Rücktransport nach Nashville begleiten. Wenn ich Glück hatte und Elijah einen Überfall auf den Tresor plante, könnte ich eventuell das Geld noch herausholen, bevor er vom Transfer erfuhr. Aber wenn ich mich irrte und er vorhatte, den Geldtransporter zu überfallen, spielte ich ihm direkt in die Hände, und es würde wahrscheinlich zu einer Schießerei kommen, bei der ich wahrscheinlich mein Leben lassen würde.

Zweitens könnte ich dem Hinweis nachgehen, den Paul Schulman mir gegeben hatte. Er hatte gesagt, Ari Plotkin sei in Elijahs Vorhaben verwickelt. Plotkin gehörte einer raffinierteren Ganovengattung an als Schulman und war wohl nicht so leicht wie sein kümmerlicher Kollege bereit, etwas zu verpfeifen. Aber ich war darauf vorbereitet, ihm erheblich weh zu tun, wenn es darum ging, herauszufinden, wie sich ein Raubüberfall verhindern ließ. Wenn ich mir Plotkin vornahm, würde Elijah leider sehr schnell davon erfahren. Er würde wissen, dass ich herausbekommen hatte, welche Bank er ausrauben wollte, und er würde annehmen, dass ich alles wusste, was Plotkin mir zu erzählen vermochte. Er wäre in der Lage, seine Pläne entsprechend zu ändern. Und ich könnte wieder bei null anfangen.

Drittens hatte ich die Möglichkeit, das Department darüber zu informieren, was ich erfahren hatte. Die Verzögerung, mit der ich von meiner Begegnung mit Elijah und seinen Absichten berichtete, würde allenfalls als Beweis für mangelndes professionelles Urteilsvermögen meinerseits angesehen werden. Wahrscheinlicher noch würde man es als Beweis für eine Art rassischer Unvollkommenheit einstufen.

Das hier könnte auf Jahre hinaus etwaige Beförderungen blockieren. Oder vielleicht zu meiner Entlassung führen. Oder man würde mich eventuell in gefährliche Einsätze schicken, ohne mir die nötige Rückendeckung zu geben, bis sich schließlich eine ganz und gar unvorhersehbare Tragödie ereignete. Keine dieser Auswirkungen war annehmbar; je weniger man im Police

Department von Elijah und seinem Netz jüdischer Korruption erfuhr, desto besser.

Womit wir bei der vierten Möglichkeit angelangt wären, die in Erwägung zu ziehen mein Stolz mir nicht gestatten wollte: Ich konnte Elijah davonkommen lassen. Da offiziell gar keine Ermittlungen liefen, konnte ich mich einfach von meiner Aufklärungswut verabschieden. Ich war Polizist, und es war nicht meine Aufgabe, Verbrechen zu verhindern, bevor sie geschahen. Nein, ich hatte nur das anschließende Chaos zu beseitigen. Charles Greenfield reagierte auf die Möglichkeit, dass seine Bank beraubt werden könnte, völlig gelassen, und ich sah keinen Grund, mir größere Sorgen zu machen als er.

Elijah stahl nicht von Menschen, die kaum ihre Rechnungen bezahlen konnten. Er stahl nicht von hungernden Kindern. Er stahl nicht von den Schwarzen, die vor Kluge Freight demonstrierten. Er stahl den zu hundert Prozent versicherten Inhalt eines Banktresors. Es war zwar keine Straftat ohne Opfer, aber das Opfer hatte kein Gesicht, und ihm fehlte die Leidensfähigkeit. Es befand sich nichts im Tresor, dessen Schutz mir am Herzen lag.

Ich musste mich jedoch schützen. Sollte Elijah erwischt werden, würde auch meine vorherige Kenntnis seiner Aktivitäten ans Tageslicht kommen. Selbst wenn er nicht erwischt werden sollte, könnte es seine Komplizen treffen. Kein Vertreter des Gesetzes hatte je die Chance gehabt, Elijah zu fassen, aber die Leute, mit denen er arbeitete, waren nicht immer so raffiniert wie er und hatten auch selten sein Glück. Deren nächster Job war vielleicht nicht so gut vorbereitet, oder sie prassten mit ihrem Geld. Wie auch immer es um sie bestellt war – diese Leute landeten manchmal hinter Gittern, und wenn sie es taten, redeten sie auch irgendwann. Das war der einzige Grund, warum überhaupt jemand von Elijahs Existenz wusste. Wenn seine Leute diesmal redeten, würden sie vielleicht meinen Namen nennen.

Wie viele aus seiner Crew hatten eine Ahnung davon, dass ich mich mit ihm getroffen hatte? Seine fünf feisten Schergen. Der Barkeeper. Wie viele mochten sonst noch davon gehört haben? Was, wenn noch mehr jüdische Cops mit drinsteckten und wussten, dass er sich mit mir getroffen hatte?

Wenn ich den Raubüberfall geschehen ließe, könnte ich nie sicher sein, dass meine Beteiligung geheim bleiben würde. Wäre ich ein normaler weißer Polizist, hätte ich den Kontakt einfach meinen Vorgesetzten melden können und nichts zu befürchten gehabt, aber ich war Jude in einer üblen Institution, und einfache Antworten hatte ich nicht zur Hand.

Wenn das Gesetz so wertlos war und seine Hüter es so sehr beugten, hatte Brian vielleicht recht, und ich sollte mir eine neue Beschäftigung suchen. Aber vielleicht hatte Elijah recht, und ich sollte mich einfach nur mit einer schmutzigen Lebensweise anfreunden. Welcher moralische Imperativ hielt mich davon ab, mir den Inhalt eines Banktresors anzueignen, und zwar auf Kosten einer gesichtslosen Opferschar, die zu leiden nicht in der Lage war. Vielleicht war Gerechtigkeit ein bedeutungsloses Prinzip in einer Welt, die es geschehen ließ, dass die Polizei mit Macht antrat, Alvin Kluge und sein Geld vor den Schwarzen zu schützen, die er ausbeutete.

Vielleicht hätte ich einfach tun sollen, was Elijah wollte. Wenn ich in seinen Plan eingebunden wäre, könnte ich seine ungelösten Probleme hinterher ganz in Ruhe klären.

Während ich die unterschiedlichen Möglichkeiten erwog und den Vordereingang der Bank beobachtete, öffnete Elijah die Beifahrertür meines Wagens und rutschte auf den Nebensitz.

»Hallo, Baruch«, sagte er.

Fast hätte mich vor Schreck der Schlag getroffen. Wie konnte es überhaupt möglich sein, eine Autotür völlig geräuschlos zu öffnen? Ich griff in mein Jackett, aber Elijah legte mir die Hand auf den Arm, um mich daran zu hindern, meine Waffe zu ziehen.

»Benehmen wir uns doch zivilisiert«, sagte er. Ich hörte Klopfen an der Heckscheibe und drehte mich um. Elijah hatte links wie rechts einen seiner bulligen Spießgesellen postiert. Würde ich ihn erschießen, würden sie mich erschießen.

»Keine Sorge, Baruch«, sagte er mit seinem leisen Keckern. »Ich bin nicht hier, um Sie zu töten. Würde ich Sie töten, dürfte das wahrscheinlich die Aufmerksamkeit der Polizei erregen, die bisher wunderbarerweise wohl keinen blassen Schimmer von meinen Aktivitäten hat. Ich frage mich, warum Sie denen nichts erzählt haben.«

»Vielleicht habe ich's ja doch getan«, sagte ich. »Vielleicht zieht sich das Netz um Sie zusammen, und Sie ahnen es gar nicht.«

Er keckerte wieder. »Das glaube ich nicht, Baruch. Unten vor Kluge sind fünfzig Polizisten aufmarschiert, erpicht darauf, die armen Schwarzen niederzuknüppeln, und Sie sitzen hier ganz allein, um die Bank zu bewachen.«

»So weit entfernt sind sie nicht von uns.«

»Aber weit genug, und sie werden uns nicht beachten«, sagte er. Mir wurde klar, dass er wahrscheinlich inzwischen einen anderen Cop gefunden hatte, der für ihn den Polizeispitzel spielte. Sollte das der Fall sein, wusste er genau, dass ich das Department nicht von seiner Anwesenheit in Memphis unterrichtet hatte.

Es schien ihm nicht das Geringste auszumachen, diese Information in meiner Gegenwart preiszugeben, aber ich war nicht sonderlich optimistisch, dass ihm besonders nützliche Details herausrutschen könnten, was die genaue Planung des Bankraubs betraf. Meiner Erfahrung nach hat Arroganz häufig einen Anstrich von Hybris, aber manchmal ist sie durchaus berechtigt, und das hier dürfte einer dieser Fälle sein. Ich galt als ziemlich smarter Cop, aber es erwies sich durchaus als hilfreich, dass es meist ziemliche Dummköpfe waren, die ich schnappen musste. Elijah hingegen war kein Dummkopf, und wahrscheinlich würde er einen sorgfältig ausgeklügelten Plan niemals gefährden, indem er in meiner Gegenwart ein unbedachtes Wort fallenließ.

»Ich wollte Ihnen zur bevorstehenden *Bar-Mizwa* Ihres Sohns Brian gratulieren«, sagte er und überreichte mir einen versiegelten Umschlag, auf dem in schwungvoller Handschrift »Für Brian« zu lesen stand. Als ich ihn entgegennahm, berührte ich den Umschlag nur an den Kanten, damit ich ihn später zur Auswertung der Fingerabdrücke benutzen konnte. Ich würde aber keine finden; das wäre zu einfach gewesen.

»Wenn Sie meiner Familie auch nur einen Schritt zu nahe kommen, werde ich Sie töten«, versprach ich.

Er beachtete die Drohung nicht. »Als ich im Alter Ihres Sohnes war, hatte ich nicht die Möglichkeit, bei einem Rabbi zu lernen. Man veranstaltete auch keine Party, um meine Mannwerdung zu feiern. Ich wohnte im Ghetto, in einer beengten, modrigen Wohnung, die sich meine Eltern und meine Schwester noch mit drei weiteren Familien teilen mussten. Ich hielt unsere Behausung für den schlimmsten Platz auf Erden, aber das lag nur an meinem Mangel an Phantasie.

Hitler hatte einen solchen Mangel nicht zu beklagen. Durch sein Hirn wirbelten Phantasmagorien der Barbarei, und aus diesem Keim erwuchs Auschwitz. Und um der Wahrheit die Ehre zu geben: Seine Phantasie erfand Schlimmeres als Auschwitz.«

»Wirbelnde Phantasmagorien? Wollen Sie mich verscheißern?«, sagte ich.

Er hielt inne und sah mich zwanzig oder dreißig Sekunden lang missbilligend an. Ich nutzte die Pause, um zu überlegen, ob es überflüssig sein mochte, mir »Phantasmagorien« mit dem Genitivattribut »der Barbarei« näher erklären zu lassen. Ich war mir nicht sicher. Aber ich war davon überzeugt, dass Elijah die Wörter irgendwann einmal nachgeschlagen hatte. Seine Tirade wirkte einstudiert, schon häufig vorgetragen. Sein Tonfall hatte etwas Kaltes, und ich fragte mich, ob von den Menschen, mit denen er über dieses Thema gesprochen hatte, überhaupt noch jemand am Leben sein mochte.

Er redete weiter: »Auschwitz, sehen Sie, war nur ein Lager für Sklavenarbeiter, in dem viele Menschen getötet wurden und in dem vier industriell betriebene Krematorien Tag und Nacht Leichen verbrannten und den Himmel mit ölig-schwarzem Rauch verpesteten. Man hört von Auschwitz, weil es Menschen gibt, die in Auschwitz waren und überlebt haben. Menschen, die ihre Geschichten erzählen können.

Sie werden aber niemals jemandem begegnen, den man nach Treblinka schickte. Eine Million Menschen kamen nach Treblinka, und sie sind alle tot. Treblinka war kein Gefangenenlager wie Auschwitz. Treblinka war eine Todesfabrik. Treblinka war ein Schlachthof.

Als die SS-Leute in dem verdreckten Ghetto-Wohnblock auftauchten, in den man uns geschickt hatte, nachdem Haus und Ladengeschäft meines Vaters konfisziert worden waren, fuchtelten sie mit ihren Waffen vor unseren Nasen herum und trieben uns alle ins Freie. Dann ließen sie uns zum Bahnhof marschieren und luden uns in Güterwagen, die so vollgestopft wurden, dass man nicht einmal sitzen konnte. Doch wir hatten Glück: Unser Zug fuhr nach Auschwitz.

Ich hatte Glück, als ich aus dem Zug stieg, beschmiert mit Kot und Urin, die nicht nur von mir stammten. Ich hatte Glück, denn die Wächter schickten mich und meinen Vater nach rechts und nicht nach links, wohin meine Schwester und meine Mutter gehen mussten. Ich hatte Glück, als meine Mutter sich weigerte, von uns getrennt zu werden, und weinte und bettelte und sie ihr ins Gesicht schossen, obwohl sie meine Schwester noch in den Armen hielt. Ich hatte Glück, denn sie brachten nur meine Mutter um und nicht auch noch mich.

Ich hatte Glück, weil ich in Auschwitz war und es Menschen gab, die Auschwitz überlebten. Mein Vater hatte ebenfalls Glück, aber er wusste dieses Glück nicht zu schätzen, das

HaShem ihm gewährt hatte. Nachdem er erlebt hatte, was sie Mutter antaten, konnte mein Vater nicht mehr essen. Er konnte seine Stimme nicht erheben, um den Namen des Herrn zu preisen. Wahrscheinlich wäre er auf einem schimmeligen Strohhaufen gestorben, wenn die Wächter ihn nicht jeden Morgen zum Appell aus der Baracke gezerrt hätten. An dem Tag, als er nicht mehr aufrecht auf dem Platz stehen konnte, prügelten sie ihn zu Tode. Wenn wir uns *HaShems* Segen wünschen, sagt der Rabbi, müssen wir ihm auf halbem Weg entgegenkommen. Meinem Vater gelang es nicht, die Chance wahrzunehmen, die Gott ihm gewährte, indem er uns nach Auschwitz schickte.

Natürlich, die meisten Rabbis wurden nach Treblinka gebracht. Vielleicht waren sie eben doch nicht so klug, wie sie meinten.«

An dieser Stelle keckerte er fröhlich.

»Warum erzählen Sie mir das alles?«, fragte ich.

»Ich möchte, dass Sie es wissen«, sagte er. »Ich möchte, dass Sie sich der Heuchelei bewusst sind, die zu den Grundlagen Ihrer beruflichen Position zählt. Ich möchte Ihnen deutlich machen, wie grotesk und unsinnig es für einen Juden ist, einem christlichen Staat als Erfüllungsgehilfe dienstbar zu sein, und ich möchte, dass Sie die unabdingliche Logik meines Handelns zu begreifen versuchen.«

»Also, ich schätze, ich werde mich kaum davonmachen, solange die Waffen auf mich gerichtet sind«, sagte ich. »Legen Sie also los und überzeugen Sie mich.«

Er grinste, und ich zuckte leicht zusammen. Die Auschwitzzähne in seinem Mund waren kein schöner Anblick.

»Nachdem mein Vater gestorben war, wusste ich, dass ich nicht mehr länger an diesem Ort bleiben konnte. Also wartete ich und spitzte die Ohren. Ich wurde einem Arbeitstrupp aus zwanzig Gefangenen zugeteilt, der zwei SS-Wärtern unterstellt war. Jeden Tag zogen wir in ein evakuiertes polnisches Dorf unweit des Lagers und schlachteten die Gebäude aus, die zum Abriss bestimmt waren. Einer der Wärter war ein korrupter und habgieriger Mann. Er stahl Bergungsgut und schaffte sämtliche Wertgegenstände beiseite, die er in den verlassenen Häusern fand.

Eines Tages ging ich auf ihn zu und sprach mit ihm, als er vor dem Haus eine Zigarette rauchte und sich außer Hörweite seines Kollegen befand. Es war gefährlich, denn man konnte erschossen werden, wenn man einen Wärter auch nur ansprach. Aber ich wusste, wie ich das Interesse des Mannes erregen konnte.

Ich erzählte ihm, bevor die Nürnberger Rassengesetze die Beschlagnahme jüdischen Besitzes ermöglichten, sei mein Vater ein reicher Ladenbesitzer gewesen. Und ich erzählte ihm ebenfalls, dass mein Vater, als wir erfuhren, dass wir ins Ghetto gehen mussten, seinen ganzen Reichtum versteckt hatte: Bargeld und Schmuck. Er hatte gehofft, wir könnten die Sachen nach dem Krieg wieder in unseren Besitz bringen. Ich verriet dem Wärter, ich sei der einzige Überlebende, der wusste, wo der Schatz verborgen lag, und versprach, ihm das Versteck zu verraten, wenn er mich aus dem Lager hinausbringen würde.

Er dachte einige Minuten darüber nach und ging dann ins Haus, schlug dem anderen Wärter mit dem Gewehrkolben den Schädel ein und erschoss all die anderen Juden unseres Trupps. Dann ergriff er mich am Arm und zerrte mich hinaus in den Wald. Er forderte mich auf, dort zu warten.

Ich denke, er hat seinen Vorgesetzten weisgemacht, dass die Juden seinen Kollegen angegriffen hatten und er sie daraufhin getötet hatte. Doch wie er das Massaker entschuldigt hatte, war nicht mein Problem. Ich weiß nur, dass ich laut offizieller Unterlagen an dem Tag in jener zerstörten polnischen Stadt mein Leben verloren hatte und in einem Massengrab gelandet war. Manche Menschen haben Auschwitz überlebt, doch zu ihnen gehöre ich nicht. Ich zähle zu den Toten.

Ich wartete bis zum Anbruch der Nacht im Wald, als ich Rufe von der Straße hörte. Ich hielt mich im Schatten und kroch bis an den Waldrand. Ich sah eine junge Frau in einem kleinen Karren, der von einem Maultier gezogen wurde. Ich ging zu ihr, und sie versteckte mich unter einem Haufen alter Lumpen. Dann fuhren wir zu ihrem armseligen Bauernhaus. Sie stellte sich als die Geliebte des Wärters vor, und er hatte ihr aufgetragen, mich verschwinden zu lassen, damit sie an meinen Schatz kommen konnten. Ich wartete jedoch nicht auf seine Rückkehr. Ich fand ein Messer und erstach sie. Dann stahl ich alles Wertvolle aus ihrem Haus. Ich musste fünfzehnmal auf sie einstechen, bevor sie aufhörte, sich zu wehren. Aber ich zögerte keine Sekunde.

Ich überstand den Krieg, ständig auf der Flucht, und ich überlebte, indem ich mir nahm, was ich brauchte. Ich glaube nicht, dass es überhaupt so etwas wie Diebstahl gibt. Die Nürnberger Rassengesetze, die möglich machten, das Vermögen meiner Familie zu verstaatlichen, bescherten mir schon in jungen Jahren eine tiefgreifende Skepsis gegenüber dem Prinzip der Besitzrechte. Es ist doch nicht so, dass die angeblich rechtmäßigen Eigentümer des Reichtums unseres Landes ihn auf ehrliche Weise erworben haben, genauso wenig wie die Nutznießer der Nürnberger Konfiszierungen ihren Reichtum verdient hatten. Die Menschen holzen Wälder ab und sprengen tiefe Wunden in den Erdboden, um Kohle zu finden, alles mit dem Segen des Staates, und doch bin ich kriminell und nicht sie, weil ich mir gelegentlich zu einem Stapel Papier verhelfe. Kluge lässt sich ein herrschaftliches Haus aus Kalkstein errichten, für das die Schwarzen mit Leid und Elend bezahlt haben, und Sie kampieren draußen in ihrem Wagen, um mich daran zu hindern, die Lohngelder zu stehlen, die er nicht unter seinen Arbeitern aufteilen will. Soweit es mich betrifft, haben die Menschen nur so lange Anspruch auf ihren Besitz, wie sie in der Lage sind, mich daran zu hindern, ihnen wegzunehmen, was sie ihr Eigen nennen.«

»Vielleicht sehe ich das etwas anders«, sagte ich. »Vielleicht bin ich der Meinung, dass alle Handlungen auch ihre Konsequenzen haben.«

»Was wollen Sie denn tun? Mich einsperren? Mich umbringen? Ich bin schon eingesperrt gewesen. Ich bin schon umgebracht worden. So was passiert und wird immer wieder passieren, aber nicht weil ich ein Verbrecher bin, sondern weil ich Jude bin. Warum sollte ich nicht obendrein auch Verbrecher sein? Warum sollte ich den Besitz anderer unangetastet lassen?«

Klug wäre es gewesen, ihn bei Laune zu halten und mit sanfter Überredung dazu zu bringen, dass er ein wenig von seinen Plänen verriet, aber Fingerspitzengefühl war noch nie meine Stärke, und sowieso hatte ich es zudem satt, diesem Arschloch zuzuhören.

»Weil ich ein rabiater Hund bin«, sagte ich zu ihm. »Und ich habe es gar nicht gern, dass Sie da scheißen, wo ich esse.«

Er keckerte. »Sie tun mir leid, Baruch. Sie sind ein grantiger Greis, der hier hockt, sein mieses, fetttriefendes Essen runterschlingt und ebenso sinnlos wie einsam den Aufpasser spielt. Aber was geschehen wird, wird geschehen, und dagegen können Sie nichts tun.«

»Wir werden ja sehen«, sagte ich.

»Ja, ich schätze, das werden wir«, sagte er und glitt geräuschlos aus dem Wagen. Mir kam der Gedanke, meine Grundsätze hinsichtlich Fairplay ausnahmsweise zu vergessen und dem Mistkerl in den Rücken zu schießen. Also trat ich die Tür auf und rappelte mich hoch. Als ich stand, zog ich die Waffe. Aber irgendwie hatten es Elijah und seine Männer bereits geschafft, sich davonzumachen.

Ich hob den Umschlag auf, den er mir gegeben hatte, und öffnete ihn, indem ich eine Seite mit dem Taschenmesser aufschlitzte. Er enthielt eine gekaufte Geburtstagskarte für ein Kind zu seinem »Ehrentag«. In der Klappkarte fand ich drei Hundertdollarscheine. Er hatte so viel Geld lockergemacht, wie ich für zwei Wochen harter Arbeit bekam. Nur um mich zu verhöhnen.

Eigentlich hätte ich die Karte und die Geldscheine als Beweismaterial im Department abgeben müssen. Vielleicht hätte ein

Spezialist noch Fingerabdrücke finden oder sonst etwas Nützliches entdecken können. Oder vielleicht hätten die Seriennummern auf den Scheinen Elijah mit irgendeinem Raubüberfall in Verbindung gebracht.

Aber ich hatte mich bereits zu fest in meine Selbstjustizmission verbissen, in meine Solo-Geheimoperation oder was auch immer es sein mochte. Mir blieb wahrhaftig nichts anderes übrig.

Möglicherweise versuchte Elijah ja, mich aufs Glatteis zu locken. Oder ich befand mich bereits mittendrauf. Vielleicht schon seit langer Zeit.

18

1965

Ich habe mich nie für einen emotionalen Menschen gehalten, aber auf Elijah war ich stinksauer. Er hatte meine Familie und meine Lebensgrundlage in Gefahr gebracht und für meine Wertvorstellungen in dem Leben, das ich mir aufgebaut hatte, sowie alles, wofür ich einstand, nur Verachtung übrig.

Besonders wütend war ich jedoch darüber, dass er wahrscheinlich recht hatte. Ich war in ein System eingebunden, von dem ich abhängig war und dem ich nicht trauen konnte. Ich arbeitete Seite an Seite mit Männern, die ich nicht ausstehen konnte und die auch mich nicht leiden konnten, und dennoch drohte mir jeden Tag die Möglichkeit, mich plötzlich in einer lebensgefährlichen Situation auf diese Männer verlassen zu müssen.

Doch was zum Teufel sollte ich tun? Mich zu Elijah und seiner Herde jüdischer Raubeine gesellen? Ich musste eine Familie versorgen, war Mitglied einer Synagoge und hatte eine Mutter. Ich war kein entwurzeltes und rachsüchtiges Gespenst.

Elijah wusste, dass mir seine Absicht, die Cotton Planters Union Bank auszurauben, klar war. Greenfield zu veranlassen, Geld zu transportieren, war jetzt ein zu gefährliches Spiel. Aber da Elijah wusste, dass ich es wusste, hielt ich es für kein allzu großes Risiko, Ari Plotkin, den ortsansässigen Halunken, in die Zange zu nehmen, der nach Paul Schulmans Auskunft beteiligt war.

Plotkin war ein scheinheiliger Scheißer allererster Güte. Er besaß ein kleines malerisches Ranchhaus in Gehweite zur Synagoge. Er betete dreimal am Tag. Seine Frau trug eine Perücke und führte eine so streng koschere Küche, dass er ihr je eine Geschirrspülmaschine für das Fleisch- und Milchgeschirr gekauft hatte. Das Geld für seine korrekte jüdische Lebensweise stammte aus Diebereien und Betrug.

Einbrüche waren einmal seine Spezialität gewesen, mit zunehmendem Alter schien er sich jedoch immer weniger damit abzugeben. Er war der Ansprechpartner für Leute, die Diebesgut an den Mann bringen wollten. Er betätigte sich in kleinem Stil als Buchmacher und betreute hauptsächlich die Wettbedürfnisse der jüdischen Gemeinde. Zudem war er daran beteiligt, Witwen und Pensionären gefälschte Wertpapiere anzudrehen.

Jemanden mit vorgehaltener Waffe auszurauben, empfand er nicht als abwegig, solange genug Geld abzugreifen war, und er war dabei nur einmal erwischt worden. Der Strafe war er entgangen, weil er sich den Bart abrasiert hatte und es deswegen für den Augenzeugen schwierig war, ihn zu identifizieren. Wenn er als fähig genug eingeschätzt wurde, um Elijahs Aufmerksamkeit zu erregen, musste er meiner Meinung nach auch in schmutzigen und lukrativen Geschäften mitmischen, von denen ich nichts wusste. Sein Haus war jedenfalls hübscher als meins.

Plotkin ging davon aus, dass seine Aktivitäten dem Herrgott genehm waren, solange er keinen Juden bestahl. Aber es war eben nicht Gott, der ihn an diesem besonderen Abend richten sollte.

Es war Freitagabend, der jüdische Sabbat, und ich wusste, dass Plotkin wahrscheinlich zu Hause sein würde. Ich fand ihn auf seiner vorderen Veranda, wo er saß und tatsächlich im Talmud las. Als er mich aus dem Wagen klettern sah, hastete er ins Haus.

Ich trat an die Tür und schlug mit der Faust dagegen.

»Lassen Sie mich rein, Ari«, sagte ich. »Es gibt da Dinge, die ich mit Ihnen zu besprechen hätte.«

»Ich kenne meine Rechte!«, rief er durch die Tür. »Ich muss nicht mit Ihnen reden. Ohne einen Durchsuchungsbeschluss darf kein Polizist mein Haus betreten.«

»Haben Sie mal eine jener Fernsehsendungen gesehen, in der ein Polizist dem Kriminellen sagt, es gebe zwei Möglichkeiten, eine Situation zu klären, die harte und sanfte? Dies hier ist so eine Situation.«

»Ich denke, wir sollten sie auf eine Weise klären, die meinen Anwalt einbezieht.«

»Ich denke, wir sollten die wählen, in der ein Arschtritt von mir vorkommt«, sagte ich und trat ein paar Mal gegen den Türknauf, bis das Schloss aus dem Türrahmen sprang.

Als die Tür aufschwang, stürmte Plotkin auf mich zu und fuchtelte dabei mit einem Gegenstand, der wie ein silberner Kerzenständer aussah. Ich hatte meine .357er bereits gezogen und schoss ihm ins Bein. Direkt vor meinen Füßen fiel er zu Boden.

»Merken Sie sich für die Zukunft, dass die sanfte Weise weit weniger schmerzhaft ist«, sagte ich.

Ich stieg über ihn hinweg und ging weiter ins Haus hinein, um mich zu vergewissern, dass mich keine unliebsamen Überraschungen erwarteten. Die Küche schloss sich der kleinen Diele an, und darin fand ich Plotkins Frau, die hinter dem Frühstückstresen kauerte und die gemeinsame fünf- oder sechsjährige Tochter fest umschlungen hielt. Frau und Tochter schrien laut auf, als sie mich mit meiner Waffe sahen.

»Raus hier«, befahl ich.

»Verschwinden Sie!«, rief Plotkins Frau. »Sonst rufe ich die Polizei.«

»Ich bin die Polizei«, sagte ich und zeigte ihr meine Dienstmarke. »Raus aus dem Haus! Ihre Tochter braucht das hier nicht mitzuerleben.«

»Wohin soll ich denn?«

»Bin ich ein Reisebüro? Hauen Sie einfach ab!«

Sie flüchtete laut jammernd durch die beschädigte Eingangstür, und als sie an ihrem blutenden Ehemann vorbeikam, hielt sie der Tochter die Hände vor die Augen.

Ich überprüfte die anderen Räume des Hauses, um sicher zu sein, dass die Luft rein war. Dann kehrte ich zum Eingangsbereich zurück, wo Plotkin in einer sich langsam ausbreitenden Blutlache zappelte.

Bei meiner Hausbesichtigung war ich auf einen schweren Esszimmertisch gestoßen, der für das Sabbat-Essen gedeckt war. Ich ergriff den Rand des weißen Leinentischtuchs und zerrte daran, so dass Porzellanteller und Kristallgläser auf dem Boden zerschellten. Das Tischtuch muss wohl ein Erbstück gewesen sein. Ich riss es in Streifen und begab mich zu dem verletzten Mistkerl an der Vordertür.

»Macht keinen Sinn, Sie verbluten zu lassen, bevor Sie ausgeplaudert haben, was Sache ist«, sagte ich, als ich mit den Tischtuchstreifen einen provisorischen Druckverband an seinem Bein anlegte.

»Das gehörte meiner Großmutter.«

»Schätze, dass ich mein Hemd hätte nehmen können, um Ihre Wunde zu verbinden«, sagte ich. »Aber dafür hab ich fünf Dollar hingeblättert, und ich wollte es nicht von oben bis unten mit Plotkin versauen.«

»Sie sind widerwärtig.«

»Man sagt zwar, dass Plotkin mit ein bisschen Club Soda und einer kleinen Prise Salz wieder rauszukriegen ist, aber um das zu prüfen, wollte ich ein Fünfdollarhemd nicht ruinieren.«

»Wie sehr ich Sie hasse!«

»Ich mag Sie auch nicht besonders, Ari, aber wenn Sie schnell reden, werde ich versuchen, Sie so rechtzeitig ins Krankenhaus zu schaffen, dass die Ärzte Ihr Bein retten können.«

»Ich muss nicht mit der Polizei reden, ich kenne meine Rechte.«

»Sie sind ja ein ganz Cleverer, hm? Die Verfassung gewährt Ihnen das Recht, sich nicht selbst bezichtigen zu müssen. Also bleiben Sie ruhig da sitzen und schweigen Sie. Der Druckverband blockiert die Durchblutung Ihres Beines. Wenn Sie ihn abnehmen, wird das Blut hinausströmen. Die Austrittswunde an der Rückseite ihres Oberschenkels ist so groß wie ein Apfel. Sie sind total am Arsch, mein Freund. Wenn Sie nicht schnell behandelt werden, wird man Ihr Bein wahrscheinlich oberhalb des Knies amputieren müssen. Und wenn Sie nicht innerhalb der nächsten beiden Stunden in ein Krankenhaus kommen, ist es mit einer Amputation nicht mehr getan, denn Sie werden verbluten. Trotz des Druckverbandes. Sie können also Ihr verfassungsmäßiges Recht als Amerikaner so lange in Anspruch nehmen, wie Sie mögen, aber wenn Sie mir nicht bald verraten, was ich wissen muss, werden Sie sterben.«

»Mord«, sagte er. »Das hier ist Mord.«

»Ich bin hergekommen, um einen bekannten Straftäter zu befragen«, sagte ich. »Manchmal können beklagenswerte Dinge geschehen, wenn bekannte Straftäter aggressiv werden. Sie haben versucht, mich mit einem verfluchten Kerzenständer zu erschlagen. Mein Sohn hat ein Brettspiel, bei dem Mordgeschichten aufgeklärt werden müssen, und in der Hälfte aller Fälle ist die Mordwaffe ein Kerzenständer. Als Sie mit dem verdammten Ding auf mich zukamen, hätte ich mir am liebsten in die Hosen gemacht. Zu schießen war wirklich die einzig vernünftige Reaktion.«

»Sie Mistkerl«, sagte er. »Sie brutales Gestaposchwein.«

»Sie dürfen mit Ihren Beleidigungen so viel Zeit verbringen, wie Sie wollen«, sagte ich. »Ich bin's ja nicht, aus dem es auf den Boden kleckert. Aber wenn Sie jemals wieder Ihre Beine gebrauchen möchten, dann erzählen Sie mir jetzt schnell, was Elijah vorhat.«

»Mit Foltermethoden werden Sie mich nicht dazu bringen, Ihnen etwas zu gestehen. Aus Trotz würde ich lieber verbluten.«

Ich zeigte ihm meine Waffe.

»Ich denke, das stimmt nicht«, sagte ich. Dann ließ ich den Zylinder rotieren, spannte mit theatralischer Geste den Hahn und drückte ihm die Mündung des Revolvers auf die Stirn.

»Entweder erzählen Sie mir jetzt eine Geschichte, oder ich werde andere Möglichkeiten finden, mich zu vergnügen. Ein brutales Gestaposchwein zu beleidigen ist keine wirklich gute Idee.«

»Wie können Sie sich so aufführen, wie Sie es tun, und sich immer noch Jude nennen?« Dicke Tränen rollten ihm über die Wangen.

»Ich könnte Ihnen dieselbe Frage stellen, Sie selbstgerechter diebischer Heuchler.«

»Ich gehe nicht mit brutalen Methoden gegen meine eigenen Leute vor.«

»Sie gehören nicht zu meinen Leuten, Plotkin. Ich bin nicht im Geringsten so wie Sie.«

»Und dafür danke ich *HaShem*.«

Mit einem eleganten und wohlgeübten Bewegungsablauf schaffte ich es, mir eine Zigarette anzuzünden, ohne die .357er ins Halfter schieben zu müssen. »Möchten Sie auch eine?«, fragte ich.

»Ich wünschte, Sie würden in meinem Haus nicht rauchen. Mein Kind schläft hier. Sie setzen es einer Gefahr aus.«

»Wie wäre ich froh, wenn es keinen jüdischen Bankräuber gäbe, der in meiner Stadt eine jüdische Gangsterbande organisierte. Wenn Ihr Plan in die Binsen geht, werden wahrscheinlich wir alle so behandelt, wie Sie und Ihre Freunde es verdient haben, behandelt zu werden. Die Leute hier neigen dazu, unterschiedslos zu diskriminieren. Kommt mir so vor, als sei ich nicht der Einzige hier, der ein schlechtes Licht auf die Juden wirft. Kommt mir auch so vor, als wären Sie derjenige, der mein Kind einer Gefahr aussetzt. Also sollten Sie ruhig zu der Zigarette greifen, denn alles kommt doch auf eins heraus, Ari: Sie mögen ja glauben, Gott auf Ihrer Seite zu haben, aber Sie haben eine Smith & Wesson vor der Nase. Ich bin gottverdammt außer mir vor Wut, und es würde mir Spaß machen, Sie wegen des Theaters hier umzulegen. Glauben Sie mir, wenn ich sage, ich werde Sie umlegen?«

Er sah zu mir auf, und in seinen Augen standen Tränen. »Ich glaube Ihnen.«

»Kluge Entscheidung. Sie wissen also, was hier auf dem Spiel steht: Entweder Sie schicken sich an zu reden, oder Sie schicken sich an zu sterben.«

Er nahm die Zigarette und redete.

19

1965

»Sobald die *Shvartzes* zu zündeln anfangen, gehen wir rein in die Bank«, sagte Plotkin.

»Mit wem arbeiten Sie zusammen?«, fragte ich.

Er nannte mir drei vertraute Namen; junge jüdische, auf die schiefe Bahn geratene Männer. Damals wollten alle Kids so werden wie Meyer Lansky.

»Woher wollen Sie wissen, dass die Farbigen Krawall machen werden?«

Er verzog das Gesicht. »Weil sie *Shvartzes* sind. Die können nicht anders.«

Diese Information hatten wir im Department nicht. Wir versuchten immer noch, gewalttätige Rassenkrawalle zu verhindern, indem wir der Demonstration bei Kluge mit einem großen Aufmarsch von Polizeikräften begegneten. Ich fragte mich, ob wir die Leute dadurch einschüchterten oder vielleicht sogar aufreizten.

»Sie wollen also in den Tresor einbrechen?«, fragte ich.

»Wir werden alles ausräumen.«

»Wie das?«

»Wir gehen bewaffnet durch die Vordertür rein.«

»Und was ist mit der Alarmanlage?«

»Das ist ja das Herrliche an dem Plan. Niemand wird auf den Alarm reagieren, jedenfalls nicht allzu schnell. Die Reaktion der Polizei wird sehr spät kommen. Überall in der Stadt wird es Raubüberfälle geben, und auf den Straßen tummeln sich die Krawallmacher. Wir werden weg sein, bevor Hilfe kommt. Und wir werden Masken tragen. Wenn es vorbei ist, werden die *Shvartzes* die Schuld kriegen.«

Wer auch immer Plotkin das eingeredet hatte, musste versäumt haben, ihn auch über die ausgeklügelten Sicherheitsmaßnahmen zu informieren, die Charles Greenfield mir erläutert hatte. Dies war nicht der stilvolle Plan, den ich erwartet hatte.

»Elijah hat Ihnen das erzählt?«, fragte ich.

»Einer von seinen Männern.« Plotkin beschrieb einen der gesichtslosen Gauner. »Elijah selbst hab ich nie gesehen.«

»Welche Rolle spielt dieser Mann bei der Aktion?«

»Elijahs Mann hat uns über die Bank informiert, hat uns erklärt, wie wir die Krawalle zur Tarnung benutzen können. Er hat fast den gesamten Plan für uns ausgearbeitet. Nachdem die ganze Sache abgelaufen ist, hilft er uns, unbehelligt davonzukommen. Sein Anteil ist ein Drittel von der Beute.«

»Und wie groß ist die zu erwartende Beute?«

»Er hat gesagt, wir könnten zehntausend rausholen. Vielleicht sogar fünfzehn.« Das war ungefähr fünfmal so viel wie das, was Greenfields Worten nach ein Räuber an den Kassenschaltern seiner Bank hätte erbeuten können.

Der Plotkin-Plan war halbgar. Wenn diese Typen durch die Vordertür kamen, bewirkten sie nicht mehr, als dass der Alarm ausgelöst wurde. Und danach würden sie entweder geschnappt oder getötet werden. Es war völlig abwegig, dass Elijah einen solchen Plan ausgeheckt haben sollte. Er musste die Jungs in die Irre geführt haben. Aber zu welchem Zweck? Der ausgelöste Alarm würde den Tresor hermetisch verriegeln und für Elijah unzugänglich machen. Wollte er den Tresor – aus irgendeinem Grund – verschlossen haben?

Darüber galt es nachzudenken.

In der Zwischenzeit gab es einiges zu tun. Ich rief Sanitäter, damit sie meinem Übeltäter das Bein retteten. Danach ließ ich zur Verstärkung einige Streifenpolizisten kommen, die helfen sollten, wenn ich mir die Mitverschwörer holte, die Plotkin genannt hatte. Sie waren wegen des Sabbat alle zu Hause und kamen widerspruchslos mit.

Ich verfrachtete die drei Männer in separate Verhörzimmer und stellte jedem von ihnen eine Reihe von Fragen. Spät des Nachts unterschrieben sie alle ihre Aussagen, in denen sie zugaben, den Bankraub geplant zu haben. Elijah fand keine Erwähnung.

Ich war nicht begeistert, eine Bande Juden in Memphis hinter Gitter gebracht zu haben, weil sie gemeinsam einen Bankraub geplant hatten, aber ihr vereitelter Versuch, kleinkriminell zuzuschlagen, würde viel schneller in Vergessenheit geraten als ein 150 000-Dollar-Raub, den ein berühmter jüdischer Dieb mit seiner Bande jüdischer Komplizen und unterstützt von korrupten jüdischen Polizisten begangen hatte.

Für den Fall, dass man mich für hartherzig hält: Ich ließ mich mit dem Bezirksstaatsanwalt verbinden und legte ein Wort für Ari und seine Crew ein. Ich sagte ihm, die Jungs hätten kooperiert und etwas Nachsicht bei ihrer Bestrafung sei vielleicht angemessen. Da sie der konkreten Ausführung eines Raubüberfalls nicht einmal nahe gekommen waren, bevor man sie erwischt hatte, nahm ich an, dass es keiner besonders langen Zeit hinter Gittern bedurfte, bis sie zum Entschluss kamen, ihre zukünftigen Bemühungen nur noch Unternehmungen zu widmen, die nicht kriminell waren.

Die drei Komplizen bekamen jeweils vier Jahre Gefängnis mit der Möglichkeit, nach achtzehn Monaten auf Bewährung frei zu kommen. Weil er der Anführer war und mich angegriffen hatte, wurde Plotkin zu sieben Jahren verurteilt und saß davon drei ab. Das restliche Leben verbrachte er humpelnd.

Während er seine Zeit absaß, musste seine *frume kleine Frau* einen Job annehmen. Danach war sie nie wieder so gefügig und dienstbar wie zuvor. Seine Tochter hatte ebenfalls Probleme, denn sie wurde von ihrem *gojischen* Freund geschwängert, als sie erst fünfzehn war.

Ich nehme an, Plotkin wird mir alle Schuld an diesem Missgeschick zugeschrieben haben, aber wenn er jene Bank durch ihre Vordertür betreten hätte, hätten zwischen fünfundzwanzig Jahren und lebenslänglich in einem Bundesgefängnis auf ihn gewartet oder er wäre getötet worden und nicht mal in der Lage gewesen, seine Tochter bei ihrer Muss-Heirat in die Hand des Bräutigams zu geben.

Er traf seine Wahl und musste mit den Folgen leben. Wenn du dich entscheidest, ein Dreckskerl zu sein, hat das Konsequenzen. Ich finde, er hätte meine Nachsicht schätzen müssen. Das Arschloch wollte mich doch tatsächlich mit einem Kerzenständer niederschlagen.

20

1965

Brian kam am nächsten Morgen vom Gottesdienst nach Hause und berichtete, der Rabbi habe um ein Gespräch mit mir gebeten. Ich hatte ihm eigentlich nicht viel zu sagen, aber nach dem Vorfall mit Schulman erschien es angebracht, dem jungen Burschen einen Ölzweig zu reichen. Als der Sabbat zum Sonnenuntergang endete, fuhr ich zur *Schul*, um mich mit dem Mann zu treffen.

Abramsky war bereits den größten Teil des Jahres in Memphis, aber sein Büro sah immer noch so aus, als wäre er gerade erst eingezogen. Eingebaute Bücherregale nahmen eine ganze Zimmerwand ein. Die Hälfte der Regale war gefüllt, doch auf dem Boden stapelten sich noch eine ganze Reihe von Pappkartons voller Bücher.

»Vielen Dank, dass Sie heute zum Gespräch mit mir kommen, Detective Schatz«, sagte er. »Ich bin gleich bei Ihnen.« Er stand auf der gegenüberliegenden Seite eines schweren antiken Holzschreibtisches, der fast so groß war wie der von Charles Greenfield, aber – anders als der polierte und gepflegte Schreibtisch des Bankdirektors – ramponiert und schäbig aussah.

Der Schreibtischstuhl war mit Kartons voller Papiere verbarrikadiert und daher nicht erreichbar, und der Tisch selbst verschwand unter Stapeln von Kopien und Notizblöcken sowie Aktendeckeln, die von losen Blättern überquollen. Der Raum war so vollgestopft mit Ramsch und Krempel, dass die Ecke des

Tisches, vor der er stand, der einzig nutzbare Bereich im Büro war.

Mit dem Zeigefinger der rechten Hand folgte Abramsky den Textzeilen auf der Seite eines wuchtigen, in Leder gebundenen Talmud. Das Buch war riesig, und die hebräische Schrift so winzig, dass Abramsky die Augen zusammenkneifen musste, um zu lesen. Die Seiten waren hauchdünn, aber das Buch war dennoch über zehn Zentimeter dick und – ich sagte es bereits – von vorn bis hinten auf Hebräisch abgefasst.

Während des Lesens kritzelte Abramsky mit der linken Hand von rechts nach links in hebräischer Schreibschrift etwas auf einen gelben Notizblock. Dabei bewegten sich seine Lippen, und ich fragte mich, ob er wohl die Wörter aussprach, die er las, oder die Wörter, die er schrieb, oder vielleicht völlig andere.

Ich hatte jedenfalls nicht den geringsten Schimmer, was er las oder schrieb oder sprach, denn ich vermag zwar hebräische Wörter an ihrem Klang zu erkennen, aber ich spreche die Sprache nicht, und lesen kann ich sie ebenso wenig. Also beschäftigte ich mich damit, seine Bücherregale zu inspizieren.

Erwartungsgemäß besaß er alle *Siddurim* und *Tanachs* sowie die diversen *Thora*-Kommentare, riesige Bücher wie das, in dem er las, mit Goldschnitt und goldverzierten Buchdeckeln.

Erstaunt war ich jedoch, als ich ein volles Regal mit Taschenbuchkrimis fand: Raymond Chandler und Dashiell Hammett und Ross Macdonald sowie die gesammelten Werke von Conan Doyle. Er hatte sie wahrscheinlich alle gelesen, denn die Buchrücken waren sämtlich gebrochen. Weiter unten an der Bücherwand fiel mir die Lektüre ins Auge, der er sich in Vorbereitung auf seinen Umzug in den Süden gewidmet haben mochte: Faulkner und Mark Twain und *Wer die Nachtigall stört*.

Er besaß zudem fünfzig Exemplare eines Buchs über jüdische Ansichten zum Tod und zur Trauer. Ich nahm an, dass er so viele brauchte, weil er so viele verteilen musste. Die Synagoge existierte seit den 1870ern, und die Gemeinde alterte auch 1965.

Die Korridorwände vor seinem Büro waren von schweren großen Gedenkplatten bedeckt. Jede Platte war in vier Reihen aufgeteilt, und in jede dieser Reihen waren hundert Schildchen eingearbeitet. Auf jedem Schildchen stand der Namen eines verstorbenen Gemeindemitglieds. Neben jedem Namen befand sich ein Licht, ähnlich einer kleinen weißen Kugel am Weihnachtsbaum. Die Lichter mussten leuchten, um der *Yahrzeit* zu gedenken, dem Jahrestag des Todes der jeweiligen Person. Es gab keinen Schalter für die Birnen, sondern sie mussten in der Fassung festgedreht werden, wenn sie aufleuchten sollten, und ausschalten ließen sie sich nur, wenn man die gesamte Apparatur abschaltete oder die erhitzten kleinen Birnen einzeln mit der Hand herausdrehte. Jede Woche musste jemand im Korridor auf und ab gehen und Glühbirnen entweder festschrauben oder lockern, je nachdem, welcher verstorbenen Person gedacht werden sollte.

Ich fragte mich, ob Abramsky sich wohl persönlich um die Glühbirnen zu kümmern hatte, kam aber zu dem Schluss, dass es wahrscheinlich nicht so war. Für eine derartige Arbeit würde die Synagoge bestimmt einen Schwarzen beschäftigen.

Davon abgesehen ließen der Korridor mit seinen zahlreichen Gedenktafeln und das Regal voller Bücher über das Trauern vermuten, dass die Arbeit des Mannes äußerst deprimierend sein musste und es wahrscheinlich eine Art Erholung für ihn war, hyperaktiven Zwölfjährigen *Bar-Mizwa*-Unterricht zu erteilen. Ich persönlich würde mich weitaus lieber mit einem grausigen Tatort und einem entstellten Opfer oder auch einer stinkenden aufgeblähten Wasserleiche abgeben, als einen Nachmittag lang in einem Krankenhaus zu sitzen und mit einem Menschen zu beten, der dabei war, seinen Kampf gegen das Unvermeidliche zu verlieren.

Abramsky beendete, was auch immer er mit seinem riesigen noblen Buch getrieben hatte, und legte seinen Notizblock auf einen Stapel ähnlicher Blocks, die ebenfalls in seiner schweißverwischten hebräischen Schrift vollgekritzelt waren.

Zwei alt wirkende Ledersessel, die nicht total unter Papieren begraben waren, standen am Schreibtisch. Er ließ sich auf einen davon nieder, und ich beseitigte die Unordnung auf dem anderen, um mich ebenfalls setzen zu können. »Tut mir leid«, sagte er, »aber wenn ich die Gedanken, die mir bei den Studien kommen, und die Beobachtungen, die ich mache, nicht notiere, habe ich sie später vergessen. Ich bin sicher, Sie wissen, wie das ist.«

»Eigentlich gar nicht«, sagte ich und tippte mir mit dem Finger an die Schläfe. »Ich bewahre so ziemlich alles hier oben auf.«

»Dann dürfen Sie sich glücklich preisen. Danke, dass Sie heute gekommen sind, um mir einen Besuch abzustatten. Ich würde gern mit Ihnen über Ihren Sohn sprechen.« Bei diesen Worten beugte er sich vor. Er war ein Weichling, ein Etwas mit abgerundeten Ecken, aber in ihm vibrierte auch eine bizarre Energie. Seine Hände waren unentwegt in Bewegung, zerteilten die Luft, um seine Rede zu untermalen, oder krochen über seinen Körper, wenn er zuhörte.

»Ist Brian für das große Ereignis gerüstet?«, fragte ich. Obwohl wir uns an viele Traditionen nicht strikt hielten, besuchten wir doch die orthodoxe Synagoge, weil meine gesamte Familie auf dem angeschlossenen Friedhof begraben lag. Bei seiner *Bar-Mizwa* würde mein Sohn vor der gesammelten Gemeinde aus der *Thora* vorbeten. Ich mochte mir gar nicht ausmalen, was meine Mutter sagen würde, wenn der Junge es vermasselte.

»Ja, er macht seine Sache sehr gut. Ich vermute, dass er seine *Haftara* nur auswendig lernt, und ich hätte es lieber, wenn er den hebräischen Text lesen würde, aber ich bin überzeugt, dass er Sie trotzdem sehr stolz machen wird.«

»Was haben wir denn für ein Problem?«

»Brian ist weiterhin beunruhigt über das, was er Anfang der Woche vor der Synagoge hat mit ansehen müssen. Und ich muss gestehen, dass ich ebenfalls besorgt bin.«

Ich ballte die Fäuste. Wochenlang war die Situation zu Hause wegen der Flausen angespannt, die der Mistkerl meinem Jungen ins Ohr gesetzt hatte. »Ich habe Paul Schulman und Ari Plotkin nichts getan, was sie nicht selbst heraufbeschworen haben.«

»Plotkin? Was ist mit Plotkin passiert?«

»Ich habe ihn gestern Abend zu Hause aufgesucht und angeschossen.«

Abramsky brauchte einen Moment, um es zu fassen. »Ist er …?«

»Im Krankenhaus«, sagte ich. »Und verhaftet wegen Verschwörung zum Bankraub und wegen tätlichen Angriffs auf einen Polizisten. So bald wird er nicht wieder in der Synagoge auftauchen.«

Sekundenlang zeichnete sich Bestürzung auf seinem Gesicht ab, aber er unterdrückte sie schnell, darauf bedacht, teilnahmslos zu erscheinen. »Mir ist nicht entgangen, dass einige Mitglieder dieser Gemeinde moralisch weniger rechtschaffen leben, als ich es erhoffen möchte. Aber es ist nicht meine Sache, ein Urteil über sie zu fällen.«

»Nein«, sagte ich, »das ist meine Sache. Die ihre ist es, mit ihnen hebräische Gesänge anzustimmen, damit sie das Gefühl entwickeln, gottgefällig zu handeln, wenn sie ausschwärmen, um sich die Nahrung aus den Mündern von Witwen und Waisen zu stehlen.«

»Und warum fühlen Sie sich so persönlich behelligt, Baruch?«

»Wer die Leiche seines Vaters in einem Graben neben dem Highway findet, entwickelt leicht eine Schwäche für Witwen und Waisen.«

Es schauderte ihn, als ich das sagte, und ich merkte, dass er davon noch nichts gewusst hatte. Ich musste wirklich damit aufhören, immer gleich auszuposaunen, was mir durch den Kopf ging. »Möchten Sie darüber sprechen?«, fragte er.

»Zum Teufel, nein«, sagte ich. »Machen Sie sich nicht lächerlich.«

»Sprechen wir also über Brian. Ich finde, es steht einem Rabbi nicht zu, einen Keil zwischen Vater und Sohn zu treiben, und daher fand ich mich in der wohl kaum beneidenswerten Situation wieder, Ihr Verhalten verteidigen zu müssen, Baruch. Aus dem Grund wollte ich mich mit Ihnen unterhalten. Ich glaube nämlich, dass jemand mit Ihnen sprechen sollte.«

»Deswegen bin ich ja hier, oder? Wenn Sie sprechen möchten, bitte sprechen Sie.«

»Wie Sie vielleicht wissen, ist Brians *Thora*-Abschnitt für seine *Bar-Mizwa* die *Parasche Wajera*, in der *HaShem* die verderbten Städte Sodom und Gomorrha vernichtet.«

»Sicher, die Geschichte kenne ich«, sagte ich. »Die Bewohner waren dem Sex verfallen, und Gott tötete sie allesamt.«

»Nun ja, die christlichen Interpretationen beziehen sich auf die sexuellen Aspekte der Verdorbenheit der Sodomiten, aber es gehört noch mehr dazu. Die Kommentare erläutern, wie geizig und grausam die Menschen dieser Städte waren. Sie frönten der Dekadenz, wo doch Bettler auf ihren Straßen krepierten. Fremden gegenüber verhielten sie sich bösartig, benutzten sie, beuteten sie aus und töteten sie nach Lust und Laune. Und es gab auch welche, die sich der Blasphemie schuldig machten. Die Passage über die Gelüste der Sodomiten nach ›fremdem Fleisch‹ bezieht sich jedoch nicht auf homosexuelles Verhalten, wie allgemein angenommen wird, sondern auf ihre ruchlose Begierde, die Engel Gottes zu schänden.«

»Der Unterricht zur *Bar-Mizwa* ist seit meiner Kindheit befremdlich geworden«, sagte ich.

»Die *Thora* ist seit fünftausend Jahren dieselbe geblieben.«

»Damals haben wir die Sache mit dem ›fremden Fleisch‹ wohl überschlagen.«

»Mag sein, aber der gesamte Inhalt der *Thora* ist heilig, und wer Teile aus dem Kontext reißt, verliert den Blick fürs Ganze.«

»Worauf wollen Sie hinaus?«

»Wegen ihrer Grausamkeit und Brutalität entschied *HaShem*, die Bewohner von Sodom und Gomorrha mit dem Feuertod zu bestrafen. Aber Abraham flehte um Gnade, und *HaShem* erklärte sich einverstanden, die Städte zu verschonen, wenn in Sodom zehn rechtschaffene Menschen zu finden seien. Also schickte er seine Engel hinunter, um sie zu suchen, und die Engel fanden Obdach im Heim von Lot, dem Neffen Abrahams. Aber die Bewohner von Sodom erfuhren von Lots Gästen, rotteten sich vor seinem Haus zusammen und verlangten, dass er die Engel auslieferte. *HaShem* reagierte entsetzt, und damit war das Schicksal der Stadt besiegelt. *HaShem* forderte Lot auf, zusammen mit seiner Familie zu flüchten, und mahnte sie, auf der Flucht aus der brennenden Stadt ›nicht hinter sich zu blicken‹. Aber Lots Weib gehorchte *HaShem* nicht und sah sich um, woraufhin sie zur Salzsäule erstarrte. Manche sagen, der verräterische Blick sei der Beweis gewesen, dass es sie nach der Fleischeslust und Verderbtheit verlangt habe und sie daher verdientermaßen zusammen mit der Stadt habe sühnen müssen. Aber andere Schriftgelehrte glauben, dass sie angesichts der Gewalt und des Schreckens, die auf Grund von *HaShems* Zorn walteten, von angstvoller Ehrfurcht überwältigt wurde. Als Brian und ich darüber diskutierten, sagte er, Memphis sei seiner Meinung nach zu einem Sodom geworden.«

»Er hat gar nicht so unrecht«, sagte ich. »Wir blicken auf schlimme Ereignisse der Vergangenheit zurück, und es gibt auch zu viel böses Blut. Wir haben die Farbigen gedemütigt, und das viel zu lange. Die gesamte Gegend hier könnte jeden Tag in Flammen aufgehen. Und wenn das geschieht, haben wir es nicht weniger verdient als die Sodomiten.«

»Brian sagte mir, er habe Angst, Sie könnten so sein wie Lots Weib. Sie könnten sich die perversen Werte einer bigotten Gesellschaft und eines repressiven und brutalen Polizeiapparats zu eigen gemacht haben.«

»Er weiß doch gar nicht, wovon er spricht. Wenn ich repressiv und brutal bin, dann doch nur, um ihm die Last der Welt von den Schultern zu nehmen und ihn gegen bittere Wahrheiten abzuschirmen.«

Er beugte sich vor und legte die Hand auf meinen Arm. Ich zuckte zurück. Ich mochte nicht, dass fremde Menschen mich berührten. »Das weiß ich, und das habe ich ihm auch gesagt. Ich habe ihm gesagt, dass Sie nicht sind wie Lots Weib. Ich habe ihm gesagt, dass Sie wie einer von *HaShems* Engeln sind, bereit, denen Gerechtigkeit zu bringen, die sie verdient haben, aber auch auf der Suche nach Hoffnung und Erlösung in einer haltlosen Stadt. Wie wahr, dass ein Junge seinen Vater ehren sollte, und daher sah ich mich als sein Lehrer veranlasst, Sie ihm gegenüber zu verteidigen. Aber gern habe ich mich nicht so geäußert, denn ich fürchte, dass es nicht der Wahrheit entsprach.«

Ich schüttelte seine Hand von meinem Arm und zog meine Packung Lucky Strikes aus der Tasche. Ich schlug sie ein paar Mal gegen die Handfläche und schüttelte eine Zigarette heraus.

»Ich würde es lieber sehen, wenn Sie hier drinnen nicht rauchten«, sagte Abramsky. »Die Entlüftung funktioniert nicht besonders gut, und der Rauch hängt noch lange in der Luft.«

Der muffige Geruch nach stockigen Folianten und abgestandenen Furzen, der in seinem Büro waberte, war mir nicht entgangen, aber ich hatte ihn aus lauter Höflichkeit nicht angesprochen.

»Was Sie lieber sehen würden, habe ich zur Kenntnis genommen«, sagte ich und steckte mir trotzdem eine an. »Sagen Sie, was Sie sagen müssen, und ich verschwinde, bevor ich Ihre Bude zu sehr vollqualme. Und während Sie mir was erzählen, könnten Sie mir einen Aschenbecher besorgen.«

»Ich habe keinen Aschenbecher.«

»Macht auch nichts. Ich kann eine leere Coladose benutzen oder ein Glas mit etwas Wasser. Oder, also ich brauche eigentlich gar nichts, wenn Sie nicht extra aufstehen mögen. Ist schließlich nicht mein Teppich.«

Er stand auf und kramte unter einem Stapel diverser Papiere auf seinem Schreibtisch einen beigefarbenen Kaffeebecher hervor. Er streckte ihn mir entgegen, und ich schnippte die Asche hinein.

»Also, ich glaube nicht, dass Sie sich für einen Engel halten«, sagte er. »Ich denke eher, Sie sehen sich als *HaShem*. Aber Sie sind nicht *HaShem*. Nur *HaShem* ist *HaShem*. Und ich möchte Ihnen ins Gedächtnis rufen, was Lots Weib angesichts *HaShems* Zorn geschah. Ich möchte, dass Sie nicht vergessen, welch Leid der fürchterliche Richtspruch anrichten kann, und das nicht nur unter denjenigen, denen er gilt, sondern auch unter allen, die sich in der Nähe aufhalten. Obwohl Brian in den Augen der jüdischen Gemeinde zum Mann wird, wenn er bei seiner *Bar-Mizwa* aus der *Thora* liest, wissen Sie doch genauso gut wie ich, dass seine Kindheit bereits ihr Ende fand, als er mit ansehen musste, wie sein Vater Paul Schulman vor der Synagoge zu Boden schlug. Damit werden Sie leben müssen, wenn Sie Ihren Zorn sprechen lassen.«

Ich gestikulierte mit der Zigarette, und er hielt mir seinen Kaffeebecher hin. Ich drückte die Kippe auf dessen Boden aus.

»Hat Brian geglaubt, was Sie ihm über mich erzählt haben?«, fragte ich.

»Das nehme ich nicht an«, sagte er. »Er ist gescheit. Und gescheite Menschen lassen sich nur schwer belügen.«

Ich nickte. Das stimmte. Der Junge wusste, dass sein alter Herr kein Engel war. »Jedenfalls vielen Dank für Ihr Taktgefühl«, sagte ich.

»Und ich würde Sie dringend bitten, das ihre nicht zu vergessen«, sagte er.

Darüber musste ich lachen, aber ich glaube nicht, dass Abramsky verstand, warum ich lachte.

21

1965

Gleich am Montagmorgen stattete ich dem Büro von Charles Greenfield einen Besuch ab. Allein schon deswegen, weil er es sich erlauben konnte, ließ er mich bis ungefähr halb elf warten. Sein Büro war nach Norden ausgerichtet, und an diesem Tag und zu dieser Tageszeit schien das Sonnenlicht in so perfektem Winkel durch den Wolkenbaldachin in den Raum, dass es Greenfield und seinen diversen Requisiten eine erhabene Aura verlieh. Er saß vor dem Fenster auf seinem Lederthron hinter dem Hochglanz der Schreibtischfläche, und aus meinem Blickwinkel schien er von einem strahlenden Heiligenschein gekrönt zu sein.

»Ich habe eine Räuberbande in Gewahrsam genommen, die vorhatte, Ihre Bank zu überfallen«, sagte ich.

Es schien ihn nicht zu beeindrucken. »Wenn das Problem aus der Welt geschafft ist, weiß ich nicht, warum Sie weiterhin meine Zeit verschwenden müssen, indem Sie hier auftauchen, um darüber zu diskutieren.« Bei diesen Worten deutete er mir mit seiner spöttischen Miene an, sehr wohl zu wissen, dass er weitaus mehr meiner Zeit als von der seinen verschwendet hatte.

»Die Männer, die ich verhaften konnte, planten, Ihre Bank durch die Vordertür zu betreten und Ihre Kassierer mit vorgehaltener Waffe auszurauben. Meiner Meinung nach sind sie jedoch nur ahnungslose Trottel in dem ausgeklügelten Gesamtplan, Ihren Tresor auszurauben, und ich befürchte, dass der beabsichtigte Raubzug trotz der Verhaftung der Mittäter nicht abgeblasen wurde. Könnte sein, dass Ihr Geld immer noch in Gefahr ist.«

Er strich sich übers Kinn. »Im selben Moment, in dem diese bewaffneten Männer auftauchen, würde ein Kassierer oder ein Kreditberater den Alarm auslösen, und der Tresor würde verriegelt. Sollte also der Plan so aussehen, ist er nicht gut.«

Ich zündete mir eine Zigarette an. »Sie haben mir vergangene Woche erzählt, dass der ausgelöste Alarm eine Abriegelung des Tresors bis zum Ende einer dreistündigen Zeitphase bewirkt und dass nicht einmal Sie den Tresor öffnen könnten, nachdem der Alarm ausgelöst wurde.«

»Korrekt.«

»Mir kam der Gedanke, dass Elijah Sie bei der Planung eines Raubüberfalls mit einbeziehen und sogar darauf setzen könnte, dass Sie den Alarm auslösen und sich vom Zugang zum Tresor ausschließen.«

»Ich weiß nicht, ob ich Ihrer Logik folgen kann.«

Ich lehnte mich ihm entgegen. »Ist Ihnen die Sherlock-Holmes-Geschichte ›Der Bund der Rotschöpfe‹ bekannt? Ein Räuber schmiedet den Plan, aus dem Kellergeschoss eines benachbarten Gebäudes einen Tunnel in den Tresor einer Bank zu graben. Wenn ein Dieb es also schaffte, Ihren Tresor von oben oder unten oder gar durch ein Loch in der Wand zu knacken, könnte er innerhalb von drei Stunden leicht alles ausräumen. Er bräuchte nur für einen Vorfall zu sorgen, der Ihr Personal veranlasst, Alarm auszulösen, und Sie automatisch aussperrt. Der Dieb wäre längst über alle Berge, bevor Sie überhaupt die Tür öffnen und den Diebstahl entdecken könnten.«

»Und was sollte ich Ihrer Meinung nach unternehmen?«, fragte Greenfield. Seine Blicke schienen töten zu wollen.

Ich hatte in einem Naturfilm gesehen, wie einzelgängerische Eisbären auf der Suche nach Beute Hunderte Meilen weit die Wildnis durchstreifen. Wenn zwei männliche Tiere einander begegneten, weil sie durch den Geruch einer läufigen Eisbärin angelockt wurden oder durch den Kadaver eines Wals, der am Strand verweste, kämpften sie erbarmungslos miteinander, bis einer von ihnen schwer verletzt auf der Strecke blieb.

An diesem Ort war Charles Greenfield der Alphabär, und sein Rang wurde nicht in Frage gestellt. Die Männer in seinem Umkreis waren, wie zum Beispiel sein Assistent Riley Cartwright, Duckmäuser und dienstbare Kreaturen. Außenstehende, die ihn besuchten, ließen sich wahrscheinlich leicht durch seine schiere Körpergröße oder seinen eleganten Anzug oder das teure Mobiliar einschüchtern. Dieser Mann war es gewohnt, den Ton anzugeben, und alle, die ihn veranlassen wollten, ihren Vorschlägen nachzukommen, waren ihm zuwider.

»Ich bin froh, dass Sie fragen, denn ich werde Ihnen sagen, was sie tun sollten«, sagte ich. Mich kümmerten sein Anzug, sein Titel oder sein Büro einen Scheißdreck. Das wollte ich ihm unmissverständlich klarmachen. Der Walkadavergestank seiner Residenz lockte neue Interessenten an, und dieser Realität musste er sich stellen. Im Laufe der vergangenen fünf Tage hatte ich zwei Männer ins Krankenhaus geschickt, und deswegen durfte ich mich doch wohl für den stärksten und fiesesten Alphabären halten. »Ich denke, Sie sollten zusätzliche Sicherheitsleute einstellen und einen Wachmann im Tresor und jeweils einen an den Türen postieren. Ich schlage vor, dass Sie einen Ingenieur beauftragen, das Fundament sowie die Decken des Gebäudes zu überprüfen, um sicherzugehen, dass noch keine Versuche unternommen worden sind, den Tresor an diesen Stellen zu knacken. Außerdem möchte ich Ihnen dringend raten, das Hauptkontingent ihrer Bargeldbestände an einen anderen Ort auszulagern und zusätzlichen Sicherheitsleuten den Auftrag zu erteilen, das Geld bis an den Zielort zu begleiten.«

Greenfield lachte. »Mister Schatz, das hier ist eine Bank. Wissen Sie, was eine Bank ist?«

»Mit der Grundidee bin ich vertraut«, sagte ich.

»Eine Bank ist ein Ort, an dem Menschen wie ich tagtäglich direkt neben einem Raum arbeiten, der voller Geld ist. Möchten Sie wissen, wer alles aus einem Raum voller Geld etwas stehlen möchte?« Er sah mich herausfordernd neugierig an, aber ich zog nur seelenruhig an meiner Zigarette. Jetzt kam ganz klar der Moment, in dem er sein Revier markierte und Eisbärenpisse in alle Richtungen spritzte. Er ließ das Schweigen unangenehm werden, bevor er sagte: »Jeder, Detective. Jeder würde am liebsten von einer Bank stehlen, wenn er es für machbar hielte. Wenn Sie also hier auftauchen und mir erzählen, dass Sie der Meinung sind, jemand wolle mich bestehlen, sagen Sie mir nichts, was ich nicht schon längst wüsste. Der Grund, warum Banken weiter existieren können, obwohl jedermann sie bestehlen möchte, liegt darin, dass wir es äußerst schwierig machen, einer Bank viel Geld zu rauben. Niemand gräbt einen Tunnel in meinen Tresor. Mein Tresor hat fünfzig Zentimeter dicke Wände aus gehärtetem Stahl, die in ein Betonfundament eingelassen und außerdem mit einer Vielzahl Alarmauslöser gespickt sind. Wissen Sie, was für ein Werkzeug Sie benötigen, um eine Betonwand zu durchbrechen, die mehr als einen halben Meter dick ist?«

»Einen Vorschlaghammer?«

»Eher wohl einen Presslufthammer. Letztlich gibt es nur eine Methode, einen Tunnel durch Beton zu schlagen, und das ist die lautstarke. Ich bin sicher, dass wir etwas bemerkt hätten. Ich glaube nicht, dass sich irgendwelcher Sherlock-Holmes-Firlefanz in meiner Bank abspielt.«

»Greenfield, ich will Ihnen nicht zu nahe treten, aber meiner Überzeugung nach gibt es glaubhafte und ernstzunehmende Hinweise darauf, dass ein ausgeklügelter Plan existiert, das Bargeld aus Ihrem Tresor zu rauben. Ich rate Ihnen daher, Vorsichtsmaßnahmen zu treffen.«

»Detective, ich habe Ihnen doch wiederholt und in aller Ausführlichkeit erklärt, dass wir bereits alle angemessenen Vorsichtsmaßnahmen getroffen haben. Wir verfügen über mehrere

Sicherheitsstufen. Wir sind für alle Eventualitäten gerüstet. Und daher können wir ungehindert unsere Arbeit erledigen und unsere Geschäfte abwickeln, Geschäfte, von denen Sie mich gegenwärtig abhalten.«

»Ich weiß zu schätzen, dass Sie auf ihre Sicherheitsmaßnahmen vertrauen«, sagte ich. »Aber es handelt sich nun einmal um eine außergewöhnliche Bedrohung, die eine außergewöhnliche Reaktion erfordert.«

Greenfield quetschte wieder seine Nase. »Sie glauben also, dass die Männer, die Sie in Gewahrsam genommen haben, weil sie planten, meine Bank zu berauben, nur ahnungslose Trottel sind, die Elijah benutzte, um von seinem wahren Vorhaben abzulenken, stimmt's?«

»Ja.«

»Ziehen Sie doch einmal die Möglichkeit in Erwägung, dass sie nicht benutzt wurden, um von einem Banküberfall bei mir abzulenken, sondern von einem Raubzug, der mit dieser Bank nicht das Geringste zu tun hat.«

»Das habe ich bereits bedacht. Aber diese Bank ist das nächstliegende Zielobjekt, das ich mir vorstellen kann, und wenn er irgendwo anders stehlen will, wüsste ich nicht, wo das sein sollte. Ich konnte kein anderes Objekt ausmachen, das mit dem Streik bei Kluge zu tun hat und lohnend genug wäre, um seine Aufmerksamkeit zu erregen.«

»Das ist nicht mein Problem.«

»Es sei denn, ich habe recht und er hat es auf Ihren Tresor abgesehen.«

»Schön, Sie haben mich über das Risiko aufgeklärt. Ich werde über Ihre Vorschläge nachdenken. Sie haben also getan, was Sie können. Wenn Sie mich jetzt bitte entschuldigen wollen, ich muss meine Aufmerksamkeit weniger ungereimten Angelegenheiten widmen.«

»Arsch.«

»Wie bitte?«

»Nichts. Ich habe nichts gesagt. Vielen Dank für Ihre Zeit.«

Ich ging, weil mir nichts einfiel, was ich noch hätte sagen sollen. Ich hatte zwar immer noch nicht die Absicht, Elijah die Bank ausrauben zu lassen, aber wenn er es irgendwie hinkriegen sollte, dann hätte es niemand mehr verdient als der nette Charles Greenfield.

22

1965

Ich verließ Greenfields Büro durch die schwere hölzerne Doppeltür, passierte die Schreibtische seiner beiden geschäftigen Sekretärinnen und stand dann vor den Aufzügen; er hatte einen ganzen Flügel der Büroflucht belegt und die meisten Wände herausreißen lassen, um eine große, sonnendurchflutete Kathedrale zu schaffen, in der er sich selbst huldigen konnte.

Ich drückte auf den Fahrstuhlknopf, um mich in die große Empfangshalle der Bank im Erdgeschoss bringen zu lassen; eine weiträumige glitzernde Höhle, gesäumt von einer Vielzahl rosafarbener Kalksteinsäulen, die sich vom rosafarbenen Kalksteinboden hinauf in das rosafarbene Deckengewölbe aus Kalkstein streckten.

Als ich aus dem Fahrstuhl stieg, sah ich links von mir die Kassenschalter mit ihren Messinggittern und rechts einen Empfangsbereich für Bankkunden, die einen Termin mit ihrem Kreditberater oder einem anderen Angestellten aus den oberen Etagen hatten.

Und natürlich saß dort Elijah in einem Ledersessel, trank Kaffee und las Zeitung.

Ich sah mich in der Lobby um, konnte aber nichts Außergewöhnliches entdecken. Einige Kunden besprachen sich mit Kassierern, aber ansonsten war der Empfangsbereich fast leer. Wie Greenfield gesagt hatte, war das Bankgeschäft durch den Streik vor der Tür so gut wie lahmgelegt.

Ich hörte kein Alarmsignal, sah keinen der vierschrötigen Spießgesellen Elijahs und bemerkte auch keine jüdischen Verbrecher, die einen Kassierer mit der Waffe bedrohten. Doch daraus war keinesfalls zu schließen, dass der Raubzug nicht direkt vor meiner Nase ablief.

Ich ging hinüber und setzte mich auf den Stuhl neben Elijah.

»Was tun Sie hier?«, fragte ich.

Er schenkte mir sein Auschwitz-Grienen. »Würden Sie mir glauben, wenn ich sagte, dass ich um einen kleinen Geschäftskredit nachsuche?«

Der Kerl hatte Nerven.

»Sie sind festgenommen«, sagte ich. »Wir stehen auf und gehen hinaus. Sollten Sie Widerstand leisten, werde ich Gewalt anwenden.«

Er saugte die Lippen an die Zahnstümpfe. »Ist vielleicht keine so gute Idee«, sagte er. »Sie wissen nicht, was Sie draußen erwartet.«

Der einzige öffentliche Zugang zur Bank war eine gläserne Drehtür. Ich hatte Elijah bisher noch nie ohne seine Muskelprotze gesehen, und da sie hier drinnen nicht anwesend waren, lag die Vermutung nahe, dass sie vor der Tür herumlungerten. Durchaus möglich, dass es kein Zufall war, Elijah im Foyer der Bank getroffen zu haben, die er berauben wollte. Wenn das Zusammentreffen geplant war, hatte er zweifellos auch einen Fluchtweg ausgeheckt und war deswegen im Vorteil.

»Die Gefahr, geradewegs in eine rotierende Kreissäge zu marschieren«, sagte ich.

»Leider habe ich nicht für eine Kreissäge sorgen können, aber ich kann garantieren, dass Sie auf dem Gehsteig von einem Kugelhagel durchlöchert werden.« Er keckerte wieder, und das gefiel mir überhaupt nicht.

Das hier war eine Schachpartie, und mein Gegner hatte diverse Züge vorausgedacht. Was sollte ich machen?

Ich dachte an die Verladetür. Theoretisch könnte ich ihn dort hinausbugsieren und an seiner Crew vorbeischmuggeln.

»Mir macht es immer großen Spaß, Sie zu beobachten, wenn Sie sich den Kopf zerbrechen«, sagte Elijah. »Im Moment überlegen Sie gerade, ob Sie mich durch die Verladetür hinausschaffen können.«

Um das hinzukriegen, müsste ich ihn direkt am Tresor vorbeischleusen und den Sicherheitskäfig im Korridor dahinter öffnen. Wäre das zu machen, ohne vorher die Alarmanlage auszuschalten? Ich würde die Seitentür entriegeln müssen, und ich wusste nicht, ob die Gasse dahinter frei war. Wenn seine Crew dort wartete, würde ich den Leuten den Weg nach drinnen ebnen. Wenn der Sicherheitskäfig unverschlossen war, könnten sie direkt in den Tresor marschieren.

Ganz sicher gab es einen Grund, warum er hier war, und es war ganz klar, dass er mich hinhielt. Vielleicht war es das. Vielleicht war das der Plan für den Bankraub. Aber ich würde mich keinesfalls von ihnen benutzen lassen.

»Ich glaube nicht, dass Sie versuchen werden, mich auf diesem Wege nach draußen zu bringen«, sagte er. »Es gibt zwei Türen, und durch keine von beiden können Sie mich nach draußen schaffen. Und, Hand aufs Herz, wollen Sie mich wirklich festnehmen, Baruch?«

Er faltete seine Zeitung zusammen und trank einen Schluck Kaffee.

Ich wollte ihn nicht festnehmen. Ich wollte ihn killen oder aus der Stadt jagen. Ich wollte nicht, dass er in einem Verhörraum saß und redete. Er stand daneben, als man seiner Mutter in den Kopf schoss. Er stand daneben und sah zu, bis man seinen Vater zu Tode geprügelt hatte. Er löste eine Kette von Ereignissen aus, die einen Naziwärter dazu brachte, neunzehn Juden und einen Kollegen seiner Arbeitskolonne zu erschießen. Und das alles schien ihn kaum zu berühren. Manche Menschen schleppen sich mit schwerer Last durchs Leben, andere reisen mit leichtem Gepäck. Dieser Mann war skrupellos und egoistisch; einer von denen, die sämtliche Brücken hinter sich abreißen können und keinen Blick zurück werfen.

Wie viele Coups hatte er gelandet? Zehn? Fünfzehn? An jedem einzelnen von ihnen dürfte ein korrupter jüdischer Cop beteiligt gewesen sein. Sollte er sich bereiterklären, über alle auszupacken, würde gewiss irgend so ein karrieregeiler Hohlkopf bei der Staatsanwaltschaft mit Immunität und Nichtverfolgung seiner Straftaten winken. Einen Bankräuber dingfest zu machen war für einen Gesetzeshüter nur eine bescheidene Leistung, aber die Aufdeckung eines korrupten Netzwerks bei der Polizei bedeutete einen Karriereschub, solange es sich nicht um ein jüdisches Netzwerk der Korruption handelte und es nicht von Juden ans Tageslicht befördert wurde.

»Sie sind an keiner meiner diversen Unternehmungen beteiligt, aber wenn sie aufgedeckt würden – weil ich rede –, wäre Ihr Ruf im Eimer. Ungerecht, Baruch, oder?«

»Verdammte Scheiße.«

»Wenn Ihre Polizei arbeiten würde, wie es sein sollte, könnten Sie Verstärkung anfordern und ein Dutzend Officers wären innerhalb von Minuten hier, um Helfer, die ich vielleicht draußen postiert habe, zu überwältigen. Aber Sie können niemanden anrufen, weil Sie fürchten, Ihren Freunden zu verraten, was ich im Schilde führe.«

»Ich könnte Sie gleich hier kaltmachen«, sagte ich.

Schon keckerte er wieder. »Könnten Sie? Sicher, die Behörden, denen Sie dienen, haben in der Vergangenheit Ihre aggressiven Exzesse geduldet. Aber die Gewalttätigkeiten gegenüber Süchtigen und Perversen und Angehörigen der Unterklasse, die man Ihnen nachgesehen hat, stärken und unterstützen anscheinend die vorherrschende Gesellschaftsordnung. Einen unbewaffneten, wohlgekleideten weißen Mann in einer Bank zu erschießen sprengt jedoch diese Ordnung. Das wäre schlecht fürs Geschäft, Baruch, und man wird nicht dulden, dass Sie sich als schlecht fürs Geschäft erweisen. Als wir einander kennenlernten, sagte ich, dass Sie mich an einen Hund erinnerten, und Sie sind in der Tat ein brauchbares Nutztier. Aber alle Hunde ereilt dasselbe Schicksal, wenn sie anfangen, die Menschen zu beißen.«

Wahrscheinlich lag er gar nicht so falsch.

»Sie sind allein, Baruch, und können mich nicht aufhalten. Sie werden mich unbehelligt hier hinausgehen lassen müssen.«

Aber da war ein Stocken in seiner Stimme, eine winzig kleine Unsicherheit, die ausreichte, um mich zu bewegen, die Gesamtsituation neu einzuschätzen.

Ich musterte Elijah lange und eindringlich. Ich sah einen verschlagenen kleinen Gauner, ängstlich und armselig und darauf bedacht, sich hinter seine großen Worte und seinen aufgesetzten europäischen Charme zu flüchten. Er bildete sich ein, alles gehöre ihm. Er bildete sich ein, in meiner Stadt aufkreuzen und 150 000 Dollar ergattern zu können, um dann zuzusehen, wie ich die Aufräumungsarbeiten bewältigte.

Aber er wusste eben nicht, mit wem er es zu tun hatte. Ich war nicht der pflichtgetreue Diener einer korrupten Behörde, für den mich mein Sohn hielt. Und Abramsky hatte recht, dass ich kein Engel war, der jemanden suchte, den es zu schützen galt. Ganz sicher war ich aber auch nicht der stümperhafte Staatsdiener, für den mich Greenfield hielt.

Ich war die Rauchsäule, die sich über der Wüste in den Himmel schraubte. Ich war die Schwefellava, die sich über die Verderbten ergoss. Ich war die Düsternis, die die Sonne verdunkelte, und das Blut, das sich im Wasser verteilte. Ich brachte die Frösche und die Heuschrecken und die wilden Bestien. Ich war die in den Saum genähte Rasierklinge.

Ich sah hinüber zur Drehtür, ließ den Blick durch die Lobby schweifen und wusste, was ich tun würde.

Elijah lächelte, und ich lächelte zurück.

Alles, was bis dahin so kompliziert erschien, war plötzlich

klar. Er war ein Problem, und ich war die Lösung. Er war ein Nagel, und ich war der Hammer. Auf sechs verschiedene Weisen könnte ich diesen Mann fertigmachen, und das mit bloßen Händen.

»Ich muss Ihnen wohl tatsächlich die Chose vermasselt haben, indem ich Plotkin und diese Jungs hinter Gitter brachte«, sagte ich. »Sie sind auch nicht hier, um mich zu suchen. Wenn Sie erwartet hätten, mich zu treffen, wären Sie niemals ohne Ihre Kumpel zur Rückendeckung hergekommen. Sie würden es hier in der Bank, die Sie ausrauben wollen, nicht zur Konfrontation kommen lassen. Jemand könnte sich an Ihr Gesicht erinnern, wenn er unser Gespräch beobachtet hätte. Ich habe Sie dabei erwischt, wie sie die Bank auskundschaften, um einen neuen Plan zu entwerfen.«

»Seien Sie nicht albern«, sagte er. »Plotkin ist mir gleichgültig.« Aber das Beben in seiner Stimme wurde immer auffälliger. Er hatte Angst vor mir, und damit lag er ganz richtig.

»Ich glaube nicht, dass draußen jemand wartet. Ich nehme an, ich könnte Sie in Handschellen legen und geradewegs zur Tür hinausführen, ohne dass mir jemand in die Quere käme.«

»Das Risiko gehen Sie nicht ein«, sagte er. »Und festnehmen wollen Sie mich auch nicht.«

Er lächelte nicht mehr. Im Gegensatz zu mir.

»Sie haben recht, ich will Sie nicht festnehmen, und darum werde ich Sie gehen lassen, ganz einfach so«, sagte ich. »Aber zuerst begleiten Sie mich noch kurz auf die Herrentoilette.«

Ich stand auf und versetzte ihm einen Hieb in die Magengrube, gerade so heftig, dass er keine Luft bekam. Die Tür zur Herrentoilette befand sich an derselben Wand wie der Fahrstuhl, ungefähr sechs Schritte hinter Elijah. Ich ergriff ihn am Arm und zerrte ihn durch die Tür. Er war zu verblüfft, um Widerstand zu leisten, und niemand schien etwas zu bemerken.

In Charles Greenfields Bank waren sogar die Toiletten nobel. Wände und Boden hatte man mit Platten aus rosa Kalkstein gefliest, genau wie draußen die Lobby. Die Armaturen sahen sämtlich neu und sauber aus, die Spiegel über dem Waschbecken waren in Messing gefasst. Drinnen vor der Urinalreihe stand niemand, und die Toilettenkabinen waren leer. Das hatte ich erwartet, denn während der gesamten Zeit, die ich in der Lobby saß, hatte niemand den Raum betreten.

Ich stieß Elijah so heftig gegen die Steinmauer, dass seine Stirn zurückprallte und er so lange benommen blieb, bis ich unter meinem Jackett den Schlagstock hervorholen konnte, der mit weichem Leder bezogen und auf einer Sprungfeder montiert war. Damit schlug ich so heftig auf sein Knie, dass es klang, als würde Keramik zerscheppern. Bevor er zusammensackte, ergriff ich ihn beim Revers seines maßgeschneiderten Anzugjacketts und presste ihm eine Hand auf den Mund, damit er nicht schreien konnte.

»Wie versprochen, werde ich Sie hier herausgehen lassen«, sagte ich. »Aber Sie werden sehr langsam gehen, und jeder Schritt, den Sie tun, wird Ihnen elende Scheißschmerzen verursachen. Eine Zeitlang werden sie zu Fuß niemandem mehr entwischen können, und Sie werden sich auch so bald nicht mehr an jemanden anschleichen.«

Ich presste seine rechte Hand gegen die Toilettenwand, spreizte die langen Pianistenfinger und schmetterte das Bleigewicht mit solcher Wucht auf sie nieder, dass sich auf der Steinfliese unter ihnen ein Spinnennetz aus Haarrissen zeigte.

»Ich hoffe, Sie hatten nicht vor, mit der Hand irgendwelche Safes zu knacken«, sagte ich. »Für Arbeiten mit Fingerspitzengefühl wird sie sich kaum mehr eignen. Zumindest fürs Erste nicht.«

Dann drosch ich ihm, so hart ich konnte, den Schlagstock in die Magengrube. Das Bleigewicht traf ihn direkt über dem Nabel, und die Schlagkraft pflanzte sich fort bis hinauf gegen sein Brustbein. Er übergab sich, spie das Erbrochene vor sich auf den Boden. Als ich ihn losließ, sackte Elijah in die Kotzpfütze und wälzte sich darin, bis ich seine Beine mit dem Knüppel traktierte und als gutgemeinte Zugabe noch ein paarmal auf seinen Rücken und seine Brust schlug.

Dann hängte ich den Stock an meinen Gürtel, stieg über den nassen und stinkenden Haufen, der mal ein stolzer und arroganter Mann gewesen war, und wusch meine Hände am Becken.

»Ich hab Ihnen doch gesagt, dass Sie in meiner Stadt kein Ding drehen sollen, aber Sie haben nicht darauf gehört, und jetzt sehen Sie, was dabei herausgekommen ist«, sagte ich. »Hatten Sie das so geplant?«

Er brachte nur ein Gurgeln hervor.

»Scheint so, als hätte ich endlich eine Möglichkeit gefunden, Ihr dämliches Quasseln abzustellen«, sagte ich. »Wahrscheinlich haben Sie das Gefühl, gleich zu sterben, aber das werden Sie nicht. Der Schlagstock gilt als eines der humaneren Werkzeuge zur Überwältigung eines Täters. Die Verletzungen betreffen meist nur die Weichteile. Es schmerzt, okay, aber es heilt auch wieder. Ausnahme ist vielleicht die Hand. Wenn ich Sie wäre, würde ich einen Arzt aufsuchen.«

Er grunzte Unverständliches.

»Ich kann nicht verstehen, was Sie sagen wollen, aber ich nehme an, Sie bedanken sich für meine Zurückhaltung«, sagte ich. »Ich hätte Ihnen weitaus schlimmer zusetzen können. Das habe ich nicht getan, weil ich möchte, dass Sie reisetüchtig sind. Wenn Sie es geschafft haben, sich vom Boden aufzuraffen, seien Sie so vernünftig, Memphis schnellstens hinter sich zu lassen. Sie mögen vielleicht denken, ich hätte Sie zusammengeschlagen, aber es war nur eine Warnung. Und glauben Sie mir, ich warne nie zweimal. Wenn Sie mir noch einmal unter die Augen kommen, lege ich Sie um.«

Ich schüttelte mir die Hände trocken, steckte mir eine Zigarette an und warf das brennende Streichholz neben Elijah auf den Boden. Dann stieg ich abermals über ihn hinweg, verließ die Herrentoilette und durchquerte die Lobby. Der Hall meiner

Ledersohlen auf dem rosa Kalkstein klang in meinen Ohren wie das Donnern von Kanonen.

»Sie können hier drinnen nicht rauchen, Sir«, sagte ein Wachmann, dem zwar entgangen war, dass ich einen Mann auf die Toilette gezerrt hatte, der meine Zigarette aber sofort erspäht hatte.

»Kann ich wohl«, sagte ich. »Sehen Sie doch.«

Und da ich bereits auf dem Weg zur Drehtür war, beließ er es dabei.

Draußen war nichts von den vierschrötigen Spießgesellen zu sehen. Ich zog meine Waffe aus dem Schulterhalfter und bewegte mich vorsichtig an der Seite des Gebäudes entlang, um die Seitengasse mit der Verladetür in Augenschein zu nehmen. Aber auch dort war niemand.

Eins musste ich Elijah zubilligen: Er hätte mich fast getäuscht. Aber fast ist eben auch nur beinahe.

ETWAS, DAS ICH NICHT VERGESSEN WILL

Ich hatte es mir zur Gewohnheit gemacht, jeden Mittwochnachmittag eine TV-Talkshow über Filme anzusehen. Sie war weniger reißerisch als Fox News, und wenn ich die Tierdokus einschaltete, saß ich bis zum Abendessen vor der Glotze, ohne einzuschlafen. In der Talkshow waren gelegentlich Schauspieler und Regisseure zu Gast, aber meistens handelte es sich bei den Teilnehmern um Kritiker und Akademiker. Die wenigsten der Filme, über die diskutiert wurde, hatte ich gesehen. Ich war seit gut zwanzig Jahren nicht mehr im Kino gewesen. Da diese Talkgäste es nicht gewohnt waren, im Fernsehen zu reden, sprachen sie oft zu leise und sahen zudem reichlich schräg aus. Aber genau das schätzte ich.

Der Gastgeber war mein TV-Favorit. Der Mann hatte ein stets gerötetes Knetgummigesicht und befleißigte sich blumigster Redeweise. Seine Kleidung wirkte, als habe er sie bereits getragen, als er noch fünfzehn Kilo weniger gewogen hatte, und sein Kopf zwängte sich aus dem viel zu engen Hemdkragen hervor wie ein Strang Zahnpasta aus der Tube. Wenn er sich ereiferte, kippelte er hin und zurück, und ich dachte, wenn ich mir die Sendung nur lange genug ansah, würde ich ganz bestimmt irgendwann miterleben, wie er mit dem Stuhl umkippte.

»Wir erleben also, dass wirklichkeitsnahe Charaktere und hartgesottene Antihelden an Popularität gewinnen«, sagte er. »Was meinen Sie, woran das liegt?«

Gast war eine Kritikerin aus dem Internet: eine spitzköpfige Frau mit mausgrauem Haar, Schielaugen und einem breiten, feuchten, für ihr zerknülltes Gesicht viel zu großen Mund.

»Antihelden sind nicht neu. Viele Akteure in der klassischen und altnordischen Mythologie besaßen signifikante Schwächen, die ein modernes Publikum als antiheldenhaft ansehen würde. Milton veröffentlichte 1667 *Das verlorene Paradies*, in dem ein sympathischer Satan eine Hauptperson ist, Nabokov schrieb seine *Lolita* aus der Perspektive des abstoßenden Humbert Humbert, und *Der Pate* räumte 1972 bei den Oscars ab. All das sind Vorläufer der Charaktere, die wir in heutigen TV-Serien wie *Breaking Bad* und *Die Sopranos* erleben.«

Es gefiel mir, ihr zuzusehen. Wenn sie sich darauf zu konzentrieren versuchte, was in aller Welt sie sagen wollte, schien es, als vergesse sie zu schlucken, so dass sich ihr Mund bei längerer Rede immer mehr mit Speichel füllte. Es stand zu erwarten, dass sich daraus etwas Interessantes entwickelte.

»Der traditionelle Held repräsentiert das Establishment«, fuhr sie fort. »Er ist der neue Marshall, der das Gesetz in eine Westernstadt bringt, oder der Superheld, der die Weltherrschaftsphantasien irgendeines Schurken zunichtemacht, oder der knallharte Cop, der in seiner Stadt das Verbrechen ausmerzt. Er steht für die Fortdauer des Status quo und die Kontinuität der aktuellen Machtstruktur, und das oft gegen Antagonisten, die nicht eindeutig böse sind, sondern eher Werte hochhalten, die denen der herrschenden Gesellschaft zuwiderlaufen, oder Gegnern, die sich eine andere Art sozialer Hierarchie vorstellen.«

Der Gastgeber war während ihrer Ausführungen zunehmend kribbeliger geworden und raffte sich schließlich zu einer Unterbrechung auf: »Und Sie meinen also, dass Helden dieser Art heutzutage aus der Mode gekommen sind?«

Der Einwurf bescherte der Internetfrau die Chance, zu schlucken, was mich schrecklich enttäuschte. Ich hatte nur darauf gelauert, dass der Damm brach.

Sie sagte: »Ich denke, dass der Status quo in Zeiten wie den unseren an Überzeugungskraft verliert. In den frühen 70ern befand sich das Land in der Endphase eines mehr als zehnjährigen Kampfs um die Bürgerrechte, der Vietnamkrieg war in vollem Gange und unser Präsident in einen Skandal verwickelt. Zu jener Zeit war das Publikum bereit, Vito Corleone ins Herz zu schließen, der auf eine verknöcherte und undurchlässige Machtstruktur sowie die weitverbreitete bigotte Ausländerfeindlichkeit reagierte, indem er jenseits der Gesetze ein Imperium aufbaute.

Dasselbe geschieht heute wieder. Der Status quo und das Establishment kommen uns, wie ich denke, nicht mehr besonders achtenswert vor, nachdem acht Jahre der Regierung Bush hinter uns liegen und sieben Jahre endlosen Krieges, der Wallstreet-Crash und die Rettungsaktionen für Banken und die Autoindustrie. Uns ergreift das Gefühl der Machtlosigkeit gegenüber größeren gesellschaftlichen Kräften, und daher sind wir fasziniert von einem gebeutelten Chemielehrer, der sich als Drogenbaron neu erfindet.«

»Und was geschieht indessen mit unseren traditionelleren Helden?«, fragte der Gastgeber.

Sie saugte den aufbrandenden Speichelschwall ein, bevor er

über ihre Unterlippe schwappte, und schluckte. Ich wetterte gen Bildschirm.

»Sie werden zwielichtiger. James Bond begeht im Auftrag der Regierung geheime Attentate. Batman ist ein weißer Millionär, der sich nachts in einem Sexanzug aus Latex herumtreibt, um Angehörige der urbanen Unterklasse zu vermöbeln. Der Western-Sheriff bringt zwar das Gesetz in irgendeine Grenzstadt, aber er glättet eigentlich nur die rauen Sitten, damit die Eisenbahnmogule oder Bergbaubarone den Grenzbewohnern und Goldsuchern das Land wieder wegnehmen können, das sie sich abgesteckt haben, und der Supercop kommt einem allmählich vor wie der Stiefel der Eliten, den sie allen anderen auf den Kehlkopf setzen.«

Ich schaltete um. Sie würde sich nicht von oben bis unten besabbern, und sie würde mich auch nicht überreden können, ihre moralischen Gleichsetzungen zu akzeptieren.

Die Filmkritiker und Professoren, die im Fernsehen auftreten, verweisen immer wieder darauf, dass jeder schlimme Bube denkt, er sei einer von den Guten. Das mag vielleicht in Comicheften so sein und in Groschenromanen, doch in Wahrheit bestehen gut zwei Drittel unserer gewalttätigen Kriminellen aus Leuten, die zu dämlich sind, um überhaupt zu denken.

Sie sind wahrhaftig keine moralischen Akteure, die sich entscheiden, etwas Böses zu tun, sondern sie handeln rein instinktiv, angetrieben von ihren Grundbedürfnissen Drogen und Sex. Sie sind unfähig, weder für sich noch für die Menschen, denen sie Schaden zufügen, die Konsequenzen dessen zu ermessen, was sie getan haben. Sie sind nur gemeingefährliche Tiere. Das hat nichts mit Rassenzugehörigkeit zu tun, sondern trifft auf Weiße ebenso zu wie auf Farbige.

Die meisten übrigen Kriminellen sind Soziopathen, wie die Psychologen sie nennen, Menschen, die genügend Verstand besitzen, um es besser zu wissen, aber andererseits so kaputt sind, dass es sie nicht schert.

Tatsächlich macht sich nur eine winzige Minderheit unter den Kriminellen die Mühe, ihr Verhalten vernunftgemäß zu begründen und zu rechtfertigen oder ihre Verbrechen an einem bestimmten Prinzip auszurichten. Während einer Polizistenlaufbahn begegnet man vielen Menschen wie Elijah.

Aber Ausflüchte wie die Elijahs sind immer zu fadenscheinig, um genauerer Prüfung standzuhalten, und Männer wie er unterscheiden sich letztlich nicht besonders von anderen Dieben und Mördern. Wenn man das ganze dumme Gewäsch vergisst, sieht man, dass sie doch nichts anderes tun, als anderen Menschen aus selbstsüchtigen Beweggründen zu schaden.

Mit Helden und Antihelden kenne ich mich nicht besonders aus, aber wenn Ihnen da draußen seit einer Weile kein Gangster oder Psycho oder gesetzloser Philosoph Leid zugefügt hat, liegt es wahrscheinlich daran, dass jemand wie ich diesen Typen an den Kragen gegangen ist, bevor sie Ihnen etwas anhaben konnten.

23

2009

Die Albtraumbilder, die mir durch den Kopf wirbelten, lösten sich auf, und ich glitt in einen Dämmerzustand. Zuerst registrierte ich einen rhythmischen Piepton und in dessen Hintergrund ein unerfindliches statisches Geräusch. Das Piepsen löste bei mir schlimme instinktive Panik aus, und ich brauchte eine ganze Weile, bis mir klarwurde, dass es sich um das Geräusch eines Krankenhausgerätes handelte, eines Herzmonitors.

Ich wollte mich umsehen, war aber von Dunkelheit umgeben. Ich stellte fest, dass ich die Augen geschlossen hatte. Ich versuchte, sie zu öffnen, brachte aber die nötige Kraft nicht auf. Ich konnte auch meine Arme nicht bewegen, spürte jedoch die kühle und erdrückende Last eines Bettlakens auf meinen bloßen Beinen und vermutete daher, dass meine Bewegungsunfähigkeit eher der Wirkung eines Arzneimittels zu verdanken war als einer Schädigung des Rückgrats.

Allmählich gerann das Begleitgeräusch des Pieptons zum Klang einzelner Stimmen, und langsam verstand ich auch, was sie sagten.

»... schicken wir sie nach Hause, damit sie duschen und sich ausruhen kann. Sie war doch die ganze Nacht hier.«

»Ich verstehe absolut nicht, wie sie es so lange mit ihm ausgehalten hat.«

»Kaum zu glauben, dass er wieder in eine Schießerei verwickelt war. Hat jemand eine Ahnung, worum es dabei ging?«

»Der Polizist, mit dem er gefahren war, ist viel schlimmer dran, wie ich gehört habe.«

»Du hättest wirklich nicht eigens herfliegen müssen.«

»Warum ist er noch nicht aufgewacht?« Ich erkannte die Stimme meines Sohns und war froh, dass er da war. Ich hatte das Gefühl, schon ewig nicht mehr mit ihm gesprochen zu haben. Wieso?

»Er wurde ruhiggestellt, weil man eine Hirnblutung befürchtete, aber die Kernspintomographie zeigte nichts Auffälliges. Offenbar war es nur der Schock, und die Nase hat er sich auch gebrochen. Man hat ihm eine Bluttransfusion verabreicht, wodurch natürlich seine sämtlichen Blutverdünner wirkungslos geworden sind. Daher fürchtet man jetzt, dass es zu Gerinnseln kommen könnte. Ansonsten sollte er bald wieder auf den Beinen sein.«

Man hatte mich ruhiggestellt. Deswegen waren meine Glieder so schwer, deswegen hatte ich das Gefühl, durch tiefen Morast waten zu müssen, um mein Gehirn wieder aufzuwecken.

»Ich wollte jedenfalls zur Stelle sein. Ich bin ständig auf den gewissen Anruf seinetwegen gefasst.«

»Aber du hast doch gerade eine neue Arbeitsstelle angetreten.«

»Ich hab einen Sommerjob in einer New Yorker Anwaltskanzlei. Dort versteht man, was ein Notfall in der Familie bedeutet, und ich denke, sie werden ein, zwei Tage ohne mich auskommen. Die Klienten dulden eh nicht, dass ich bei prekären Fällen eingesetzt werde, und daher ist meine Arbeit meistens reine Beschäftigungstherapie. Heute verpasse ich ein dreistündiges Mittagessen, den Vortrag eines Partners über Verhandlungsstrategien und eine Cocktailparty mit Gratisgetränken.«

»Aber was geschieht, wenn sie dir keinen Vollzeitjob anbieten?«

»Das ist eine beschissene und total unangemessene Frage, Mom.«

Okay, das war nicht mein Sohn. Das war William, mein Enkel, der inzwischen in Tausenddollaranzügen in seinem Wolkenkratzerbüro in New York thronte, aber noch von aller Welt Tequila Schatz genannt wurde. Ich wollte ihm sagen, er möge auf sein verdammtes Gepäck aufpassen, aber ich schaffte es nicht ganz, meine Kiefer in Bewegung zu setzen. Meine Zunge fühlte sich trocken und pappig und schwer an.

»Ich finde des Nachts nicht in den Schlaf, wenn ich an dich in dieser Stadt denke und an die Entscheidungen, die du zu fällen hast«, sagte meine Schwiegertochter. »Und immer scheint da etwas Wichtiges zu sein, um das du dich nicht kümmerst.«

»Bitte, erspar uns im Augenblick dieses Gespräch.«

Wo war Brian? O Gott.

Wenn ich wach bin, kann ich meine Wut und meine Furcht und meine Trauer so verdrängen, dass ich nicht mehr an sie denken muss, aber wenn ich träume, dann stoßen sie mir auf wie schlechtes mexikanisches Essen.

Wenn ich aufwache, verweile ich kurz zwischen dort und hier. Erst dann schiebe ich den Vorhang beiseite, und das Gewicht all dessen, was ich verloren habe, bricht über mir zusammen und zertrümmert mich. Ich dachte, ich hätte vielleicht im sedierten Zustand nicht geträumt, weil mein Gehirn und mein Herz verlangsamt und in Chemikalien mariniert waren. Doch da muss ein Traum gewesen sein. Meine Sinne torkelten in drogenschwerer Trägheit, als ich erwachte, und die ganze schreckliche Prozedur dauerte lange, so als schälte man gemächlich einen verklebten Verband von einer verkrusteten Wunde.

Es ist kein Wunder, dass so viele Menschen mit zunehmendem Alter gewisse Dinge vergessen, wenn die Erinnerung keinem anderen Zweck dient als dem Aufreißen alter Wunden. Es ist kein Wunder, dass die Menschen nicht mehr aus dem Bett aufstehen. Was hat die Welt da draußen denn zu bieten außer Rührei und Katzenjammer?

Andererseits hätte ich jetzt wirklich sehr gern eine Portion Rührei. Ich hatte nämlich schon eine ganze Weile nichts mehr zu mir genommen. Und eine Zigarette wollte ich auch.

Ich versuchte mir zusammenzureimen, wie lange ich bewusstlos gewesen sein mochte. Ein Sauerstoffschlauch führte in meine Nase, doch im Hals spürte ich keine Ernährungssonde. Daher musste ich ein paar Stunden bewusstlos gewesen sein, aber wohl nicht mehrere Tage, und das bedeutete, dass ich vielleicht noch eine winzige Chance hatte, Elijah zurückzuholen, bevor seine Kidnapper ihn ermordeten.

Wenn William ein Standby-Ticket für den ersten Flug aus New York bekommen hatte, hätte er sechs Stunden nach dem Unfall in meinem Krankenhauszimmer sein können. Aber wahrscheinlich war mehr Zeit vergangen. Rose hatte vielleicht Fran, meine Schwiegertochter, nicht umgehend angerufen, und Fran hatte vielleicht auch William nicht auf der Stelle benachrichtigt. Er hatte es eventuell geschafft, einen Direktflug zu erwischen.

Wenn man Rose nach Hause geschickt hatte, damit sie duschen und sich umziehen konnte, war das wohl ein Zeichen dafür, dass sie über Nacht bei mir gewacht hatte, was wiederum darauf schließen ließ, dass sich Elijah jetzt zwischen sechzehn und zwanzig Stunden in Händen der Entführer befand. Die Tatsache, dass ich zumindest zu diesem Gedankengang fähig war, schien mir ein gutes Zeichen zu sein. Die Wirkung der Drogen ließ nach.

Meine Schwiegertochter sagte: »Ich werde wütend auf ihn, wenn ich daran denke, was sie seinetwegen hat durchmachen müssen. Manchmal habe ich Angst davor, was passiert, wenn sie vor ihm stirbt.«

»Er ist doch in diesem Heim. Würden die sich nicht um ihn kümmern?«

»Betreutes Wohnen ist für Menschen gedacht, die sich zum großen Teil allein versorgen können. Ich glaube nicht, dass er das in einem Jahr oder so noch schafft, wenn sein Alzheimer weiter fortschreitet.«

»Es ist kein Alzheimer. Er sagt, es handelt sich um eine milde Form von kognitivem Was-auch-immer.«

»Du hast doch kürzlich ziemlich viel Zeit mit ihm verbracht. Was meinst du denn?«

»Mir ist aufgefallen, dass es langsam mit ihm bergab geht. Er wird manchmal grundlos zornig. Und ein wenig verwirrt ist er auch.«

»Sie wirkt müde.«

»Sie hat die ganze Nacht hier im Krankenhaus gesessen.«

»Nein, sie wirkt eigentlich immer müde. Als hätte sie genug von allem.«

Ich konnte nur mit den Händen zucken, und meine Augenlider klebten immer noch zusammen. Aber in meinen Armen und Beinen regte sich dieses Tausendstecknadelngefühl, und langsam verging die Taubheit.

»Im Walhalla werden sie mit seinen Launen nicht fertig, wenn sie nicht da ist, um ihn zu besänftigen. Meinst du, dass man dort darauf achtet, dass er genug isst und regelmäßig seine Pillen nimmt und all die anderen Dinge tut, für die sie sorgt? Er braucht Vollzeitpflege, aber ich glaube nicht, dass er es aushält, diese Leute unentwegt um sich zu haben.«

»Wenn du ›diese Leute‹ sagst, meinst du damit …«

»Du weißt schon, was ich meine.«

»Wasser, verflucht noch mal«, sagte ich.

»Ach du Scheiße. Er ist aufgewacht.«

24

2009

Man hatte mich in meinem verstellbaren Krankenhausbett aufgesetzt, und ich lutschte Eis-Chips. Voller Besorgnis dachte ich an Elijah, der wahrscheinlich irgendwo ermordet wurde. Da ich Elijah nicht mochte, hätte es mich einigermaßen kaltlassen können, aber ich fühlte mich persönlich gekränkt, weil der Mann entführt worden war, obwohl ich Clarence mit meinem entschiedenen Einspruch konfrontiert hatte.

Auf meinem gebrochenen Zinken thronte eine Gipsschiene. Die zwickte ein wenig und verursachte beim Einatmen ein pfeifendes Geräusch. Am schlimmsten war jedoch das Jucken unter der Schiene, das mich ganz kirre machte.

Mein Enkel saß neben meinem Krankenhausbett auf einem Stuhl und sah mich an, als schaue er in einen offenen Sarg, was meiner Stimmung nicht gerade wohltat. Er trug einen Anzug mit Krawatte, was darauf deutete, dass er direkt vom Flughafen hergekommen war. Er wirkte sehr männlich und in diesem Aufzug beinahe einschüchternd. Das machte mich nervös, denn ich sah in ihm immer noch das Kind.

Als er klein war, musste William mir immer mal die Hand schütteln; er legte sein winziges Pfötchen in meine Pranke, und ich quetschte sie sanft und ließ die Finger um seine Knöchel kreisen. Das konnte ich jetzt nicht mehr tun. Seine Unterarme waren stark wie Bandstahl.

Er sagte, dass er fünf Tage die Woche trainierte, jeweils fünfundsiebzig Minuten lang, und dass er außerdem dreimal im Monat mit einem Trainer arbeitete. Ich hatte ihn in der Sporthalle des Jewish Community Center trainieren sehen, wenn er in den Ferien zu Hause war, und sein Training war nicht zu vergleichen mit meinen Turnübungen bei Klaudie-äh. Auf dem Ellipsentrainer lief er gegen erheblichen Widerstand jeweils eine Stunde lang an, und wenn er vom Gerät stieg, war er so nass von Schweiß, dass man denken konnte, er sei gerade erst im Fluss getauft worden.

Trotz seiner Bemühungen klebten immer noch zehn bis fünfzehn Kilo überflüssiger Masse an seinem gedrungenen Body. Wenn ich ihn in die Arme schloss, fühlte sich sein Brustkorb straff an, aber an anderen Stellen bekam ich leicht die eine oder andere Handvoll Fettpolster zu fassen. Der Junge aß zu gern.

Manchmal rief er an, nur um seiner Großmutter und mir von irgendeinem ausgefallenen New Yorker Restaurant zu erzählen, in dem er gerade speiste. Er ging in japanische Restaurants und aß Sushi. Besonderns gern mochte er eine vietnamesische Ochsenschwanzsuppe, die »Fug« hieß. Er versuchte das Grillgogigui vom Rind mit Kimschickimicki in einem koreanischen Restaurant, in das er eigenes Fleisch mitbringen durfte, oder er aß Chicken Tickets Marsala mit Sargpanade und Scharpattiefladen bei irgendeinem Inder.

Aber noch seltsamer war der Anruf, bei dem er zu berichten wusste, dass er in einem Restaurant aß, in dem die Speisen »beeinflusst waren von den Aromen und der Konsistenz der traditionellen marokkanischen Straßenküche«.

»Muss man sich impfen lassen, bevor man in einer solchen Kaschemme isst?«, hatte ich gefragt.

»Sehr witzig.«

»Ist es teuer?«

»Nein. Eigentlich ganz annehmbar. Ein kleiner Vorspeisenteller kostet zwölf bis vierzehn Dollar. Für die Hauptgerichte nehmen sie durch die Bank zwischen sechsundzwanzig und vierunddreißig Dollar. Die Sangria kostet nur dreißig Bucks pro Karaffe.«

»Scheint so, als könnten die Marokkaner nicht klagen.«

Nach zwanzig Stunden Bewusstlosigkeit hätte ich rein gar nichts gegen einen Schlag marokkanischer Straßenküche gehabt und hätte auch gern dreißig Bucks für Sangria hingelegt, wenn sie mir erlaubt hätten, die Karaffe direkt an den Hals zu setzen. Ich hasste diese verdammten Eis-Chips. Vermutlich hatte die Krankenschwester recht, dass ich nichts bei mir behalten könnte, wenn ich zu schnell schluckte, aber ich war durstig, und die Eisstückchen brachten es nicht. Ich hasse Krankenhäuser.

»Was ist mit Elijah?«, fragte ich. »Hat man ihn schon gefunden?«

»Ich weiß gar nicht, wer dieser Elijah ist«, sagte mein Enkel. Ich erkannte auf den ersten Blick, dass er an die Existenz Elijahs nicht glaubte. »Du bist mit deinem Freund Andre Price, dem Polizeidetektiv, im Auto unterwegs gewesen. Entsinnst du dich an Andre?«

»Ja, ich erinnere mich an ihn«, sagte ich. »Wie geht es ihm?«

»Nicht gut, aber er lebt. Sie haben ihn in ein künstliches Koma versetzt. Er hat eine schwere Kopfverletzung, und es bildete sich eine Schwellung, die man zu beseitigen versucht.«

»Auf dem Rücksitz unseres Wagens befand sich ein Mann namens Elijah. Er ist ein Bankräuber und für Verbrechen verantwortlich, die fünfzig Jahre lang unaufgeklärt geblieben sind. Er hatte sich gestellt. Die Männer, die den Unfall verursacht haben, sind vom Unfallort geflohen und haben ihn entführt.«

»Davon ist keine Rede gewesen. Die Polizei sagte uns, anscheinend sei Price Ziel des Angriffs gewesen, und zwar wegen eines Drogenmordes, den er untersuchte. Ich glaube, du bist etwas verwirrt.«

Bei der Polizei wusste man nicht einmal von Elijah. Dieses

Problem hatte man als Gespenst. Ging man verloren, wurde man von niemandem gesucht. Alles sprach dafür, dass Elijah bereits tot war. Ich hatte ihm versichert, einen Rachehagel über seinen Feinden niedergehen zu lassen, wenn er getötet würde. Ich wollte aber gar nicht so gern losziehen müssen, um das Versprechen zu erfüllen.

»Ich werde wohl mit der Polizei reden müssen«, sagte ich.

Er nickte. »Die wollen auch mit dir sprechen. Wir haben ihnen gesagt, dass du noch Ruhe brauchst.«

»Ich finde, ich hab lange genug Ruhe gehabt.«

Mein Enkel verließ das Zimmer und kam neunzig Sekunden später mit einem langen schwarzen Kerl wieder, der seine Detective-Dienstmarke an den Gürtel geklemmt hatte.

»Ich bin Rutledge«, sagte er. »Drogen.« Er war vielleicht fünfundvierzig, und sein Haar ergraute langsam an den Schläfen. Er trat auf, als sei er einer von den ganz besonders Wichtigen. »Ich habe viel von Ihnen gehört, und gemessen an dem, was gestern passiert ist, nehme ich an, dass eine Menge davon der Wahrheit entspricht.«

Er wandte sich Tequila zu und kreuzte die Arme auf eine Weise, die andeutete, dass er sich allein mit mir unterhalten wollte. Tequila nickte, um zu bestätigen, dass er die Geste verstanden hatte, und setzte sich dann auf den Stuhl an meinem Bett, um kundzutun, dass es ihm scheißegal war. Offenbar war er in seiner Ausbildung zum Großstadtanwalt bereits so weit fortgeschritten, dass er sich von Autoritätspersonen nicht mehr einschüchtern ließ. Ich war mächtig stolz auf ihn. Ein jeder sollte das Glück haben, mitzuerleben, wie seine Enkelkinder zu Recht den Anspruch erwerben, sich hochnäsig zu gebärden.

Als klar war, dass Tequila hierbleiben würde, kratzte sich Rutledge, Drogen, am Kinn und entschied sich, was er zu sagen hatte, auch in Anwesenheit meines Enkels sagen zu können. »Ich möchte Ihnen versichern, dass wir diese Typen schnappen werden«, sagte er. »Die letzten paar Jahre waren schlimm. Die

Stadt ist knapp bei Kasse, und wir hatten nicht genügend Leute und zu wenig bewilligte Überstunden, um diese Probleme anzugehen. Ich will hier nicht leugnen, dass wir dadurch an Boden verloren haben. Aber der Angriff auf einen Detective am helllichten Tage und in aller Öffentlichkeit hat uns wahrhaftig aufgeschreckt. Price war einer unserer Besten, und Sie haben eine ganze Menge Fans im Department. Ich hab den Eindruck, dass Ihre Jungs in Ihnen eine Art Maskottchen sehen.«

»Sie können sich ja gar nicht vorstellen, wie wohltuend es ist, das zu hören«, sagte ich. Es gefiel mir nicht, dass er in der Vergangenheitsform von Andre sprach, trug ich doch an dem, was ihm geschehen war, irgendwie die Schuld.

Rutledge fuhr fort: »Die Leute sind wütend und voller Tatendrang. Geld wird lockergemacht, und mit uneingeschränkter Rückendeckung durch die Stadt Memphis und Shelby County bringen wir mit allen Kräften die größte Anti-Drogen-Offensive ins Rollen, die ich in zwanzig Jahren bei der Polizei erlebt habe. Unsere Freunde vom FBI gesellen sich auch dazu. Der Generalstaatsanwalt verfolgt inzwischen Straßendealer, um die er sich früher nicht geschert hat, und Typen, die ihren Mund gehalten und ihre Strafe im Staatsgefängnis abgesessen hätten, stehen Schlange, um auszupacken, wenn das FBI ihnen mit den auf Bundesebene vorgeschriebenen Mindeststrafen für Drogendelikte droht. Schocklähmung heißt unsere Taktik draußen auf den Straßen, Buck.«

Ich nickte. So viele Leute und unbegrenzte Überstunden, die Bereitschaft zur Zusammenarbeit mit der Bundesregierung. Und niemand suchte nach Elijah.

»Wer waren die Burschen, die ich niedergeschossen habe?«, fragte ich.

»Clarence O'Donnell, zweiundzwanzig. Laut Bericht versuchten die Sanitäter Wiederbelebung, aber ich bezweifle, dass sie sich große Mühe gegeben haben, denn schließlich war seine Hirnmasse über die Straße verteilt. Also wurde er noch an

Ort und Stelle für tot erklärt. Er war gerade erst ein paar Monate zuvor aus dem Gefängnis entlassen worden. Man hatte ihm Zwangsprostitution Minderjähriger nachgewiesen, und er hatte sich der Körperverletzung und Freiheitsberaubung für schuldig erklärt. Von der dreijährigen Strafe saß er achtzehn Monate ab. Ich habe eine Tochter, Mister Schatz, und deswegen würde ich sagen: Wenn ich an Ihrer Stelle wäre, täte es mir nicht leid, Mister O'Donnell erschossen zu haben.«

»Es hat mir noch nie leidgetan, jemanden erschossen zu haben«, sagte ich.

Er lachte. »Hätte ich auch nicht anders erwartet. Der Zweite ist Jacquarius Madison. Ein paar geringfügige Vergehen als Jugendlicher. Bewährung abgeleistet. Abschluss an der Highschool. Bis zum Herbst letzten Jahres am Tennessee Tech studiert. Schätze, er hat sich mit den falschen Leuten eingelassen.«

»Hat er ausgesagt?«, fragte ich.

»Kurz nachdem wir ihn festgenommen hatten, tauchte ein aalglatter Anwalt auf und sagte, Madison sei sein Klient. Madison unterhielt sich fünf Minuten lang mit ihm. Dann schickte er den Kerl weg und verlangte nach einem Pflichtverteidiger.«

»Wieso sollte er das tun?«, fragte ich.

»Das kann ich dir erklären«, sagte Tequila. Ich glaube, er hatte sich tatsächlich mit erhobener Hand gemeldet und sich ein kleines Stück vom Stuhl erhoben. »Der erste Anwalt war gekauft und von der Bande geschickt worden, die den Wagen angegriffen hatte. Den Anwalt wollte Madison nicht, weil er auf einen Deal aus ist und über die Typen aussagen will.«

»Das würde ich auch annehmen«, sagte Rutledge. »Aber nachdem er sich mit dem Pflichtverteidiger unterhalten hatte, weigerte sich Madison, noch mal mit uns zu reden. Ihn muss verschreckt haben, was er von dem Anwalt hörte.«

Hatten die Entführer Elijahs den Pflichtverteidiger bestechen oder einschüchtern können? Wie hatten sie so schnell an ihn herankommen können? Wie war es ihnen überhaupt gelungen herauszufinden, welcher Anwalt den Fall übernommen hatte? Waren da Allwissende im Spiel? Ich musste wissen, mit wem ich es zu tun hatte.

»Ich will mit Madison sprechen«, verlangte ich deshalb ganz energisch.

»Das ist keine gute Idee, glaube ich«, sagte Tequila. »Ein Richter würde es für unstatthaft halten, dass du mit ihm sprichst, und noch dazu ohne seinen Anwalt. Deswegen könnte seine Aussage später verworfen werden.«

Ich ergriff sein Handgelenk und drückte es so fest ich konnte. »Ich will mich bei dem Jungen dafür entschuldigen, dass ich ihm das Bein zerschossen habe«, sagte ich.

»Ich dachte, es hat Ihnen noch nie leidgetan, Menschen niederzuschießen«, sagte Rutledge.

Ich zuckte die Achseln. »Mein Gott. Das wäre ja fürchterlich. Ich bin ziemlich sicher, so etwas noch nie gesagt zu haben. Das hört sich absolut nicht so an, als könnte es aus meinem Mund kommen.«

Rutledge, Drogen, sah hilfesuchend zu Tequila hinüber. Er hätte gern Bestätigung gehabt, aber Tequila saß nur stumm da und gewährte ihm gar nichts.

»Madison liegt immer noch hier im Krankenhaus«, sagte Rutledge. »Für morgen hat er einen weiteren Operationstermin. Man will versuchen, sein Knie zusammenzuflicken. Aber ich weiß nicht, aus welchem Grund Sie mit ihm sprechen wollen.«

»Ich war dreißig Jahre lang Cop«, sagte ich ihm. »Ich verstehe Ihre Besorgnis und werde Ihre Ermittlungen nicht behindern. Ich möchte mich nur ein paar Minuten lang mit dem Jungen unterhalten.«

»Selbst wenn ich es Ihnen verweigerte, würden Sie doch auf eigene Faust nach ihm suchen, stimmt's?«

»Wenn er immer noch im Krankenhaus ist? Aber selbstverständlich.«

»Schätze, dass Sie dann meine Erlaubnis haben, weil Sie sie ja ohnehin nicht brauchen. Ich weiß, was Menschen zustößt, die meinen, Sie aufhalten zu können.«

25

2009

Rutledge, Drogen, beschrieb mir den Weg zu Jacquarius Madisons Krankenzimmer, und ich gestattete Tequila, mir aus dem Bett und in den Rollstuhl zu helfen. Dann ließ ich beide sich gegenseitig babysitten und machte mich auf, den Burschen zu finden, den ich niedergeschossen hatte.

Wegen meines Alters hatte man mich auf die geriatrische Intensivstation gebracht, einen traurigen weißen Korridor, in dem es nach Desinfektionsmitteln und Pisse roch. Das Personal verbreitete jene unbeschwerte und fröhliche Stimmung, die man von Menschen erwartet, die schon vorm Mittagessen jemanden haben sterben sehen und damit rechnen mussten, dass es vorm Feierabend noch jemanden erwischte.

Wenn man mein Alter erreicht, gewinnen Besuche auf der geriatrischen Intensivstation besondere Bedeutungsschwere, weil man davon ausgehen muss, an diesem Ort den Tod zu finden. Für einen Achtundachtzigjährigen, der gesundheitlich schwächelt, gibt es letztlich nur zwei Möglichkeiten, sein Leben nicht auf der Geriatrischen auszuhauchen: Du kannst so schnell abtreten, dass die Sanitäter es nicht mehr schaffen, dich rechtzeitig einzuliefern, oder du kannst so langsam dem Ende entgegensiechen, dass sie dich in einem Hospiz abgeben.

Sobald ich mich aus dem Korridor gerollt hatte, kam mir die Luft irgendwie frischer vor, obwohl sie noch immer nach Pisse roch, denn in Krankenhäusern riecht es immer nach Pisse.

Ich erreichte den Fahrstuhl und konnte mich plötzlich nicht erinnern, in welches Stockwerk ich wollte. Also wählte ich aufs Geratewohl eines aus, rollte zum nächstgelegenen Schwesterntresen und bat um Hilfe. Die Schwester sagte mir, sie dürfe Madisons Zimmernummer nicht herausgeben. Deswegen entschloss ich mich, in mein Zimmer zurückzukehren, um Rutledge zu suchen und ihn zu bitten, mir einen Plan zu zeichnen. Aber als ich den Fahrstuhl erreichte, hatte ich bereits wieder vergessen, in welchem Stockwerk sich die geriatrische Intensivstation befand. Es war mir zu peinlich, die Schwester um Hilfe zu bitten, und deshalb drückte ich im Fahrstuhl sämtliche Knöpfe und spähte jedes Mal hinaus, wenn sich die Tür öffnete, bis ich meine Station gefunden hatte.

Als ich Rutledge sagte, dass ich mich verfahren hatte, lachte er mich aus, und Tequila bot an, mich zu Madison zu bringen. Eine solche Blöße wollte ich mir jedoch nicht geben. Ich benutzte eines meiner Notizbücher und trug eigenhändig die Wegbeschreibung ein, weil ich die erniedrigende Vorstellung, mich von meinem Enkel durch die Flure schieben zu lassen, nicht ertragen konnte.

Als ich das richtige Zimmer erreicht hatte, war meine Brust feucht von Schweiß, und meine Arme waren müde vom Rollstuhlfahren. Mir blieb wirklich keine Zeit zu schlafen, wenn ich Elijah lebendig auffinden wollte, aber wahrscheinlich würde ich schon sehr bald ein Nickerchen brauchen.

Jacquarius Madison freute sich nicht, mich zu sehen, und wahrscheinlich war er auch nicht erfreut darüber, mit Handschellen an ein Bett gefesselt zu sein und ein zerschossenes Bein zu haben. Alles in allem war es also ein recht unerfreulicher Tag für ihn.

»Nennen deine Freunde dich Jacquarius?«, fragte ich.

»Sie nennen mich Jacques.«

»Wie Jock Strap von den Simpsons?«

»Sehr witzig, alter Mann«, sagte er in einem Ton, der deutlich machte, dass er meine Bemerkung für unwitzig hielt. »Was wollen Sie?«

»Erst einmal, Jockstrap, wäre es nett, wenn du dich bei mir bedanken würdest«, sagte ich.

»Bedanken? Weswegen? Sie sind schuld, dass ich niemals mehr richtig werde gehen können.«

Ein guter orthopädischer Chirurg kann so ein Bein ohne weiteres hinkriegen, indem er entweder die Knochen mit Stiften und Schrauben fixiert oder das Gelenk durch ein Implantat ersetzt. Aber ich glaubte nicht, dass Jacques' Metier eine ordentliche Krankenversicherung erlaubte. Und wenn man nicht die angemessene ärztliche Betreuung bekommt, kann es durchaus passieren, dass die Bänder schlecht verheilen und die Knochen falsch zusammenwachsen. Dann hat man ein Bein am Leib, das sich nicht mehr beugen lässt.

Um trotz einer solchen Verletzung gehen zu können, muss man das Bein bei jedem Schritt von der Hüfte aus drehen oder bevorzugt das heile Bein benutzen und das kranke hinter sich herschleifen. Keine besonders schöne Art der Fortbewegung.

»Ich hätte dir in den Kopf schießen können, wie deinem Freund Clarence«, sagte ich.

»Clarence war nicht mein Freund, sondern mein Vetter.«

»Na ja, jedenfalls habe ich getan, was ich tun musste, aber ich bedauere deinen Verlust.«

»Sehr mitfühlend sehen Sie aber nicht gerade aus. Aber es ist okay. Ich mochte ihn nicht so besonders.«

»Trotzdem hätte ich dir in den Kopf schießen können.«

»Hätte, hätte – hätte ich ihm die Knarre aus der Hand genommen, hätte ich Sie erschießen können, bevor Sie es geschafft hätten, sich die Waffe aus dem Halfter des Cops zu greifen.«

Ich dachte darüber nach, um diese Behauptung anhand meiner diffusen Erinnerungen an die Ereignisse des vergangenen Tages zu überprüfen, und kam zu dem Schluss, dass er recht haben könnte.

»Wir sollten uns also vielleicht gegenseitig bedanken.«

»Ich bin mit Handschellen ans Bett gefesselt und schwer angeschossen. Dankbar kann ich mich nicht fühlen, sondern mir ist nur danach, ein paar Schmerztabletten einzuwerfen und dann zu pennen. Also sagen Sie mir, was Sie wollen. Auf Bullshit hab ich keinen Bock.«

»Ich brauche Informationen.«

»Ich habe Informationen, und ich wollte alles auspacken. Ich war bereit, wie eine Nachtigall zu singen.«

Es verhielt sich, wie Tequila mir gesagt hatte: Madison hatte seinen Gangsteranwalt weggeschickt und einen vom Gericht eingesetzten Verteidiger akzeptiert, damit er seine Mittäter verraten konnte. Aber dann hatte er sich entschieden zu schweigen. Ich fragte ihn, warum.

»Es winkte kein Deal«, sagte er. »Ich habe dem Anwalt alles erzählt. Er sagte, die Cops wollen Informationen, die sie nutzen können, um Verurteilungen sicherzustellen.«

»Und deine Informationen hätten nicht ausgereicht?«

»Nicht wenn man die Typen, über die ich ausgepackt habe, umlegt, bevor sie es geschafft haben, verhaftet zu werden«, sagte Jacques. »Die Jungs waren verzweifelt und steckten in bösen Schwierigkeiten, und das schon vor den Ereignissen von gestern. Jetzt ist jeder Cop der Stadt hinter ihnen her und hat den Finger am Abzug. Und keiner von den blöden Ärschen hat eine reelle Chance, bis morgen am Leben zu bleiben. Wenn ich nur ausplaudere, was die Toten auf dem Kerbholz hatten, mit denen ich es zu tun hatte, sagt der Anwalt, bin ich kein Informant, sondern lege ein Geständnis ab. Deswegen hat er gesagt, ich soll den Mund halten und hoffen, dass jemand Wichtiges lebend geschnappt wird, damit ich ihn verpfeifen kann.«

Das erschien durchaus einleuchtend, denn Ankläger bieten für Aussagen über Tote, die schließlich nicht mehr strafrechtlich verfolgt werden können, weder Straferleichterungen noch Immunität an. Wenn Jacques auspackte und es niemanden gab, gegen den man die Informationen besser verwenden konnte, würde man sie gegen Jacques einsetzen. Die gute Nachricht war, dass niemand Bedrohlicheres als der Pflichtverteidiger ihn im Krankenhaus aufgesucht und zum Schweigen ermahnt hatte. Die schlechte Nachricht war, dass ich wissen musste, auf was Elijah sich eingelassen hatte. Und ich konnte es mir nicht leisten, abzuwarten, wie die Dinge sich entwickelten.

Glücklicherweise hatte ich einen Plan. »Was wäre, wenn ich dich hier rausholen könnte, ohne dass du dir Sorgen zu machen brauchtest, gegen jemanden aussagen zu müssen?«

»Wie wollen Sie das denn anstellen?«

»Ich bin der einzige Zeuge gegen dich, und ich leide unter Schüben dessen, was die Ärzte optimistisch als milde Form der Demenz bezeichnen. Vielleicht bin ich mir nicht sicher, dass du mit Clarence aus dem Truck gestiegen bist. Vielleicht erinnere ich mich nicht, ob du darüber diskutiert hast, mich zu erschießen oder nicht. Vielleicht warst du nur ein unbeteiligter Schaulustiger, auf den ich versehentlich geschossen habe, weil ich nach dem Unfall noch verwirrt war. Wenn du mir hilfst, kann ich dir helfen.«

Er war zweifellos versucht, aber traute mir nicht. »Darüber muss ich erst mit meinem Anwalt sprechen.«

»Sei nicht so dämlich, Jockstrap. Du darfst dich doch nicht mit deinem Anwalt darüber beraten, ob du mit einem Zeugen übereinkommen sollst, einen Meineid zu schwören. Für Zeugenbeeinflussung ist ein Anwalt offiziell nicht zuständig. Wenn du es willst, musst du mit mir einig werden, und das auf der Stelle.«

Er schien zu feixen. »Warum so eilig?«

»Deine Freunde haben einen Mann vom Rücksitz des Polizeiwagens entführt, in dem ich mitgefahren bin«, sagte ich. »Den Mann will ich zurückholen, und zwar lebendig.«

»Ach ja. Der Typ.«

»Du kennst ihn?«

»Sie werden der Polizei sagen, dass Sie mich versehentlich angeschossen haben und ich mit alledem nichts zu tun hatte?«

»So ist es. Und ich stehe zu meinem Wort.«

»Gut. Wenn Sie der Polizei sagen, dass ich nichts getan habe, sage ich Ihnen, was ich weiß.«

Ich schlug mein Notizbuch an einer leeren Seite auf. »Sprich langsam, damit ich mitschreiben kann, was du sagst. Aber auch nicht zu langsam, denn ich hab's eilig.«

»Warum müssen Sie es mitschreiben?«

Ich tippte mir mit dem Stift an den Kopf. »Wie ich dir schon sagte, habe ich Gedächtnisprobleme. Also, was weißt du über den Mann, der entführt wurde?«

»Ich kenne ihn nicht, ich meine, nicht persönlich. Aber ich weiß, wer er ist. Das war der Mann, den sie den Buck genannt haben.«

»Den Buck?«

»Ja, den Buck.«

Was zum …?

ETWAS, DAS ICH NICHT VERGESSEN WILL

Folgendes ist, nebenbei gesagt, der Grund, warum er sich Elijah nannte.

Jedes Jahr im Frühling begehen die Juden das *Pessachfest* zum Gedenken an die Befreiung der Israeliten aus der Knechtschaft im alten Ägypten. Im Mittelpunkt der Feierlichkeiten steht ein rituelles Festmahl, der *Seder*, zu dem der Familienvorstand die Geschichte des Exodus aus einem Buch namens *Haggada* vorliest.

Während des *Seder* nehmen wir das ungesäuerte Fladenbrot

Mazze zu uns, das unsere Vorfahren aßen, als sie aus Ägypten flohen, und dazu Eier als Symbol der Wiedergeburt und bittere Kräuter, stellvertretend für die Qualen der Sklaverei. An vier bestimmten Stellen des Mahls trinken Teilnehmer, die das entsprechende Alter haben, je ein Glas des zeremoniellen Weins, um die Süße der Freiheit zu zelebrieren.

In alten Zeiten gab es einen Disput unter Rabbinern, ob die Schrift uns auftrug, während des *Pessachfestes* vier oder fünf Gläser Wein zu trinken. Die Meinungsverschiedenheit wurde schließlich beigelegt, als die Rabbiner beschlossen, wir sollten uns das fünfte Glas einschenken, es aber nicht trinken.

Es gibt eine damit zusammenhängende alte Tradition, nach der wir zu einem bestimmten Zeitpunkt während der Feier unsere Türen öffnen und den Propheten Elijah in unser Haus einladen. Traditionell erscheint Elijah, um sich zu überzeugen, dass alle anwesenden Männer beschnitten und daher zum Verzehr des *Pessach-Opferlamms* zugelassen sind. Elijah ist nämlich – und so verhält es sich wirklich – die jüdische Entsprechung eines Schutzheiligen der rituellen Beschneidung.

Um Ihnen eine Vorstellung zu vermitteln, wie alt diese Traditionen sind: Das *Pessachopfer* ist seit ungefähr zweitausend Jahren nicht mehr Teil jüdischer Gottesverehrung, weil ein jüdisches Opfer nur im Heiligen Tempel dargebracht werden kann und die Römer den Heiligen Tempel zusammen mit dem restlichen alten Jerusalem dreißig Jahre nach dem Tod Christi niedergebrannt haben.

Da heutzutage niemand mehr heiliges Fleisch zu sich nimmt, besteht kein Grund, die Beschneidungen zu überprüfen, so dass diese Komponente im modernen Gottesdienst an Bedeutung verloren hat. Niemand ist besonders erpicht darauf, beim Essen über Pimmel zu reden. Aber Elijah ist nicht nur der Typ, der alle Penisse checkt, sondern er gilt auch als der Prophet, der in der Zeit des Messias wiederkehren wird, um sämtliche Probleme und Streitfragen des jüdischen Gesetzes zu klären.

Streitigkeiten wie die über das fünfte Glas Wein.

Dieser Tage füllen wir das fünfte Glas Wein, und wir öffnen Elijah die Tür, und er trinkt den Wein, um den Streit zu schlichten. Und da der *Seder* ungefähr viereinhalb Stunden dauert, einschließlich des Mahls, ist Elijahs Glas, wenn wir es zu Beginn der Mahlzeit füllen, an deren Ende leer.

Obwohl aber das Glas ohne Ausnahme immer geleert ist, sieht ihn niemand je hereinkommen, und niemand sieht ihn je aus dem Glas trinken. Der Prophet Elijah ist ein Heimlichtuer, der hinterlistigste Bastard der jüdischen Theologie.

Und Elijah, der Bankräuber, ging genauso vor. Aber statt Wein ließ er Geld verschwinden.

L'Chaim!

26

2009

»Der Buck bin ich.«

»Nein, Mann, der Buck ist so was wie 'ne Legende. Ein Mythos oder so. Außer dass es ihn wirklich gibt. Verrückter Typ wie der alte Robin Hood, der sich Stashhäuser vornimmt. Sie wissen, was ein Stashhaus ist?«

»Ja, ein Drogenlager«, sagte ich. »Ich war mal Cop.«

Elijahs Bankräuber-Glanzzeiten in den frühen sechziger Jahren beendeten eine Ära, in der Räuber reich werden konnten, indem sie Banken klarmachten. Aber in den lokalen Filialen von Wells Fargo oder Citi gibt es heutzutage keinen »Raum voller Geld« mehr, wie Charles Greenfield sich ausdrückte. Im Laufe der letzten Jahrzehnte haben die Privatkundenbanken von Kassenschaltern auf Geldautomaten umgestellt. Und so einen Geldautomaten kann man nicht mit vorgehaltener Waffe ausrauben. Zudem werden heutzutage viel weniger Geschäfte mit Bargeld getätigt, so dass die Banken weitaus weniger Bares zur Hand haben.

Wenn man in eine moderne Bank marschiert und einem Kassierer einen Zettel mit einer Drohung unter die Nase schiebt, wird man wohl höchstens fünftausend Dollar rausschleppen, und zwischen den Scheinen versteckt sich wahrscheinlich eine explodierende Farbkapsel, und der Kassierer wird garantiert einen stummen Alarm auslösen, und dann winken zwanzig Jahre in einem Bundesgefängnis.

Wenn man heutzutage einen Raum voll Geld finden will, muss man einen der wenigen Läden aufsuchen, die noch mit einer Menge Bargeld hantieren: ein Casino, eine Federal Reserve Bank oder einen Drogendealer.

Ein Stashhaus ist letztlich nichts anderes als der Tresor eines Drogengroßhändlers, eine geheime Wohnung oder ein geheimes Gebäude, um Drogen, Waffen oder Bares zu lagern: verbarrikadierte Fenster, Türen, die mit extrem schweren Schlössern gesichert sind. Ein solcher Ort dürfte auch rund um die Uhr von zwei verlässlichen, wahrscheinlich mit Schrotflinten bewaffneten Wachmännern kontrolliert werden.

Wegen der beinahe mythischen Bedeutsamkeit, die der Mann in meiner Vorstellung gewonnen hatte, war ich ein wenig enttäuscht, als ich erfuhr, dass Elijah seine Zeit damit verbrachte, Drogendealer auszurauben. Das erschien mir geradezu schmerzhaft prosaisch und banal. Ich hatte mir ausgemalt, dass er die englischen Kronjuwelen stahl, die Schätze des Kreml plünderte oder dergleichen. Unter anderem hatte ich mich bereit erklärt, dem Mistkerl zu helfen, weil er auf mich so verstört gewirkt hatte, dass ich annahm, er habe etwas Exotisches und Faszinierendes im Sinn.

Aber Stashhäuser auszurauben erschien aus pragmatischer und unromantischer Sicht sinnvoll. Die Geldmenge, die an einer solchen Stätte deponiert sein konnte, war atemberaubend. Reines Heroin war gewichtsmäßig zehnmal so viel wert wie Gold, weil es für den Straßenverkauf auf fünf Prozent Reinheit verschnitten wurde. Das hieß: Ein Kilo unverschnittener afghanischer Stoff wurde zu 200 000 Hits, die jeweils für zehn oder fünfzehn Dollar verdealt werden konnten. Und in Memphis gab es eine Menge Junkiekunden für das Zeug.

Die Leute, die den reinen Stoff aus Europa und durch Südamerika hier raufschafften, setzten sich nicht gern den Gefahren häufiger Transaktionen aus, sondern zogen wenige Vertriebsoperationen mit großen Mengen vor: ein Koffer voll Stoff in Packs zu je einer halben Million Dollar ausgetauscht gegen ein Dutzend Fünfundzwanzigkilokoffer gebündelter Zwanziger.

Derjenige, dem es gelang, ein Stashhaus auszurauben, kurz bevor ein solcher Deal über die Bühne ging, konnte ohne weiteres mit zwei oder drei Millionen Dollar Bargeld abziehen. Aber wenn man einen dieser Bunker ausrauben wollte, musste man ihn zuerst finden, keine leichte Sache, denn der Standort eines solchen Stashhauses war ein wohlgehütetes Geheimnis. Zudem empfahl es sich, mindestens ein SWAT-Team einzusetzen, um solch ein befestigtes Lager zu stürmen.

»Elijah hat also einen Drogendealer ausgeraubt?«, sagte ich. »Und der ist jetzt hinter ihm her?«

»Ich weiß von keinem Elijah. Der Mann, den sie aus Ihrem Wagen geholt haben, nannte sich der Buck. Aber ja. Er hat einen Mann namens Carlo Cash ausgeraubt.«

»Carlo Cash? Heißt der wirklich so?«

»Ist wahrscheinlich nicht der Name, den ihm seine Mutter gegeben hat, aber alle nennen ihn so.«

»Und wer ist er?«

»Okay, ich weiß nur, was ich von meinem Vetter gehört habe. Aber mein Vetter hatte ein großes Maul, und deswegen weiß ich vielleicht eine ganze Menge.«

»Du sagtest, du hättest Angst gehabt, dass er dich verpfeift.«

»Der Junge hat gern gequatscht. Ich häng nicht mit Carlos Truppe rum, aber Clarence hat für die gedealt, und in letzter Zeit haben sie ihn als Vollstrecker eingesetzt, weil er so ein muskelbepackter Saukerl ist. Dachte, es ginge aufwärts mit ihm in der Welt, der dämliche Fettsack. Sagte, es wäre ihm zweihundert Dollar wert, wenn ich Carlos Jungs helfen würde, den Buck zu schnappen. Ich hab eigentlich keinen Bock, mich auf solche Scheiße einzulassen, aber ich kann doch keine zweihundert sausen lassen, wenn Sie wissen, was ich meine. Ich hab zwei Jobs. Ich füll Regale im Walmart, und bei Wendy's mach ich Fritten.

Beides ist Teilzeit, also gibt's keine Überstunden und auch keine Versicherung. Ich verdiene sieben fünfzehn die Stunde und arbeite sechzig Stunden die Woche, um vierhundertfünfunddreißig Dollar pro Woche zusammenzukriegen. Wenn mir jemand zwei steuerfreie Benjamin Franklins für eine Stunde Arbeit anbietet, kann ich das nicht ablehnen.«

»Erzähl mir, was du über Carlo weißt.«

»Wenn du Meth brauchst, Coke oder Pillen, kann er jederzeit liefern. Doch sein Hauptgeschäft macht er mit dem exquisiten Taliban-Feuerpulver. Für eines der mexikanischen Kartelle ist er hier in der Gegend der Zwischenhändler. Wenn du also in Memphis was kaufst, kannst du ziemlich sicher sein, dass er mitverdient. So sieht es also aus mit Carlo und seiner Crew. Jede Menge Typen in dieser Stadt haben sich ihr Geschäft gesichert, an Straßenecken, für ganze Straßenzüge und oben die Siedlungen. Aber Carlo ist einer der wenigen Leute, die das Zeug verteilen, und daher müssen alle diese Dealer zu ihm kommen.«

»Hört sich so an, als würde es Carlo Cash nicht schlechtgehen.«

»So war es auch, bis vor sechs Monaten. Jetzt ist er wahrscheinlich tot.«

»Was ist passiert?«

»Der Buck ist passiert.«

Ich beugte mich in meinem Rollstuhl vor. »Moment mal. Mein Name ist Buck. Warum wird Elijah Buck genannt?«

»Er wird nicht Buck genannt. Er ist *der* Buck. Das ist der Name von einem jüdischen Geist oder so.«

»*Dibbuk*?«, fragte ich.

»Ja, der Buck.«

Laut traditionellem jüdischen Volksglauben ist der *Dibbuk* ein böser Geist, der Dinge zerstört und von Menschen Besitz ergreift. Da wir Juden nicht an die Hölle glauben und nicht an den Teufel, ist ein *Dibbuk* unser Pendant zu einem Dämon. Elijah hatte beschlossen, sich einen Namen zu geben, der unheilvoller war als der eines trinkfesten, pimmelprüfenden Gespensterpropheten.

»Ich darf also annehmen, dass Dibbuk einen Bunker ausgeraubt und diesem Carlo Cash den Stash gestohlen hat.«

»Nein«, sagte Jacques. »Dibbuk hat vier Bunker von Carlo ausgeraubt.«

Ich musste lachen, wie sich das anhörte, denn Carlo Cash reimte sich auf Stash, aber Jockstrap fand es gar nicht witzig.

»Der Typ hat fünfzehn Millionen Dollar gestohlen.«

»Jesus«, sagte ich. »Erzähl mir, wie's passiert ist.«

»Vor sechs Monaten hatte Cash ein Treffen mit seinem Kartellmacker. Er sollte fünfzehn Kilo für sechs Millionen Dollar kaufen.«

»Heroin?«, fragte ich.

»Wenn es Coke gewesen wäre, hätte man ihn reingelegt«, sagte Jacques. »Zum Preis von einem Ziegel Heroin kriegt man eine Lastwagenladung Kokain. Am Abend vor dem Deal wurde eines von Carlos Stashhäusern ausgeraubt, die beiden Wächter drinnen waren tot.«

»Wie hat Elijah sie umgebracht?«, fragte ich. Der Dieb, den ich kannte, war skrupellos und einfallsreich, aber ich konnte mir nicht vorstellen, wie ein Achtzigjähriger hätte in der Lage sein sollen, einen erfolgreichen Angriff auf einen befestigten Ort durchzuführen, der von bewaffneten Banditen verteidigt wurde. Jacques wollte mit einem Achselzucken reagieren, schaffte es aber nicht, weil er mit Handschellen ans Bett gefesselt war.

»Ich weiß nicht. Niemand hat die CSI-Jungs benachrichtigt. Die Leichen wurden in irgendwelche Löcher geworfen, und Dibbuk konnte mit der Hälfte des Geldes für den Einkauf abhauen. Carlo kann über Nacht keine drei Millionen Dollar auftreiben, aber seine Dope-Connection ist ein gemeingefährlicher mexikanischer Gangster, und Carlo darf keinesfalls das Treffen versäumen. Einen Mann von dem Kaliber lässt man nicht warten, denn man möchte bestimmt nicht von ihm gesucht werden.

Und Carlo braucht die Ware. Da sind die Jungs auf den Straßen, die auf ihn angewiesen sind. Sie müssen ihren Stoff bekommen, um ihn an den Mann zu bringen, damit sie bezahlt werden. Wenn sie sich nicht darauf verlassen können, dass Carlo sie beliefert, suchen sie sich jemand anders. Und Carlo hat auch noch andere Kosten. Da sitzen Typen hinter Gittern, die bezahlt werden müssen, damit sie den Mund halten. Und da sind Cops, die geschmiert werden müssen. Carlos Business hat Fixkosten, wissen Sie?«

»Also erschien Carlo mit nur drei Millionen Dollar bei dem Treffen.«

»Was sollte er sonst machen? Einer von den Hauptmackern hat zu Clarence gesagt, sie hätten eine Scheißangst, dass die Mexikaner sie allesamt umlegen würden, aber dieser Kartelltyp war echt ein gewiefter Geschäftsmann. Der Preis für den Stoff ist der Preis fürs Schmuggeln. Einen reichen Mohnbauern findet man in ganz Afghanistan nicht. Und als die Mexikaner den Stoff zum Treffen mit Carlo brachten, war er bereits Schmuggelware. Carlo war in der Vergangenheit immer verlässlich gewesen, was die Finanzen betraf. Also gibt der Obermexikaner Carlo den gesamten Stoff für drei Millionen, aber die Differenz muss gezahlt werden. Einschließlich Zinsen. Das nächste Mal würde Carlo also zwölf Millionen Dollar hinlegen müssen: die drei Millionen, die er schuldete, drei Millionen Zinsen und sechs Millionen für die nächste Lieferung.«

»Wenn man vom Straßenpreis ausgeht, bekommt er wahrscheinlich fünfmal so viel heraus, wie er bezahlt hat.«

»Ja, aber den größten Teil des Geldes wird er wieder los. Eine Menge Leute müssen entlohnt werden: Dealer und Aufpasser und Boten und Leibwächter und Mittelsmänner. Diese Typen schert es einen Scheißdreck, dass Carlo beraubt wurde. Wenn sie ihr Geld nicht kriegen, bleiben sie nicht loyal. Carlo Cash ist ziemlich weit weg von der Straße, und alle, die mitmischen, wollen ihr Häppchen abhaben. Carlos Business läuft nicht, wenn die Leute nicht mehr loyal sind. Also hat Carlo das vergangene halbe Jahr damit verbracht, seinen rechtmäßigen Besitz zu verkaufen, alle seine Bankkonten leerzuräumen, sämtliche ungetilgten Schuldscheine einzufordern und Geld von allen zu leihen, die als Gläubiger nicht so furchteinflößend sind wie ein mexikanischer Drogenbaron. Schließlich hatte er die zwölf Millionen beisammen und hortete sie in drei verschiedenen Stashhäusern.

Der Typ war höllisch paranoid. Er betrieb die Chose wie eine Geheimoperation, wie so ’n Agentenscheiß. Niemand, der für ihn arbeitete, kannte den Standort von mehr als einem der Häuser. Er gab sich alle Mühe, seine Terminplanung ständig zu verändern, um sicherzugehen, dass er nicht verfolgt wurde. Aber Dibbuk pfiff darauf, zog los und raubte alle drei Stashhäuser in einer Nacht aus.«

»Wie hat er das denn fertiggebracht?«

»Keinen Schimmer. Wenn ich wüsste, wie jemand es hinkriegt, Carlo Cashs Stashhaus auszurauben, würde ich mich selbst an den Scheiß rantrauen. Paar Millionen Dollar könnte ich gut gebrauchen. Das Geld wurde von sechs der brutalsten Green-Beret-Irakveteranen bewacht, die Carlo Cash mit seiner Kohle anheuern konnte. Der alte Mann hat alle sechs Motherfucker gekillt.«

Elijah war in seinem achten Lebensjahrzehnt weder kräftiger noch gebrechlicher geworden, und er hatte diese Männer bestimmt nicht aus nächster Nähe getötet. Hatte sie wahrscheinlich auch nicht erschossen. Völlig unmöglich, dass er sie alle hatte überwältigen können.

»Weißt du, wie er sie getötet hat?«, fragte ich.

»Wie ich schon sagte, weiß ich nur, was Clarence mir erzählt hat.«

»Aber du musst doch eine Vorstellung haben, wie sie gestorben sein könnten. Wurden sie erschossen? Vergiftet?«

»Ich weiß nur, dass sie tot sind.«

Da befinden sich zwei paramilitärische Sicherheitsleute mit Schrotflinten in einer Wohnung voller Geld. Die Fenster sind mit Brettern vernagelt. Die Tür ist verstärkt und durch mehrere Schlösser gesichert. Einen zweiten Eingang gibt es nicht. Wie soll ein fast achtzigjähriger Mann also einbrechen und die Männer töten?

Die beste Möglichkeit wäre wahrscheinlich, den abgedichteten Zustand der Wohnung gegen sie zu nutzen, indem man durch eine Belüftungsöffnung oder einen Heizstrahler Giftgas hineinpumpt. Sollten sie das Gas riechen, könnten sie vielleicht durch die Vordertür fliehen, wo der Räuber sie dann überraschen und erschießen würde. Aber wenn es eine Grenze gab, die Elijah nicht überschreiten würde, dann wäre es wahrscheinlich die, Menschen durch den Einsatz von Gas zu töten.

Ich sagte: »Carlo muss sich also mit den Mexikanern treffen, ohne das Geld für sie dabeizuhaben.«

Jacques nickte. »Carlo ist am Arsch. Er muss Dibbuk finden und sich das Geld zurückholen, oder die Mexikaner bringen ihn um. Es hat sich rumgesprochen, dass Carlo in der Scheiße steckt und viele von seinen Leuten abgekratzt sind. Auf alle, die ihn am liebsten umlegen würden, wirkt er verwundbar, und es gibt Leute, die sehr gern den Vertrieb für die Mexikaner übernehmen würden. Aber Carlo ist nicht blöd, und er findet heraus, wo Dibbuk ist.«

»Wie hat er das denn gemacht?«, fragte ich.

»Weiß ich auch nicht«, sagte Jacques. »Aber normalerweise bekommt man solche Informationen, indem man jemanden auftreibt, der sie hat. Dann legt man entweder Geld auf den Tisch oder man legt Hand an.«

So hatte ich es mir auch vorgestellt. Niemand war uns zum Friedhof gefolgt, niemand war uns auf dem Rückweg hinterhergefahren. Außer Elijahs Anwalt. Lefkowitz musste Carlo mit dem Handy aus seinem Escalade angerufen und ihm genau beschrieben haben, wo wir steckten.

»Carlo rief also Clarence an, und Clarence rief mich an, und wir zogen los, um den Kerl zu erwischen, der sich den Stash unter den Nagel gerissen hatte. Aber ich wusste natürlich nicht, dass er ausgerechnet auf dem Rücksitz von ’nem Bullenwagen saß.«

»Hast du eine Ahnung, wohin sie ihn gebracht haben könnten?«, fragte ich.

»Sie müssten ihn weichkriegen, damit er sagt, wo das Geld ist.«

»Das kapier ich. Aber wo?«

»Ich weiß es nicht, Mann. Carlo hat ’ne Menge Stellen, wo er seinen Scheiß versteckt. Scheiß verstecken ist doch sein Gewerbe.«

Ich sah den Jungen durchdringend und eingehend an. Blickte ihm in die Augen, betrachtete seine Mundwinkel. Schaute auf seine Hände. Ich wusste nicht, ob ich überzeugt war, dass er log, oder ob ich es mir nur wünschte.

»Also gut«, sagte ich.

»Werden Sie ihnen sagen, dass Sie mich versehentlich angeschossen haben?«

»Hab ich doch versprochen.«

Ich nahm an, dass ein mächtiger Happen von Jacquarius Madisons Story der reinste Bockmist war, besonders, was die Dinge betraf, die er mir über sich erzählt hatte. Carlo hätte niemals jemandes Vetter eingesetzt, um an einer Entführung teilzunehmen, egal, wie viele Männer er verloren hatte. Drogendealer leben in ständiger Furcht vor Informanten, und deswegen verabreden sie sich zu größeren Straftaten mit Leuten, die sie nicht kennen.

Aber das war mir egal: Wenn ich meinen altehrwürdigen Bankräuber lebend dingfest machen konnte, sollte sich dieser

Rutledge, Drogen, doch persönlich und allein mit Jockstrap und Carlo und dem ganzen Rest abplagen.

Ich hatte in diesem Moment nichts anderes vor, als das zu benutzen, was Jacques mir erzählt hatte, und damit Lefkowitz zur Rede zu stellen. Hoffentlich würde der Anwalt einige nützliche Informationen auspacken, die mich zu Elijah führten.

Aber mir lief die Zeit davon.

27

2009

Es war nicht weit bis zu Meyer Lefkowitz.

Auf der Flucht vom Schauplatz der Entführung Elijahs setzte der Anwalt seinen Cadillac gegen einen Strommast, wodurch der Wagen nur sieben Zehntel einer Sekunde brauchte, um bei einer Geschwindigkeit von fünfundsechzig km/h zum abrupten Stillstand zu kommen. Lefkowitz persönlich reduzierte seine Eigengeschwindigkeit nicht ganz so schlagartig und segelte daher durch die Windschutzscheibe.

Der Cadillac Escalade ist mit speziellem Sicherheitsglas ausgestattet, das in kieselähnliche Fragmente zerbirst und nicht in scharfkantige Scherben, so dass man mit dem Gesicht voran durch die Scheibe geschleudert werden kann, ohne sich schwerwiegende Verletzungen zuzufügen. Unglücklicherweise hatte es die um Geld verlegene Stadt Memphis bisher noch nicht für angebracht erachtet, Sicherheitsgehsteige zu bauen, so dass Lefkowitz allerhand abbekam, als er das Pflaster küsste.

Man brachte ihn auf dieselbe Unfallstation, auf der Jockstrap bereits behandelt wurde. Er lag so nahe, dass ich mich auf dem Weg zu seinem Zimmer nicht einmal verirrte. Ich steuerte meinen Rollstuhl durch die Tür und vergewisserte mich, dass sie sich hinter mir schloss.

Offenbar hatte er beide Arme vorstrecken können, bevor er gegen das Glas prallte. Einer steckte jetzt bewegungsunfähig und in ganzer Länge in Gips, der andere war in Mullbinden gehüllt, in die immer noch Blut zu sickern schien. Die erhobenen Arme hatten jedoch seinen Kopf geschützt, und obwohl Quetschungen und Schwellungen nicht zu übersehen waren, schien der größte Teil scines Gesicht unversehrt zu sein, ließ man mal ein quadratisches Pflaster auf der linken Wange außer Acht.

»Hallo, Mister Schatz, wie geht's denn so?« Er lächelte mir zu, und er besaß tatsächlich noch alle Zähne. Er hatte offenbar bei der Landung eine Menge Glück gehabt. Immer haben die schlimmsten Menschen das größte Glück.

»Um ehrlich zu sein: Es gab schon bessere Tage«, sagte ich und bugsierte meinen Rollstuhl neben seinen gebrochenen rechten Arm.

»Ich fühle mich erstaunlich gut«, sagte er und lachte. Musste verdammt starkes Zeug gewesen sein, mit dem sie ihn vollgepumpt hatten.

Aber der durch Opiate hervorgerufene Rausch führt auch dazu, dass die charakterliche Verschlagenheit einer Person eingeschränkt wird und ihr Intellekt abstumpft. Aus naheliegenden Gründen kann das für einen Fragensteller von Vorteil sein.

Es gibt jedoch diverse Möglichkeiten, Verdächtige dazu zu bringen, mit Informationen rauszurücken. Selbst unter dem Einfluss von Drogen war Lefkowitz wahrscheinlich zu smart, um sich zu dem Eingeständnis verleiten zu lassen, seinen Klienten an einen Dealer verraten zu haben. Er kam mir nicht wie jemand vor, der sich mit Schuldgefühlen plagte, und für ihn stand zu viel auf dem Spiel, um sich beschwatzen zu lassen, etwas ihm Abträgliches einzuräumen.

Er kicherte noch immer. Ich wusste, dass es an den Drogen lag, aber es ging mir trotzdem auf den Sack.

Hat man ein bestimmtes Alter erreicht, sieht man nur noch selten etwas Neues, und mir waren viele Männer wie Lefkowitz unter die Augen gekommen; Typen, die meinten, vor jeder

Bestrafung gefeit zu sein; Menschen, die in der Gesellschaft und im Rechtssystem ein Sicherheitsnetz sahen, um ihren Status und ihre Privilegien zu erhalten, und kein Instrumentarium, mit Hilfe dessen ihre Vergehen bestraft würden.

Diese Anwälte und Geschäftsleute und Politiker und Gangster und Playboys meinten, unangreifbar über all jenen zu stehen, die es ihnen zu verwehren suchten, Frauen und Kinder zu schlagen und zu vergewaltigen und jeden zu ermorden, dessen Existenz sie als störend erachteten.

Und oft hatten sie gar nicht so unrecht. Zu viele Dinge, denen in unserer Gesellschaft absolute Geltung zukommen sollte, waren inzwischen unverbindlich und durch Korruption außer Kraft zu setzen. Richter fanden verfahrenstechnische Gründe, um das Geständnis eines Verdächtigen unberücksichtigt zu lassen. Hauptzeugen bekamen ominöse Post und widerriefen ihre Aussagen. Geschworene trafen unerklärliche Entscheidungen.

Elijah hatte sein Leben der Rebellion gegen die Brutalität staatlicher Willkür geweiht. Er starb in Auschwitz an der Gewalt einer Nation, die außer sich geraten war, und an dem Tag, als man seine Mutter vor seinen Augen erschoss, wurde er als Dibbuk wiedergeboren.

Er hat sich nie getäuscht, was die Zivilisation als Institution betrifft; sie ist in all ihren Erscheinungsformen ganz erheblich beschädigt. Es gibt kein Regelwerk, das für alle verbindlich wäre. Gesellschaftliche Verantwortlichkeiten sind flexibel, Bestrafungen werden ungleich verteilt, und das Gesetz liegt ganz in den Händen derer, die es ausüben.

Wenn auch dieser Staat uns nicht vergast, sind wir doch nicht wirklich durch unsere Rechte geschützt. Kriminelle scheren sich nicht um diese Rechte, ebenso wenig, wie es die Nazis taten, und das Gesetz versagt so gut wie immer, wenn es darum geht, uns vor diesen Verbrechern zu schützen. Das wurde mir an jenem Tag klar, als man die aufgedunsene Leiche meines Vaters mit dem Gesicht nach unten im stillstehenden Wasser eines Abflussgrabens neben dem Highway fand.

Ich wurde Soldat und anschließend Polizist, aber ich war nie daran interessiert, zu jenem Werkzeug der Staatsmacht zu werden, für das Elijah mich hielt. Genau wie er war ich von jenen Kräften geformt, die meine Eltern zu Opfern machten.

Er wollte ein Rachedämon sein. Ich eine Rasierklinge.

Das ging mir durch den Kopf, als ich mich in das Krankenzimmer von Meyer Lefkowitz rollte. Und ich dachte noch Folgendes: Es gibt Typen, die reagieren, wenn man sie sanft anfasst, und dann gibt es andere, die müssen die Faust spüren. Lefkowitz hatte sehr großes Interesse daran, mich zu täuschen, aber er war auch ein Feigling, und daher gehörte er definitiv in die zweite Kategorie. Schmerzen waren das Mittel, ihn zum Sprechen zu bringen, aber leider war er bis unter die Schädeldecke mit Schmerzmitteln gedopt.

Pech für ihn.

Ich würde ihm so schlimm weh tun müssen, dass die Tabletten, die er geschluckt hatte, den Dienst versagten. Und ich war bereit, genau das zu tun, wenngleich das Alter mich vieler Werkzeuge beraubt hatte, auf die ich mich früher verließ. Ich schaffte es nicht mehr, ihn gegen die Wand zu schleudern oder seine Rippen mit einem Totschläger zu zermalmen. Aber zumindest war ich unter gewissen Umständen in der Lage, gefährlich zu werden.

Als ich meinem Sohn das Rasieren beibrachte, gab ich ihm zu bedenken: Eine scharfe neue Rasierklinge kann für eine glatte Rasur sorgen oder einen sauberen Schnitt ausführen, aber eine alte abgenutzte, schartige und rostige ist höchstens gut dafür, eine verdammte Sauerei anzurichten.

Ich steckte mir eine Zigarette an.

»He, ich glaube nicht, dass Sie hier drinnen rauchen dürfen«, sagte er.

»Wer sollte mich daran hindern?«, fragte ich. »Wollen Sie rumtelefonieren und sich beschweren, dass ich hier rauche?«

»Ich denke, hier gibt es explosionsgefährdeten Sauerstoff.«

»Vielleicht gefällt es mir, gefährlich zu leben.« Ich schnippte Asche auf sein Krankenhaushemd.

»Ich weiß ja nicht. Kommt mir so vor, als hätten wir in letzter Zeit genug Gefahren durchgestanden.«

»Möchten Sie, dass ich die Zigarette ausmache?«

»Ja, bitte.«

Ich nahm einen letzten Zug. »Gern zu Diensten.«

Das Krankenhaushemd, das er trug, hatte einen tiefen V-Ausschnitt wegen der Schnüre, mit Hilfe derer die Elektroden auf seiner Brust mit den Apparaten verbunden waren, die seine Vitalfunktionen überwachten. Ich konnte die flache Grube in der Mitte des Schlüsselbeins an seinem Halsansatz erkennen, und ebenda auf der empfindlichen Haut drückte ich meine glühende Zigarette aus.

»Sie verbrennen mich, Mann«, sagte er.

»Tatsächlich?«

»Kommt mir so vor.«

»Oh, Sie haben recht, jetzt riech ich's auch«, sagte ich. »Sie müssen entschuldigen. Ich bin alt und ungeschickt. Ich schätze, mir ist die Hand ausgerutscht.«

Ich strich die Zigarette auf seiner Brust ab. Die Brandwunde hatte bereits eine hässliche gelbgraue Blase gebildet, die an den Rändern rot zu schimmern begann. Er schien die Wunde nicht einmal zu spüren.

Ich zündete mir noch eine an. »Hoffen wir, dass mir die Hand nicht noch mal ausrutscht.«

Lefkowitz' Blick verschleierte sich, aber dann schien er die Verwirrung von sich abzuschütteln und sagte: »He, Sie dürfen hier drinnen nicht rauchen.«

»Ich darf nicht?«

»Nein. Das hier ist ein Krankenhaus.« Er hielt inne. Er bemerkte die Brandwunde auf seiner Brust. »Haben Sie jemals ein

Déjà-vu-Erlebnis gehabt? Als hätten wir das Gespräch hier bereits geführt?«

»Ich nicht«, sagte ich. »Ich bin achtundachtzig Jahre alt. Mein Gedächtnis ist nicht mehr das, was es mal war.«

»Wir hatten dieses Gespräch schon einmal. Definitiv. Das macht mich echt kirre.« Er versuchte, die Brandwunde auf der Brust mit seinem bandagierten linken Arm zu berühren, und zuckte vor Schmerz zusammen, als die Bewegung an den Stichen unter seinem Verband zerrte. An mehreren Stellen färbte sich der Mull hellrot. Sein Arm war anscheinend Hackfleisch.

Wohlverdient.

»Unterhalten wir uns eben über etwas anderes«, sagte ich.

»Ja. Tun wir's.« Die Schmerzen machten ihn etwas wacher, und er schien allmählich durchzublicken.

»Du hast Carlo Cash mit deinem Handy angerufen, während ihr uns zum Polizeirevier gefolgt seid. Auf die Weise erfuhr er, wo er uns am besten auflauern konnte.«

»Nein.«

Ich zog an meiner Zigarette. »Du arbeitest für Carlo Cash.«

»Tue ich nicht.«

»Ich weiß, dass du es tust. Du bist der Einzige, der sie während der Fahrt informiert haben könnte, wo wir zu finden waren. Sag mir, wohin sie Elijah gebracht haben.«

»Ich hab Carlo Cash nicht angerufen.«

»Du hast eine letzte Chance, es auszuspucken, bevor ich unangenehm werde.«

»Mister Schatz, ich weiß nichts.«

»Ganz, wie du willst«, sagte ich, streckte die linke Hand vor und zog sein Augenlid nach oben. Mit der rechten Hand führte ich meine brennende Zigarette so dicht an seinen ungeschützten Augapfel, dass er die Hitze der Glut spürte. »Viel Zeit hab ich nicht, Lefkowitz. Ich will den Mann zurück, und zwar lebend, und wenn du mich weiter verschaukelst, brenn ich dir dein verdammtes Auge weg.«

»Oh, bitte nicht. Bitte. Bitte.« Zumindest wurde er langsam wieder klar im Kopf.

»Du steckst doch mit dem Mob unter einer Decke. Du bist ein mieser Drecksack.«

Er wand sich und bewegte den Kopf, um sein Auge unter der Zigarette wegzudrehen.

»Vorsicht«, sagte ich. »Ich bin alt und krieg manchmal das große Zittern. Da bleibt meine Hand nicht ruhig.«

»Ich vermittle bei Autounfällen. Ich mache keine Geschäfte für Carlo Cash. Mein Gott, ich arbeite nicht für die. Ich habe kaum Erfahrung mit Strafverteidigung, außer dass ich gelegentlich Alkoholsachen regle.«

Ich war mir allmählich meiner Sache nicht mehr sicher und zog die Zigarette von seinem Auge zurück. »Warum warst du bereit, Elijah zu vertreten?«

»Weil er in mein Büro kam und mir zwanzigtausend Dollar in bar auf den Tisch legte. Ich sagte ihm, er müsse sich jemanden suchen, der besser qualifiziert sei, und er sagte, es sei eilig.«

»Und es kam dir nicht verdächtig vor, dass er dir einen solchen Haufen Bargeld anbot?«

»Natürlich fand ich es verdächtig. Aber deswegen gab er mir ja so viel Geld. Damit ich den Verdacht für mich behielt.«

»Ich glaube dir nicht«, sagte ich. »Vom Vermitteln bei Autounfällen kann man sich bestimmt keine Rolex-Uhren und Cadillacs leisten.«

»Das kann man, wenn die Anzahl stimmt. Den größten Teil der Arbeit übertrage ich einer Firma in Indien, wo man für zwanzig Dollar die Stunde meine Beschwerden und meine Korrespondenz schreibt. Und ich hänge den ganzen Tag am Telefon und verhandle Schlichtungen mit den Versicherern.«

»Wenn du lügst, werde ich dich finden.«

»Überprüfen Sie es doch. Sehen Sie sich die Gerichtsprotokolle oder die richterlichen Urteilsbegründungen an, die Carlo Cash oder Mitglieder seiner Crew betreffen. Sie finden die

Namen der damit befassten Anwälte oben auf der ersten Seite aller dieser Dokumente. Die Fälle werden immer von denselben Typen abgewickelt, kein einziger von mir. Ich vermittle bei Autounfällen.«

Ich zog die Zigarette von seinem Gesicht weg und steckte sie mir zwischen die Lippen.

»Ich glaube dir«, sagte ich. Er hatte nicht die Eier, mir irgendwelchen Humbug zu erzählen, während ich ihm einen Glimmstängel ins Auge drückte.

Aber wenn es so war, wie zum Teufel hatte Carlo Cash wissen können, in welchem Wagen Elijah mitfuhr oder wo der Wagen zu finden war?

ETWAS, DAS ICH NICHT VERGESSEN WILL

»Dieser Buck Schatz ist also schon wieder in den Nachrichten.«

Ich sah mir eine Sendung an, in der ein rattengesichtiger linker Moderator ganz in Tweed ein Streitgespräch mit einem fetten, verschwitzten Konservativen führte, der die Krawatte gelöst und den Kragenknopf geöffnet hatte. Die beiden sorgten dafür, dass jede Form von Ideologie abstoßend wirkte.

»So heißt er? Buck Schatz?«, fragte Fett-und-Schwitzig. »Soll das ein Witz sein?«

»Anscheinend heißt der Mann wirklich so«, sagte Rattengesicht. »Das ist der Neunzigjährige, der unentwegt Leute abknallt.«

»Ah, ja. Ich erinnere mich, vor ein paar Monaten von ihm gehört zu haben. Hat diesen Killercop im Krankenhaus erschossen. Und was hat er jetzt gemacht?«

»Auf zwei junge Schwarze geschossen und einen von ihnen getötet.« Ich ahnte, dass Rattengesicht zu einer Schwafeltirade ansetzte. »Ich muss gestehen, dass mich diese Situation veranlasst, mir Gedanken über den privaten Waffenbesitz der Amerikaner zu machen. Brauchen wir denn wirklich bewaffnete Neunzigjährige, die durch die Gegend torkeln und Leute umbringen?«

Fett-und-Schwitzig legte die Finger an seine Ohrhörer. »Also, diese beiden Burschen, auf die er geschossen hat, waren an einer brutalen Attacke auf einen Polizisten beteiligt, der schwer verletzt wurde. Der Mann, den Schatz vor Monaten im Krankenhaus tötete, war für vier Morde verantwortlich. Und Schatz ist ein pensionierter Cop, der also weiß, wie man mit einer Waffe umgeht. Ich denke, viele Menschen würden diesen Mann zum besten Beispiel für die Vorteile der Bewaffnung unserer Bürger erklären.«

Rattengesicht reagierte mit einem fernsehtypisch übertriebenen Fuchteln der Arme, das wohl ungläubiges Erstaunen signalisieren sollte. »Berichte aus Memphis verweisen darauf, dass dieser Schatz bereits unter seniler Demenz leidet. Er kann nicht unterscheiden, ob er einen Gast im Haus hat oder ob es sich um einen Einbrecher handelt. Dieser Typ ist bis an die Zähne bewaffnet und wohnt im Pflegeheim! Ich möchte da nicht die Krankenschwester sein und Gefahr laufen, jedes Mal eine Kugel verpasst zu kriegen, wenn ich dem Kerl die Wäsche wechseln oder die Bettpfanne leeren muss.«

Fett-und-Schwitzig wurde zunehmend ungehalten. »Viele Menschen würden diesen Mann einen Helden nennen. Und viele tun es auch. Ich finde, es ist nicht fair, Mutmaßungen über seine Gesundheit anzustellen.«

»Nun ja, diesmal waren es Schwarze, auf die er geschossen hat.«

»Ich sehe nicht den geringsten Anlass, die Rassenfrage in die Diskussion einzubeziehen.«

»Ob die Rassenfrage ins Gespräch zu bringen ist, unterliegt nicht unserer Entscheidung. Wenn ein alter Weißer junge Schwarze niederschießt, ist die Rassenfrage bereits Teil der Diskussion. Es ist unglaublich und äußerst problematisch, dass Sie und Ihre durchgeknallten Waffennarren diesem altersdementen Revolverhelden zujubeln, weil er einen Schwarzen getötet und einen zweiten zum Krüppel geschossen hat.«

»Der Polizist, den Mister Schatz gerettet hat, indem er auf die beiden Männer feuerte, war ebenfalls ein Schwarzer.«

Rattengesicht seufzte. »Die Ablehnung, mit der Sie eindeutigen Fakten begegnen, überrascht mich nicht, ist aber deswegen nicht weniger beschämend. Hier geht es um einen neunzigjährigen pensionierten Cop aus Memphis. Es ist nicht gerade ein Ruhmesblatt, einer Truppe wie der Polizei von Memphis während der Jahre angehört zu haben, als dieser Mann seinen Dienst tat. Die Frage, die wir uns stellen sollten, lautet nicht, ob er ein Rassist ist oder nicht, sondern eher: Ein wie schlimmer Rassist ist er?«

»Apropos beschämend und nicht überraschend: Haben Sie gehört, was der Präsident heute gesagt hat?«

»Wo wir gerade von Rassismus sprechen …«

28

2009

Wenn es nicht Lefkowitz gewesen war, der Elijah an Carlo Cash verraten hatte, wusste ich nicht, wer sonst es getan haben mochte. Ich hatte mich auf dem Weg zum Friedhof immer wieder durch Blicke in Andres Rückspiegel versichert, dass uns niemand folgte, und Elijah wäre ebenfalls ganz sicher in der Lage gewesen, einen Verfolger abzuschütteln.

Ich brauchte jemanden, der das Problem aus anderem Blickwinkel betrachtete, jemanden, der smart und mir wohlgesinnt war. Er müsste die Fakten unter die Lupe nehmen, so wie ich sie verstand, und neue Querverbindungen in ihnen entdecken. Leider kannte ich so jemanden nicht, und daher musste ich mich an meinen Enkel wenden.

»Elektronische Überwachung«, sagte er. »Man bringt einen GPS-Peilsender an einem Auto an, und der übermittelt dann dessen Standort, wohin auch immer es fährt.«

»Wie ein Funksender?«, fragte ich. »Müssten wir nicht die Antenne bemerkt haben?«

»Die Dinger sind winzig. Man könnte sie im Radkasten verstecken oder unter einem Kotflügel. Sie sind nur zu finden, wenn man bewusst nach ihnen sucht.«

»Ich glaube, ich habe in einer Folge von *CSI* gesehen, wie sie so was benutzt haben«, sagte ich. »Es gab mal Zeiten, da musste man den Leuten hinterherlaufen, wenn man wissen wollte, was sie vorhatten.«

»Wenn du heutzutage wissen willst, was jemand vorhat, musst du ihm auf Twitter folgen.«

»Was genau ist eigentlich dieser Twitter?«, fragte ich. »In den Fox News reden sie andauernd davon.«

Tequila lachte. »Ich würde vorschlagen, wir machen uns heute zuerst mit Aufspürgeräten und Peilsendern bekannt und sparen uns Twitter für später auf.«

Wir warteten in meinem Krankenzimmer darauf, dass der Arzt sich sehen ließ. Ich lag auf dem verstellbaren Bett, und Tequila saß gleich daneben auf einem Stuhl. Seine Mutter hatte sich auf den Weg gemacht, um Rose aus Walhalla abzuholen. Ich hoffte, mich hier verabschieden zu können, sobald sie zurückkamen, aber der Arzt wollte mich zur Beobachtung dabehalten, bis man mir wieder meinen Blutverdünner verabreichen konnte. Den konnte ich nicht bekommen, bis der Arzt überzeugt war, dass ich nicht an Nasenbluten sterben konnte.

»Ich finde, wir sollten später auch über deinen herablassenden Tonfall sprechen«, sagte ich. »Zuerst sollten wir uns jedoch zu erklären versuchen, wie Carlo so eine GED-Wanze an entweder Lefkowitz' Escalade oder Andres Crown Vic anbringen konnte.«

»GPS, nicht GED.«

»GFY. Hab ich doch gesagt.«

Tequila blätterte in dem Notizbuch, in dem ich am Tag zuvor meine Aufzeichnungen gemacht hatte. »Warum muss es denn überhaupt so eine Wanze geben? Es liegt doch auf der Hand, was aus diesen Tatsachen zu schließen ist, Grandpa. Lefkowitz hat Cash angerufen und ihm gesagt, wo man euch auflauern könnte.«

»Das hatte ich auch gedacht«, sagte ich. »Aber ich habe mit Lefkowitz gesprochen, und er hat mich davon überzeugt, dass er es nicht getan hat. Er ist doch nur einer von denen, die nach Autounfällen hinter Krankenwagen herrasen, um Klienten zu finden.«

»Vielleicht hat er dich belogen.«

»Das glaube ich nicht. Ich hab ihn ziemlich hart angefasst.«

»Ich weiß nicht, was das heißen soll, Grandpa.«

»Hab ihn mit brennenden Zigaretten angekokelt.«

Er riss die Augen auf und wurde blass um die Nase. »Jesus. Fuck!«

»Hüte deine gottverdammte Zunge«, sagte ich.

»Du hast einen unschuldigen Mann mit Zigaretten gefoltert, Grandpa.«

»Kommt mir so vor, als hätte ich es dir schon mal gesagt, Prosecco. Es gibt niemanden nicht, der unschuldig ist.«

Er saß eine Weile da, blätterte in meinem Notizbuch, ohne wirklich darin zu lesen. Schließlich sagte er: »Zwischen Elijahs Auftauchen im Büro von Lefkowitz und deinem Zusammentreffen mit ihm auf dem Friedhof waren nur zwei Stunden vergangen. Um wissen zu können, dass er Lefkowitz engagiert hatte, müssen sie Elijah verfolgt haben, aber wenn sie ihm tatsächlich bereits gefolgt waren, hätten sie nicht den Wagen seines Anwalts verwanzen müssen, um ihn zu finden.«

Die Zigarettenfolter kam nicht mehr auf den Tisch. Die neue Information würde in das Kellergewölbe verfrachtet werden, das wir mit unseren tabuisierten Erinnerungen füllen, mit all den Dingen, an die wir uns nicht erinnern wollen. Elijahs Lebensuhr tickte, und ich hatte getan, was ich unter diesen Umständen für nötig hielt. Aber ein besonders tolles Gefühl hatte ich dabei nicht.

Um die Wahrheit zu sagen: Ich habe viele Dinge getan, bei denen ich kein besonders tolles Gefühl hatte. Aber wenn man zurückblickt auf das, was der Zorn Gottes hinter einem niederbrennt, wird man zur Salzsäule.

Also schreibt man einfach nieder, was man im Gedächtnis behalten möchte, lässt den Rest aus und bewegt sich entschlossen vorwärts, mit einer Gehhilfe oder im Rollstuhl oder sonst einem Hilfsmittel.

»Vielleicht hatte Cash irgendeinen Informanten in Lefkowitz' Büro, eine Sekretärin oder einen Leibwächter oder jemanden, der Elijah gesehen haben könnte«, sagte ich.

Tequila schüttelte den Kopf. »Das ergibt keinen Sinn. Warum sollte sich ein Heroindealer einen Spion im Büro eines Anwalts leisten, der bei Autounfällen schlichtet? Und außerdem, wie könnte ein Gerät, das im Cadillac des Anwalt angebracht ist, sie wissen lassen, dass sie Andres Crown Vic überfallen sollten?«

»Ich kann mir nicht vorstellen, wie sie Andres Polizeiwagen hätten verwanzen können. Sie müssten gewusst haben, dass sich Elijah an jenem Morgen mit mir traf, und wir gehen davon aus, dass er abgesichert hat, nicht verfolgt zu werden, als er mich in Walhalla besucht hat. Dann habe ich ein paar Stunden später Andre angerufen. Sie müssten sehr bald nach meinem ersten Kontakt mit Elijah mein Handy abgehört haben, um zu wissen, dass Andre überhaupt einbezogen war, und wenn sie es tatsächlich irgendwie geschafft hätten, meine Gespräche abzuhören, hätten sie immer noch weniger als eine Stunde Zeit gehabt, das Gerät an Andres Polizeiwagen anzubringen, der ja immerhin beim Revier geparkt war. Ich sehe einfach nicht, wie sie an den einen wie den anderen Wagen herangekommen sein sollten.«

»Na ja, wenn sie keine Peilsender in den Autos hatten und Lefkowitz ihnen euren Standort nicht genannt hat, dann verstehe ich nicht, wie sie den Hinterhalt koordiniert haben sollten.« Er kratzte sich das Kinn, schloss die Augen und schaukelte eine Weile auf seinem Stuhl hin und her. »Vielleicht haben sie Elijah selbst mit einem Sender bestückt. Vielleicht war irgendwas, das er ihnen gestohlen hat, verwanzt, und er ist damit rumgelaufen.«

»Das glaube ich nicht. Andre hat ihn durchsucht, bevor er ihn in den Wagen einsteigen ließ. Wenn Elijah einen Sender bei sich gehabt hätte, wäre Andre das aufgefallen.«

Ich nahm meinem Enkel das Notizbuch aus der Hand und blätterte darin.

»Hier ist eine Liste der Dinge, die Elijah in den Taschen hatte«, sagte ich. »Eine Brieftasche ohne Ausweispapiere, ein Zündholzheftchen, ein Hotelzimmerschlüssel und eins dieser Telefone ohne Tasten.«

Tequila spitzte die Ohren. »Ein Telefon ohne Tasten? So wie ein iPhone?«

»iPhone, youPhone, whoPhone?«, sagte ich.

Tequila zog eine kleine Platte aus schwarzem Metall und Glas aus der Tasche. »War es so ein Telefon?« Er drückte auf einen Knopf an der Seite des Geräts, und das Display leuchtete auf. Es zeigte eine numerische Tastatur und die Aufforderung: PASSWORT EINGEBEN.

»Ja«, sagte ich. »So sah es aus. Andre hat es eingeschaltet und dann Elijah nach dem Passwort gefragt, aber der wollte es ihm nicht verraten.«

»Wozu sollte ein getürmter fast achtzigjähriger Mann ein iPhone brauchen? Checkt er auf der Flucht seine E-Mails?«

»Ich weiß nicht, was er damit tut«, sagte ich. »Ich weiß nicht, was man überhaupt mit diesen Dingern tut.«

»Hat jemand in deinem Pflegeheim so ein Telefon?«

»Es ist kein Pflegeheim, sondern ein Lifestyle-Etablissement für ältere Erwachsene.«

»Was auch immer. Hat jemand deines Alters so ein Telefon?«

»Niemand, den ich kenne.«

Er ballte die Faust und pumpte mit dem Arm, als sei ihm eben eine brillante Idee gekommen. »Und wenn es gar nicht sein Handy gewesen ist?«

»Dann müssen wir ihn nicht nur wegen acht Morden und dem Raub von fünfzehn Millionen Dollar drankriegen, sondern auch noch wegen Handydiebstahl.«

»Es war Drogengeld. Eigentlich gehörte es niemandem. Also, rechtmäßig nicht.«

»Du hast zwei Jahre Jura studiert«, sagte ich. »Auch wenn man einen Drogendealer beraubt, bleibt es Raub. Das weißt du doch.«

Mir fiel etwas ein, das mir jemand mal zur Legitimität von Besitzrechten gesagt hatte.

»Ich wollte darauf hinaus: Wenn es nicht sein Telefon war, könnte der wirkliche Besitzer es geortet haben«, sagte Tequila. »Das Handy hat einen GPS-Empfänger, genau wie die Ortungswanzen, die du im Fernsehen gesehen hast. Es gibt eine App – ein Computerprogramm, das ›Mein iPhone suchen‹ heißt. Man öffnet es mit dem Laptop, und das Telefon sendet übers Internet den genauen Standort mit einer Abweichung von einem halben Meter. Diese Dinger werden oft gestohlen. Die Leute aktivieren das Programm und übermitteln die Adressen an die Polizei. Wenn das Telefon Cash oder einem seiner Leute gehörte, ist es ihnen vielleicht auf die Weise gelungen, seinen Standort aufzuspüren.«

»Wenn sie so leicht herausfinden konnten, wo Elijah war, warum haben sie ihn nicht früher geschnappt?«

»Das Telefon muss Verbindung zu einem Netz haben, um den Standort zu übermitteln. Du hast gesagt, es war abgestellt, und Andre hat es dann eingeschaltet. Wenn es aktiviert ist, kann es auch geortet werden. Aber warum sollte Elijah ein gestohlenes Handy mit sich herumschleppen, das die Leute, die ihn jagten, hätten orten können?«

»Ich weiß, warum«, sagte ich. »Und ich hätte längst drauf kommen müssen. Er hat nämlich schon mal so was durchgezogen.«

29

1965

Zwei Tage nachdem ich Elijah verprügelt hatte, saß ich um halb elf Uhr morgens in meinem Wagen vor der Bank, beobachtete den Vordereingang und wartete darauf, dass etwas geschah.

Ich dachte daran, mir etwas Billiges und Fettiges zum Essen zu besorgen, als ich hinter mir lautes Geschrei hörte, das aus der Gruppe der Demonstranten kam.

»Was soll das, Mann?«

»Runter auf den Boden!«

»He, wir haben Rechte!«

»Auf den beschissenen Boden! Allesamt!«

Mein Wagen parkte parallel zum Gehsteig, und die Vordertür des Bürogebäudes von Kluge war nur ungefähr zweihundert Meter entfernt. Ich stieg aus und rannte dem Lärm entgegen.

Ich sah, wie die Polizisten mit gezogenen Schlagstöcken in die Menge vorrückten und wahllos um sich schlugen. Einige der Schwarzen hatten Protestschilder an Holzlatten bei sich getragen, jetzt aber die Pappschilder abgerissen, um die Latten als Knüppel zu benutzen.

Die laute, klare Stimme von Longfellow Molloy übertönte den Lärm des Tohuwabohus: »Meine Herren, wir demonstrieren, um unsere Würde zu bewahren. Lassen Sie sich nicht dazu verleiten, sich würdelos zu verhalten.«

Einer der Polizisten ergriff ein Megaphon und brüllte ihn nieder. »Ihr seid alle festgenommen. Lasst die Waffen fallen und legt euch flach auf den Boden, die Hände über dem Kopf.«

Einige der Demonstranten wollten fliehen. Ich sah, wie ein Polizist eine Frau die Straße hinunterjagte und ihr schließlich mit dem Knüppel auf den Kopf schlug. Sie fiel zu Boden, und er schlug weiter auf sie ein.

»Sie wollen uns zu Kriminellen abstempeln«, rief Molloy. »Sie wollen uns zu Tieren machen. Die Welt wird erkennen, was sie vorhaben. Die Welt wird es sehen.«

Aber niemand hörte ihm zu. Eine Tränengaspatrone explodierte über den Köpfen der Demonstranten. Die Leute fingen zu husten an und rieben sich die Augen. Ich sah, wie vier stämmige Jungen einen Polizisten zu Boden zerrten, ihm den Helm runterrissen und auf seinem Kopf herumtrampelten. Die anderen Polizisten sahen es ebenfalls, und ich bemerkte, dass einige von ihnen, die in der Nähe standen, nach den Waffen griffen.

»Nicht schießen«, rief ich ihnen zu und schwenkte meine Dienstmarke über dem Kopf. »Sonst gibt es in der ganzen Stadt Krawalle.«

Jemand musste doch hier das Sagen haben, aber ich konnte keinen ranghohen Polizisten sehen. Vielleicht steuerten sie das Spektakel über Funk, oder vielleicht hatten sie das Weite gesucht, als die Gewalttätigkeiten begannen.

Gott sei Dank eröffneten nicht alle Polizisten das Feuer. Wäre es dazu gekommen, hätten sie sämtliche Demonstranten getötet und in dem Chaos wahrscheinlich auch noch einander niedergeschossen. Aber drei Cops leerten ihre Dienstwaffen in die Menschenmenge und gaben, wie später berichtet wurde, insgesamt achtzehn Schüsse ab.

Ein halbes Dutzend Demonstranten ging zu Boden, tot oder verwundet. Der Rest ließ sämtliche Waffen fallen und flüchtete. Die Polizisten verfolgten und stellten sie, prügelten sie mit ihren Schlagstöcken und legten ihnen Handschellen an.

Ich sah Longfellow Molloy in einer Blutlache liegen. Ihm

fehlten ein Auge und ein Teil der Nase. Ich dachte an das, was Abramsky über den Brand von Sodom gesagt hatte: Wenn die Engel zehn rechtschaffene Menschen gefunden hätten, wäre der Stadt das Schicksal vielleicht erspart geblieben.

Hinter mir hörte ich ein Geräusch, das nach der Sirene eines Feuerwehrwagens klang. Ich sah hinter mich, um nach einem Brand Ausschau zu halten, und stellte fest, dass die Alarmglocken der Cotton Planters Union Bank schrillten.

Ich zögerte. Es würde eine Untersuchung des Debakels geben, denn jemand trug die Schuld daran. Wenn jemand die Hoffnung hegte herauszubekommen, wer hier mit den Gewalttätigkeiten angefangen hatte, würden wir auf der Stelle anfangen müssen, Zeugen zu befragen. Wenn die Demonstranten erst einmal fort waren, würden sie viel zu ängstlich sein, sich mit Aussagen zu melden, und wir würden sie niemals wieder auffinden. Und sobald die beteiligten Polizisten ihre Lügengeschichten abgesprochen hatten, konnten wir alle Hoffnung fahrenlassen, jemals die Wahrheit herauszubekommen.

Aber ich hatte eigentlich am Schauplatz der Proteste gar nichts zu suchen. Ich wollte meinen Namen nicht in den Berichten über ein rassistisches Massaker wiederfinden. Ich wollte nicht, dass in irgendeinem Geschichtsbuch ein Foto zu sehen war, das mich an diesem Schauplatz zeigte. Also rannte ich hinüber zur Bank.

Inzwischen versuchten alle Büroangestellten, aus der Gegend zu flüchten. Autos verstopften die Straßen, und aus den Drehtüren der Wolkenkratzer ergossen sich Menschenmassen. Es war eigenartig, so viele Menschen auf den Gehsteigen zu sehen, denn normalerweise ging in Memphis niemand zu Fuß. Ich brauchte acht Minuten, um mir mit den Ellbogen den Weg durch die Masse in Panik geratener Büroangestellter zu bahnen und die Bank zu erreichen. Ein Banküberfall dauert keine acht Minuten, und als ich eintraf, wusste ich, dass Elijah und seine Gang schon fort waren.

Die Drehtür war arretiert, aber einer der Wachmänner, die drinnen standen, erkannte mich und ließ mich hinein. Die Lobby war so gut wie leer. Greenfield musste wohl fast allen seiner Leute erlaubt haben, nach Hause zu gehen. Nur sein Assistent Riley Cartwright und fünf uniformierte Sicherheitsleute waren noch anwesend.

»Wie viele waren es?«, fragte ich. »Können Sie sie beschreiben? Können Sie mir sagen, in welche Richtung sie abgehauen sind?«

»Es ist nichts passiert«, sagte Greenfield. »Ich habe das Sicherheitssystem aktiviert, um den Tresor hermetisch zu verriegeln. Diese Vorsichtsmaßnahme erschien mir vernünftig für den Fall, dass es zu Krawallen käme.«

»Es hat keinen Raubüberfall gegeben?«

Er schüttelte den Kopf. »Hier ist alles okay. Mein Sicherheitspersonal wird zur Stelle sein, sollten irgendwelche Plünderer einzubrechen versuchen, aber der Tresor ist für die nächsten drei Stunden nicht zugänglich und absolut sicher.«

Vielleicht war es mir tatsächlich bereits gelungen, Elijah aus der Stadt zu vergraulen. »Schön, ich denke, ich kann an anderer Stelle eher von Nutzen sein«, sagte ich. »Rufen Sie die Polizei, wenn Sie den Eindruck haben, dass etwas Verdächtiges vor sich geht.«

ETWAS, DAS ICH NICHT VERGESSEN WILL

Die Reaktion der Negroes auf die Gewalttätigkeiten, die sich am Morgen abgespielt hatten, war verhaltener, als ich es erwartet hatte. Der Streik bei Kluge wurde zwar bei den Weißen, die in den Büros des Stadtzentrums arbeiteten, zum Brennpunkt aller Ängste, aber bei den schwarzen Bürgern von Memphis nie wirklich ein Thema. Die meisten Leute hatten den Streik bei Kluge als Arbeitskampf gesehen und nicht als Rassenproblem.

Und als der Streik nach sechs ereignislosen Protestwochen vor den Büros von Kluge schließlich in Gewalttätigkeiten ausartete, waren weit und breit keine Journalisten zu sehen.

Die nationalen Medien bekundeten Interesse, da das Ereignis bei uns Opferzahlen aufzuweisen hatte, aber ohne schaurige und spektakuläre Bilder oder Filmaufnahmen würde die Geschichte im Fernsehen keine große Aufmerksamkeit finden. Weil außerhalb von Memphis so gut wie niemand den Streik beachtet hatte, berichteten in den Stunden nach dem Massaker nur die lokalen Nachrichtenleute.

Die Journalisten aus Memphis, die ja weiterhin in dieser Stadt leben mussten, gingen behutsam mit dem Thema um und widmeten sich eher dem Aspekt Arbeitskampf als der Rassenfrage. Niemand wollte die Story, die einen Krawall auslösen könnte, drucken oder senden.

Der Streik war zu unbedeutend, um bei nationalen Bürgerrechtsorganisationen für größeres Interesse zu sorgen, und die Frachtarbeiter waren nicht gerade beflissene Kirchgänger, so dass die schwarzen Prediger in Memphis ihre Mitglieder nicht zur Unterstützung dieses speziellen Anliegens zusammengetrommelt hatten. Die Menge war ziemlich klein gewesen, als die Gewalt ausbrach, und die meisten Augenzeugen waren noch am Schauplatz in Gewahrsam genommen worden. Bis das Department die Demonstranten Stunden nach der Schießerei wieder gehen ließ, wussten nur äußerst wenige Menschen Bescheid darüber, was sich zugetragen hatte.

Der Bürgermeister wollte die ganze Sache lieber totschweigen, als einen Schuldigen zu suchen, und die Bosse in den oberen Etagen gingen davon aus, dass sie das schlimme Ereignis einfach unter dem Teppichrand verschwinden lassen konnten, wenn sie eine gewissenhafte und gründliche Ermittlung durchzogen, die zu dem einen unabdingbaren Schluss kam: Die Polizisten hatten sich vorbildlich verhalten, und wenn es zu körperlicher Gewalt oder Schusswaffengebrauch gegenüber den Streikenden gekommen sei, dann vollkommen zu Recht.

Als die meisten Personen, die vielleicht gewalttätig reagiert hätten, vom Schusswaffengebrauch erfuhren, waren die Straßen bereits voller Cops. Bei Einbruch der Nacht hatte unser Department den bisherigen Tagesrekord an Festnahmen verdoppelt, und die Zellen unseres Reviers waren angefüllt mit Negroes. Es kam zu keinen Rassenkrawallen in Memphis, zumindest nicht 1965. Der Frieden blieb gewahrt.

Außer bei der Cotton Planters Union Bank. Als sich der Tresor nach der dreistündigen, durch Alarm ausgelösten Verriegelung von selbst öffnete, war alles Geld verschwunden.

30

2009

Ich lag wieder auf meinem verstellbaren Krankenhausbett. Die Schwester hatte mir einen intravenösen Zugang gelegt und gesagt, dass sie meinen Eisenwert kontrollieren wollten, denn mein Blutbild zeigte, dass ich anämisch war. Was mich nicht überraschte. Ich fühlte mich haargenau so, als hätte ich einen Autounfall erlitten.

Rutledge, Drogen, saß neben mir auf der Krankenhausversion eines Loungesessels, eines billigen und minderwertig aussehenden Möbels mit Plastikkissen. Er war dafür zu groß, und man sah ihm an, wie unbequem das Ding für ihn war. Sein rechter Fußknöchel ruhte auf seinem linken Knie, und die Ellbogen ragten über die Armlehnen hinaus. Er hielt etwas in der Hand, das ich anfangs für ein Notizbuch gehalten hatte. Tatsächlich handelte es sich aber um ein elektronisches Gerät: entweder ein besonders großes Internettelefon oder ein sehr kleiner Computer.

Mein Enkel war so aufgeregt, dass es ihn auf keinem Stuhl hielt. Er marschierte am Fuß meines Betts auf und ab, und mir ging es allmählich auf die Nerven, ihm dabei zuzusehen.

»Ich verstehe nicht, wie wir diesen Kerl mit Hilfe des Handys finden sollen«, sagte Rutledge. »Wir haben keine E-Mail-Adresse und auch nicht das Passwort, unter dem er registriert ist, so dass wir es orten könnten.«

Tequila hüpfte auf und ab. Eine größere Genugtuung, als eine Antwort zu kennen, war es für ihn, eine Antwort zu kennen, wenn sonst niemand sie kannte. Dann fühlte er sich wie das cleverste Bürschchen der Klasse. »Telefone können durch GPS geortet werden«, sagte er. »Aber über das Mobilfunknetz kann die Telefongesellschaft ihren Standort auch triangulieren. Sie zeichnet auf, mit welchem Mobilfunkmast die einzelnen Telefone kommunizieren, und anhand dieser Daten lässt sich feststellen, wo sich ein Telefon und daher wahrscheinlich auch dessen Besitzer zu einem bestimmten Zeitpunkt befunden haben.«

Rutledge reagierte übellaunig. »Das weiß ich«, sagte er. »Aber um ein Handy zu orten, muss man die Telefonnummer kennen. Sie können mir nicht einfach sagen, dass irgendjemand ein Handy hat, und dann von mir verlangen, es zu finden. Heutzutage hat doch jeder so ein dämliches Handy.«

Mir fiel ein, dass ich Rutledges Vornamen nicht kannte. Ich blätterte in meinem Notizbuch zurück, um nachzusehen, ob ich ihn vielleicht eingetragen hatte, aber so war es nicht. Also hatte er ihn mir wahrscheinlich nicht genannt.

Ich fragte mich, ob sein Name vielleicht ganz besonders schwarz war und er damit Schwierigkeiten hatte. Vielleicht war Rutledge sein Vorname und nicht sein Nachname. In dem Fall kannte ich seinen Nachnamen nicht. Es sei denn, er lautete Drogen. Ich erwog, ihn zu fragen, aber er kam mir vor wie einer von denen, die bei einer solchen Frage dünnhäutig und gereizt reagieren.

»Aber die Art Telefon ist eindeutig, und das Handynetzwerk kann herausfinden, mit welcher Art es verbunden ist«, sagte mein Enkel. »Er hatte ein iPhone.«

»Na und? In dieser Stadt gibt es Tausende iPhones. Vielleicht Hunderttausende. Jeder hat doch so ein Mistding.«

»Richtig, aber die Handyprovider bewahren Datenprotokolle über die Aktivitäten ihrer Mobilfunkmasten auf, ebenso wie Protokolle der Telefone, so dass es möglich ist, einen bestimmten Mast herauszusuchen, um zu erfahren, welche Telefone sich in dessen Reichweite befanden. Gleichermaßen kann man eine bestimmte Telefonnummer dahingehend überprüfen, mit welchen Masten sie Verbindung hatte. Wir wissen, dass wir nach dem Telefon suchen, das sich gestern um drei Uhr auf dem jüdischen Friedhof am South Parkway befand. Der Friedhof befindet sich neben einem Eisenbahndepot, einer verlassenen Fabrik und einer großen Kiesgrube. Es besteht durchaus die Möglichkeit, dass es zu der Zeit das einzige iPhone in der Nähe des Friedhofs war, und die Telefongesellschaft müsste in der Lage sein, die Protokolle der Masten, die den Friedhof bedienen, zu überprüfen und die Nummer festzustellen.«

»Und sobald das Telefon identifiziert ist, kann man auf reguläre Weise herausfinden, wo es seit gestern gewesen ist«, sagte Rutledge. Er schien beeindruckt. »Woher wissen Sie das alles?«

»Ich habe im letzten Semester ein Seminar über neue Technologien und Datenschutz besucht«, sagte Tequila. »Es handelt sich um ein lohnendes Gebiet für die juristische Diskussion, weil die Gerichte dieselben Bestimmungen, die festgelegt wurden, um die analoge Überwachung in Bahnen zu lenken, jetzt auch bei neuen Entwicklungen wie Handys und Internetnutzung anzuwenden versuchen. Es gibt einander widersprechende Entscheidungen bei den Bezirksgerichten, was die Datenschutzerwartungen betrifft, die mit manchen dieser Fragen verknüpft sind, und schlussendlich wird der Supreme Court sich einschalten müssen, um verbindliche Entscheidungen dazu zu treffen, ob der digitale Fußabdruck im Sinne des Vierten Zusatzartikels Anspruch auf Schutz hat.«

»Bin ich froh, dass ich keinen digitalen Fußabdruck habe«, sagte ich.

»Du solltest froh sein, dass dein Freund Elijah einen hat«, sagte Tequila.

»Mag sein. Brauchen wir einen richterlichen Beschluss, um so vorzugehen?«

»Nein«, sagte Rutledge. »Die Telefongesellschaften lassen uns in ihre Protokolle schauen, wann immer wir wollen.«

»Ob der Polizei die Möglichkeit zugestanden werden sollte, sich derlei Daten ohne richterliche Oberaufsicht zu verschaffen, ist eine verfassungsrechtliche Frage«, sagte Tequila. »Vielleicht werde ich einen juristischen Artikel darüber schreiben. Ich gehöre zur Redaktion des *Journal of Legislation and Public Policy.*«

»Lass mal schön stecken«, forderte ich ihn auf.

Rutledge presste sein Computerdingsbums ans Ohr, womit er wohl verriet, dass es sich um ein Handy handelte.

»Sie sollten diese Dinger im Krankenhaus nicht benutzen«, sagte ich.

»Ja?«, sagte er. »Wer wollte mich daran hindern?«

31

1965

Ich saß im Büro der Detectives in der Central Police Station an meinem Schreibtisch. Ich hatte meinen Wagen vor der Bank gelassen und war zu Fuß zurückgelaufen. Die Straßen waren zu verstopft, um Auto zu fahren.

Die Möglichkeit, an der Aktion des Departments zur Unterdrückung von Rassenkrawallen teilzunehmen, weckte in mir eine so starke Aversion, dass ich die Stunden nach Longfellow Molloys Tod mit dem Versuch verbracht hatte, mich von der Untersuchung des Massakers fernzuhalten, indem ich halbherzig den Hinweisen zu einem Mord folgte, der sich eine Woche zuvor ereignet hatte. Ich kannte den Täter, aber ich konnte das Arschloch nicht festnageln, denn der Mann hatte die Zeit, als ich ganz auf die Sache mit Elijah konzentriert war, genutzt, um meinen Hauptbelastungszeugen einzuschüchtern, so dass ich nicht auf ihn bauen konnte.

Ich war nicht abgeneigt, den Kerl ausfindig zu machen und die Scheiße aus ihm herauszuprügeln, aber ich wusste, dass die morgendlichen Ereignisse Gift für das Department gewesen sein mussten, und befürchtete, dass die Herren aus den oberen Etagen sich darauf verlegen könnten, das Problem Polizeigewalt ernster zu nehmen. Außerdem wollte ich nicht zu viel Aufmerksamkeit auf eine Ermittlung lenken, die ich durch fahrlässiges Verhalten vermasselt hatte. Ich konnte zwar so etwas wie eine Erklärung dafür vorweisen, womit ich die vergangene Woche verbracht hatte, aber einer peinlich genauen Überprüfung würde sie nicht standhalten.

Ich musste die Sache also fürs Erste ignorieren. Ich würde den Kerl kriegen, wenn er das nächste Mal jemanden umbrachte.

Ich verstaute meine Notizen in einem Aktendeckel, den ich in die Schreibtischschublade schob, als ich im Radio hörte, dass die Cotton Planters Union Bank beraubt worden war.

Ich griff zum Telefon und wählte die Zentrale der Bank. Die Vermittlerin stellte mich zu Greenfield durch, und er nahm selbst ab.

»Wo bleibt ihr denn?«, wollte er wissen. »Es sind zwanzig Minuten vergangen, seit ich den Diebstahl von hundertsiebzigtausend Dollar gemeldet habe, und noch immer ist die Polizei nicht hier.«

An einem normalen Tag wäre ein Bankraub eine große Sache für die Polizei von Memphis gewesen und hätte für jeden Detective Priorität gehabt, hinter der seine normale Beschäftigung mit Junkies und Schwarzen, die sich gegenseitig beraubten und umbrachten, zurückstehen musste.

Aber es war kein normaler Tag. Heute scherte sich niemand um Greenfield oder sein bescheuertes Geld.

»Ich dachte, Sie hätten nur einhundertfünfzigtausend in Ihrem Tresor«, sagte ich.

»Wir hatten seitdem eine weitere Lieferung per Panzerwagen.«

»Sie haben weitere zwanzigtausend in Ihrem Tresor eingebunkert, nachdem ich Sie gewarnt habe, dass Elijah Sie zu berauben plante?«

»Ja. Himmel noch mal, Sie hören sich schon an wie Cartwright.«

»Sie sind ein Trottel, Greenfield«, sagte ich.

»Bei unserer letzten Unterhaltung haben Sie mich Arsch genannt.«

»Weil Sie beides sind: Arsch und Trottel.«

»Ich weiß Ihr Urteilsvermögen zu schätzen.«

»Ich sage Ihnen das ausschließlich zu Ihrer eigenen Erbauung.«

»Wollen Sie mich weiterhin beleidigen, Detective Schatz, oder werden Sie an Ihre Arbeit gehen und den Verbrecher festnehmen, der für diese Tat verantwortlich ist?«

Es war mir unmöglich, Elijah zu erwischen. Greenfields Sicherheitssystem modernsten Zuschnitts hatte den Räubern drei Stunden Zeit zur Flucht verschafft, bevor der Raub überhaupt erst entdeckt worden war. Elijah hatte den Bundesstaat längst verlassen.

Und ich wollte auch gar nicht, dass er gefasst wurde, weil ich nicht wollte, dass seine jüdische Verschwörung aufgedeckt wurde. Jetzt, da er die Bank beraubt hatte, konnte ich nur verhindern, dass sein raffinierter Plan auch auf mich zurückfiel, indem ich dafür sorgte, dass er ungeschoren davonkam. Wenn die Umstände dieses Raubüberfalls jemals aufgeklärt würden, dann nur trotz meiner eifrigsten Bemühungen.

»Ich denke, ich werde Sie einfach weiterhin beleidigen, Greenfield.«

»Leck mich, Buck Schatz.«

»Leck dich selbst.«

Jetzt hatte ich ein Problem: Ari Plotkin hatte mir gesagt, Elijahs Plan sei es, die Bank auszurauben, sobald die Streikdemonstration in Gewalttätigkeiten ausartete. Draußen vor der Bank auszuharren für den Fall, dass so etwas geschah, war wohl kein sonderlich effektiver Einsatz meiner Zeit gewesen, und ich bezweifelte, dass die Bankräuber sich ähnlich verhalten hatten. Elijah hatte wahrscheinlich geplant, seinen Raubzug gleichzeitig mit dem Gewaltausbruch bei der Kluge-Demonstration ablaufen zu lassen, und daraus war zu schließen, dass er ganz genau gewusst haben musste, wann es zu Gewalttätigkeiten kommen würde.

An dem Tag, als wir einander begegnet waren, hatte er versucht, mich zu seinem Spießgesellen im Polizeidepartment zu machen. Aber welcher Aspekt seines Plans verlangte nach einem Mann im Department? Meine Intuition sagte: Er hatte jemanden bestochen, vor dem Kluge-Gebäude einen Rassenkrawall zu entfachen, damit die Aufmerksamkeit aller von dem Coup abgelenkt wurde, den er in der Bank durchzog. Also waren der jüdische Raubzug, den ich vertuschen wollte, und das Polizeimassaker, das bereits zum Gegenstand einer intensiven internen Ermittlung geworden war, tatsächlich ein und derselbe Fall.

Ich stellte diskret einige Erkundigungen über den Bankraub an und erfuhr, dass der Fall dem unfähigsten Detective der Polizei in den Schoß gefallen war, dem dicken, schnaufenden Whit Pecker, der nur noch ungefähr fünf Monate bis zur Pensionierung hatte und ohnehin an Faulheit und Nutzlosigkeit allen weit voraus war.

Eine glückliche Fügung für mich. Greenfield würde ihm nicht von den Begegnungen mit mir erzählen. Die Versicherung der Bank könnte nämlich den Versicherungsschutz verweigern, wenn man erfuhr, dass der Bankdirektor vor einem Überfall gewarnt worden war. Wenn ich wirklich Glück hatte, würden weder mein Name noch der von Elijah jemals mit der Akte in Verbindung gebracht werden.

Die Männer, die wegen des Massakers ermittelten, waren gefährlicher: Man hatte den drei höchstrangigen Detectives die Aufgabe zugeteilt, herauszubekommen, was da abgelaufen war. Bisher hörte man auf dem Revier, dass sie wenig Erfolg hatten. Sie hatten Dutzende Zeugen und deren Aussagen, aber aufgetischt wurden ihnen nur widersprüchliche und nutzlose Geschichten. Die Negroes bestanden allesamt darauf, dass ein Polizist zuerst zugeschlagen hatte, die Cops andererseits beharrten darauf, dass die Negroes Stöcke geschwungen und Flaschen geworfen hatten und dass der Gegenschlag streng nach Vorschrift verlaufen war.

Aber ich verfügte über eine Information, die die Ermittler nicht hatten: Ich wusste von Elijahs Plan, einen jüdischen Cop zu bestechen. Bei der Polizei von Memphis standen nur vier Juden im Dienst, und einer von denen war ich. Während sich also die offizielle Untersuchung durch fünfzig Namen und fünfzig Geschichten kämpfte, musste ich nur eine kurze Liste abarbeiten. Ich stellte lediglich einigen freundschaftlich gesinnten Bekannten ein paar diskrete Fragen und bekam schnell heraus, dass nur ein einziger jüdischer Polizist morgens bei der Demonstration Dienst gehabt hatte.

Und zwar Officer Len Weisskopf. Er war sechsundzwanzig Jahre alt und steckte jetzt in der Klemme.

32

2009

»Gestern um drei Uhr wurde in der Nähe des Friedhofs ein iPhone eingeschaltet«, sagte Rutledge, Drogen. »Die Nummer gehört Charles Cameron.«

»Auch bekannt als Carlo Cash?«, fragte ich.

»Ja, Sir«, sagte Rutledge.

»Ich dachte, Drogendealer telefonieren nur mit Burners«, sagte Tequila.

»Burners?«, fragte ich.

Der Detective rümpfte die Nase, als er Tequila das Wort benutzen hörte, und daher nahm ich an, dass es sich um Drogenslang handeln musste.

»Wegwerfhandys mit Prepaid-Karte«, sagte Rutledge. »Sie erledigen damit Ihre Drogengeschäfte, aber sie haben natürlich auch noch ganz normale Telefone für normale Gespräche. Wie normale Menschen. Sie verstehen doch, dass es sich um Menschen wie Sie und mich handelt, oder?«

»Aber natürlich«, sagte Tequila.

»Halten Sie sich bloß nicht für mächtig hip, weil Sie Jay Z hören und *The Wire* gesehen haben«, sagte Rutledge. »Leute wie Sie sind mir schon öfter untergekommen.«

Tequilas Nasenflügel bebten. »Selbst schuld«, sagte ich zu ihm. Ich hörte mir Jay Z nicht an und hatte auch *The Wire* nicht gesehen, und ich wäre nicht überrascht, wenn Rutledge, Drogen, noch nie zuvor jemanden wie mich kennengelernt hätte.

»Das Telefon haben wir jedenfalls in ein Lagerhaus am Riverside Boulevard zurückverfolgen können.«

»Am Riverside Boulevard stehen Lagerhäuser?«, fragte Tequila. »Ich dachte, da wären nur Parks und das neue Downtown-Wohnprojekt.«

»Sie meinen den Riverside Drive«, korrigierte ihn Rutledge. »Der Riverside Boulevard ist damit nicht zu vergleichen.«

Riverside Drive und Riverside Park zählten zu den wiederbelebten Innenstadtbezirken von Memphis. Der Bau einer Basketballarena für eine halbe Milliarde Dollar hatte eine Menge dazu beigetragen, einen kleinen Bereich um das Peabody Hotel attraktiver zu machen.

Bauunternehmer hatten das in die Jahre gekommene Herz der Stadt plattmachen lassen und dort eine Reihe teurer Apartmenthäuser hochgezogen, umgeben von ein paar hübschen Läden, einem Kino und jeder Menge schicker Restaurants.

Vor einem Jahr hatten Rose und ich unseren Enkel Tequila zum Abendessen dorthin in ein brasilianisches Steakhaus eingeladen. Ich war nicht besonders wild auf die brasilianische Nuance, nahm aber an, dass selbst die Jungs von dort unten ein Stück Fleisch nicht ganz und gar kaputtbraten konnten.

Fast dreißig Jahre lang hatte ich in der Gegend gearbeitet, im Polizeirevier 128 Adams Ave., aber Tequila musste sein Handy nach einer Wegbeschreibung fragen, weil ich nichts wiedererkannte. Acht Dollar kostete es mich, den Buick zu parken.

In einem brasilianischen Steakhaus bestellt man nicht einfach nur ein Steak, sondern man berappt vierzig Dollar für den Teller, und dann kommen die Kellner mit Riesenspießen angeturnt, die mit allen möglichen Fleischsorten bestückt sind, und man streift sich immer noch ein Stück davon ab, bis man den Schlund endgültig voll hat. Aus unerfindlichem Grund nannten sich die Kellner *Chiaroscuros*.

Tequila schaffte es nicht, während des Essens ein Wort mit uns zu wechseln, weil er zu sehr mit Schneiden, Kauen und stetigem Kellnerherbeiwinken beschäftigt war, damit sie neue Portionen Spießfleisch servierten. Ich wurde Zeuge, wie der Junge mindestens anderthalb Kilo Flankensteak, mit Knoblauch eingeriebenes Sirloin, mit Parmesan panierte Hähnchenkeulen und Filets Mignon im Speckmantel vertilgte. Fast war ich beeindruckt, ungefähr so, wie mich Monstrositätenshows im Zirkus beeindruckten.

Am nächsten Tag rief mein Enkel an, um mir zu verkünden, dass er »eine Ladung abgeseilt hatte, die das Becken so füllte, dass sie die Wasseroberfläche durchbrach«.

»Erstaunlich«, sagte er. »Wie eine neuerstandene tropische Insel aus üppigem vulkanischen Erdreich. Und das in meinem Klobecken.«

»Freut mich sehr, das zu hören«, sagte ich.

»Möchtest du, dass ich dir ein Foto simse?«

»Nein. So was ist nichts für mein Telefon.«

»Ich habe Angst, dass der Haufen zu groß für den Abfluss ist und schließlich auch noch die Rohre verstopft. Vielleicht sollte ich ihn lieber mit der Toilettenbürste zerkleinern.«

Meine Abfuhrkanäle waren ebenfalls verstopft, was die Unterhaltung besonders unerfreulich machte. Ich nahm schon den dritten Tag ein orales Laxativ ein, und das ganze Fleischzeug aus Brasilien hatte nicht dazu beigetragen, die Verdauung auf Trab zu bringen, sondern gab mir das Gefühl, noch aufgeblähter und vollends verstopft zu sein. Wenn es mir nicht gelang, bis zum Frühstück am nächsten Tag etwas Festes loszuwerden, würde ich es wohl mit einem Zäpfchen versuchen müssen. Und wenn auch das nicht hinhaute, blieb mir nur noch ein Besuch beim Gastroenterologen. Und so einer war mit Riesenvorsprung der von mir am wenigsten geschätzte Arzt.

Das wollte ich meinem Enkel aber nicht auseinandersetzen, und deswegen fand er nie heraus, warum ich ihm gegenüber so ungehalten gewesen war.

Man musste nur die Neuerschließungen, die durch den Bau

des Stadions angekurbelt worden waren, hinter sich lassen, um festzustellen, dass der postindustrielle Niedergang von Memphis so gut wie unvermindert fortschritt. Ein paar Meilen entfernt von den Wolkenkratzern der Banken, den Regierungsgebäuden und den brasilianischen Steakhäusern fand man am Flussufer kilometerlange, von Schlaglöchern zersprengte Straßen, ausgediente Lagerhäuser und stillgelegte Speditionshöfe.

Der Fluss hatte als Transportweg immer mehr an Bedeutung verloren, und was früher Hunderte Schauerleute geschleppt hatten, wurde jetzt von einigen computergesteuerten Kränen verladen. Memphis war immer noch ein Warenumschlagplatz, aber das Speditionsgeschäft konzentrierte sich heutzutage auf den International Airport und das Drehkreuz von Fed Ex.

Es würde einem Drogendealer nicht schwerfallen, ein abgelegenes Lagerhaus zu finden, in dem er Menschen foltern konnte, ohne dass jemand etwas hörte.

»Glauben Sie, dass Elijah immer noch dort ist?«, fragte Tequila.

Rutledge verzog das Gesicht. »Als das Telefon zum letzten Mal gepiept hat – so ungefähr um zwei Uhr heute Morgen –, war das Handynetz mitten auf dem Fluss.«

»Als befände er sich auf einer Brücke?«, fragte Tequila.

»Als befände er sich auf einem Boot«, sagte ich.

Rutledge nickte mir zu. »Und das Handy hat seither kein Signal mehr gesendet. Aller Wahrscheinlichkeit nach ist es im Wasser gelandet.«

»Zusammen mit der Leiche«, sagte Tequila.

»Sieht ganz danach aus«, sagte Rutledge. »Tut mir leid.«

»Mir nicht«, sagte ich zu ihm. »Es war nicht Elijahs Leiche.«

»Wie kommen Sie darauf?«, fragte Rutledge.

»Weil es nicht Elijahs Handy war«, sagte ich.

33

1965

Ungefähr zwölf Stunden nachdem die Polizisten Longfellow Molloy niedergeschossen hatten, kamen die Bosse zu der Überzeugung, dass es keine Krawalle geben werde, und über Funk wurde die Nachricht verbreitet, die Überstundengenehmigung sei aufgehoben. Ich ging eine Zeitung kaufen, gönnte mir einen Kaffee und schlug mir eine Dreiviertelstunde um die Ohren. Dann fuhr ich zu Weisskopfs Haus und klopfte. Seine Frau kam an die Tür.

»Ich weiß, wer Sie sind. Sie sind Baruch Schatz«, sagte sie. Zweifellos hielt sie es für absonderlich, dass ich kurz vor Mitternacht an ihre Tür klopfte. Sie schien zu überlegen, ob sie diese Absonderlichkeit einfach akzeptieren sollte, aber gleichzeitig versuchte sie sich auszumalen, weswegen ich erschienen sein mochte. Offenbar gelang ihr das jedoch nicht, so dass sie sich entschied, einfach nur höflich zu sein: »Ich bin Devorah. Glückwunsch zu Ihrer *Simcha*!«

Sie bezog sich auf Brians bevorstehende *Bar-Mizwa*. Ich lächelte ihr zu, weil ich immer automatisch lächelte, wenn Leute etwas Nettes sagten, das sich auf meinen Jungen bezog. »Vielen Dank. Ich muss mit Len sprechen.«

»Möchten Sie nicht hereinkommen?«

»Ich habe es ein wenig eilig, und daher scheint es mir am besten zu sein, hier draußen auf der Veranda mit ihm zu reden. Ich verspreche, ihn nur ganz kurz in Beschlag zu nehmen.«

»Ich hole ihn.« Sie schloss die Tür und ging nach drinnen. Ich löste meinen Schlagstock vom Gürtel und hielt dessen Griff so fest in der Faust, dass die blutleeren Fingerknöchel weiß schimmerten.

Die Tür ging auf. Weisskopf war breitschultrig und ein paar Zentimeter größer als ich, machte aber nicht den Eindruck, ein besonders kraftvoller Mann zu sein. Sein Gesicht hätte wohl ansprechend genannt werden können, wäre es nicht ein wenig verformt gewesen. Die Nase war etwas zu breit, die Lippen etwas zu fleischig, die Augen etwas zu klein. Zudem standen sie ein wenig zu weit auseinander. Seine Kieferpartie und seine Körpermitte waren recht konturlos und schlaff, was vermuten ließ, dass er es sich im Leben etwas zu leicht gemacht hatte.

Er stand im Eingang, lächelte mir zu und schaffte es nicht so ganz, seine Nervosität zu verbergen.

»Wahrhaft eine Überraschung«, sagte er. »Ich weiß nicht, ob wir einander schon einmal begegnet sind, aber meine Mutter kennt die Ihre, glaube ich.«

Mit dem Schlagstock deutete ich auf die Tür. »Kommen Sie heraus auf die Veranda und schließen Sie die Tür hinter sich.«

Ich steckte mir eine Zigarette zwischen die Lippen und zündete ein Streichholz an. Er schloss die Tür. Jetzt wirkte er nervös.

»Ist da etwas, wobei ich Ihnen heute Abend behilflich sein könnte, Buck?«

Ich inhalierte tief. »Sie können mir erklären, was ich meinem Sohn sagen soll.«

»Ich verstehe nicht ganz, was Sie von mir wollen.«

»Wenn ich nach Hause komme, wartet mein Sohn auf mich und wird wissen wollen, wie ich einer Organisation angehören kann, die sich der Gräueltaten schuldig gemacht hat, die heute Morgen geschehen sind. Er wird mich fragen, ob ich mich noch im Spiegel angucken kann. Und ich habe keine Ahnung, wie ich ihm auf diese Frage antworten soll. Also frage ich Sie, was ich ihm Ihrer Meinung nach sagen sollte.«

»Ich weiß nicht recht, warum Sie damit zu mir kommen«, sagte er. »So gut kennen wir einander doch wirklich nicht.«

»Versuchen Sie ja nicht, mir irgendwelchen Scheiß aufzutischen«, sagte ich und fuchtelte drohend mit dem Knüppel. »Ich werde mit dem Ding hier auf deinen Rippen Xylophon spielen. Und ich werde dir jeden einzelnen Zahn aus deinen beschissenen Kieferknochen brechen.«

Er streckte mir die offenen Handflächen entgegen. »Bitte tun Sie mir nichts«, sagte er. »Meine Frau ist schwanger. Wir bekommen ein Baby.«

Ich packte ihn bei den Schultern, drehte ihn um und tastete ihn ab, um mich zu überzeugen, dass er keine Waffe bei sich trug.

»Drei Menschen sind deinetwegen zu Tode gekommen.«

»Negroes.«

»Hör auf, Sachen zu sagen, die mich sauwütend machen. Schließlich will ich mir gerade einreden, dich doch am Leben zu lassen.«

Es gab nur einen Grund, warum ich ihm nicht den Knüppel über den Schädel zog, bis von seiner Visage nicht mehr übrig war als ein Fleck auf der Veranda. Aus Rücksicht auf seine schwangere Frau verkniff ich es mir jedenfalls nicht. Ich wollte nur nicht erklären müssen, warum ich es getan hatte. Das Department durfte nicht herausfinden, dass Juden für das Massaker verantwortlich waren. Ich würde es vertuschen müssen. Ich musste Len Weisskopf an einen Ort schaffen, wo ihn niemand je finden würde.

»Wie viel hat dir Elijah dafür bezahlt, diese Menschen zu ermorden?«, fragte ich.

»Ich hab auf niemanden geschossen, sondern nur einen Mann mit dem Stock geschlagen.«

»Aber du hast alles ausgelöst. Er hat dich dafür bezahlt. Du hast für das Ablenkungsmanöver gesorgt, damit er ungestört den Tresor ausrauben konnte.«

»Mag ja sein, aber niemand hat mir von einem Bankraub erzählt, und ich wusste auch nicht, dass unsere Jungs auf die Demonstranten schießen würden. Diesen Elijah hab ich nie kennengelernt. Ich wusste nur, dass ich mir um Punkt halb elf Uhr vormittags den nächstbesten *Shvwartzen* greifen und auf ihn einprügeln sollte. Ich wette, Sie hätten auch einem von diesen Kraushaarigen den Schädel eingeschlagen, wenn Ihnen jemand einen Batzen Geld dafür geboten hätte. Wie viele Leute haben Sie diese Woche schon niedergeschlagen, ohne dafür zu kassieren?«

Am liebsten hätte ich an Ort und Stelle noch jemanden zusammengeschlagen, aber ich schluckte den Kloß im Hals hinunter und ignorierte die Provokation. »Wer hat dich bezahlt? Wer war dein Kontaktmann?«

»Ari Plotkin.«

Verflucht noch mal. Wenn ich das nächste Mal auf Ari Plotkin schießen musste, durfte ich nicht vergessen, auf seine Fratze zu zielen.

»Wie viel?«

»Drei-fünf.«

»Das sind Elfhundert und ein paar Zerquetschte für jeden Mord, den du auf dem Gewissen hast.«

Sein Gesicht verfinsterte sich. »Und wie viele Tote haben Sie auf dem Gewissen, Buck? Wie viele Menschen haben Sie umgebracht?«

»Schätze, ich kann durchaus noch einen mehr verkraften«, sagte ich und hob den Knüppel. Er warf die Arme in die Höhe, um den Kopf zu schützen, und wich einen Schritt zurück.

»Um Gottes willen!«

»Wo ist es?«, brüllte ich ihm ins Gesicht und sprenkelte seine Wangen mit einem Sprühregen aus Speicheltropfen und Zigarettenasche.

»Wo ist was?«

»Das Geld, du Trottel.«

»Ist im Haus.«

»Dann hol es.«

»Was? Warum denn?«

»Weil ich, wenn du es nicht tust, diesen Knüppel hier benutze, um dich totzuprügeln.«

Er ging ins Haus zurück. Was auch immer er dort tun mochte, dauerte so lange, dass ich befürchtete, er könne auf dumme Ideen kommen. Also hakte ich den Knüppel wieder an meinen Gürtel und zog die .357er aus dem Halfter. Ich trat an die Türseite, und in dem Augenblick, als er sie öffnete, streckte ich den Arm nach ihm aus, bekam ihn am Hemd zu fassen und schleuderte ihn gegen die Wand.

Ich tastete ihn ab, und es stellte sich heraus, dass er nicht so dämlich gewesen war, sich seine Waffe zu schnappen. Er hatte getan, was ihm aufgetragen worden war, und von irgendwo im Haus ein fettes Bündel Geld mitgebracht.

»Das ist jetzt meins«, sagte ich und nahm ihm das Geld aus der Hand.

»Sieht aber nicht gerade danach aus, als wollten Sie es zu Beweiszwecken beschlagnahmen.«

»Geht dich absolut nichts an, was ich damit vorhabe.«

»Reine Erpressung also?«, sagte er.

»Nenn es deinen Glückstag, Len«, sagte ich. »Ich täte nämlich nichts lieber, als dich so lange weich zu prügeln, bis deine Eingeweide nur noch Brei sind. Du hast es verdient, vor Schmerzen zu jammern, und du hast es auch verdient, in den Knast zu wandern.«

»Das Geld gehört mir«, sagte er. »Es ist für meine Familie. Ich habe es anständig und ehrlich verdient.«

»Nun, da hast du leider das Pech, dass ich mit einer überaus gesunden Portion Skepsis ausgestattet bin, was die Einschätzung von Eigentumsrechten betrifft«, sagte ich und stopfte den Geldstapel in die Jackentasche. »Morgen früh wirst du deinen Sergeant anrufen und ihm sagen, dass du mit dem, was du heute mit ansehen musstest, nicht fertig wirst. Du wirst ihm sagen, dass du kündigst.«

»Und was soll ich ohne Job machen?«

»Du wirst deinen ganzen Scheiß zusammenpacken und die Stadt verlassen.«

»Und wo soll ich hin?«

Ich presste ihm die Mündung meine .357er an die Stirn. »Ich bin sicher, dass du in der unendlichen und einladenden Weite des Ist-mir-doch-scheißegal ein Plätzchen findest, um dich niederzulassen. Hier jedenfalls wirst du nicht bleiben.«

»Ich habe doch mein Haus.«

»Stell jemanden an, der es verkauft, und lass dir den Erlös überweisen. Aber spätestens morgen bei Sonnenuntergang hast du meine Stadt verlassen. Sollte ich dich je hier wiedersehen oder solltest du auch nur einen Blick zurückwerfen, wenn du verschwindest, werde ich dich von den weißglühenden Flammen des heiligen Feuer Gottes verzehren lassen. Glaubst du mir?«

»Ich glaube Ihnen«, sagte er.

Ich steckte meine Waffe ein.

»Ich muss Ihnen jedoch sagen, dass Sie ein verdammter Heuchler sind«, sagte er. »Sie tun so überaus rechtschaffen und schieben sich doch mein schmutziges Geld in die Hosentaschen. Sie sind auch nicht besser als ich, sondern mindestens genauso korrupt und viel gewalttätiger als ich. Allein Ihr Anblick macht mich krank.«

»Dann fügt es sich ja bestens, dass du mich nie wieder sehen musst«, sagte ich. »Und wenn du mich doch sehen solltest, dann achte darauf, dass ich dich nicht sehe. Wenn ich dich nämlich noch mal sehe, wirst du sterben.«

»Sie sind ein Heuchler.«

»Und dir bleibt nur Zeit bis morgen zum Sonnenuntergang, um aus Memphis zu verschwinden. Ansonsten sollte deine schwangere Frau schon mal anfangen, Beerdigungsvorbereitungen zu treffen. Eine gute Nacht, du lausiger Haufen Scheiße.«

Als Brian aufwachte, hatte ich das Frühstück fast fertig. Ich hatte richtige Bohnen für den Kaffee benutzt, nicht das Instantzeug, mit dem ich mich gewöhnlich begnüge. Außerdem hatte ich Rührei mit knusprigem Schinken zubereitet, Bagels und frischen Orangensaft aufgetischt.

Der Schinkenspeckstreit war eines der wenigen schwerwiegenden Gefechte mit Rose, bei denen ich letztlich die Oberhand behielt. Wir stammten beide aus traditionellen Familien, die ihre Küche koscher hielten, aber meine Mutter hatte nach dem Tod meines Vaters die besonders lästigen kulinarischen Restriktionen zu ignorieren begonnen, und zu meiner Highschoolzeit dachte ich mir nichts dabei, in einem Restaurant einen Cheeseburger zu vertilgen.

Während des Krieges waren unsere Lebensmittelrationen nicht gerade üppig, und gepökeltes Schweinefleisch hielt sich länger als die meisten anderen Fleischsorten. Also nahmen wir es gern, wenn es zu haben war. Ich fand Geschmack an dem Zeug.

Als ich aus Europa zurückkam, war ich nach alledem, was ich gesehen und ertragen und selbst getan hatte, nicht mehr geduldig genug, um für Fleisch und Milchprodukte getrenntes Essgeschirr zu benutzen. Wenn ich einkaufen ging, brachte ich *treif* mit nach Hause.

Rose reagierte anfangs ungnädig, aber schließlich ging auch ihr auf, dass sich die Regeln geändert hatten. Die Juden hatten der Errettung bedurft, aber Gott war nicht in Erscheinung getreten. Die US-Armee hatte die Arbeit für ihn erledigen müssen. Ich fing mir eine verdammte Kugel ein, als ich den Job für ihn erledigte. Und deswegen hatte er mir auch nicht zu sagen, was ich zum Frühstück essen durfte.

Ein Zugeständnis machte ich jedoch an Rose. Nachdem ich es geschafft hatte, den Geruch von brutzelndem Schweinefett durchs ganze Haus wabern zu lassen, sorgte ich dafür, dass er durch den Qualm meiner Zigaretten neutralisiert wurde.

Sich den Schlaf aus den Augen reibend, erschien mein Sohn in der Küche. Er trug einen Flanellschlafanzug, und es kam mir so vor, als hätte er vor nicht allzu langer Zeit noch Strampelhosen angehabt.

Ich stellte ihm einen Teller hin.

»So leicht kannst du mich nicht bestechen«, sagte er.

»Ich will niemanden bestechen«, klärte ich ihn auf. »Ich wollte dir nur Frühstück machen.«

Es gab in der Nähe einen Laden, der noch spät geöffnet war und den ich nach meinem Gespräch mit Len Weisskopf hauptsächlich deswegen aufgesucht hatte, um sicher sein zu können, dass Brian bereits schlief, wenn ich nach Hause kam. Ich wusste nämlich nicht, was ich sagen sollte, und war für einen Erklärungsversuch noch nicht bereit.

Ich hatte einen der Hunderter angebrochen, die Elijah mir für Lebensmittel gegeben hatte. Ich hatte das Gefühl, mir dadurch die Finger schmutzig zu machen. Und besonders stolz war ich auf nichts, was sich im Laufe der vergangenen Woche zugetragen hatte.

»Drei Männer sind tot, und du meinst, du kannst dir meine Bewunderung mit Kaffee und Rührei zurückkaufen?«

»Und Schinken«, sagte ich.

Er nickte. »Okay, ich nehme von dem Schinken.«

Er aß schweigend. Ich machte noch mehr Rührei.

Ein paar Minuten später kam Rose in die Küche. Ich servierte ihr einen Teller mit Eiern und einen getoasteten Bagel.

»Du hast die doch nicht etwa in derselben Pfanne zubereitet wie den Dreck da, oder?«, fragte sie.

An unserem fünfzehnten Hochzeitstag wollte ich sie damit überraschen, dass ich zwei lebendige Hummer zum Abendessen mitbrachte. Schalentiere sind Juden nicht erlaubt, und Rose reagierte wutentbrannt. Sie trug mir auf, zum Fischmarkt zurückzugehen und mir das Geld wiedergeben zu lassen, aber die Hummer waren bereits zu lange außerhalb des Wasserbeckens gewesen, und man weigerte sich, sie zurückzunehmen.

Ich wollte sie kochen, selbst wenn Rose sich weigerte, Krebsfleisch zu essen, aber sie duldete einen solchen Frevel nicht im Haus und zwang mich, die Delikatessen zu entsorgen. Neun Dollar, geradewegs aus dem Fenster geworfen.

Jener Abend endete damit, dass ich auf dem Sofa schlafen musste, und ich lernte meine Lektion.

»Ich habe verschiedene Pfannen benutzt«, sagte ich. »Deine Eier sind mit nichts Schweinischem in Berührung gekommen.«

»Gut«, sagte sie. »Der Dreck schlägt mir auf den Magen.«

»Ich weiß ja.«

»Mach Dad jetzt nicht kirre, Mom«, sagte Brian. »Er muss noch jede Menge Schwarze erschießen.«

»Ich habe keine Negroes erschossen«, sagte ich.

»Aber dein Department ist verantwortlich, und du arbeitest heute, als sei alles ganz normal.«

»Ich suche keine Entschuldigungen dafür, was gestern geschehen ist«, sagte ich. »Die Polizisten hätten wahrscheinlich nicht das Feuer eröffnen dürfen.«

»Wahrscheinlich?« Er schlug mit der Faust auf den Tisch und hätte beinahe seinen Orangensaft verschüttet.

»Die Lage war sehr angespannt. Es war eine komplizierte Situation.«

»Die Arbeiter dort haben versucht, die barbarischen Methoden an den Pranger zu stellen, mit Hilfe derer das Unternehmen sie ausbeutet, und die Polizei hat diese Menschen wie eine Verbrecherbande behandelt. Dein Department hat eure Leute von diesem schmierigen Alvin Kluge als streikbrechende Schlägertruppe missbrauchen lassen.«

»Hör mal, ich weiß, dass du dir oft angehört hast, was Abramsky so von sich gibt.«

»Ich mache mir meine eigenen Gedanken. Aber der Rabbi hat in so mancher Hinsicht recht.«

»Abramsky hat im Holocaust Familienmitglieder verloren«, sagte Rose. »Ich kann verstehen, warum er darüber beunruhigt ist, was der Staat sich anmaßt und mit welcher Gewalt die Polizei vorgeht.«

»Das ist ungemein kurzsichtig, und das weißt du auch, Liebes«, sagte ich. »Es gibt andere Fälle von Gewalttätigkeit, deretwegen die Menschen sich Sorgen machen sollten: Zuhälter und Säufer, die Frauen verprügeln. Drogendealer, die ganze Stadtteile verseuchen. Räuber, die Menschen auf offener Straße niederschießen. Wenn die Polizei nicht zu Zwangsmitteln und zu Gewalt greifen darf, können wir die Menschen nicht schützen.«

Brian stopfte sich einen ganzen Schinkenstreifen in den Mund. »Diese Gefahren erscheinen mir weit hergeholt«, sagte er. »Vielleicht ist das Heilmittel schlimmer als die Krankheit. Um ein paar Übeltäter daran zu hindern, ein paar Leuten Leid zuzufügen, installieren wir ein ganzes Department aus Übeltätern, die uns alle bedrohen.«

»Hab ich dir mal erzählt, was meinem Vater geschehen ist?«, fragte ich.

»Buck, er ist gerade erst zwölf«, sagte Rose.

»Und? Wenn er ein Mann sein möchte, kann er nicht früh genug von diesen Dingen erfahren. Ich war sechs, als es passierte.«

Zum ersten Mal an diesem Morgen sah mich Brian direkt an. »Was ist meinem Großvater passiert?«

»Wir werden nicht darüber sprechen«, sagte Rose.

Ich kratzte den Rest des Rühreis auf meinen Teller und setzte mich dann an den Tisch. Niemand sprach. Ich aß einen Streifen Schinkenspeck und steckte mir eine Zigarette an.

Schließlich sagte ich: »Die Polizei ist nur so gut wie die Männer, die ihre Uniform tragen. Einige der Männer sind nicht besonders gut. Aber wenn gute Leute den Job nicht tun wollen, dann tun ihn eben schlechte Leute. Ich muss jeden Tag da raus und versuchen, das Richtige zu tun. Wie ich schon sagte – ich habe diese Neger nicht erschossen.«

»Aber du hast Mister Schulman niedergeschlagen. Das hab ich selbst gesehen.«

»Ja, das hab ich. Und ich hatte das Gefühl, es tun zu müssen, so wie er davonrannte, als er mich sah. Ich wusste nicht, was er vorhatte. Vielleicht wären unschuldige Menschen zu Schaden gekommen, wenn ich sein verdächtiges Verhalten ignoriert hätte.«

»Ich glaube nicht, dass Mister Schulman jemandem was tun wollte.«

»Sehr schön, dass du noch ans Gute im Menschen glaubst. Aber manchmal sind die Leute gefährlicher, als sie wirken.«

»Und manchmal kommt es zu übermäßiger Gewalt.«

»Das stimmt. Manchmal.«

»Hast du schon einmal einen Menschen getötet?«, fragte er.

Rose hörte zu kauen auf und musterte mich.

Ich legte Messer und Gabel auf den Teller und blickte ihm geradewegs in die Augen. »Man kann kein Omelett zubereiten, ohne immer mal wieder ein Ei zu zerschlagen.«

Irgendwann muss ein Junge zum Mann werden.

Er streckte das Kinn vor und zog einen Flunsch. »Dad, ich glaube, es ist möglich, ein deftiges viergängiges Frühstück anzurichten, ohne dass ein einziger Mensch ums Leben kommen muss.«

Ich denke, als er fragte, musste er schon Bescheid gewusst haben. Es ging da um etwas, das er wahrscheinlich allein herausbekommen konnte.

»Na schön, wie wär's denn, wenn du von heute an das Kochen übernehmen würdest?«, sagte ich.

34

2009

Es dauerte länger als ein Stunde, bis ich den Arzt überredet hatte, mir zu erlauben, das Krankenhaus zu verlassen. Er bestand darauf, der Krankenakte eine Notiz beizufügen, in der es hieß, dass ich mich »gegen den Rat meines Arztes« selbst entlassen hatte. Ich forderte ihn auf, beizufügen, was auch immer er beizufügen habe und wo er es beizufügen habe, damit ich endlich aus dem Laden rauskam.

Gerade als Rutledge mir in einen Rollstuhl half, damit ich mich auf den Weg machen konnte, führte Fran Rose in mein Zimmer. Dadurch kam es zu einer kleinen Szene, aber William blieb da, um seine Großmutter zu beruhigen, während ich mich mit dem Detective davonmachte.

Sie brauchte sich eigentlich über gar nichts aufzuregen. Die Verbrecher waren schon lange über alle Berge, als Rutledge mich zum Lagerhaus brachte. Es glich einer Ruine, und die Hälfte der Gebäude in der Umgebung sah aus, als seien ihre Dächer eingebrochen. Zum Ende hin wurde die Fahrt wegen des zerbröselnden Asphalts überdies sehr holprig.

Die Polizei hatte Absperrband um den Tatort spannen lassen, und ein halbes Dutzend Streifenwagen mit blitzenden Warnlichtern stand davor, verstärkt durch diverse zivile Chevys, die von jedermann mit etwas Hirn unschwer als Polizeifahrzeuge zu erkennen waren.

Bei Polizeieinsätzen solchen Umfangs bedrängen gewöhnlich

Massen von Schaulustigen den Einsatzort und sammeln sich hinter dem Absperrband, um mitzubekommen, was sich abspielt. Hier hingegen war kein Zivilist aufgetaucht, was davon zeugte, wie verlassen die Gegend war.

Ein Weißer mit schütterem rötlichgelben Haar und Goldrandbrille trat zu uns, als Rutledge mir auf der Beifahrerseite aus dem Wagen half. Der Mann trug Zivilkleidung, und um seinen Hals hing eine laminierte Erkennungsmarke.

»Ich möchte dem Mann die Hand schütteln, der Randall Jennings erschossen hat, denn der Kerl war ein Riesenarschloch«, sagte er.

Das Ding, das er um den Hals trug, zeigte ein Foto von ihm und das Wort FORENSIK. Ich aktivierte die Erfahrung aus Jahrzehnten detektivischer Arbeit und zog den naheliegenden Schluss: »Sie dürften ein Labormensch sein.«

»Ja, ich bin der Mensch, der in dem, was in Memphis als Police Department gilt, in dem arbeitet, was als Labor gilt«, sagte er. »Meine Freunde schimpfen mich Ed Clark, meine Frau schimpft, weil ich immer zu spät zum Abendessen komme, und beim Ermittlungsteam von Action News schimpfen sie, dass ich mit der Untersuchung der Vergewaltigungsbeweise zwölf Jahre hinterherhinke.«

Der Typ war ganz ulkig. Er gefiel mir. Aber ich hatte einen Ruf zu wahren.

»Ich mag Sie nicht«, sagte ich und steckte mir eine Zigarette an.

Er schmunzelte. »Schätze, mir würde es auch nicht passen, wenn Sie es täten.«

»Ich habe Mister Schatz hergebracht, weil er glaubt, dass Charles Cameron alias Carlo Cash gestern einen Mann namens Elijah, der des Bankraubs verdächtigt wird, aus dem Wagen von Andre Price entführt hat«, sagte Rutledge. Er hatte meine Gehhilfe aus dem Kofferraum seines Wagens befreit und hielt einen Augenblick inne, um sie aufzuklappen und vor mich zu platzieren. »Wir glauben, dass Cash Elijah in dieses Gebäude gebracht haben könnte. Ich hoffe, Mister Schatz vermag seine Einschätzung der Situation mit dem Beweismaterial in Einklang zu bringen, das Sie hier gefunden haben.«

»Hört sich an, als könnten wir darüber reden«, sagte Clark. Seine Mundwinkel zeigten steil nach unten. »Kommen Sie aus dem Krankenhaus? Gibt es Neues von Price?«

Rutledge schüttelte den Kopf. »Bei meinem letzten Gespräch mit der Familie hieß es, dass er noch nicht selbst atmen könne. Wenn er mit dem Leben davonkommt, wird es kein sonderlich schönes Leben sein.«

»Das ist ja fürchterlich. Ich habe ihn immer für einen korrekten Kerl gehalten.«

»Er war einer von uns«, sagte Rutledge. »Und dafür werden die jetzt büßen. Wir nehmen uns diese Arschgeigen dort vor, wo sie wohnen. Wir brennen ihre verdammten Häuser nieder.«

»Ich glaube, da ist Elijah Ihnen schon zuvorgekommen«, sagte ich. »Aber mir gefällt Ihre Einstellung. Sehen wir uns mal an, was sich dort im Lagerhaus befindet.«

Drei Stufen führten hinauf zur Seitentür des Lagerhauses. Eine Rampe gab es nicht. Eigentlich war es ja nicht zulässig, ein Gebäude für Menschen mit Behinderung unzugänglich zu halten, aber ich hatte den Verdacht, dass dieses Gebäude in mancherlei Hinsicht den amtlichen Vorschriften nicht genügte.

Die Stufen waren zu schmal, um allen vier Beinen meiner Gehhilfe Platz zu bieten, und daher konnte ich mich nicht auf ihr abstützen. Rutledge musste mich am Ellbogen halten, während ich langsam hinaufstieg, und Clark stand hinter mir. Er gab sich um meiner Würde willen alle Mühe, den Anschein zu erwecken, als sei er nicht darauf vorbereitet, mich aufzufangen, wenn ich rückwärtsstrauchelte.

Im Lagerhaus hatte die Polizei das düstere Oberlicht mittels einiger Flutlichtlampen aufgehellt, um die Suche nach Beweismitteln zu erleichtern. Auf dem Fußboden gleich hinter der

Türöffnung war ein großer Kreis mit Absperrkegeln und Polizeiband gekennzeichnet worden. Ansonsten wirkte der Raum leer. Eine dicke Staubschicht bedeckte fast alle Oberflächen, schien aber auf dem Boden kürzlich aufgewirbelt worden zu sein, als zuerst eine Menge Drogendealer darauf herumgetrampelt hatten und anschließend eine Menge Cops darübergelaufen waren.

»Das hier ist irgendwie enttäuschend«, sagte ich.

»Ich weiß nicht, was Sie erwartet haben«, erwiderte Clark.

»Die letzte Szene von *Sie kannten kein Gesetz*«, sagte ich.

»Die letzte Szene von *Wilde Hunde*«, sagte Rutledge.

»Ja. Verzeihung«, sagte Clark.

»Was haben Sie hier gefunden?«, fragte ich.

»Nun, bis auf den Bereich, den wir gesichert haben, war der Boden von Staub bedeckt«, sagte Clark. »Wir vermuten, dass man die Stelle mit Bleichmittel gescheuert hat.«

»Und woran erkennen Sie das?«, fragte ich.

»Daran, dass es nach Bleichmittel riecht«, klärte er mich auf. »Für solchen Scheiß braucht man nicht gerade eine Geistesgröße zu sein. Im Bereich, der gesäubert wurde, haben wir trotzdem noch Blutspuren gefunden. Die Leute glauben, mit Bleichmittel lässt sich Blut entfernen, aber die Leute sind eben blöd.«

»Was ist also Ihrer Meinung nach geschehen?«, fragte ich.

»Ich denke, hier wurde jemand erschossen, und dann hat jemand die Leiche abtransportiert und anschließend den Tatort gereinigt. Nur an einer Stelle gibt es Anzeichen dafür, dass Blut geflossen ist. Also muss sich der Killer wahrscheinlich darauf verstanden haben, eine Leiche wegzuschaffen. Vielleicht haben sie ihn in ein leeres Fass gestopft. Vielleicht hatten sie einen Leichensack. Man kann einen Toten auch in eine Plastikplane wickeln. Aber die muss man richtig falten, um zu verhindern, dass Blut raustropft.«

»Wahrscheinlich stammen die Blutspuren von Elijah«, sagte Rutledge. »Man hat ihn hergeschafft, um ihn zu töten, und es sieht auch so aus, als sei jemand umgebracht worden. Es liegt also auf der Hand, dass Ihr Freund nicht mehr am Leben ist.«

»Das bezweifle ich«, erwiderte ich. »Dieser Blutfleck stammt von Carlo Cash. Einer seiner Komplizen hat ihm in den Hinterkopf geschossen, sobald er hier auftauchte.«

»Warum sind Sie da so sicher?«

Also erzählte ich ihm, wie Elijah die Cotton Planters Union Bank ausgeraubt hatte.

35

1965

Siebenundzwanzig Stunden nachdem Molloy von der Polizei aus Memphis getötet worden war, hatte Whit Pecker, der dümmste Cop in der Polizeitruppe von Memphis, endlich meine Verhaftung von Ari Plotkin und seiner Gang mit dem Cotton-Planters-Union-Bankraub in Zusammenhang gebracht, und ich wurde in die entsprechenden Ermittlungen einbezogen.

Pecker wollte explizit von mir wissen, warum ich es nicht für nötig gehalten hatte, ihm davon zu berichten, dass ich über einen Plan, diese Bank auszurauben, Recherchen angestellt hatte. Ich erklärte ihm, das sei mir im Chaos der Ereignisse des vorherigen Tages entfallen. Und außerdem könne er mich am Arsch lecken. Eine Stunde später hieß es von ganz oben, der Bankraub sei jetzt mein Fall, da ich mich ja bereits mit ihm beschäftigt hatte. Was mich betraf, hätte Pecker ihn sich auch an den Hut stecken können.

Ich begab mich zur Bank, wo Greenfield in seinem prächtigen Büro wartete. Bei ihm waren sein Assistent Riley Cartwright, ein Rechtsanwalt der Bank, der Pumfrey hieß oder so ähnlich, und ein Gespenst von Versicherungsvertreter namens Swain. Alle Plätze waren bereits besetzt, und ich musste stehen. Zum Kotzen.

Um seiner Gäste willen erweckte Greenfield den Anschein, mir zum ersten Mal zu begegnen. Er rief seine Sekretärin, und sie fragte mich, ob sie mir einen Kaffee bringen dürfe. Auf ihre arische Weise war sie sehr hübsch, und Greenfield schien erfreut über die Gelegenheit, sie seinen Gästen zu präsentieren.

Niemand hatte ein Getränk vor sich stehen, und daher nahm ich an, dass von mir ebenfalls erwartet wurde, ihr Angebot abzulehnen. Also sagte ich, dass ich liebend gern eine Tasse mit Sahne und zwei Stückchen Zucker hätte.

»Ich hatte zwar gehört, dass Sie eine Art Bande festgenommen haben, die uns auszurauben suchte, aber wir hätten es niemals für möglich gehalten, dass jemand unseren Tresor knacken könnte«, sagte er zu mir.

Angsterfüllt wartete er auf meine Antwort. Ich hatte meine Zigarette erst halb aufgeraucht, ließ sie aber trotzdem auf seinen Teppich fallen, trat auf die Kippe und drückte die Glut mit dem Absatz aus. Dann zündete ich mir die nächste an, löschte die Flamme und warf das Zündholz ebenfalls auf den Fußboden. Um ganz sicherzugehen, zertrat ich den verkohlten Kopf des Streichholzes mit meiner Schuhspitze.

»Hätte ich geahnt, dass weitere Räuber vorhatten, Ihre Bank auszuplündern, wäre ich ganz sicher hier vorstellig geworden, um mit Ihnen darüber zu sprechen«, sagte ich.

Ich blickte auf und sah, dass *Pumpleroy* und *Swindle* mich mit unverhohlenem Horror anstarrten. Ich lächelte ihnen zu. Greenfield hingegen wirkte irgendwie erleichtert.

»Ich denke, es lässt sich nicht bestreiten, dass die Sicherheitsvorkehrungen versagt haben und der Tresor irgendwie aufgebrochen werden konnte, obwohl er doch verschlossen und verriegelt hätte sein müssen«, sagte Greenfield.

»Aber wie konnte das geschehen? Der Tresor ist doch so gut wie nicht zu knacken«, sagte *Swine.*

»Eben wegen des ›so gut wie‹ sind wir ja bei Ihnen versichert«, fügte *Pimplepiss* hinzu.

»Warum waren eigentlich keine Wachleute am Tresor postiert?«, fragte ich.

»Ich musste in einer Situation entscheiden, die im normalen

Regelwerk nicht vorgesehen ist«, sagte Greenfield. »Der zur Straße gerichtete Eingang der Bank ist eine reine Glasfassade, und wir befanden uns mitten in einem Ausnahmezustand, den wir für einen Rassenkrawall hielten. Ich beschloss, mein gesamtes Sicherheitspersonal zur Vorderseite des Gebäudes zu schicken, um potentielle Plünderer daran zu hindern, sich mit Gewalt Zutritt zu verschaffen.«

»Und den Tresor ließen Sie ungeschützt?«

»Nein. Ich löste den Alarm aus, wodurch der Raum verriegelt wird. Es hätte unmöglich sein müssen, ihn zu öffnen. Wir verstehen nicht, wie der Bankräuber hineingelangt sein kann.«

»Wer könnte so etwas fertigbringen?«, sagte *Squidge.* »Wer könnte ein hochmodernes Sicherheitssystem austricksen und einen hermetisch versiegelten Tresor öffnen, ohne bemerkt zu werden?«

»Schwarze«, antwortete Greenfield, ohne zu zögern.

»Ja«, stimmte ich zu. »Wenn solche Sachen passieren, nehmen wir üblicherweise an, dass Negroes dahinterstecken.«

Der Versicherungsmann sah nicht erfreut aus. »Detective, glauben Sie, dass Sie die gestohlenen Gelder auffinden können?«

»Ich werde selbstverständlich alles in meiner Macht Stehende tun«, sagte ich. »Aber die Wahrheit ist, dass ich höchstwahrscheinlich den Täter nie werde finden können. Wenn Diebe nicht auf frischer Tat ertappt werden und uns keine Zeugen zur Verfügung stehen, um sie zu identifizieren, dann haben wir allerhöchstens die Chance, sie zu fassen, wenn sie versuchen, das Diebesgut an einen Hehler zu verkaufen. Aber Diebe, die Bargeld rauben, brauchen keinen Hehler, und gestohlenes Geld lässt sich nur schwer als solches erkennen, selbst wenn wir es finden. Bankräuber schnappen wir entweder innerhalb von Minuten nach ihrem Verbrechen oder nie.«

»Das ist schlimm«, sagte *Sibilant.* »Sehr schlimm.«

An dieser Stelle wurde das Gespräch unterbrochen, weil die

Sekretärin mit meinem Kaffee hereinkam. Ich probierte einen Schluck, und er schmeckte sehr gut. Sogar so gut, dass es mir leidtat, ihn über den Teppich zu verschütten.

»Oh, wie ungeschickt von mir«, sagte ich. »Das ist mir sehr peinlich.«

War es aber gar nicht.

Greenfield drückte den Knopf der Gegensprechanlage auf seinem Schreibtisch und rief die Sekretärin zurück, damit sie den Schaden beseitigte. Mir war unbehaglich dabei, sie auf Händen und Knien rutschen und den Fleck mit einem Lappen aufwischen zu sehen. Also ließ ich meine Zigarette auf den Teppich fallen, trat sie mit dem Absatz aus und kniete mich dann hinunter, um der Frau zu helfen.

»Das ist doch nicht nötig, Detective«, sagte Greenfield.

»Wirklich nicht? Mir ist diese Ungeschicklichkeit schrecklich peinlich«, sagte ich.

»Es ist wirklich kein Problem«, sagte die Sekretärin.

»Also schön.« Ich richtete mich auf, zündete eine Zigarette mit einem Zündholz an, schüttelte es, bis die Flamme erlosch, ließ es auf den Teppich fallen und trat darauf.

Nachdem die drei Anzugträger quälend lange und entsetzte Blicke ausgetauscht hatten, setzten sie die Unterhaltung fort.

»Einen Lichtblick gibt es jedoch – für Sie, meine ich«, sagte *Pissface* zum Versicherungsfritzen. »Der Tresor selbst ist mit ziemlich umfangreichen Garantiezusicherungen seitens des Herstellers ausgestattet, und die Sicherheitsfirma, die ihn installiert hat, haftet ebenfalls für die von ihr geleistete Arbeit. Man verspricht, für sämtliche Verluste aufzukommen, die mit einem möglichen Defekt des Tresors oder dem Versagen der Alarmvorrichtung zu tun haben.«

»Das sind ja gute Neuigkeiten«, sagte *Swindler*. »Detective, erwarten Sie von ihrem Bericht das Fazit, der Raub habe sich ereignen können, weil die Verriegelung des Tresors nicht funktioniert hat wie zugesichert?«

»Das muss eingehender untersucht werden, bevor ich es mit Sicherheit sagen kann«, erklärte ich. »Aber es scheint wohl so zu sein.«

Der Anwalt war anscheinend über meine Bereitschaft zur Kooperation erfreut. »Selbstverständlich gehen wir davon aus, dass Ihre Firma uns entsprechend der Klauseln unseres Versicherungsvertrags vollständig für unseren Verlust entschädigt«, sagte er zu *Shitball.* »Aber anschließend dürfen Sie selbstverständlich an unserer Stelle versuchen, sich aus deren Garantieversprechen zu bedienen, wodurch die Belastung ein wenig verteilt werden dürfte.«

»Ich denke nicht, dass dieses Gespräch sich als sachdienlich für meine Ermittlung erweist«, sagte ich. Wenn ich diesen Arschlöchern noch länger zuhören musste, würden mir die Zigaretten ausgehen. »Vielleicht sollte ich mir lieber den Tresor ansehen.«

»Aber sicher«, sagte Greenfield und entließ mich mit einer abfälligen Geste. »Cartwright wird Ihnen alles zeigen, was Sie zu sehen wünschen.«

Cartwright wirkte geknickt, weil man ihn von diesem Spitzengespräch ausschloss, verließ aber folgsam zusammen mit mir Greenfields Büro.

Als wir im Fahrstuhl standen, sagte er zu mir: »Ich glaube, seinen Teppich haben Sie wohl ruiniert.«

»Eine Schande«, sagte ich. »Der füllte doch den Raum so schön aus.«

36

1965

»Der Tresor steht also nur während der Geschäftsstunden offen?«

»Wir haben dort jederzeit zwei bewaffnete Wachleute postiert«, sagte Cartwright und zeigte auf die beiden Männer, die an der geöffneten Tür zum Tresor standen. »Ja. Es wäre sehr umständlich, diese komplexe technische Vorrichtung jedes Mal öffnen zu müssen, wenn die Kassierer ihre Kassenschubladen nachfüllen wollen oder ein Bankkunde Zugang zu seinem Schließfach wünscht.«

Ich untersuchte die Tür. Sie war über einen halben Meter dick. Ich trat hindurch und betrachtete sie von innen. Dann trat ich wieder hervor. Ich musterte den Schließmechanismus. Ich hatte keine Ahnung von Tresoren, aber ich nahm an, dass man Löcher in ihn bohren musste oder so was Ähnliches, wenn man einen knacken wollte. Doch es sah nicht so aus, als seien in die Tür Löcher gebohrt worden. Es sah auch nicht so aus, als hätte sie jemand mit Säure oder mit Schneidbrennern oder Vorschlaghämmern bearbeitet. Soweit ich es beurteilen konnte, war diese Tür nicht manipuliert worden.

»Könnte es sein, dass die Wachleute mit drinstecken?«

Einer von ihnen blickte mich grimmig an.

»Die Männer, die unsere Tresore bewachen, haben mindestens fünfzehn Jahre berufliche Erfahrung und während der Zeit ihre Vertrauenswürdigkeit bewiesen«, sagte Cartwright.

»Ein Mensch ist nur so lange vertrauenswürdig, bis man ihn mit etwas allein lässt, das ihm mehr wert ist als sein Ruf«, sagte ich.

»Diverse unserer Wachleute haben als Besatzung gepanzerter Geldtransporter gearbeitet, in denen routinemäßig Beträge über eine Viertelmillion Dollar und mehr verschickt werden«, sagte er. »Andere haben beim Sicherheitsdienst größerer Banken als dieser gearbeitet, bei Banken, die stets große Mengen Bargeld bereithalten. Es sind gute Männer. Die meisten habe ich persönlich eingestellt.«

»Ich bin nicht sicher, dass Ihr Wort oder der Ruf anderer Personen ausreicht, allen Verdacht auszuräumen, wenn eine derartige Menge Geld gestohlen wurde«, sagte ich.

»Sämtliche Mitglieder des Sicherheitsteams blieben im Dienst und überwachten noch Stunden nach der Verriegelung die Vorderseite der Bank«, protestierte er. »Ich glaube nicht, dass es einem von ihnen möglich gewesen wäre, das Bargeld am Körper herauszutragen. Und ich kann mich nicht erinnern, dass sich nur ein Einziger von ihnen verdächtig verhalten hätte.«

»Okay«, sagte ich. »Lassen Sie uns im Moment davon ausgehen, dass die Wachleute unschuldig sind.«

Ich ging den Korridor hinunter, um mir den Sicherheitskäfig anzusehen. Er war aus robustem Netzgeflecht, zu eng, um eine Hand hindurchzuschieben, und zu dick, um ihn einfach durchzuschneiden. Doch ich konnte an der Innenseite kein Schloss entdecken, nur einen Griff. »Braucht man einen Schlüssel, um das hier zu öffnen?«, fragte ich.

»Nicht von dieser Seite. Die Brandschutzvorschriften gestatten es nicht, Türen wie diese zu installieren, die sich von innen abschließen lassen.«

Ich wollte den Griff bewegen.

»Tun Sie das nicht, Detective. Die Tür ist nicht verschlossen, aber mit der Sicherheitsanlage verdrahtet. Wenn Sie sie öffnen, lösen Sie den Alarm aus.«

»Also ist die Außentür am Ende des Korridors ebenfalls nicht verschlossen, oder?«

»Sie hat einen Sicherheitsbügel, aber das Schloss kann von innen ohne einen Schlüssel entriegelt werden.«

»Kommt mir vor wie eine ziemlich große Lücke in Ihrem unbezwingbaren Sicherheitssystem, wenn jemand direkt zur Tür hinausmarschieren kann, nachdem er Ihren Tresor geleert hat.«

»Wir sind eine Bank, kein Gefängnis. Wir wollen die Leute davon abhalten, bei uns einzudringen, aber sie nicht hindern, hinauszukommen. Unser Sicherheitssystem sorgt dafür, dass Alarm ausgelöst und der Tresor verriegelt wird, bevor ein Dieb überhaupt in seine Nähe kommt. Das Ermöglichen einer Flucht sollte gar nicht zur Debatte stehen. Und natürlich würde alles, das einen Dieb an der Flucht hindert, auch eine Notfallräumung erheblich erschweren.«

»Das Problem besteht darin, dass Ihre Sicherheitsmaßnahmen versagt haben, und wir müssen herausfinden, woran das gelegen hat«, sagte ich. »Und es war ganz gewiss nicht hilfreich, dass der Dieb direkt zur Tür hinausmarschieren konnte, nachdem er Ihren Tresor geleert hatte.«

»Wenn er den Weg genommen hat, verstehe ich nicht, warum der Alarm nicht ausgelöst wurde, als er die Tür öffnete.«

»Was ist, wenn der Alarm bereits ausgelöst war?«

Cartwright zuckte die Achseln.

Ich wandte mich an die Wachleute: »War einer von Ihnen am Morgen des Raubüberfalls an diesem Tresor postiert?«

Einer nickte. »Ich war es, bis Mister Greenfield alles Sicherheitspersonal in die Lobby schickte, um die Krawallmacher daran zu hindern, die Fenster einzuschlagen.«

»Standen Sie hier vor der Tür, als der Tresor sich schloss?«

Er schüttelte den Kopf. »Ich war vorn. Aber gerade erst angekommen. Mister Greenfield meldete sich über die Sprechanlage und trug uns auf, als Verstärkung zum Straßeneingang zu kommen. Danach aktivierte er das Sicherheitssystem.«

»Nur damit wir uns richtig verstehen. Er holte Sie nach vorn und löste dann den Alarm aus, der den Tresor verriegelte?«

»Richtig.«

»Und der Tresor war offen, als Sie weggingen?«

»Ja, aber nicht sehr lange. Höchstens ein paar Minuten. Niemand hätte ihn betreten und ausrauben können, ohne den Alarm auszulösen.«

Ich sah mir den Tresor noch mal an und betrachtete die Sicherheitsschleuse, die den Korridor blockierte. Dann blickte ich zur Decke.

»Gibt es hier einen Hauswart?«, fragte ich Cartwright.

»Aber sicher. Jemand muss doch saubermachen.«

»Lassen Sie ihn herkommen, und er soll seinen Besen mitbringen.«

Cartwright hastete davon und holte einen älteren Farbigen, der einen verwaschenen blauen Overall trug.

»Waren Sie gestern hier, als die Bank beraubt wurde?«, fragte ich den Hauswart.

»Nein, Sir. Ich wurde zusammen mit dem Büropersonal nach Hause geschickt. Hat mir nicht gerade gepasst. Wissen Sie, die kriegen doch alle ihr Gehalt, und ich werde nach Stunden bezahlt. Wenn ich nicht arbeite, hab ich auch nichts zu futtern.«

Ich nickte. »Darf ich mal Ihren Besen leihen?«, fragte ich.

»Muss ich aber wiederhaben«, sagte er und gab ihn mir.

Ich stieß damit mehrmals gegen die Decke.

Greenfields Büro war mit edlem Holz getäfelt, und die Lobby bestand aus rosa Kalkstein, aber das sonstige Eingeweide der Bank, all das, was die Kunden nicht sahen, glich üblichen Büroräumen und war nicht besonders ausgestattet. Die Wände waren dünn und fühlten sich an wie Pappe, die Böden bestanden aus billigen Fliesen und die Deckenpaneele aus Spanplatten und Asbest, gehalten von einem Gitternetz aus Stahlträgern.

Mit dem Besen schob ich eines dieser Paneele zur Seite. Zwischen dem Paneel und dem Betonboden des nächsten Stockwerks klaffte ein ungefähr fünfzig Zentimeter hoher Zwischenraum, der fast ganz mit Elektrokabeln und Heizungsrohren gefüllt war. Aber ich nahm an, dass ein Mensch dort oben hineinpasste. Die Stahlgitter würden ihn halten, solange er sich in alle Richtungen ausstreckte und sein Gewicht über mehrere Träger verteilte.

»Endet der Sicherheitskäfig an den Paneelen, oder geht er ganz bis oben weiter?«, fragte ich.

»Er ist in dem Beton verankert, und für den Fall, dass sich jemand daran zu schaffen machen will, mit einer Alarmanlage gekoppelt. Es gibt zwar einen Kabelschacht darin, aber der ist viel zu eng. Da kommt kein Mensch hindurch.«

Ich schob das Deckenpaneel wieder an Ort und Stelle und gab dem Hauswart seinen Besen zurück.

»Wie haben die den Sicherheitsalarm lahmgelegt?«, fragte Cartwright. »Und wie haben sie den Tresor geknackt?«

»Ich habe keine Ahnung«, sagte ich. Greenfield hatte zweifellos das Sicherheitssystem verantwortlich machen wollen, damit die Bank die Garantieleistungen einfordern konnte. Ich sagte daher: »Ich nehme an, es ist beim Tresor oder Alarm zu einer Fehlfunktion gekommen.«

Und so heißt es auch in dem offiziellen Bericht, abgefasst vom leitenden Ermittler Detective Baruch Schatz. Der Tresor wurde während des Aufflammens von Rassenunruhen geplündert, und zwar von unbekannten Tätern und als Ergebnis eines bisher nicht genau ausgemachten mechanischen Versagens des Sicherheitssystems.

37

1965

Das Lager in Auschwitz bestand aus Baracken, in denen die Gefangenen schliefen, und dem Exerzierplatz, auf dem die Anwesenheitsappelle abgehalten wurden. Den Platz umgaben hohe, von Stacheldraht gekrönte Mauern, und er wurde von Wachtürmen aus beobachtet, um jeglichen Fluchtversuch zu vereiteln. Aber Auschwitz war in erster Linie ein Arbeitslager, und die Gefangenschaft der Insassen hatte nur zweitrangige Bedeutung. Tagtäglich marschierten die Gefangenen auf dem Weg zu ihren diversen Arbeitseinsätzen durch die Tore, von nur einigen wenigen bewaffneten Aufsehern überwacht.

Natürlich waren diese Aufseher äußerst wachsam, und sie durften sich auch uneingeschränkt ihrer tödlichen Waffen bedienen. Wenn ein Gefangener davonrannte, schossen sie auf ihn. Gelang es ihm irgendwie, an ihnen vorbeizukommen, jagten sie ihn mit ihren Hunden.

Elijah konnte aus Auschwitz entkommen, indem er einen Wärter bestach, und dieser Wärter lehrte Elijah die allerwichtigste Regel, die Regel, die ihn bei seinen zukünftigen Bestrebungen leitete und dem Konturen verlieh, was man eventuell als seine Moralphilosophie bezeichnen könnte.

Jedes Schloss hat seine verhängnisvolle Schwäche. Wie komplex und ausgetüftelt sein Mechanismus auch sein mag, egal, wie viele Stifte und Zuhaltungen es haben mag, unerheblich, wie viele Stahlplatten man eingebaut hat – zu jedem Schloss gehört ein Schlüssel. Und diesen Schlüssel hält ein Mensch in Händen.

Ein besonders raffiniertes Schloss vermag vielleicht den Anstrengungen des talentiertesten aller Safeknacker zu widerstehen, und ein entsprechend massiver Tresor hält womöglich auch einer Bohrmaschine, einem Schweißbrenner oder sogar einer Ladung Dynamit stand.

Aber es gibt keine Technologie, die den Mann mit dem Schlüssel stärken könnte, und auch die Komplexität der Antriebe, die ihn motivieren, lässt sich nicht steigern. Daher wird selbst das beste Schloss der Welt niemals robuster sein als die Integrität irgendeines Arschlochs.

Beim Tresor in der Cotton Planters Union Bank handelte es sich um einen Stahlbehälter, dessen Wände gut einen halben Meter dick waren. Er war in einen Betonblock eingelassen und wurde ständig von zwei bewaffneten Sicherheitsleuten bewacht. Außerdem wurde er durch ein aufwendiges Alarmsystem gesichert, das ihn beim ersten Anzeichen einer Bedrohung verriegelte.

Sechs Etagen über dem Tresor saß Charles Greenfield sinnierend in seinem verschwenderisch ausgestatteten Büro. Seine Karriere bei der Bank war erfolgreich verlaufen, aber inzwischen war er so hoch aufgestiegen, dass es nicht mehr weiter ging. Er war ein wohlhabender Mann, blieb aber ein Lakai der wahrhaft Reichen, derjenigen Menschen, denen alles gehörte. Er war weit genug auf der Leiter hinaufgeklettert, um über die Mauern in ihr Königreich zu blicken. Aber einen Wohnsitz beziehen würde er dort niemals.

Er würde niemals zu ihnen zählen. Und er wusste auch, warum es so war; er wusste, dass er trotz seines perfekten Tennessee-Tonfalls, obwohl er sich kleidete wie sie und sich von ihrer Tiefkühlkost ernährte und an ihrem Whiskey aus saurer Maische nippte, in ihren Augen immer nur ein Jude sein würde. Nützlich und servil und gesellschaftlich minderwertig.

Er war ein Zahnrad in einer Maschinerie, okay, vielleicht auch ein wichtiges, aber nichtsdestoweniger nur ein Zahnrad. Und unter ihm sorgte ein kleiner Fehler im Getriebe dafür, dass Zehntausende Dollar ausgespuckt wurden und sich jede Woche in seinem Tresor stapelten.

Um genau halb elf Uhr an einem Dienstagmorgen Ende November kam es bei der Protestdemonstration vor Kluge zu den ersten Gewalttätigkeiten. Elijah wusste, dass es geschehen würde, denn er hatte Officer Len Weisskopf mit dreitausendfünfhundert Dollar bestochen, an diesem ganz bestimmten Tag zu dieser ganz bestimmten Zeit die ersten Demonstrantenköpfe einzuschlagen.

Als Reaktion darauf beorderte Greenfield seine sämtlichen Wachleute auf die Vorderseite der Bank, um den Eingang zur Straße zu sichern, und drückte dann auf den Alarmknopf, um den Tresor zu verriegeln.

Wer Greenfields Verhalten während der Krawalle und des Raubüberfalls aus der Perspektive eines Polizisten oder Versicherungsdetektivs betrachtet, wird zu dem Ergebnis kommen, dass an den Entscheidungen, die er traf, offenkundig nichts Falsches war. Nur hatten sie zur Folge, dass der Tresor ungefähr neunzig Sekunden lang offen und unbewacht blieb, nachdem die Wachleute vor das Bankgebäude geschickt worden waren und bevor der Alarm ausgelöst wurde.

Und in ebendiesem Moment ließ sich Elijah aus seinem Versteck unter der Decke rutschen, in dem er auf den Stahlträgern gelegen hatte, alle viere von sich gestreckt. Greenfield hatte Elijah wahrscheinlich frühmorgens dort versteckt, bevor die reguläre Belegschaft eintraf und solange in den Räumlichkeiten nur ein einziger Nachtwächter patrouillierte.

Er musste dort oben höllische Schmerzen ausgestanden haben, denn sein gesamtes Gewicht lastete auf einer zerschmetterten Kniescheibe und einer zertrümmerten Hand. Aber Elijah hielt durch. Er hatte Schlimmeres überlebt.

Und der Lohn war es wert. Er betrat den offenen Tresor, raffte alles Bargeld in einen Beutel und war draußen, bevor Greenfield den Alarm ausgelöst hatte.

Der Sicherheitskäfig und die Korridortür waren mit der Alarmanlage verbunden, aber bei bereits ausgelöstem Alarm blieb das bedeutungslos. Elijah spazierte einfach durch den Käfig und aus der Bank hinaus. Schnell verschwand er in der Menge der weißen Büroarbeiter, die vom Schauplatz der Krawalle flohen. Und da mittlerweile der Tresor durch den Alarm versiegelt worden war, würde der Raub frühestens in drei Stunden entdeckt werden können.

Ich weiß nicht, wie Elijah an Greenfield geraten war, aber der Bankdirektor musste mit dringesteckt haben. Auf andere Weise wäre das Ding niemals zu deichseln gewesen.

Eine Frage bleibt jedoch: Wenn das der Plan war, welche Rolle spielte Ari Plotkin? Nachdem ich den Tresor inspiziert hatte, holte ich mir Plotkin aus der Zelle, schleppte ihn in den Verhörraum und grillte ihn noch mal, um zu sehen, ob ich nicht irgendwas aus ihm herausbekommen konnte. Ich denke, ihm muss inzwischen gedämmert haben, dass er von Elijah reingelegt worden war. Wenn er etwas wusste, hätte er es garantiert allein schon aus Gehässigkeit ausgespuckt. Aber er wusste nicht mehr als das, was ich bereits durch seine Bande herausbekommen hatte: Die Ganoven hatten schwerbewaffnet hineinmarschieren und die Kassenschalter ausrauben sollen. Plotkin war niemals in ein Komplott zur Plünderung des Tresors eingeweiht gewesen.

Ich ging hinauf an meinen Schreibtisch, lehnte mich auf meinem Stuhl zurück, zündete mir eine Zigarette an und versuchte, mich im Labyrinth der Tatsachen zurechtzufinden.

Ich fragte mich, weswegen das Department Whit Pecker die Ermittlungen zum Banküberfall entzogen und mir übertragen hatte. Erst ein paar Tage zuvor hatte ich eine Bande auffliegen lassen, die plante, eben dieselbe Bank auszurauben, und es erschien nicht abwegig, dass der fehlgeschlagene Plan mit dem erfolgreichen Raub in Verbindung stand. Dass das Department mich ausgesucht hatte, die Ermittlungen zu leiten, war daher absolut sinnvoll: Ich würde sogar so weit gehen, es als vorhersehbar zu bezeichnen.

Ich dachte an mein erstes Zusammentreffen mit Elijah, jene Begegnung in der modrigen Kellerbar am Fluss, bei der auch seine fünf feisten Leibwächter anwesend waren. Warum hatte er ausgerechnet mich ausgesucht? Vielleicht, weil ich Jude war. Aber ich stand nicht im Ruf, korrupt zu sein, und es gab für ihn keinen Grund zu der Annahme, ich könne für sein Angebot empfänglich sein. Warum vertraute er ausgerechnet mir an, dass er in Memphis ein Ding drehen wollte und versuchte, einen jüdischen Cop in seinen Plan einzubeziehen? Warum ging er das Risiko ein, mich wissen zu lassen, dass er sich in der Stadt befand?

Ich dachte an Paul Schulman. Wäre er nicht davongerannt, als er mich vor der Synagoge sah, hätte ich ihm wahrscheinlich gar keine Beachtung geschenkt. Aber er rannte, und deswegen verfolgte ich ihn.

Und als ich ihn erwischt hatte, bekam ich zwei wichtige Hinweise von ihm: Er verriet mir, dass der Plan mit dem Streik bei Kluge zu tun hatte, und er sagte mir, dass Plotkin mit von der Partie war.

Wie hatte Schulman diese Dinge erfahren? Er war ein drittklassiger Gauner, und Elijah galt als notorisch verschwiegen. Und warum war Schulman davongerannt, als er mich sah? Er war nicht gerade die größte Intelligenzbestie seiner Generation, aber er hätte wissen müssen, dass ich ihn verfolgen würde, wenn er floh. Wenn ich es mir so recht überlegte, war auch das plausibel. Elijah hatte Schulman benutzt, um mir die Information zukommen zu lassen.

Als ich mit der Verfolgung Plotkins aufgehört und mich entschlossen hatte, stattdessen die Bank zu überwachen, war Elijah aufgetaucht, um mich zu provozieren. Und ich hatte auf absolut vorhersehbare Weise reagiert: Ich hatte den Mann festgenommen, den sich Elijah gewünscht hatte. Und weil ich Plotkin eingebuchtet hatte, war ich schließlich damit betraut worden, den Bankraub zu untersuchen.

Wohl jeder Detective – vielleicht nicht Whit Pecker, aber doch jeder mit ein wenig Kompetenz – hätte letztlich herausgefunden, dass man den Tresor während der neunzig Sekunden ausgeraubt haben musste, die er offen und unbewacht geblieben war. Und dass es überdies niemals hätte geschehen können, ohne dass jemand beteiligt gewesen war, der in der Bank arbeitete.

Elijah und Greenfield hatten gewollt, dass ihnen der eine Detective nachspürte, der kein Interesse hatte, ihr Spiel aufzudecken; der eine Detective, der nicht willens war, die Welt wissen zu lassen, dass Juden in geachteten und vertrauenswürdigen Positionen die Gesellschaft betrogen hatten, um sich selbst zu bereichern.

Ich hatte exakt getan, was sie von mir wollten. Ich hatte Weisskopf aus der Stadt gejagt, bevor er mit den Männern sprechen konnte, die das Massaker bei Kluge untersuchten, und ich hatte Stillschweigen bewahrt über die Neunzigsekundenlücke, die Greenfield für Elijah geschaffen hatte.

Ich weiß nicht, ob es richtig war, was ich getan hatte, aber ich hatte Juden beschützt. Ich hatte meine Familie beschützt.

38

2009

»Jedes Schloss hat seine Schwäche. Und zwar den Menschen, der den Schlüssel besitzt«, sagte Rutledge. »Wenn man aus einem Konzentrationslager entkommen will, wendet man sich an den Wärter. Wenn man in einen Banktresor hineinwill, wendet man sich an den Bankdirektor.«

»Und wenn man an drei verschiedene Verstecke mit Drogengeld heranwill?«, fragte Clark.

»Er hatte das iPhone von Carlo Cash. Sobald er es einschaltete, konnte Carlo ihn mit der Find-My-iPhone-App aufspüren. Elijah wollte, dass Carlo ihn fand«, sagte Rutledge.

»Aber Elijah hat es erst eingeschaltet, als er bereits in Gewahrsam war«, sagte ich. »Er wollte einen direkten Zusammenstoß zwischen Cash und der Polizei herbeiführen.«

»Und wir haben den Angriff auf Andre Price mit einem massiven Gegenschlag beantwortet und Carlo Cashs Leute von den Straßen gefegt. Wir haben für jemanden die Drecksarbeit geleistet. Aber für wen?«

Ich zuckte die Achseln. »Die Konkurrenz? Irgendeinen Untergebenen, der beschlossen hat, es sei Zeit, in die Chefetage umzuziehen? Ich selbst vermute, dass es die mexikanischen Lieferanten waren. Doch ich kenne die Kerle nicht, und sie sind mir zudem ziemlich egal. Ich bin hinter meinem Bankräuber her. Die Drogendealer sind Ihr Problem. Aber wenn ich Ihren Job hätte, würde ich von der Vermutung ausgehen, dass wer auch immer Carlo Cash aus dem Weg haben wollte, bestimmt auch dieselbe Person war, die Elijah vor sechs Monaten die Adresse des ersten Stashhauses gab.«

Rutledge hockte sich hin und betrachtete den mit Bleichmittel behandelten Fleck auf dem Lagerhausboden. Er sah nach absolut nichts aus.

»Wie soll ein fast achtzigjähriger Dieb es schaffen, an einem Haufen bewaffneter Ganoven vorbeizukommen, um Carlo Cash zu beklauen?«

»Ich schätze mal, er schmiert die Ganoven. Jacquarius Madison hat mir erzählt, dass Carlos Geschäft nur so lange funktioniert, wie seine Leute loyal bleiben. Elijah sät Misstrauen. Das ist seine Arbeitsweise.«

»Aber Jacques sagte, die Wachen seien getötet worden.«

»Ja, doch woher will er das wissen? Ich habe ihn gefragt, wie sie umgebracht wurden, und er konnte es mir nicht sagen. Ich habe ihn gefragt, was mit den Leichen geschah, und er wusste es nicht. Höchstwahrscheinlich war das Stashhaus leer, und die Wachen waren weg. Carlo erzählte überall, seine Leute seien tot, weil niemand erfahren durfte, dass seine eigene Truppe ihn betrogen und beraubt hatte. Aber nach jenem ersten Raub mussten Carlos Topleute ihn zum Treffen mit den Mexikanern begleiten. Und Carlo hatte das Geld nicht. Jacques sagte mir, dass die Leute fürchteten, bei jenem Meeting umgebracht zu werden. Danach mussten sie sich jedenfalls Gedanken über ihre langfristige Arbeitsperspektive – oder eher noch Überlebensperspektive – bei Carlo Cash machen.«

Rutledge holte sein riesiges Internethandy hervor und tippte hektisch darauf herum. »Und inzwischen rackert sich Carlo ab, die zwölf Millionen Dollar zusammenzubekommen, und seine Leute halten ihn für schwach, weil er beraubt worden ist und bei den Mexikanern Schulden hat. Es dürfte für Elijah nicht schwer gewesen sein, an jemanden ranzukommen, der ihm nahestand.«

»Ich glaube, Elijah ist an alle herangekommen, die ihm nahestanden«, sagte ich. »Jacques hat mir erzählt, dass keine einzelne Person die Orte aller drei Drogenverstecke kannte.«

»Wie schafft er das? Wie krempelt er einen Drogenhändlerring um?«

»Na ja, jetzt betreten wir das dünne Eis der Spekulation«, sagte ich.

Clark schien sehr interessiert. »Also, Buck, spekulieren Sie los.«

»Haben Sie mal vom Gefangenendilemma gehört?«, fragte ich.

»Sicher«, sagte Rutledge. »Das ist eine der grundlegenden Verhörtechniken – ich habe zwei Verdächtige und brauche ein Geständnis, oder ich muss beide laufenlassen. Ich will sie gegeneinander ausspielen. Also setze ich sie in separate Verhörräume und sage jedem von beiden, der Erste, der gesteht, werde glimpflich davonkommen, während sein Komplize mit einer schwerwiegenden Anklage rechnen könne. Sie müssen sich also entscheiden, ob sie schweigen und hoffen, dass ihr Freund es ebenfalls tut, oder ob sie gestehen und den Deal auf Kosten ihres Freundes annehmen. Ich habe es ein paarmal so gehalten und konnte feststellen, dass immer einer von beiden gesteht.«

»Carlo hat seine Leute in dieselbe Lage versetzt«, sagte ich. »Er hielt es nicht für sicher, das gesamte Geld an einen einzigen Ort zu bringen, und daher legte er drei verschiedene Stashhäuser an. Aber er konnte es sich auch nicht leisten, nur eines davon zu verlieren. Wenn er es schaffte, zum Treffen mit den Mexikanern die Gesamtsumme mitzubringen, damit man quitt war, würde er seine Lieferung bekommen und wieder ganz oben mitmischen. Außerdem hätte er dann den Schaden behoben, den der vorherige Raub seiner Organisation zugefügt hatte. Wenn er jedoch ohne ihr Geld bei den Mexikanern aufkreuzte, war absolut ungewiss, was geschehen konnte. Vielleicht würden die Mexikaner alle umbringen.«

»Also geht Elijah zu jedem von Carlos Topleuten und sagt ihnen, dass die anderen bereits mit ihm zusammenarbeiten. Und der Lohn für ihre Loyalität würde höchstwahrscheinlich darin bestehen, die Ehre zu haben, mit Carlo auf seinem sinkenden Schiff unterzugehen.«

»Ich nehme an, dass Elijah in Begleitung eines wichtigen Mannes aus Carlos Organisation in den einzelnen Stashhäusern auftauchte«, sagte ich. »Er sagte den Wachleuten, dass sie entweder die Türen öffneten und einen Teil des Geldes abbekämen oder mit einer Schießerei rechnen mussten. Die Vorteile, die sich vielleicht ergäben, wenn sie Carlos Interessen schützten, wären minimal, denn wenn er eins der Stashhäuser verlor und die Mexikaner nicht bezahlen konnte, würde er niemals in der Lage sein, die Männer zu belohnen, die loyal geblieben waren.«

»Das hört sich einleuchtend an«, sagte Rutledge. »Wenn wir ein Stashhaus hochnehmen wollen, schicken wir ein SWAT-Team. Die Jungs schlagen in voller Schutzmontur zu und jagen die Türen mit Plastiksprengstoff in die Luft. Danach setzen sie Rauchbomben ein, bis der ganze Raum vernebelt ist. Es gibt nur eine Methode, solche Läden hochzunehmen – und das ist die laute.«

»Charles Greenfield hat mir etwas sehr Ähnliches über seinen Banktresor erzählt.«

»Selbst wenn sich die Stashhäuser in irgendwelchen Industriegebieten befänden, gibt es doch keinen Ort in der Stadt, an dem man eine Schießerei mit Maschinengewehren anzetteln könnte, ohne dadurch die Polizei zu alarmieren. Sie haben wahrscheinlich recht. Die Wachleute in den Stashhäusern müssen sich wohl einfach ergeben haben.«

»Moment, was sollte dann das gestohlene iPhone?«, fragte Clark.

»Elijah kommt nur unbehelligt davon, wenn er Carlo ausschaltet«, sagte Rutledge. »Carlo hatte Riesenzoff mit den Mexikanern, weil ihm das Geld abhandengekommen war, aber wenn er es irgendwie schaffte, das lebend zu überstehen, würde er gnadenlos allen nachstellen, die ihm Schwierigkeiten gemacht hatten.«

»Und Elijah ist arrogant«, sagte ich. »Es reicht ihm nicht, mit der Beute davonzukommen. Er braucht immer einen Gegner, um ein Schachspiel aus der Sache zu machen, und er muss Gelegenheit bekommen, sich in seinem Sieg zu sonnen. Ich glaube, genau das tat er an dem Tag in der Lobby von Greenfields Bank, als ich auf ihn traf. Er hatte das Bedürfnis, mich zu erniedrigen, mich zu dem Eingeständnis zu zwingen, dass ich ihn nicht töten und auch nicht verhaften konnte.«

»Aber Sie haben ihn auf die Toilette geschleift und zu Brei geprügelt«, sagte Rutledge.

»Ja. Ich glaube, damit hat er nicht gerechnet. Aber eine Tracht Prügel ändert nichts daran, was in seinem Kopf vorgeht. Er will nicht einfach nur etwas stehlen, er sucht eine Art ideologischen Triumph. Er möchte die Gesellschaftsordnung aushebeln.«

»Also rückte er Carlo irgendwann auf den Leib, verhöhnte ihn und stahl das Telefon«, sagte Clark. »Er wusste, dass Carlo ihn wie ein waidwundes Tier in wahnwitziger Wut angreifen würde, sobald er das Telefon einschaltete. Also schaltete er es ein, als er sich auf dem Rücksitz eines Polizeiwagens befand. Carlo reagierte und löste ungewollt einen Krieg mit der Polizei aus.«

»Carlo dachte, er bringt Elijah raus in sein Lagerhaus, um ihn zu erledigen, aber in Wirklichkeit war es Elijah, der Carlo dorthinbrachte, denn Carlos Männer waren ja insgeheim Elijahs Männer«, sagte Rutledge.

»Elijah zwang diese Männer, Carlo zu töten, indem er sich von Carlo schnappen ließ«, sagte ich. »Wenn Elijah unter Folter gestand, würde er sie entlarven. Sobald Carlo erfuhr, was geschehen war, wurde er zu gefährlich, als dass man ihn am Leben lassen durfte. Und da die Polizei auf Rache sann, mussten diese Männer ihr Geld abgreifen, Carlo loswerden und aus der Stadt verschwinden.«

»Der Fleck auf dem Boden stammt also von Carlo. Ich muss schon sagen, ein bewundernswert raffinierter Plan«, kommentierte Rutledge. »Ihren Freund Elijah würde ich gern kennenlernen. Vorzugsweise natürlich im Verhörzimmer am Tisch mir gegenüber. Aber ich schätze, er dürfte inzwischen verschwunden sein – und zwar mit dem Geld.«

»Ich weiß nicht«, sagte ich. »Es hätte für ihn massig Möglichkeiten gegeben, auf dem Rücksitz eines Polizeiwagens zu landen, aber er entschied sich, mich in die Chose einzubeziehen. Was auch immer er glaubt, das er und ich tun – sicher bin ich jedenfalls nicht, dass er damit fertig ist.«

Rutledges Riesenhandy summte. Er sah auf das Display. »Die neuesten CT-Bilder von Andre zeigen einen umfangreichen Hirnschaden. Seine Eltern befinden sich momentan im Gespräch mit dem leitenden Hirnchirurgen des Krankenhauses.«

»Werden sie ihn retten können?«, fragte ich.

»Nein«, antwortete Rutledge. »Man spricht bereits vom Organspenden.«

39

2009

Als Rutledge mich am Walhalla abgesetzt hatte, wartete Rose bereits in unserer kleinen Wohnung auf mich. Sie blickte auf den Fernsehschirm, aber sah nicht wirklich hin. Sie war aufgebracht und entrüstet.

»Seit Stunden versuche ich, dich zu erreichen. Bei deinem Handy meldet sich immer gleich die Mailbox.«

Ich zog es aus der Tasche und klappte es auf.

»Ich nehme an, der Akku ist leer«, sagte ich.

Sie nahm es mir aus der Hand und drückte auf den großen grünen Knopf neben der Tastatur. Das Display leuchtete auf.

»Es war einfach nur abgeschaltet. Jemand im Krankenhaus muss es abgeschaltet haben. Du hast das Ding doch schon seit Jahren. Warum lernst du nicht endlich mal, wie man damit umgeht?«

Ich ließ es mir zurückgeben. »Wüsste nicht, warum. Schließlich bin ich achtzig Jahre lang ohne Handy bestens ausgekommen.«

Sie schlug die Hand gegen die Stirn. »Das ist es, was du absolut nicht einsehen willst. Es ist nicht mehr alles so wie früher. Wir sind nicht mehr diejenigen von früher. Du musst das Handy aufladen und immer anlassen. Wenn du nämlich stürzt, kommst du nicht allein wieder hoch, sondern musst jemanden zu Hilfe rufen.«

»Darüber mach ich mir nicht groß Gedanken.«

»Solltest du aber. Wir mussten in diese Wohnung ziehen, weil du so schwer verletzt worden warst. Ich musste mein Heim aufgeben wegen deiner dämlichen Nazijagd. Ich hatte dir doch gesagt, du sollst den Nazis nicht nachstellen, aber du wolltest ja nicht auf mich hören. Du hast mich noch nicht einmal gefragt, was es für mich bedeutete, unser Haus zu verlassen. Ich habe mir doch nichts anderes gewünscht, als meine letzten paar Lebensjahre inmitten von Dingen zu verbringen, die mir ein Gefühl von Geborgenheit vermitteln würden. Jetzt sind all diese Sachen irgendwo eingelagert, weil wir hier wohnen müssen – und zwar nur deinetwegen.«

»Tut mir leid«, sagte ich. »Tut mir leid, dass ich dir fünfundsechzig gute Jahre geschenkt habe und jetzt alt und krank bin.«

»Wir sind nicht hier, weil du alt und krank bist. Wir sind hier, weil du angeschossen wurdest, als du dich wegen eines Schatzes mit Banditen angelegt hast. Wer zum Teufel macht denn so was?«

Ich zuckte die Achseln. »Manchmal zanke ich mich eben mit den bösen Buben. Als du mich geheiratet hast, wusstest du doch, wie ich war.«

»Ich meinte, es zu wissen. Aber du hast dich verändert. Du hast dich immer mehr in dich zurückgezogen, und seit Brian tot ist, bist du nicht mehr der alte.«

»Ich hab ein paar schlimme Tage hinter mir, Rose. Müssen wir denn gerade jetzt über Brian reden?«

»Wir haben noch nie über Brian gesprochen. Er ist vor sieben Jahren von uns gegangen, und du hast bisher keine Anstalten gemacht, den Verlust zu verarbeiten. Möchtest du den Unterschied zwischen dir und mir wissen?«

»Ich kann's gar nicht abwarten.«

»Ich bin stärker als du. Du kannst es nicht ertragen, etwas zu verlieren. Ich habe mich mein ganzes Leben lang darauf vorbereitet. Ich habe mich den gesamten Krieg über gesorgt, du könntest dort drüben ums Leben kommen. Aber eine Menge

Mädels musste sich um ihre Männer sorgen, und deswegen durfte ich mich nicht beklagen. Deren Jungs kamen heim und fanden wieder in ihr ganz normales Leben zurück. Du kamst zu mir mit einer Menge Narben und, warum auch immer, blutrünstig und einem Hang zur Gefahr.«

»Das ist nicht wahr«, sagte ich. »Du verstehst es nicht, denn ich wollte dich niemals damit belasten. Ich wollte nichts anderes, als meine Familie beschützen.«

»Du wolltest mich nicht belasten? Ich habe dreißig Jahre mit der Furcht gelebt, dass dir etwas geschehen könnte. Jeden Morgen, wenn du zur Tür hinausgingst und ich nicht wusste, ob du heimkommen würdest oder nicht. Und wenn du spätabends noch gearbeitet hast, hieltest du es gewöhnlich nicht mal für nötig, mich anzurufen und zu sagen, dass es dir gutging. Mir blieb nichts übrig als zu warten. Und als Brian starb, musste ich allein damit fertig werden, denn nur ich war darauf vorbereitet, den Verlust zu verarbeiten. Dein Plan, mit Tragödien umzugehen, bestand darin, auf jeden Fall als Erster zu sterben, aber selbst dazu hast du dich nicht überwinden können.«

»Mein Plan bestand darin, niemals Tragödien überstehen zu müssen. Mein Plan war, jeden und alle zu beschützen. Damit euch nichts geschehen würde.«

»Buck, das ist doch ein dämlicher Plan, und ich denke, das weißt du selbst. Und du hattest keinen Plan B, auf den du zurückgreifen konntest, als dein blöder Plan fehlschlug. Als du verwundet wurdest, habe ich alles aufgegeben, um dich hierherzubringen. Diese Entscheidung habe ich getroffen. Wenn du irgendwann zu schwach sein würdest, um morgens aus dem Bett zu kommen, müsste ich dich nicht weit weg an einen Ort schaffen lassen, wo man dir mit einer Reha wieder auf die Beine helfen würde. Hier könnte ich dich einfach im Bett liegen lassen und die Sterbehilfe rufen.«

»Dasselbe hätte ich auch für dich getan.«

»Hast du aber nicht. Vor vier Monaten bin ich gestürzt und

musste ins Krankenhaus. Und du hast mich einfach dort zurückgelassen. Du hast dich mit Tequila nach St. Louis davongemacht, um deine alberne Schatzsuche zu betreiben. Und natürlich wurdest du schließlich verletzt, denn du bist fast neunzig Jahre alt und hast versucht, Sachen zu machen, zu denen du physisch nicht mehr in der Lage bist. Du bestehst darauf, dich mit den schlimmen Jungs zu balgen, weil du dich anzuerkennen weigerst, wie morsch und gebrechlich du bist.«

»Du verstehst nicht«, sagte ich. »Ich habe doch sonst nichts. Ich habe meine Gesundheit verloren und meine Laufbahn, ich habe meinen Sohn verloren, und schon bald werde ich meinen Verstand verlieren und meine Vergangenheit. Du sagst, ich kann mich mit Verlust nicht auseinandersetzen, doch das ist eben meine Art, es zu tun. Indem ich bin, der ich bin, und das so lange, wie ich kann. Wenn ich sonst nichts habe, bleibt mir doch meine Integrität, und ich habe meine Prinzipien. Und ich mache keine halben Sachen, sondern bringe zu Ende, was ich angefangen habe.«

»Da komme ich nicht mit. Aber kümmert dich das überhaupt? Fragst du dich jemals, wie es mir dabei geht, wenn du abhaust, um dich in ein groteskes Scharmützel mit einem uralten Widersacher zu stürzen, den seit fünfzig Jahren niemand mehr auf der Rechnung hatte?«

»Natürlich bist du für mich von Bedeutung. Mehr als alles auf der Welt. Aber du kannst nicht von mir verlangen, jemand anderes zu sein als Buck Schatz. Ich bin viel zu alt, um mich noch zu ändern.«

»Ich weiß aber auch, wer ich bin«, sagte sie und ballte die Fäuste. »Ich bin diejenige, die den Anruf bekommt, in dem es heißt, dass du im Krankenhaus liegst, weil du dir mit Drogendealern eine Schießerei geliefert hast. Und wenn du nun ums Leben gekommen wärest?«

»Und wenn? Eines Tages werde ich sterben. Vielleicht schon bald.«

»Das bedeutet nicht, dass du es heraufbeschwören musst.«

»Ist es denn schrecklicher, einen Anruf zu bekommen, als eines Morgens aufzuwachen, und ich liege kalt im Bett? Oder, schlimmer noch, miterleben zu müssen, wie ich ganz langsam sterbe, vielleicht an Demenz?«

»Deinetwegen musste ich mein Heim aufgeben. Es war unser Haus, und wir mussten es an irgendeine anonyme Firma verkaufen, die es nur zu Spekulationszwecken wollte.«

Das klang vertraut, wie etwas, das ich einmal in mein Notizbuch geschrieben haben könnte. Aber ich hatte es vergessen.

»Warte mal. Welche Firma?«, fragte ich.

»Das musst du doch noch alles wissen. Du warst am Telefon, als William es erklärt hat.«

»Daran erinnere ich mich nicht. Aber erzähl mir, wer unser Haus gekauft hat.«

»Ein Immobilientrust, der Grundstücke erwirbt und damit spekuliert.«

Ich schob meine Gehhilfe zum Rollschreibtisch in der Zimmerecke und nahm mir die Schublade vor, in der wir unsere wichtigen Papiere aufbewahrten.

»Was machst du denn da?«, fragte Rose. »Du kannst doch nicht einfach während unseres Gesprächs weggehen.«

Ich fand die Unterlagen, die ich gesucht hatte: den Vertrag darüber, dass wir unser Haus an ein Unternehmen namens Fifth Cup Holding veräußert hatten. Das fünfte Glas während des *Seder* war Elijahs Glas. Er hatte mein Haus gekauft. Er hatte es sich angeeignet und hunderttausend Dollar ausgegeben, nur um mich zu verhöhnen. Oder um mir damit etwas zu sagen. Sollte es tatsächlich so simpel sein?

»Ich muss weg«, sagte ich.

»Was? Du kannst doch jetzt nicht gehen.«

»Ich bin bald zurück. Versprochen.« Ich nahm die Schlüssel für den Buick von dem kleinen Wandhaken, an den Rose sie gehängt hatte, weil wir so gut wie nie Auto fuhren.

»Du darfst jetzt nicht fahren. Es ist Nacht. Und bei Nacht fährst du nicht.«

»Kein Problem. Ich bin bald wieder da.« Ich griff in den Wandschrank nach meiner .357er.

»Hast du eigentlich gehört, was ich dir sagte?«

»Hab ich. Ich verstehe. Aber es gibt Dinge, die ein Mann tun muss.«

Sie kommt drüber weg. Kam sie immer.

40

2009

Ich hatte immer noch Schlüssel für die Vordertür des Hauses, aber jemand hatte alle Schlösser ausgetauscht. Deswegen drückte ich auf meine eigene Klingel und nahm den Finger nicht wieder vom Knopf.

Er war da. Das wusste ich, als ich den Honda Accord sah, der in der Einfahrt parkte. Genau so einen Wagen würde er fahren, denn es war einer, der niemandem auffiel. Er war nicht alt genug, um eine denkwürdige Rauchwolke auszustoßen oder im Vergleich zu den schnittigen Formen neuerer Modelle augenfällig kastenförmig zu wirken, aber auch nicht neu genug, um die Neugier der Besitzer älterer Accords zu wecken, die eventuell ein gewisses Interesse am Design oder der Ausstattung eines neuen Modells fänden.

Die Farbe entsprach derjenigen jedes zweiten Fahrzeugs, dessen Heck man drei Minuten lang bei einem Ampelstopp betrachtet, ohne sich hinterher daran zu erinnern, es überhaupt gesehen zu haben. Eine Tarnfarbe, die es so gut wie unsichtbar machte.

Der Accord hing hinten ziemlich durch, als würden zwei Fettsäcke auf dem Rücksitz die Stoßdämpfer überfordern. Aber es saßen keine Fettsäcke im Wagen.

In fünfunddreißig Jahren als Police Detective lernt man zum Beispiel Folgendes: Ein Zwanzigdollarschein oder jede Banknote eines anderen Nennwerts der US-Währung wiegt ungefähr ein Gramm. Wenn man sich ausrechnet, wie viel fünf Millionen Dollar in Zwanzigern wiegen, gelangt man zu dem Ergebnis, dass sie im Kofferraum eines Autos die hinteren Stoßdämpfer ungefähr genauso belasten wie zwei Fettsäcke auf dem Rücksitz. So gut wie kein Mensch außer einem Drogendealer kommt auf die Idee, Bargeld könne viel wiegen, und so gut wie kein Mensch außer einem Drogendealer nimmt sich die Zeit zu bedenken, welche Konsequenz der Besitz einer großen Summe in kleinen Scheinen hat.

Mir gefiel jedoch nicht, dass er den Wagen in der Einfahrt geparkt hatte. Er hätte ohne große Schwierigkeiten ums Haus herumfahren und außer Sicht in der Garage parken können. Die Einfahrt war der denkbar ungünstigste Ort, denn die Leute auf der Straße konnten den Wagen sehen, er selbst jedoch nicht, weil das einzige Fenster, durch das man auf dieser Seite des Hauses nach draußen schauen konnte, durch eine Sichtschutzhecke abgeschirmt war.

Er hätte weitaus besser daran getan, auf der Straße zu parken, um immer ein Auge auf den Wagen werfen zu können. Ich fragte mich, weshalb er wohl dort geparkt hatte, wo er stand. Es schien auf äußerste Sorglosigkeit hinzudeuten, vielleicht sogar auf Arroganz.

Vielleicht war es aber auch ein Signal; seltsam jedoch, dass ein Mann, der sich versteckte, nachdem er einem Drogendealer Millionen gestohlen hatte, auf diese Weise seine Anwesenheit signalisierte. Aber wer würde in diesem total unauffälligen Honda Accord ein Hinweiszeichen erkennen?

Ich. Und ich hatte es getan. Es war ein Signal für mich. So wie ich gewusst hatte, dass er hier sein würde, hatte er gewusst, dass ich kam. Und er wartete auf mich.

Elijah hatte immer noch nicht reagiert. Also drückte ich wieder auf die Klingel.

Obwohl es heiß war, trug ich die Jacke von Members Only, die Brian mir 1986 zum Geburtstag geschenkt hatte. In der linken Tasche hatte ich eine Rolle silbergraues Klebeband verstaut. In der rechten Tasche steckte meine .357er.

Ich dachte an Longfellow Molloy auf dem Asphalt, ein Auge offen und starr auf mich gerichtet, und ich dachte an Andre Price in seinem Krankenhausbett, angeschlossen ans Beatmungsgerät. Der Scheck war fällig, und es wurde Zeit, dass Elijah zahlte.

Ich hörte das Schloss klicken, aber die Tür ging nicht auf. Ich zählte langsam bis zehn und drehte den Knauf.

Drinnen brannte kein Licht, und von Elijah fehlte jede Spur. Ich schob meine Gehhilfe zur Vordertür hinein und schleppte mich den kurzen Flur entlang. Rechts von mir öffnete sich das Wohnzimmer. Dort hatten wir in einer Glasvitrine das Porzellan meiner Mutter aufbewahrt. Inzwischen befand es sich in einer Kiste und war irgendwo in einem Lagerraum abgestellt.

Die Wand links neben mir hatten immer Familienfotos geschmückt. Fotos von mir und Rose in jungen Jahren, von William als Baby, von Brian. Ich hatte viele Nägel in die Wand geschlagen, um unsere gerahmten Bilder aufzuhängen. Und jetzt waren die zurückgebliebenen Löcher ausgegipst und übergestrichen worden.

Der massive Backsteinkamin war als einziges Überbleibsel meiner alten Bude bei der Renovierung nicht herausgerissen worden. Den Teppichboden hatte man entfernt, und die hölzernen Fußbodendielen darunter waren gewachst und poliert. Nichts hatte mehr Ähnlichkeit mit unserem Heim. Nichts roch nach uns.

Meine Familie hatte hier sechzig Jahre lang gewohnt, und jetzt hatte ein Trupp Bauarbeiter innerhalb weniger Tage alle Spuren gelöscht. Als ich im Dunkeln dort stand, in der Bude, die einmal meine Bude gewesen war, doch jetzt nicht mehr existierte, wurde mir die Vergeblichkeit allen menschlichen Tuns bewusst. Egal, ob man sich unsichtbar wie Elijah auf Zehenspitzen durch die Welt stiehlt oder mit lautem Gebrüll einherstampft und Menschen mit Knüppeln niederschlägt, am Schluss hatte sich das eigene Leben nur zu etwas summiert, das sich einfach wegwischen oder mit ein wenig Gips und etwas Farbe überdecken ließ.

Die Jahre gingen dahin, und man wurde alt, bis man schließlich verschwand wie ein Stein unter der Wasseroberfläche eines Sees, und während man sich noch weidet an dem Riesenplatsch, den man gemacht hat, beruhigt sich bereits das Wasser, und alles wandelt sich zurück in exakt denselben Zustand, der herrschte, als man den Schauplatz betrat: Er ist wieder ganz genau, wie er gewesen wäre, wenn man nicht existiert hätte.

Die Küche, in der ich mit meiner Familie gefrühstückt hatte, lag zur rechten Hand. Zwanzig Jahre lang hatte Rose mir in den Haaren gelegen, das schäbige und brüchige Linoleum zu erneuern, und jetzt hatten die Handwerker es herausgerissen und durch neue Fliesen ersetzt. Ohne die Jalousien wirkte das Fenster nackt, aber es ließ so viel Licht von den Straßenlaternen herein, dass ich sehen konnte, wohin ich ging. Ich kehrte um und folgte dem Korridor zu den Schlafzimmern auf der Rückseite des Hauses.

Ich schaute prüfend ins Gästezimmer, in dem William immer dann schlief, wenn seine Eltern ihn herschickten, weil sie ihn sich einen Abend oder ein Wochenende lang vom Hals schaffen wollten. Die eingebauten Bücherregale waren einst angefüllt mit dicken, in Leder gebundenen Fotoalben, die Rose schon vor unserer Hochzeit mit großer Sorgfalt anzulegen begonnen hatte. Jetzt befanden sie sich fast allesamt in dem Lager, das wir angemietet hatten.

Ich warf einen Blick in die Toilette im Flur, denn ich dachte, dass Elijah sich vielleicht dort versteckte, weil sie kein Fenster hatte und der dunkelste Raum im Haus war. Ich weinte dieser Toilette keine Träne nach, denn innenarchitektonisch gesehen war sie ganz und gar kein Meisterstück. Wenn jemand sie zum Scheißen benutzte, konnte der Gestank nirgends entweichen.

Jedenfalls war Elijah auch dort nicht, und so blieben noch die beiden einander gegenüberliegenden Türen am Ende des Korridors. Ich berührte die Tür des Schlafzimmers, das Rose und ich seit Eisenhowers Präsidentschaft geteilt hatten, und zögerte einen Augenblick. Dann drehte ich mich um, und das war auf dem engen Raum mit meiner Gehhilfe gar nicht so leicht. Ich öffnete die andere Tür und schaltete das Licht ein.

Elijah saß mitten im Zimmer auf einem metallenen Klappstuhl. Allein schon seine Sitzhaltung vergrätzte mich: Er hatte die Beine gekreuzt, so dass ein Knie über dem anderen lag. Wie Frauen es taten. Eine große rote Tasche stand neben ihm auf dem Boden, und in der rechten Hand hielt er eine schwarze 9-mm-Pistole.

»Ich hatte schon halbwegs gehofft, Sie wären auf dem Weg hierher gestürzt und gestorben«, sagte er. »Aber es ist auch gut, dass wir noch mal die Möglichkeit zu einem Gespräch haben.«

41

2009

»Wenn Sie nicht gewollt hätten, dass ich Sie finde, hätten Sie sich ein anderes Versteck aussuchen können«, sagte ich.

Sein Gesicht war ausdruckslos, nichts als eine Maske der Gleichgültigkeit. Er sah aus wie das geschmolzene Wachsabbild des Mannes, den ich vor über vierzig Jahren zusammengeschlagen hatte. »Ja, so mag es wohl sein, oder?«

»Was immer Sie mir also sagen wollen, wie wär's, wenn Sie es sagten?«

Er sah auf, sah mir in die Augen. »Das hier war das Zimmer Ihres Sohns, nicht wahr?«

Ich fuhr zusammen. »Ja«, sagte ich. »Woher wissen Sie das?«

Er fuchtelte mit seiner Waffe in meine Richtung. »Das Elternschlafzimmer ist auf der anderen Seite des Korridors. Es gibt nur drei Schlafzimmer im Haus. Da leuchtet es ein, dass Sie das Kind in den nächstgelegenen Raum einquartierten.«

»Sehr gut«, sagte ich. »Eine eindrucksvolle Schlussfolgerung.«

Und dann ging ich mit meiner Gehhilfe auf ihn los.

Obwohl sie kaum mehr als fünf Pfund wog, konnte ich das Ding nicht heben und schwingen, wie ich es mit meinem Schlagstock getan hatte. Meine Beine waren nicht kräftig genug, um mich zu halten, wenn ich den Oberkörper drehte, um Schwung zu holen. Ich konnte einzig und allein die Beine der Gehhilfe vom Boden heben und sie ihm entgegenstoßen.

Aber mehr musste gar nicht sein. Mein Angriff überraschte ihn, und er hob unwillkürlich den Arm, um den Schlag abzuwehren. Ich verdrehte die Gehhilfe so, dass er sich zwischen ihren Beinen verfing, und stieß ihm die Waffe aus der Hand.

Ich torkelte einen Schritt zurück und zog die Gehhilfe an mich, bevor er sie greifen konnte. Mit den Rädern an ihren vorderen Beinen stieß ich die Waffe weg. Sie rutschte über den Boden.

Ich stellte die Gehhilfe ab und ließ mich über sie sacken, erschöpft von der Anstrengung. Elijah stand auf und kippte dabei seinen Klappstuhl um.

»Ich glaube nicht, dass Sie das eben getan haben«, sagte er. »Ich kann mir einfach von Ihnen nicht vorstellen, dass Sie einen so lachhaften und wirkungslosen Versuch unternehmen. Was haben Sie denn sonst noch parat? Wollen Sie mir Ihre Zahnprothesen ins Gesicht spucken?«

Ich lächelte ihn an. »Bei mir ist noch alles echt. Sie sind der mit den falschen Zähnen.«

»Ich trage von Implantaten gestützte Brücken. Sehr teuer und kieferorthopädische Arbeiten von Spitzenqualität. Die lassen sich nicht ausspucken.«

»Zahnersatz bleibt Zahnersatz«, sagte ich. »Wie haben Sie eigentlich so aufwendige Zahnbehandlungen arrangiert? Sind Sie nicht seit fünfzig Jahren auf der Flucht?«

»Ich habe bar bezahlt wie bei jeder sonstigen ärztlichen Betreuung auch. Und ich habe noch etwas draufgelegt, damit der Kieferorthopäde hinterher meine zahnärztlichen Unterlagen vernichtete. Hab aber zur Sicherheit auch noch seine Praxis abgefackelt.« Er trat einen Schritt zurück, um nicht mehr in Reichweite der Gehhilfe zu sein. »Dachten Sie etwa, Sie könnten wieder auf mich einprügeln wie damals, als Sie mich bei der Bank erwischt haben? Sie haben keine Kraft mehr, Baruch. Sie sind ein verdammter Pflegefall.«

Der demente Teil meines Gehirns, der mich nach wie vor für einen Detective hielt, heulte unter meiner Schädeldecke auf und wollte mir weismachen, dass ich immer noch allein mit der Kraft meiner Hände einen Menschen in sechs Teile zerbrechen konnte. Die reine Lüge. Meine Hände vermochten so gut wie gar nichts mehr zu zerbrechen. Einen fahrenlassen konnte ich immer noch, aber das war es auch.

»Ich wollte Sie gar nicht schlagen«, sagte ich. »Ich wollte Sie nur von der Waffe fernhalten.«

»Und dann? Ich kann doch einfach hingehen und sie mir holen. Sie hingegen müssen langsam und unter Schmerzen durch das Zimmer schlurfen, und dann können Sie sich noch nicht einmal bücken, um das Ding aufzuheben, ohne vornüberzukippen und sich den Kopf aufzuschlagen. Auf gar keinen Fall kommen Sie schneller ran als ich. Es sieht so aus, als hätten Sie nicht besonders gründlich nachgedacht.«

Er trat einen Schritt auf die Waffe zu.

»Wenn ich Sie wäre, würde ich das nicht tun«, sagte ich.

»Und warum nicht?«

Ich zog den .357er aus der Tasche und zielte auf ihn. »Weil ich anscheinend gründlicher nachgedacht habe, als Sie meinen, Sie Arschloch. Also, wie wär's mit hinsetzen?«

Er griff nach seinem Klappstuhl.

»Nicht darauf«, sagte ich. »Auf den Fußboden.« Ich wies mit meinem Revolver auf die Zimmerecke, die am weitesten von der Stelle entfernt war, an der seine 9-mm liegen geblieben war. Er hatte recht, dass es mir sehr schwergefallen wäre, seine Waffe vom Boden aufzuheben. Aber solange auch er nicht an sie herankam, war ich in Sicherheit.

»Machen Sie mal halblang, Baruch«, sagte er. »Ich habe Arthritis in den Knien.«

»Ist mir egal. Mit den Beschwerden kommen Sie bestimmt zurecht. Setzen Sie sich.«

»Natürlich würden Sie bewaffnet sein«, sagte er. »Ich hätte auch niemals erwartet, dass Sie mich verfolgen, ohne sich an Ihren Fetisch zu klammern.«

»Ich denke, er wird für ein wenig Schutz sorgen, und zwar für den Fall, dass unser Gespräch in eine Schießerei ausartet.«

»Ich denke nicht, dass damit zu rechnen ist«, sagte Elijah.

»Nun, vielleicht haben Sie und ich verschiedene Pläne.«

»Glauben Sie, ich hätte mich an einem Ort versteckt, wo Sie mich finden würden, wenn ich nicht genau wüsste, was passieren wird?«

Er streckte den Arm aus und ergriff die große Tasche.

»Moment mal«, sagte ich.

Er ließ die Tasche los. »Entschuldigung. Der Inhalt der Tasche ist völlig harmlos, aber ich kann verstehen, dass Sie sehen möchten, was drin ist, bevor Sie mir erlauben, damit zu hantieren. Sie sind herzlich eingeladen, sie zu untersuchen.«

Ich überlegte. Ich konnte den Reißverschluss der Tasche nicht aufziehen und gleichzeitig die Waffe auf ihn richten. Und wenn ich mich bückte, um die Tasche zu öffnen, lud meine Körperhaltung ihn geradezu ein, mich anzugreifen, selbst wenn ich mich noch auf meine Gehhilfe stützte.

»Langsam aufziehen und nicht hineingreifen. Sie halten sich vielleicht für schnell. Aber ich muss nur auf den Abzug drücken, und schon sind Sie tot.«

»Verstehe«, sagte er. »Zwei mal warnen Sie nie.« Er zog an dem Reißverschluss und öffnete langsam die Tasche. Sie war vollgestopft mit gebündelten Zwanzigdollarnoten.

»Was soll denn das sein?«, fragte ich.

»Sind Sie nicht nur ein Krüppel, sondern auch schon blind, Baruch? Das ist eine Million Dollar.«

»Ja, wofür ist die?«

»Mein Plan war es, Ihnen die Wahl zu lassen. Sie könnten entweder die Tasche mit dem Geld nehmen, oder wir ließen es zu einem sinnlosen Showdown kommen. Ich schätze, nachdem Sie mich entwaffnet haben, muss der Vorschlag leicht korrigiert werden. Sie können entweder das Geld nehmen und mich gehenlassen, oder Sie können mich umbringen.«

»Vielleicht lege ich Sie um und nehme mir auch das Geld«, sagte ich.

Er schüttelte den Kopf. »Ihr Haus steht in einer netten und ruhigen Gegend. So wie Ihre Hand zittert, müssen Sie mehrmals schießen, um mich zu töten, und auf ein 911-Telefonat wegen zahlreicher Schüsse wird umgehend reagiert. Die Tasche wiegt mehr als hundert Pfund, und vom Augenblick Ihres ersten Schusses bleiben Ihnen wahrscheinlich nicht mehr als vier Minuten bis zum Eintreffen der Polizei. Sie werden es nicht schaffen, rechtzeitig mit dem Geld zu entkommen.«

»Vielleicht rufe ich die Polizei und liefere Sie aus. Vielleicht ist mir die Genugtuung, zu erleben, dass Sie bekommen, was Sie verdient haben, mehr wert als das Geld.«

»Sie müssten mich töten«, sagte er. »Ich hab nicht die Absicht, mich vom Staat in Obhut nehmen zu lassen. Wenn Sie versuchen, die Polizei zu rufen, werde ich Sie angreifen, und entweder müssen Sie mich dann erschießen, oder ich werde Sie mit bloßen Händen zu Tode prügeln – für mich ein höchst befriedigendes Ergebnis unseres Zusammentreffens.«

»Ja, ich mag Sie auch nicht. Und warum wollen Sie mir die eine Million Dollar geben?«

»Ich überlasse Ihnen das Geld nicht einfach so. Ich erkaufe mir etwas. Wenn Sie die Tasche nehmen und mich gehenlassen, haben Sie etwas aufgegeben, was Ihnen kostbar ist, und das ist mein Ziel. Das Geld ist mir egal.« Bei diesen Worten knirschte er mit seinen dritten Zähnen. »Ich habe mehr Geld gestohlen, als ich je unter die Leute bringen könnte. Mehr, als ich jemals waschen könnte. Ich stehle nicht, weil ich es nötig habe. Ich habe eingeschweißte Geldballen an Orten versteckt, die ich nicht wiederfinden könnte. Ich will, dass Sie den Teil Ihrer selbst verkaufen, den Sie für zu edel halten, um ihn von meiner Verderbnis beschmutzen zu lassen. Mir ist es eine Million Dollar wert, Sie dort tatenlos stehen zu sehen, während ich zur Tür hinausgehe.«

»Sie elendes Arschloch«, sagte ich. »Sie unvergleichliches Arschloch. Ich bin fast neunzig Jahre alt. Wie können Sie meinen, ich würde keine Kompromisse eingehen, obwohl ich doch ein Leben voller Kompromisse führe? Wenn es einen Teil von mir gegeben hat, der dreißig Jahre Polizeidienst blütensauber überstand, dann wurde er vor drei Jahren verdammt schmutzig, als ich scheißen musste und zum ersten Mal nicht rechtzeitig zur Toilette kam. Meinen Sie, mir liegt etwas an meiner Würde? Von der wurde ich schon vor langer Zeit geheilt. Im Laufe der letzten Monate habe ich jede erdenkliche peinliche Körperfunktion in Gegenwart eines Publikums aus lauter Fremdlingen vorführen dürfen.

Ich stand auf der richtigen Seite gegen die Nazis. Ich hoffe, daran werden sich die Menschen erinnern, wenn sie sich überhaupt an mich erinnern. Und als ich bei der Polizei war, bin ich über mich hinausgewachsen, um die Dreckschweine zu erwischen, denen es gefiel, wehrlosen Frauen und Kindern Leid anzutun. Aber ich weiß, wessen Interessen die Polizei zu schützen hat, und ich weiß, wer den größten Vorteil davon hat, dass die Gesetze eingehalten werden und gesellschaftliche Stabilität vorherrscht. Ich bin keiner, der die Arbeit der Polizei romantisiert. Hätten mir die Regeln mehr bedeutet, hätte ich wohl besser dafür gesorgt, dass sie eingehalten wurden. Hätten mir die gesetzmäßigen Auffassungen von Richtig und Falsch mehr bedeutet, hätte ich Charles Greenfield wohl niemals mit der Rolle davonkommen lassen, die er bei Ihrem Bankraub spielte.«

»Sie schwiegen, was Greenfield betraf, weil Sie ungerechte Reaktionen fürchteten; und Sie arbeiteten gleichzeitig für die Leute, von denen die Reaktionen kamen. Ich habe Sie gezwungen, sich der Scheinheiligkeit Ihrer eigenen Position zu stellen, der grotesken Bigotterie Ihrer eigenen Behörde.«

»Ich habe das durchaus wahrgenommen. Und danach habe ich trotzdem noch zwölf Jahre als Cop gearbeitet«, sagte ich. »Niemand kommt durchs Leben, ohne sich die Finger schmutzig zu machen. Aber meine Handlungen waren nicht direkt verantwortlich für den Tod dreier Menschen, die für die Bürgerrechte demonstrierten. Das würde ich niemals auf dem Gewissen haben wollen.«

Er verzog das Gesicht. »Veranlasst habe ich das nicht. Ich ließ es nur zu einem für mich vorteilhaften Zeitpunkt geschehen«, sagte er. »Ich habe keine einzige Zutat zur miesen Kost beigegeben, die in dieser Stadt aus Feindseligkeit und Bigotterie angerichtet wird, sondern nur ein wenig im Topf gerührt. Der Mann, den ich bestochen hatte, musste gar nicht auf den Abzug drücken. Ihre Organisation hat jene Demonstranten getötet. Und die Schützen wurden nicht einmal bestraft.«

»Die Ermittler konnten die Identität der verantwortlichen Polizisten nicht feststellen.«

»Wie lange haben Sie gebraucht, bis Sie den Polizisten fanden, den ich bestochen hatte? Sind die Ermittler auf ihn gestoßen?«

»Ich habe ihn aus der Stadt gescheucht.«

»Man hätte ihn doch verfolgen und aufspüren können, wenn man gewollt hätte. Und die Schützen wären auch auffindbar gewesen. Man hätte sich alle Dienstwaffen der Polizisten geben lassen können, die im Einsatz waren. Dann hätte man nur daran schnuppern müssen, um festzustellen, welche erst kürzlich abgefeuert worden war.«

Es gab Gründe dafür, warum das nicht funktioniert hätte. Da bin ich sicher. Aber ich konnte mich nicht erinnern, welche Gründe es waren, und deshalb sagte ich: »Vielleicht.«

»Und überhaupt: Was, wenn der Streik bei Kluge nicht mit Polizeigewalt niedergeschlagen worden wäre? Wussten Sie, dass Kluge innerhalb von drei Wochen sämtliche streikenden Arbeiter ersetzt hatte? Die paar Protestler demonstrierten vor einem Betrieb, dem es nicht an Arbeitskräften mangelte. Die Streikenden waren bereits alle gefeuert. Und die Leute, die als Ersatz kamen, waren samt und sonders schwarz und arbeiteten genau für den Lohn, gegen den die Streikenden protestiert hatten. Zu guter Letzt hätten die Demonstranten aufgeben müssen. Ich habe sie vorm Scheitern bewahrt. Ich habe sie zum Symbol gemacht. Ohne meine Einmischung bestand für ihr Anliegen keine Hoffnung.«

»Ich glaube nicht, dass Longfellow Molloy zum Symbol werden wollte.«

»Wer?«

»Und was ist mit Andre Price?«, fragte ich. »Wissen Sie noch, wer das war?«

»Vielleicht ist es ja von Bedeutung, dass mein Raubzug diesmal den Niedergang eines mächtigen und gewalttätigen Drogenimperiums verursacht hat.«

»Welches ersetzt werden wird, und das höchstwahrscheinlich von den Leuten, die Ihnen gesteckt haben, wo sich das erste Stashhaus befand.«

Er zog die Augenbrauen leicht in die Höhe. Er hatte nicht erwartet, dass ich ihm auf die Schliche gekommen war. »Sie sind ja ein besserer Detective, als Sie sich je haben anmerken lassen. Aber ja. Wenn man böse Buben von der Bildfläche räumt, tauchen gleich neue böse Buben auf.«

Ich nickte. »Und wenn man alles Geld aus einem Banktresor räumt, wird er eben mit neuem Geld wieder aufgefüllt.«

Er richtete seine Beine auf dem Fußboden aus und zuckte vor Schmerz zusammen, als er sie beugte. »Das Glas ist halb leer, das Glas ist halb voll.«

»Eins möchte ich doch wissen«, sagte ich. »Warum ich? Warum haben Sie mich in diesen Drogendealerschwachsinn hineingezogen?«

»Warum denn nicht?«, antwortete Elijah. »Heutzutage tue ich nur noch etwas, um etwas zu tun. Wissen Sie, wenn man aufhört, dann ist es vorbei. Außerdem war ich neugierig darauf, was Sie tun würden, wenn Carlos Leute mit ihren Waffen auftauchten.«

»Ich hätte getötet werden können.«

Er zuckte die Achseln. »Mir auch egal«, sagte er. »Ich mag Sie nämlich nicht.«

Ich musste lachen. »In mancher Beziehung sind wir beide uns unheimlich ähnlich«, sagte ich zu ihm.

»Wir sind beide alte Männer«, sagte Elijah. »Sie haben Ihr Leben lang versucht, standhaft wie ein Fels zu bleiben, und jetzt fangen Sie zu zerbröseln an. Ich habe mich immer bemüht, Rauch zu sein, und jetzt löse ich mich darin auf. Sie haben Ihr Leben damit verbracht, Ordnung in eine Welt zu bringen, die aus den Fugen geraten ist, und ich habe mein Leben lang versucht, mich an einer grausamen Welt zu rächen. Die Welt ist noch immer aus den Fugen, und die Welt ist noch immer grausam, und wir machen weiter wie gewohnt, denn wir sind eben nichts anderes als das, was wir tun. Das, glaube ich, ist der Lauf der Dinge. Also – werden Sie mich töten, oder werden Sie mich gehenlassen?«

Ich sah keine Möglichkeit, ihn lebendig hinter Gitter zu befördern, und tot war er mir zu nichts nutze. Ich wollte seine Story. Ich wollte, dass die Welt von seinen Taten erfuhr, was er getan hatte und dass ich derjenige war, der ihn erwischt hatte. Aber vielleicht war es der Welt ziemlich schnurz. Die Welt wusste ja noch nicht einmal von seiner Existenz. Und letztlich war seine Geschichte doch wohl keine Million Dollar wert.

»Was mich betrifft, haben Sie sich geirrt, als Sie sagten, Bösartigkeit werde auch im Alter nicht schwächer. Es gab eine Zeit, da hätte ich Ihnen schon aus Prinzip den Schädel weggepustet«, sagte ich.

»Bösartigkeit wird nicht schwächer«, erwiderte er. »Aber Prinzipien sind nicht so dauerhaft.«

»Verschwinden Sie auf der Stelle aus meinem Haus«, sagte ich. »Und lassen Sie die Tasche da.«

42

2009

Ich horchte auf den Klang des kleinen Rasenmähermotors des Hondas, aber als ich nach mehreren Minuten nichts gehört hatte, fiel mir ein, dass ich ja leicht schwerhörig geworden war und in den höheren Lagen manches nicht mitbekam. Also schob ich meine Gehhilfe den Korridor entlang und spähte aus der Vordertür.

Der Wagen stand nicht mehr in der Einfahrt.

Mit meinem billigen Plastikhandy rief ich die Polizeizentrale in 201 Poplar an und bat darum, zu Rutledge, Drogen, durchgestellt zu werden.

»Rutledge, Drogen«, meldete er sich.

»Haben Sie etwas verloren?«

»Ja, Motherfucker. Mir fehlt mein gottverdammtes Handy. Haben Sie's geklaut? Wieso klauen Sie mein Handy?«

Der Grund war ziemlich peinlich. Auf dem Rückweg vom Mordtatort nach Walhalla hatte ich auf dem Beifahrersitz des Nicht-Zivilfahrzeugs von Rutledge gesessen, und er hatte mir in allen Einzelheiten zu erklären versucht, warum Quintin Tarantula ein besserer Filmregisseur war als Sam Peckinpah. Mir war sein Filmgeschmack aber scheißegal.

Das Telefon steckte in einem der Getränkehalter zwischen uns, und ich nahm es zur Hand, weil ich herauszubekommen versuchte, wie das Ding funktionierte; wie man mit einem Telefon wählen konnte, das keine Tasten hatte. Wie es Internetze reinkriegte ohne Kabel. Dann muss ich wohl verwirrt oder abgelenkt gewesen sein und es gedankenverloren statt wieder in den Getränkehalter in meine Tasche gesteckt haben.

Absolut keine Absicht. Indianerehrenwort.

Aber ich hatte es immer noch bei mir, als ich in den Buick stieg, um unser altes Haus aufzusuchen. Und ich fing zu grübeln an, wie Elijah wohl mit Hilfe eines Internettelefons Cash dazu gebracht hatte, sich an seine Fersen zu heften. Außerdem fielen mir Tequilas Storys darüber ein, was die Leute alles mit Computerprogrammen anstellen konnten. Als ich Elijahs Fluchtwagen in der Einfahrt parken sah, und zwar exakt an der Stelle, wo er es aus keinem der Fenster sehen konnte, wurde mir klar, dass ich Rutledges Handy mit Klebeband unter dem Kotflügel befestigen musste, damit Rutledge Elijah verfolgen und stellen konnte, falls er mir entwischen sollte.

Es war kein Zufall, dass ich im Handschuhfach des Buicks eine Rolle Klebeband mitführte. Ich habe immer eine Rolle Klebeband im Handschuhfach dabeigehabt. Klebeband ist prima. Man kann es für alles benutzen, vom Abkleben einer kaputten Benzinleitung bis zur Ruhigstellung eines Verdächtigen.

Ich sagte also zu Rutledge: »Beherrschen Sie auch diesen Computertrick, mit dem Sie ihn online aufspüren können?«

»Ich glaube schon. Ich habe ein Android, kein iPhone, aber eine ähnliche App.«

»Ich habe nicht die geringste Ahnung, was Sie mir da erzählen«, sagte ich.

»Ich kann es wahrscheinlich verfolgen.«

»Vielleicht sollten Sie schon jetzt damit anfangen.«

»Ich hab hier viel zu tun, Buck. Spaziergänger haben im Riverside Park eine Wasserleiche gefunden, und ich muss prüfen, ob es sich um Carlo Cash handelt.«

»Schicken Sie jemand anders und finden Sie das Telefon.«

»Wieso?«

Wenn ich Rutledge erzählte, dass ich Elijah hatte gehen lassen, käme er mit einem ganzen Bündel Fragen, die ich wahrscheinlich nicht würde beantworten können, ohne die Million Dollar zu erwähnen.

Aber auch wenn ich Rutledge nichts von dem Geld erzählte und der Detective den Dieb lebendig in die Finger bekam, war natürlich damit zu rechnen, dass mein Lohn nicht geheim blieb, aber zumindest wäre unter den Umständen Elijah am Leben, in Gewahrsam und zu reden bereit.

Ich war nicht einmal sicher, dass Rutledge sich auf die Jagd nach Elijah machen würde, wenn er all die Informationen hatte. Er konnte den Mord an Carlo Cash irgendeinem der zahlreichen ehemaligen Komplizen des Drogendealers anhängen, und es war einfacher, die Sache als Auseinandersetzung im Drogenmilieu zu deklarieren, als einer Jury zu erklären, um wen es sich bei Elijah handelte. Manche Cops genossen die schrägen und verzwickten Fälle, aber die meisten waren gern pünktlich zum Abendbrot zu Hause.

»Vertrauen Sie mir«, sagte ich. »Sie sollten Ihr Telefon aufspüren, bevor Sie etwas anderes tun.«

»Ist ja gut, Buck.«

»Im Ernst, Rutledge. Ich bin nicht verrückt und auch nur teilsenil. Ich habe einen guten Grund, Ihnen das hier zu erzählen.«

»Ich werde darüber nachdenken.«

»Orten Sie das Telefon, sofort. Geben Sie dem Vorrang.«

»Ich mache mich gleich daran. Und Sie, passen Sie auf sich auf.«

Und dann legte er auf.

Ich wusste nicht, ob er sich auf die Suche nach seinem Telefon machen würde oder nicht, aber ich fand, dass ich meine Schuld getan und mein Geld verdient hatte.

43

2009

Es gab eine Zeit, da hätte ich ohne weiteres die schwere Tasche voller Geld aus dem Haus schleppen und in meinen Wagen wuchten können, aber dergleichen habe ich seit fünfzehn Jahren nicht mehr fertigbekommen.

Ich packte alles Geld aus der Tasche und stapelte es auf dem Fußboden. Dann setzte ich mich auf Elijahs Klappstuhl und verstaute so viel, wie ich meinte, tragen zu können, wieder in der Tasche. Ich schaffte das Geld zu meinem Wagen, wobei ich die Gehhilfe vor mir herschob und mich darauf stützte, damit sie mir half, das Gewicht zu bewältigen. Ich lud das Geld in den Kofferraum und kehrte dann ins Haus zurück, um die Prozedur zu wiederholen.

Ich musste sieben Touren hinter mich bringen, und ich bewegte jedes Mal gute sieben Kilo. Zweimal musste ich Pause machen und eine rauchen. Als das gesamte Geld im Kofferraum lag, packte ich es zurück in die Tasche.

Es gab nicht viel, was ich mit dem Geld hätte machen können. Ich brauchte kein schickes Auto und war nicht darauf aus, irgendwelche glamourösen Ladys zu beeindrucken. Mir lag nichts an technischen Spielereien oder eleganter Kleidung. Ich hatte nicht vor, um die Welt zu reisen, denn zehn Stunden im Flugzeug würden mir wahrscheinlich Thrombosen verschaffen. Und selbst mit der Gehhilfe war ich kaum sicher genug auf den Beinen, um einen Strandspaziergang zu machen oder mich auf dem rutschigen Deck eines Kreuzfahrtschiffs senkrecht zu halten.

Ins Haus zurückzukehren hatte nicht viel Sinn. Ich brauchte tägliche Therapie, und in Walhalla gab es Klaudie-äh. Wir hatten uns dort eingewöhnt. Und das Haus war sowieso nicht mehr unser Heim.

Wenn Medicare nicht mehr für unsere Physiotherapie aufkommen wollte, könnte Elijahs Geld durchaus helfen, Klaudie-äh weiterhin zu bezahlen. Wenn ich sonstiger Pflege bedurfte oder in ein Hospiz eingeliefert werden musste, bräuchte ich mir keine Sorgen wegen der Kosten zu machen. Darüber hinaus veränderte die eine Million Dollar nicht viel für mich.

Aber, verdammt noch mal, es blieb eine Million Dollar.

Ich hatte keine andere Wahl, als das Geld über Nacht im Auto zu lassen, denn ich wusste nicht, wie ich es ins Innere von Walhalla hätte schaffen sollen. Es ließ sich nicht gut schlafen mit dem Gedanken an all das Geld draußen im Kofferraum des Buicks, und es war auch nicht hilfreich, dass Rose kein Wort mit mir wechseln wollte. Aber die Nacht verging ohne Zwischenfall.

Am nächsten Morgen nahm ich die Autoschlüssel und fuhr zu einer nahen Filiale von Wells Fargo, wo ich mich nach den größten Schließfächern erkundigte, die sie anzubieten hatten. Ich bezahlte die Gebühr und richtete ein, dass meinem Enkel bei Vorlage meiner Sterbeurkunde Zugang zu dem Fach gewährt würde.

Ein Mitarbeiter der Bank schleppte die schwere Tasche von meinem Wagen in den privaten Schließfach-Tresorraum und ließ mich dann mit dem Stahlfach allein. Niemand fragte danach, was sich in der Tasche befand, denn es ging auch niemanden etwas an. Als ich fertig war, schloss ich das Fach und rief den Mann, der mir zur Seite stand. Dann trug ich die leere Tasche aus dem Tresorraum, und er sperrte hinter mir ab.

Ich hatte ein gutes Gefühl, was diese Entscheidung betraf. Schließlich gib es keinen besseren Ort, eine große Summe Geld sicher unterzubringen, als in einem modernen Banktresor.

ETWAS, DAS ICH NICHT VERGESSEN WILL

Ich kann mich daran erinnern, Brian am Tag seiner *Bar-Mizwa* die Krawatte gebunden zu haben, denn selbst konnte er es noch nicht. Hier folgt die Rede, die er hielt. Ich habe ihm bei der Abfassung nicht geholfen, aber ich nehme an, dass meine Frau es vielleicht getan hat. Oder sonst der Rabbi:

Liebe anwesende Freunde, liebe Familie und liebe Gemeindeversammlung, Rabbi Abramsky, Mom und Dad:

Heute begehen wir feierlich meine religiöse Mannwerdung, und ich möchte mich bei Euch allen dafür bedanken, dass Ihr erschienen seid, um diesen wichtigen Augenblick mit mir zu teilen. Heute ist ein Tag großer Freude, aber es ist ebenso auch ein ernster und feierlicher Tag, an dem ich neue Pflichten und Verantwortlichkeiten auf mich nehme: vorzubeten und mich an die Mizwot *zu halten.*

Und da ich nun die Bürde jüdischer Mannwerdung schultere, obliegt es mir, daran zu denken, dass der heutige Tag nicht für alle freudig ist. Drei farbige Demonstranten, die gegen ihren ausbeuterischen Arbeitgeber protestierten und sich gerechtere Bezahlung und ein besseres Leben erhofften, liegen jetzt im Krankenhaus, voller Löcher im Körper und verzweifelt bemüht, das letzte Fünkchen Leben in sich nicht erlöschen zu lassen. Drei weitere sind tot, durch Polizistenhand gestorben. Eine entsetzliche Bestrafung dafür, dass sich diese Männer des Verbrechens der friedlichen Zusammenkunft schuldig gemacht hatten. Hier in Amerika. Hier in Memphis.

Der Thora-*Text, den wir heute lasen, war die* Parasche Wajera, *die uns erzählt, wie es Abraham misslang, Gott davon abzubringen, die Städte Sodom und Gomorrha zu zerstören und jeden zu töten, der dort lebte. Also ist heute ein angemessener Tag, um über Gerechtigkeit zu sprechen und darüber, was der Begriff Gerechtigkeit den Juden bedeutet.*

Später in diesem Jahr wird Euch ein anderer Chasan *das Lied von Moses singen, die letzten heiligen Worte, die der größte jüdische Prophet zu den Israeliten sprach, bevor er in die Wüste aufbrach, um zu sterben.*

In seiner letzten großartigen Rede erklärt Moses Gottes Philosophie der Gerechtigkeit. »Die Rache ist mein«, sagt Gott. »Und ich will vergelten. Zu seiner Zeit soll der Fuß meiner Feinde gleiten. Denn die Zeit ihres Unglücks ist nahe, und was über sie kommen soll, eilt herzu.«

Denn es gibt keinen Gott außer HaShem*! Er erschafft Leben und bringt den Tod. Er verwundet, und Er heilt. Und es gibt keine Macht im Himmel noch auf Erden, die die Verurteilten aus Seinen Händen erlösen könnte.*

Heute sind wir hier, um zu feiern, aber wir dürfen nicht vergessen, dass unser Leben nicht gänzlich – oder auch nur hauptsächlich – aus Simchas *bestehen wird. Die Mauern außerhalb unseres Allerheiligsten sind bedeckt von Gedenktafeln, und jede davon trägt den Namen und das Datum eines Verlusts, einer Familientragödie. Wir feiern heute, denn wir wissen, dass wir schon bald leiden werden. Hoffentlich wird unser Schmerz niemals so heftig sein wie der unserer Stammesgeschwister in Europa, die den Völkermord durch die Nazis erdulden mussten, oder der jener Farbigen, die heute bei ihren verwundeten Brüdern Wache halten. Aber Leid werden wir erfahren.*

Gott ist allmächtig und allwissend. Er weiß, was auf uns zukommt, und Er besitzt die Macht, dem Einhalt zu gebieten. Aber Er tut es nicht. Er sieht zu und lässt uns leiden. Ist das gerecht? Ich denke, das ist es, denn in unserem Schmerz entdecken wir uns selbst. Erst wenn wir gebrochen sind, wenn uns alles genommen wurde, was wir wertgeschätzt und worüber wir uns definiert haben, erfahren wir, wer wir wirklich sind.

Als Adam und Eva im Garten Eden weilten, schenkte ihnen Gott ein Leben in Hülle und Fülle, das frei war von Schmerz und Tod. Und ohne Leid blieb ihnen keine Wahl. Sie müssen sich unglaublich gelangweilt haben.

Ihre einzige Handlungsmöglichkeit bestand darin, Ungehorsam gegenüber der einen Regel zu zeigen, die Gott ausgesprochen hatte: Sie durften nicht von der verbotenen Frucht essen. Und natürlich taten sie es. Was hatten sie auch sonst zu tun?

Meint Ihr, Gott, der alles weiß und alles sieht, war überrascht von der Übertretung? Ich glaube nicht, dass Gott je überrascht ist.

Und das bringt uns zurück zu unserer Passage aus der Thora. *Als Gott sagte, Er werde Sodom verschonen, wenn Abraham zehn rechtschaffene Männer in der Stadt fände, war das kein ernstgemeintes Angebot, Seine Entscheidung, die Stadt auszulöschen, noch einmal zu überdenken. Er wusste, dass es in Sodom keine zehn rechtschaffenen Männer gab. Denn Er ist Gott, und Gott weiß alles.*

Gott machte das Angebot, um Abraham zu zeigen, dass die Entscheidung, die Stadt auszulöschen, die richtige war. Indem er nach Sodom ging und nicht in der Lage war, zehn rechtschaffene Männer zu finden, erkannte er die Berechtigung von Gottes Richtspruch. Es gab nichts in Sodom, das der Errettung wert gewesen wäre, und daher musste die Stadt brennen.

Zwei Lehren sind aus dieser Geschichte zu ziehen: Wir sollten niemals Gottes Urteil in Frage stellen, und wir sollten nicht versuchen, Ihn zu verärgern. Obwohl die Zerstörung Sodoms in alten Zeiten stattfand, brennen doch die Städte der Schändlichen noch heute. Mein Ur-Ur-Urgroßvater Herschel Schatz wurde Zeuge, wie General Sherman 1864 Atlanta abfackelte. In jüngerer Zeit ließen Bomber der Alliierten Feuer auf die Städte Dresden und Hiroshima regnen.

Die Lehre ist deutlich: Der Mensch darf Gott nur eine bestimmte Zeitlang verärgern, und dann kommen seine Füße ins Gleiten. Die schlechte Behandlung der Farbigen beleidigt Gott, und schon bald könnte er seine Geduld verlieren, und wir müssten feststellen, dass für uns die Zeit des Unglücks angebrochen ist. Wir müssen Buße tun. Wir müssen uns ändern. Wir müssen besser werden, als wir uns jetzt zeigen.

Seit heute bin ich ein Mann. Gott sagte Abraham, dass es zehn rechtschaffener Männer bedürfe, eine Stadt vor ihrem Untergang zu bewahren. Ich werde versuchen, einer davon zu werden. Hoffen wir, dass neun weitere bereitstehen.

44

2009

William kehrte am selben Nachmittag nach New York zurück, um sein prestigeträchtiges Praktikum wieder aufzunehmen, von dem sich alle Welt derart beeindruckt zeigte. Aber so nah um den Jahrestag herum war er seit College-Zeiten nicht mehr hier gewesen, und daher wollte er vorm Abflug dem Friedhof einen Besuch abstatten.

Ich wollte nicht auf den verfluchten Friedhof. Ich nahm nämlich an, dass ich schon bald eine Menge Zeit dort verbringen sollte. Aber ich hatte Rose in letzter Zeit mit meinen Mätzchen bis an den Rand eines Nervenzusammenbruchs getriezt, und es erschien mir unklug, wegen dieses Themas einen Streit vom Zaun zu brechen.

So stand ich also zum zweiten Mal innerhalb von drei Tagen am Grab meines Sohnes. Es sah aus wie jedes andere Grab. Weil ich hier stand, sollte ich wohl ein Gefühl der Nähe spüren, aber er schien so weit von mir entfernt zu sein wie immer und überall.

Mein Enkel hielt die Arme vor der Brust verschränkt, und ich konnte erkennen, dass er hinter seiner Sonnenbrille die Tränen wegzublinzeln versuchte. Seine Mutter stand hinter ihm und knüllte den Saum ihres Pullovers mit den Händen.

»Das Schlimmste an den hiesigen Begräbnissen sind die Betongruften«, sagte ich. »Der Grundwasserspiegel ist hier sehr hoch, weil wir uns so nah am Fluss befinden. Daher gestattet man nicht, dass der Sarg in die Erde gesenkt wird.«

»Das wissen wir, Buck. Haben wir selbst gesehen«, sagte Rose.

Doch irgendwie konnte ich nicht zu reden aufhören.

»Daher müssen sie den Holzsarg, in den sie dich gelegt haben, in diesen größeren Betonsarg packen, und dann lassen die farbigen Jungs, die auf dem Friedhof arbeiten, dieses schwere Betongehäuse mit Stoffgurten ab. Vier von ihnen sind dazu nötig, allesamt stramme Burschen. Und anschließend müssen alle Trauergäste Erde auf den Beton schaufeln.«

»Es reicht jetzt, Buck«, sagte Rose.

»Immer wenn ich herkomme, kann ich an nichts anderes denken. Den Klang von Beton, der auf Beton knirscht. Und man kehrt auch nicht wirklich wieder in die Erde zurück, finde ich, wenn man in einem solchen Ding begraben wird. Ich schätze, da verschimmelt man drin.«

Fran schluchzte.

»Bist du jetzt zufrieden?«, fragte mich Rose. »Musste das wirklich sein?«

Ich schob die Hände tief in die Taschen meiner Jacke von Members Only, die ich immer noch trug, obwohl es draußen ziemlich heiß war. »Du sagst dauernd, ich soll über meine Gefühle sprechen. Ich habe doch nur versucht, mich zu erklären.«

»Das sind aber keine Gefühle, von denen du sprichst. Sondern nur Horrorgeschichten.«

»Finde ich auch. Deswegen versuche ich ja normalerweise, nicht darüber zu reden.«

Einige Minuten standen wir stumm da. Ich blickte auf die kleine Steinpyramide, die wir auf dem Grabstein aufgehäuft hatten, und versuchte mich zu erinnern, was sie symbolisieren sollte. Aber ich konnte mich nicht entsinnen.

»Warum habt ihr ihn Brian genannt?«, fragte Tequila. »Ich habe noch nie von einem Juden gehört, der Brian heißt.«

»Es ist, glaube ich, ein irischer Name«, sagte Fran.

»Klingt einleuchtend«, sagte Tequila. »Warum habt ihr eurem Sohn einen irischen Namen gegeben?«

»Brian war ein Freund von mir. Er ist gestorben«, sagte ich.

»Ein Cop?«, fragte Tequila.

»Nein, er war in meiner Einheit. Wir haben zusammen die Grundausbildung unten in Georgia, in Fort Benning, gemacht, und wir waren auf demselben Landungsboot beim Angriff auf die Normandie. Er stand direkt neben mir und bekam eine Ladung ins Gesicht.«

»Da habt ihr also euren Sohn nach ihm genannt.«

»Sicher«, sagte ich. »Warum auch nicht. Er war ein guter Mann. Es war ein schöner Name.«

»Ist dein Vater nicht gestorben, als du noch jung warst?«

»Ich war sechs.« Ich zeigte in Richtung des älteren Friedhofsbereichs. »Er liegt dort drüben begraben.«

»Wie hieß er?«

»Arnold.«

»Warum habt ihr euren Sohn nicht nach ihm genannt?«

»Weil ich nicht immer an meinen toten Vater denken wollte, wenn ich meinen Sohn sah«, sagte ich. »Wirst du denn deinen Sohn nach deinem Vater nennen?«

»Nein«, sagte Tequila. »Ich möchte nicht, dass mein Sohn ein jüdischer Junge mit einem komischen irischen Namen sein wird.«

»Sehr liebenswürdig von dir«, sagte ich zu ihm.

»Liebenswürdigkeit ist eben euer beider Stärke«, sagte Rose.

ETWAS, DAS ICH NICHT VERGESSEN WILL

Übrigens heiße ich Baruch, denn es bedeutet: Gesegnet.

Anmerkung des Autors

Mein Großvater Harold »Buddy« Friedman starb am 8. Oktober 2013. Er war 97 Jahre alt. Buddy war eine wichtige Inspirationsquelle für die Figur Buck Schatz, und ich denke, deswegen könnten die Leser dieser Bücher daran interessiert sein, wer er war.

Buddy wurde in Memphis, Tennessee, geboren und diente während des 2. Weltkriegs im Pazifik. Er arbeitete dreißig Jahre lang als reisender Handelsvertreter und sorgte dafür, dass zwei Söhne die Schule abschließen konnten. Er war 72 Jahre lang mit meiner Großmutter Margaret Friedman verheiratet.

Er hatte für seine Mitmenschen viel Zeit und widmete sich intensiv der Wohltätigkeit. Schon weit in den Neunzigern, organisierte er ein außerschulisches Programm zur Unterstützung benachteiligter Schüler und drängte unermüdlich Senioren im Jewish Community Center, sich freiwillig dafür einzusetzen. Aber er ließ es sich auch nicht nehmen, jemanden darauf hinzuweisen, dass er seit der letzten Begegnung zwei Kilo zugenommen hatte.

Mein Großvater war stark, aber niemand kann in alle Ewigkeit stark bleiben. Er verdiente seinen Lebensunterhalt damit, unterwegs zu sein, und war immer stolz auf die Autos, die er fuhr. Als jedoch seine Reflexe schwächer wurden, musste er die Autoschlüssel zur eigenen Sicherheit an den Nagel hängen.

Um die Zeit, als er neunzig wurde, machte er immer noch regelmäßig seine Fitnessübungen im Jewish Community Center, aber während der letzten paar Jahre wurde das Risiko zu stürzen immer größer, und zudem musste er eine Gehhilfe benutzen.

Wenn in der Popkultur das Alter beschrieben wird, scheint nie zur Sprache zu kommen, welchen Preis die Menschen für die Langlebigkeit zahlen, zum Beispiel die psychische Belastung, die sich daraus ergibt, dass man alle um sich herum zu Grabe tragen muss. Man fühlt sich in einem immer schwächeren Körper gefangen, die Zumutungen, die mit nachlassender Gesundheit in der Privatsphäre zu erdulden sind, und die Beeinträchtigungen der menschlichen Würde werden immer schwerer zu ertragen. Und dann ist da noch die Gewissheit, dass die Dinge morgen wahrscheinlich schlimmer sein werden, als sie heute waren.

Buddy war ein stolzer Mann, der es mit einem Komplex schwieriger Umstände zu tun hatte, denen Millionen Menschen gegenüberstehen, die aber in populären Schilderungen mit abgegriffenen Klischees und kleinmütigen Euphemismen verbrämt werden. Buddys wegen habe ich diese Bücher geschrieben.

Danksagungen

Ich möchte meiner Agentin Victoria Skurnick danken und ebenso Elizabeth Fisher, die sich um Auslandsrechte kümmert und in hohem Maße dafür verantwortlich ist, dass Buck Schatz' Invasion Europas so ungemein erfolgreich ist. Ich möchte meiner Lektorin Marcia Markland dafür danken, dass sie sich für diese Bücher so starkgemacht hat, ebenfalls aber auch ihrer ehemaligen Assistentin Kat Brzozowski, dem PR-Manager Hector DeJean, Laura Clark, Lauren Hesse, Quressa Robinson, Thomas Dunne und Andrew Martin. Außerdem möchte ich diesen Raum dazu nutzen, um Matthew Shear, des Verlegers der St. Martin's Press, zu gedenken, der im August 2013 verstorben ist. Sein Verlust hat tief getroffen.

Ich möchte auch meiner Mom Elaine Friedman danken, meinem Bruder Jonathan Friedman, Grandma Margaret Friedman und Bubbi Goldie Bursson für all ihre Liebe und Unterstützung. Dank ebenfalls an Rachel Friedman, Sheila und Steve Burkholz, Carole Burson, David Friedman, Skip und Susan Rossen, Stephen und Beth Rossen, David und Lindsay Rossen, Martin und Jenny Rossen, Scott Burkholz, Rachel Burkholz, Claire und Paul Putterman, Andrew Putterman und Mathew Putterman.

Schließlich wäre da noch eine ganz besondere Erwähnung: Im zehnten Kapitel dieses Buchs verwende ich eine außergewöhnliche Geschichte über einen 1919 fehlgeschlagenen Versuch, Rassenintegration bei der Memphis Police zu etablieren. Damit wollte ich Bucks Zögern rechtfertigen, seine Informationen über einen jüdischen Kriminellen an das Department weiterzugeben, dessen Angestellter er ist.

Ich erfuhr von diesem obskuren Ereignis aus einer ausführlichen Geschichte der Memphis Police, die vom Department in Auftrag gegeben worden war und die Eddie M. Ashmore, bei der Recherche unterstützt von Joseph E. Walk, abgefasst hatte. Ich habe versucht, eine zweite Quelle für diese Story aufzutun, aber es gelang mir nicht, so dass ich annehme, dass Mr. Ashmore diese Information gewonnen hat, indem er die Primärquellen ausgiebig anzapfte.

Ich nahm mit Marcia, meiner Lektorin, Kontakt auf und fragte sie, ob ich einen Textbeleg oder eine Fußnote anführen sollte, um die Geschichte mit eigenen Worten nacherzählen zu dürfen. Schließlich war sie ja nur an einer Stelle dokumentiert. Wir kamen überein, dass die Anekdote keines Textbeleges bedurfte und eine Fußnote für den Leser ästhetisch irritierend wäre. Zudem sind Fakten nicht geschützt und werden üblicherweise in fiktiven Werken ohne Quellenangaben verwendet.

Ich glaube jedoch, dass Mr. Ashmores Werk hier anerkannt werden sollte. Eddie M. Ashmore war ordinierter Geistlicher, Akademiker und als Historiker mit den lokalen Polizeibehörden in Tennessee beschäftigt. Er verstarb im Jahr 2007. Seine sorgsame Forschungsarbeit, die sich mit der Geschichte örtlicher Polizeibehörden beschäftigte, ist wahrscheinlich obskur zu nennen, hat aber auch ihre Verdienste.